Brandilyn Collins

W0205898

Wohin führst du mich?

Roman

Aus dem amerikanischen Englisch
von Barbara Schuler

johannis

Brandilyn Collins ist eine neue Stimme in der christlichen Szene. 1982 gründete sie *Vantage Point,* spezialisierte sich auf Werbebroschüren, Jahresberichte und Artikel für Zeitungen und Fachzeitschriften. Sie ist die Autorin von *A Question of Innocence,* einer wahren Kriminalgeschichte, deren Veröffentlichung sie in lokale und landesweite Radio- und Fernsehsendungen brachte. In letzter Zeit schrieb Brandilyn Artikel für *The Christian Communicator, Decision* und *Lookout*. Sie lebt mit ihrer Familie in Redwood City, Kalifornien. Besuchen Sie ihre Homepage unter www.brandilyncollins.com.

Die Deutsche Bibliothek – CIP-Einheitsaufnahme

Collins, Brandilyn:
Wohin führst du mich? : Roman / Brandilyn Collins. Aus dem amerik.
Engl. von Barbara Schuler. – Lahr/Schwarzwald : Johannis, 2002
(TELOS-Bücher ; 2426 : TELOS erzählendes Paperback)
Einheitssacht.: Cast a road before me <dt.>
ISBN 3-501-01443-0

TELOS-Paperback 72 426
© der deutschen Ausgabe 2002
by Verlag der St.-Johannis-Druckerei, Lahr/Schwarzwald
Titel der amerikanischen Originalausgabe: Cast a Road Before me
© 2001 by Brandilyn Collins
Umschlaggestaltung: Friedbert Baumann
Umschlagfoto: W. Rauch
Gesamtherstellung:
St.-Johannis-Druckerei, Lahr/Schwarzwald
Printed in Germany 14953/2002

Für meinen Mann Mark.
Für alles, was du getan hast und bist.

DANKE!

Von ganzem Herzen möchte ich danken:

Jane Jordan Browne, meiner Agentin, dass du dich unermüdlich für mich eingesetzt hast und immer auf dem Laufenden warst. Jenes Dutzend roter Rosen können es dir nicht annähernd vergelten!

Vicki Crumpton, meiner Verlegerin, für deine Tüchtigkeit und Offenheit. Wie wunderbar ließ es sich mit dir zusammenarbeiten!

Niwana Briggs, meiner Freundin, für eine nochmalige Durchsicht auf »Stimmigkeit«.

Und vor allem Jesus Christus, meinem Herrn und Retter, dass ich diese Geschichte schreiben durfte.

Denn ich weiß wohl,
was ich für Gedanken über euch habe,
spricht der HERR:
Gedanken des Friedens und nicht des Leides, dass ich euch gebe das Ende, des ihr wartet.
Jeremia 29,11

1960

Kapitel 1

Als ich meine Mutter zum letzten Mal lebend sah, war sie auf dem Weg zu den Armen.

Sie trug eines ihrer Lieblingskleider, ein blaues Baumwollstrickkleid mit einer Schärpe in der Taille. Sie hatte es schon seit Jahren. Nicht, dass es besonderen Stil gehabt hätte, aber es gefiel ihr, weil es bequem und leicht zu waschen war. »Das Kleid ist genau richtig«, entgegnete sie jedes Mal, wenn ich jammerte, sie habe es so oft im Hope Center an, dass die Leute schon denken müssten, sie ginge damit zu Bett. Wenn sie zur Arbeit ging, kleidete sie sich sorgfältiger, stärkte ihre Blusen und besserte die alten Röcke geschickt aus, damit man ihr nicht ansah, dass sie eigentlich keine richtige Garderobe besaß. Dazu trug sie eines ihrer drei Paar Billig-Ohrringe, manchmal eine schlichte Kette. Doch im Center kam Schmuck überhaupt nicht in Frage, würde er sie dort doch nur behindern oder, schlimmer noch, die Heimatlosen und Hungernden daran erinnern, dass ihre Bedürfnisse weit unter unseren lagen. Das blaue Baumwollkleid war schon von schreienden Babys besabbert, von Kindern mit Suppe bekleckert und sogar vom krampfhaften Griff einer ängstlichen jungen Mutter zerrissen worden. Wenn Mutti sich nach einem weiteren langen Abend im Hope Center nach Hause schleppte, wenn ihr die Müdigkeit in das schöne Gesicht geschrieben stand und sich eine dicke Strähne ihres dunklen, kastanienbraunen Haars aus dem Zopfgummi gelöst hatte, schüttelte sie gutmütig den Kopf, wie mitgenommen ihr Kleid wieder aussah. Dann wusch sie es mit der Hand und hängte es zum Trocknen bis zum nächsten Mal auf.

Ich half oft an Muttis Seite im Center aus. Nachdem ich mit Hausaufgaben fertig und ihr Arbeitstag als Rezeptionistin bei einer Versicherungsgesellschaft beendet war, aßen wir schnell eine Kleinigkeit und fuhren dann zu dem zweistöckigen Backsteinhaus in der Innenstadt von Cincinnati, wo Arme Nahrung und Unterkunft fanden. Samstags ging ich immer mit. Bis auf jenen Samstag. Ich hatte in der folgenden Woche meine Abschlussprüfungen vom zweiten High School-Jahr und Mutti hatte darauf bestanden, dass ich zu Hause bleiben und lernen solle. »Dann musst du aber auch zu Hause bleiben«, hatte ich gebettelt. »Du bist erschöpft und hast dir schon seit Wochen keinen freien Tag mehr gegönnt. Lass dich doch vertreten, nur dieses eine Mal.«

»Oh, das geht nicht«, hatte sie sanft erwidert. »Ich habe doch der kleinen Jianying und der ganzen Rasselbande versprochen, ihnen heute vorzulesen, und dann muss ich ja auch noch die Stunde zum Thema Bewerbungsgespräche halten. Außerdem ist Brenda krank, deshalb muss ich zusehen, dass in der Küche nichts anbrennt.« Brenda Todd hatte das Center zehn Jahre zuvor gegründet und leitete es. Mutti war acht Jahre lang ihre »rechte Hand« gewesen.

Und so kam es, dass meine Mutter mich an jenem entsetzlichen Samstag zum Abschied küsste, aus der Tür unseres kleinen Mietshauses trat und die Veranda hinunterging, um davonzufahren. Ich folgte ihr, immer noch protestierend. »Dann lass mich wenigstens mitkommen. Vielleicht kann ich beim Essenmachen helfen, dann kannst du nach dem Unterricht gleich nach Hause. Ich werd schon jemanden finden, der mich mit zurücknimmt. Und außerdem habe ich morgen noch den ganzen Tag zum Lernen.«

Sie legte ihre Hände mit sanftem Druck auf meine Schultern. »Nein, Jessie. Bleib hier und lerne. Vielleicht finde ich ja jemanden, der mich morgen vertreten kann. Ich hätte nichts dagegen, wieder einmal so richtig auszuschlafen.« Sie lächelte und versuchte, ihre Müdigkeit zu verbergen, als sie in unseren verbeulten Chevy Impala schlüpfte.

Dieses Lächeln werde ich nie vergessen. Es hat sich in mein Gedächtnis eingegraben wie in Diamant geschliffen. Ich sehe ihr blaues Kleid vor mir; die Blässe ihrer ungeschminkten Wangen; die Wärme ihrer braunen Augen. Als sie ihre abgewetzte weiße Handtasche neben sich auf den Sitz legte, klappte der gebogene Henkel nach vorn. Irgendetwas an dieser alten Tasche ließ mir das Herz schwer werden. Ich dachte an den langen Dienst, den sie schieben und – wie üblich – nichts dafür bekommen würde. Wie viele Kleider, wie viele Handtaschen hätte sie sich nicht schon kaufen können, wenn sie ebenso viel Zeit ans Geldverdienen verwandt hätte?

Mutti hatte selbst kein leichtes Leben gehabt, aber immer dachte sie an andere. Ihr Mann – mein Vater – war fortgegangen, als ich noch ein Baby war, hatte sie sitzen lassen mit nichts anderem als dunklen Erinnerungen an seine Trinkerei. Jahre später war er betrunken irgendwo in einer Kneipe am anderen Ende von Ohio bei einer Messerstecherei ums Leben gekommen. Ihre einzige Schwester lebte in einer kleinen, abgelegenen Stadt in Kentucky, und die beiden sahen einander selten. Und von ihren Eltern hatte Mutti sich schon Jahre vor deren Tod entfremdet. Nachdem unser erster und einziger Besuch bei ihnen ein fürchterlicher Reinfall gewesen war, hatte ich mit der ganzen Entschiedenheit einer Zehnjährigen erklärt, dass wir niemals mehr dorthin gehen würden. Binnen vier Jahren nach diesem Besuch war ihr Vater an Leberschrumpfung und ihre Mutter an Herzleiden gestorben.

Als Mutti den Schlüssel ins Zündschloss steckte, erstarb dieses Lächeln, das mir unvergesslich ist, auf ihren Lippen.

Dann schlossen sich für einen winzigen Moment ihre Augen und ich sah, wie ein Ausdruck der Verzweiflung über ihre Züge huschte. Die Angst um sie versetzte mir einen Stich, und ich wollte gerade wieder ansetzen, sie zum Bleiben zu überreden, als sich ihre Augen öffneten. Sie bemerkte, dass ich sie anstarrte, und der Ausdruck verschwand. Sie lächelte wieder, ein bisschen zu fröhlich.

Das Auto sprang an und rollte langsam vom Bordstein. Ich sah, wie sich ihre linke Hand hob, die Finger gespreizt. Es war ein kleiner, vertrauter Gruß. »Danke für deine Fürsorglichkeit«, schien er zu sagen, »aber du weißt doch, ich schaff das schon.« Ich winkte zurück, brachte ein schwaches Lächeln zustande.

Mit einem sorgenvollen Seufzen sah ich Mutti langsam unsere Straße hinunterfahren und rechts abbiegen. Dann war sie außer Sicht. Zwei Häuserblöcke weiter würde sie links abbiegen und die Viewridge erklimmen, die sich den Berg hinaufschlängelte und nach einigen Kurven wieder in mein Blickfeld kam.

Ich wünschte glühend, sie wäre zu Hause geblieben, um sich auszuruhen.

Das typische Klappern eines Briefkastenschlitzes drang in meine Gedanken. Ich wandte mich um und sah Jack, unseren Postboten, bei den Farells nebenan Umschläge einwerfen. Ich rief ihm einen Gruß zu und wartete am Bordsteinrand auf ihn, während ich meine Augen gegen das Sonnenlicht abschirmte.

»Hi, Jessie«, sagte Jack beim Näherkommen und zog Post aus seiner Karre. »Die Schule ist für dieses Jahr fast geschafft, was?« Er rollte ein paar Umschläge in einer Zeitschrift zusammen und streckte mir das Bündel entgegen. Ich hob die Hand, um es zu nehmen. In diesem Augenblick begann das Quietschen.

Es war ein lang gezogenes Jaulen, das unverwechselbare Geräusch kreischender Bremsen. Nicht der Lärm an sich lässt einen unwillkürlich zusammenzucken, sondern die Erwartung dessen, was folgt. Jacks Kopf fuhr hoch. Ich wirbelte herum, tastete mit dem Blick die Viewridge ab und entdeckte das Auto meiner Mutter. Dann sah ich das Fahrzeug, das auf sie zugeschlittert kam; es zog einen Anhänger, der gefährlich schlingerte. Entsetzen nagelte mich auf dem Bürgersteig fest.

Die Zeit wurde langsamer, setzte in der plötzlich stickigen Luft aus. In der nächsten Sekunde schien es, als könnte Mutti über den Seitenstreifen in die Sicherheit ausbrechen, aber sie hatte wenig Platz. Ich weiß noch, wie mir in jenem Augenblick übel wurde, sogar noch vor dem unvermeidlichen Zusammenstoß. Ich hatte das Gefühl, einen Horrorfilm zu sehen und »Nein! Nein!« zum Bildschirm zu schreien. Dann hörte ich die Worte gellen und erkannte, dass es meine eigenen waren.

Jack murmelte ein Gebet. Undeutlich nahm ich das Geräusch von Umschlägen wahr, die zu Boden fielen.

Der Aufprall dauerte Ewigkeiten. Die Wucht des Zusammenstoßes, als der Laster das Auto meiner Mutter rammte, das Knirschen von Metall und Getriebeteilen, das nicht enden wollende Kreischen verkeilter Fahrzeuge, die endlich auf die Seite kippen, zum Stillstand kommen. Dann völlige, tödliche Stille. Meine Beine waren immer noch wie angewachsen. Schreie gluckten in meiner Kehle.

In meiner nächsten Erinnerung befinde ich mich einen Häuserblock weiter, die Atemzüge von Schluchzen zerrissen, und ich renne, renne …

KAPITEL 2

»Sie war eine Seele von Mensch.«

»Deine Mutter war der selbstloseste Mensch, den ich je gekannt habe.«

»Liebes Kind, sie ist jetzt ganz bestimmt im Himmel, bei dem, was sie alles Gutes getan hat.«

Tröstende Worte strömten von den Lippen derer, die an der Beerdigung meiner Mutter teilnahmen. Die große Turnhalle des Hope Centers, aus der man die Feldbetten für die Obdachlosen hinausgeräumt hatte, war voller Männer, Frauen und Kinder, die mit mir um meine Mutter weinten. Die kleine Jianying Zheng, in deren rehbraunen Augen die Tränen standen, presste mir wortlos eine weiße Rose in die Hand. Ihre Mutter nahm mein Gesicht in beide Hände, und der sanfte Druck ihrer Fingerspitzen sagte mir, was ihre zugeschnürte Kehle nicht vermochte. Ich verstand die tiefe Dankbarkeit, die in dieser schlichten Geste lag. Meine Gedanken, so betäubt sie waren, kehrten zurück zu jenem Abend, als Mutti diese zierliche Chinesin und ihre fünf Kinder mit zu uns nach Hause genommen hatte, damit sie bei uns wenigstens ein Plätzchen auf dem Fußboden zum Schlafen hätten, da das Center überfüllt war. Mei Zheng und ihre Kinder waren Einwanderer; ihr Mann war vor kurzem an einer Krankheit gestorben, mit der er sich in einem schmutzigen Auffanglager für Überseeflüchtlinge angesteckt hatte. Mutti hatte dafür gesorgt, dass sie alle etwas zu essen und ein Bad bekamen, und sich geduldig bemüht, ihr gebrochenes Englisch zu verstehen, als sie von ihren Nöten erzählten. Nach dem Essen hatte Mei Zheng eine kleine Buddhastatue aus ihrem zerschlissenen Rucksack gezogen und die ganze Familie hatte sich vor die Statue auf unseren gewürfelten Küchenboden gekniet, um ihre Gebete zu verrichten. Nie zuvor hatte ich einen solch offenkundigen religiösen Gehorsam gesehen, und ich war tief beeindruckt. So lange ich denken konnte, hatte Mutti mir beigebracht, dass die Seele eines Menschen wichtiger sei als irdische Dinge. Wie man zu Gott komme, bleibe jedem selbst überlassen, sagte sie; überall auf der Welt fänden ihn die Menschen in verschiedenen Religionen und Anschauungen. Mutti lehrte mich, dass der Weg keine Rolle spiele. Ihr persönlicher Weg war das aufopferungsvolle Leben für andere.

»Wie zufrieden sie sind, obwohl sie nichts haben«, hatte Mutti mir zugeflüstert, als wir aus Respekt vor der Familie Zheng auf Zehenspitzen aus der Küche schlichen, während sie ihren Gott anbeteten. »Sie haben eine wunderbare Religion – friedfertig, achtet alles Leben, niemals gewalttätig.« Mutti verabscheute Gewalt. Ihr glühender Widerwille war vor langer Zeit durch die blitzschnelle Hand ihres unbeherrschten Vaters geschürt worden. Von frühster Jugend auf hatte sie mir beigebracht, niemals eine Hand gegen jemanden zu erheben. Als sie innehielt, um noch einmal zurück auf die ärmlich gekleideten, knienden Gestalten zu blicken, zauberte der Anblick solcher Ernsthaftigkeit ein Lächeln auf ihre Lippen.

Während des Trauergottesdienstes stand mir diese Szene – die zarte, tief gebeugte Gestalt von Mei Zheng, deren dunkles Haar auf den Küchenboden fällt, und das warme, liebevolle Lächeln meiner Mutter – wieder vor Augen, als Ralph Crest, der Pfarrer der nur einen Steinwurf vom Center entfernten Unitarier-Kirche, seine Ansprache hielt. Muttis geschlossener Sarg war mit Blumen bedeckt, von teuren Kränzen, die Geschäftsinhaber aus der Nachbarschaft geschickt hatten, bis zu selbst gepflückten Gänseblümchen und Sträußen vom Vortag, die jene irgendwo in der Stadt aufgetrieben hatten, die im Hope Center Unterschlupf fanden. Ich wusste genau, welche davon Mutti am meisten gefallen hätten. Ich saß in der vordersten Reihe harter Klappstühle zwischen meiner Tante Eva Bellingham, Muttis Schwester, und ihrem Mann, Onkel Frank. Ich hatte sie erst ein Mal zuvor gesehen, und das war auch auf einer Beerdigung gewesen; auf der ihres einzigen Kindes, Henry, der im Koreakrieg umgekommen war. Zwar war ich damals erst sieben gewesen, aber ich hatte dennoch das Gewicht der Trauer der Menschen um mich herum schwer auf meinen schmalen Schultern lasten fühlen. Ich hatte meine Tante und meinen Onkel damals trösten wollen; nun versuchten sie, mich zu trösten.

»Marie Susanna Callum war eine zutiefst religiöse Frau«, verkündete Mr. Crest, und in seiner Stimme schwang unterdrückte Ehrerbietung. »Sie setzte sich unablässig und von ganzem Herzen hier im Hope Center ein, und doch erbat sie sich von Gott nichts für sich selbst. Und deshalb hat sie heute gewiss die ewige Seligkeit erlangt, da sie nun von uns gegangen ist.

Wie Sie wissen, besuchte Marie ab und zu unsere Gottesdienste. Und ich möchte Ihnen von einem Tag vor einigen Jahren erzählen, als sie mit ihrer Tochter Jessie kam. Marie sah so müde aus und ich wusste, dass sie wieder hier im Center beim Zubereiten und Austeilen der Mahlzeiten geholfen hatte, sogar mehr als sonst. Ich glaube, Sie hatten damals gerade einen Ihrer ehrenamtlichen Köche verloren. Nach dem Gottesdienst kam sie auf mich zu, schüttelte mir die Hand und bedankte sich für meine Worte. Als ich die Furchen auf ihrer Stirn sah, sagte ich: ›Marie, werden Sie eigentlich nie müde zu geben?‹ Ich sagte: ›Manche Leute würden steif und fest behaupten, dass Sie für Ihr ganzes Leben schon genug Gutes getan haben.‹

Und wissen Sie, was sie geantwortet hat? Sie blickte mir geradewegs in die Augen und sagte mit ihrer sanften Stimme: ›Nun, ich fürchte, Pastor Crest, ich muss diesen Leuten widersprechen. Egal, wie viel ich tue, es wird nie gut genug sein.‹«

Nie gut genug.

Diese Worte versetzten mir einen Stich ins Herz. Nur zu genau erinnerte ich mich an jenen Tag, als sie meiner Mutter durch die zusammengepressten, tabakfleckigen Zähne ihres hasserfüllten Vaters entgegengeschleudert worden waren. Wie *wütend* war ich an jenem Tag auf ihn gewesen. Und wie weh hatte es mir für Mutti getan, als mir plötzlich die Augen für den Missbrauch in ihrer Kindheit aufgingen, den sie nur angedeutet hatte. Ich versuchte mit aller Macht, die Erinnerung fortzuschieben, als ein Schluchzer in meiner Brust aufstieg. Hinter mir konnte ich andere weinen hören und das leise Tuscheln von Frauen, die ihre kleinen Kinder beruhigten. In jenem Moment glaubte ich zu sterben, denn die Trauer war mehr, als ich ertragen konnte. Sie würde mir das Herz zerreißen. Wie konnte meine wunderbare, aufopferungsvolle Mutter *tot* sein? Ich presste die Augen zu und sank in meinem Stuhl zusammen. Onkel Frank legte schnell seinen Arm um mich und hielt mich ganz fest.

»Welch wunderbares Zeugnis für eine Frau, die schon so viel getan hatte«, schloss Ralph Crest. »Ja, Marie Susanna Callum nahm sich immer voll Erbarmen der Nöte um sie herum an. Sie war stets bereit, noch mehr zu tun.«

Ich schauderte an Onkel Franks breiter Brust. Der Pfarrer mochte Muttis Worte deuten, wie er wollte, für mich sprach aus ihnen nur Zorn und Verdammnis. Wie hatte sie jene Worte überhaupt nur mit der eigenen Zunge formen, geschweige denn auf sich selbst beziehen können?

Nach dem Gottesdienst fuhr ich mit meiner Tante und meinem Onkel in einer feierlichen schwarzen Limousine zum Friedhof. Ich kann mich an die Fahrt kaum noch erinnern. Nur, dass Tante Eva mich so fest drückte, dass ich fast keine Luft mehr bekam, und jammerte: »Mein armes Kindchen, mein armes Kindchen; Herr Jesus, hilf uns, für sie da zu sein.« Es war ein passender Tag für eine Beerdigung: die Luft drückend und feucht, und als wir am Grab standen, setzte leiser Nieselregen ein. Als sie den Sarg meiner Mutter in die Erde senkten und mir das, was von ihr geblieben war, für immer nahmen, sank ich schluchzend auf die Knie. Ich weinte, weil ich sie verloren hatte, und dann weinte ich noch bitterlicher, weil ich nicht einmal ihr Grab würde pflegen können. Am nächsten Tag musste ich fort, musste zu meiner Tante und meinem Onkel in dieses kleine Kaff Bradleyville in Kentucky, eine Stadt, die ich erst ein einziges Mal gesehen hatte, auf der Beerdigung ihres Sohnes.

Als schließlich alle Feierlichkeiten vorbei waren, konnte ich immer noch nicht aufstehen. Tante Eva und Onkel Frank knieten sich ungeachtet des Regens neben mich und baten Gott laut um seinen Trost, lange nachdem alle anderen gegangen waren. Immer noch konnte ich nicht Abschied nehmen. Schließlich erhob sich Onkel Frank, nahm mich sanft in seine Arme und trug mich vom Grab fort. Ich verbarg mein Gesicht in seinem gestärkten weißen Hemd, das nun nass und zerknautscht war vom Regen und meinen Tränen.

Kapitel 3

Der Wechsel im Lebensgefühl und -tempo in Bradleyville traf mich völlig unvorbereitet. Die Stadt war sogar noch kleiner, als ich sie in Erinnerung hatte. Sie bestand aus zwei Ampeln, die beide an der Main Street standen. Der ersten begegnete man, wenn man auf der Überlandstraße R 622 nach einer Reihe von Magen verdrehenden Bergen in die Stadt hineinfuhr; die zweite kündigte den winzigen Innenstadtbereich an. Zwischen den beiden lag die Post, wo Tante Eva arbeitete. Hinter der zweiten Ampel befanden sich rechter Hand das Lebensmittelgeschäft, der Waschsalon, Miss Alices Schneiderei, die Bank und Mr. Tulls Drugstore. Auf der gegenüberliegenden Straßenseite lagen der Eisenwarenhandel und der Woolworth, sowie eine kleine Polizeiwache mit einer winzigen Gewahrsamszelle (kaum je benutzt), das Feuerwehrhaus und die Arztpraxis. Es gab zwei Kirchen, die an strategischen Posten beiderseits der Main Street standen – eine Baptisten- und eine Methodistenkirche. Ich verstand schnell, dass beide sich rühmten, die jeweils sauberste zu sein, das reinste Evangelium zu verkündigen und die besseren Köchinnen zu haben, die alles daran setzten, sich beim Jahres-Gemeinschaftsessen gegenseitig zu übertrumpfen, das abwechselnd mal in der einen, mal in der anderen Kirche ausgetragen wurde.

Tante Eva und Onkel Frank besuchten die Methodistenkirche, ein weißes Holzgebäude mit dazu passendem Glockenturm und einem kleinen Buntglasfenster über dem Eingang, das Jesus beim Lämmerhüten zeigte. Es war mir noch von Henrys Beerdigung in Erinnerung geblieben, obwohl seine Scheiben im fahlen Licht der trüben Wintersonne damals leblos gewirkt hatten. Als ich an einem sonnigen Junitag das erste Mal nach meinem Umzug dort zum Gottesdienst ging, erstrahlte das Fenster in einem Glanz, der mich ehrfürchtig stehen bleiben ließ, mit offenem Mund, den Kopf in den Nacken gelegt. Das Gesicht von Jesus leuchtete voller Liebe, seine Hand lag sanft auf dem Rücken eines tollpatschigen Schäfchens. Ich starrte das Bild mit einem Stich im Herzen an; es erinnerte mich daran, wie liebevoll meine Mutter für die Menschen im Center gesorgt hatte.

Ganz Bradleyville nahm mich als ihr verlorenes kleines Schäfchen auf. In so einem verschlafenen Nest kannte natürlich jeder jeden. Es gab keine Menschenseele innerhalb der Stadtgrenzen oder der umliegenden Gegend, die meinen Namen und meine Geschichte nicht schon vor meiner Ankunft gekannt hätte. Sie waren alle nett zu mir. Allerdings sprachen sie ganz anders – eine Mischung aus dem breiten Südstaatendialekt und etwas, was für mich immer der Inbegriff von »bäurisch« gewesen war. Schön gelegen war Bradleyville ja. Im Sommer war es ein hübsches Städtchen mit blühenden Blumen und uralten, dichtbelaubten Eichen, die den Himmel streiften. An die Ausläufer der Appalachen im Osten Kentuckys geschmiegt, präsentierte Bradleyville stolz einige der grünsten Rasen, die ich je gesehen hatte. Meine Augen nahmen die bezaubernde Schönheit der Stadt wahr, meine Lippen lächelten auf die Freundlichkeit der Leute hin, doch das alles berührte mich nicht. Mein Kopf war zu voll mit Trauer.

Es half auch nichts, dass meine Tante sich immer wieder darüber ausließ, wie ähnlich ich doch meiner Mutter sähe. Ich glaubte das sowieso nicht. Zugegeben, wir hatten das gleiche wellige Haar, obwohl meines einen dunkleren Braunton und nicht ihren Rotschimmer hatte. Wir hatten beide braune Augen und waren klein und zierlich gebaut. Mutti hatte nur 1,63

Meter gemessen und ich würde kaum größer werden. Es bestand auch eine gewisse Ähnlichkeit in unseren herzförmigen Gesichtern und den nach oben gewölbten Lippen. Doch ich würde niemals so schön sein wie meine Mutter. Weder vom Gesicht noch von der Seele.

Während meiner ersten Monate in Bradleyville gab es nur einen Menschen, der mich aufmuntern konnte: Thomas Bradley, Stadtvater und Kriegsheld. Sein Vater Jonathan hatte die Stadt gegründet, indem er am Ufer des Cumberland-Flusses ein Sägewerk aufbaute, als Thomas noch im zarten Kleinkindalter war. Mit dem Tod seines Vaters im Jahre 1955 hatte Thomas das Werk geerbt und war somit zum Chef meines Onkels und der meisten Männer in der Stadt aufgestiegen. Glücklicherweise mochten alle Leute Thomas.

Thomas war sechzig, als ich ihn kennen lernte, was mir ziemlich alt vorkam, aber er war flink, lebhaft und gewitzt. Er war kein sonderlich großer Mann, doch seine Anwesenheit elektrisierte einen Raum. Wenn Thomas mir vergnügliche Geschichten auftischte und seine blauen Augen dabei blitzten, musste ich widerwillig lachen. Für mich war er vieles – weise, stolz und gleichzeitig demütig genug, um sich mit einer verwaisten Sechzehnjährigen abzugeben. Ja, mehr noch: er zementierte unsere besondere Freundschaft sogar öffentlich, indem er mir das Du anbot. Viele Male in jenem ersten Sommer lud Thomas mich auf einen Milchshake in Tulls Drugstore ein, wo er sich fast täglich mit seinen beiden langjährigsten Freunden Jake Lewellyn und Hank Jenkins traf. Solche Kampfhähne wie Mr. Lewellyn und ihn gab es kein zweites Mal. Beide versuchten ihr Ego dadurch aufzuplustern, dass sie dem anderen ein Schnippchen schlugen. Ihre Freundschaft war mir ein Rätsel.

Thomas gründete seinen Stolz nicht nur auf die Verdienste

seines Vaters, sondern auch auf seine eigenen. Man konnte nicht einmal fünf Minuten mit ihm bekannt sein, ohne zu erfahren, dass er in zwei Kriegen dreimal ausgezeichnet worden war – im Zweiten Weltkrieg und im Koreakrieg. Das hätte ihm in jeder Stadt Respekt eingebracht, aber in so einem Hintertupfingen wie Bradleyville wurden seine Taten – ob daheim oder im Ausland vollbracht – zur Legende. Trotzdem, wenn ich auch seinen Mut bewunderte, lernten wir in unserer Freundschaft schon recht früh, nicht über Krieg zu diskutieren, denn er war ein ebenso heißblütiger Schlachtstratege wie ich eine Verabscheuerin von Gewalt. Es war Thomas, der mir die Augen dafür öffnete, dass meine Tante und mein Onkel mich ebenso brauchten wie ich sie. Nicht, dass Henry zu ersetzen gewesen wäre, aber sie sahen in mir »ein zweites Kind, das ihnen der Himmel geschickt hat«, wie er sich ausdrückte. Von Anfang an überschütteten sie mich mit Liebe und zeigten nur geduldiges Verständnis für meine Selbstversunkenheit.

Obwohl meine Tante und mein Onkel wie ein Herz und eine Seele für mich sorgten, waren die zwei so verschieden wie Tag und Nacht. Während Onkel Frank bedachtsam redete und ruhig und zurückhaltend war, plapperte Tante Eva munter drauflos, war leicht aus der Fassung zu bringen und fuhr sich mit den sommersprossigen Händen oft durchs Haar, um die roten Locken wieder in den schlecht sitzenden Knoten zurückzustopfen. Wenn Klatsch Bradleyvilles offizieller Volkssport war, dann war Tante Eva die Schiedsrichterin. »Der Mr. Sowieso da, nur zwei Bankreihen vor uns«, pflegte sie zu flüstern, bevor der Gottesdienst begann, »ich sag dir, der hat gerade echt was durchgemacht mit ...« Und sie würde mir weiter erzählen von Sowiesos Frau oder Kind oder körperlichem Leiden – bis sie sich selbst ertappte und abrupt die Lippen zusammenkniff. »Bin ich doch schon wieder dabei«, würde sie seufzen, die Augen gen Himmel gerichtet. »›Wer Mund und Zunge bewahrt, der bewahrt sein Leben vor Not.‹ Sprüche 21,23. Vergib mir, Herr.«

Wenn ich auf meinen ersten Sommer in Bradleyville zurückschaue, ist mir, als starre ich in ein tiefes, schwarzes Loch. Oft hockte ich allein in meinem Zimmer und heulte, bis meine Tränen versiegten. Werktags war Tante Eva auf der Post, und Onkel Frank arbeitete im Sägewerk. Damit ich beschäftigt wäre, während sie außer Haus waren, hatten sie den Versuch unternommen, mich mit Mädchen meines Alters in Kontakt zu bringen, die sich alle Mühe gaben, meine Freundinnen zu sein. Sie luden mich immer wieder für einen Nachmittag oder eine Übernachtungsparty zu sich ein, doch ich sagte nur selten zu. Die Trauer saugte mich leer; ich hatte keine Kraft für Menschen.

Wenn ich nicht weinte, lag ich stundenlang zusammengerollt auf meinem Bett und versuchte, die Dinge in meinem Kopf zu ordnen. Ich kam nicht über die grausame Endgültigkeit hinweg, dass das Leben meiner Mutter, so selbstlos und ausstrahlungsstark, in einem Augenblick beendet worden war. Sie war erst fünfunddreißig gewesen. Die Erinnerungen an ihren Tod genügten, mich schweißgebadet und zitternd aus albtraumartigem Schlaf zu reißen. Wie sollte man jenes kopflose Drauflosrennen mit wachsweichen Knien beschreiben, das vor dem zusammengeschobenen Blechhaufen endete, der einmal unser Auto gewesen war? Meine Mutter da drin, zusammengekrümmt und blutend, und keine Möglichkeit, an sie heranzukommen, weil die Türen eingedrückt und die Griffe ab waren.

»Liebes Kindchen, nur Jesus kann dir in deiner Trauer helfen«, gurrte Tante Eva mir ins Ohr. »Ich weiß das, weil er mir ganz bestimmt geholfen hat, als wir Henry verloren. Ich war jeden Sonntag in der Kirche gesessen, seit ich hierher gezogen war, aber erst, als unser Henry starb, habe ich Jesus als meinen Retter angenommen. Dieser schreckliche Verlust hat mich auf die Knie gebracht.«

Ich wusste, sie meinte es nur gut. Doch was sie da von Glauben und Ermutigung erzählte, klang so abgedroschen, obwohl ich keinen Zweifel daran hatte, dass sie tief trauerte – um Henry und meine Mutter. Ich wollte nicht selbstsüchtig sein, aber ich konnte einfach nicht glauben, dass irgendjemand wirklich die Tiefe meines Schmerzes verstand, nicht einmal Jesus höchstpersönlich. Außerdem wollte ich gar nicht, dass »Jesus mir in meiner Trauer half«.

Ich wollte meine Mutter zurückhaben, das war alles.

Im Herbst begann mein Juniorjahr an der High School. Bradleyvilles High School war nur ein Bruchteil dessen, was ich an Schule gewöhnt war. Sie bestand lediglich aus einem kleinen Gebäude auf demselben Gelände wie die Grundschule. Ich ackerte mich durch die elfte Klasse, war aber kaum in der Lage, dem Unterricht zu folgen. Schließlich musste ich das gesamte Jahr wiederholen. Immer noch verfolgten mich die Albträume, und aus der Trauer um meine Mutter war ein schwelender Groll gegenüber Gott geworden, weil er sie mir weggenommen hatte. Obwohl Mutti mir als Kind das Beten beigebracht hatte, hatte ich jetzt keine Lust mehr, mit Gott zu reden. Meiner Meinung nach war meine Mutter der beste Mensch gewesen, der je über diese Erde gegangen war; und trotzdem hatte er sie sterben lassen, während Verbrecher und alle möglichen selbstsüchtigen, fiesen Typen immer noch lebten.

Sonntag für Sonntag ging ich mit meiner Tante und meinem Onkel in die Kirche, heftete meine Augen während der Predigt auf unseren Pastor, Jeffrey Frasier, und hörte doch nur wenig. Die Bellinghams waren sehr fröhlich in ihrer Anbetung, und ich bewunderte ihren Glauben. Manchmal wünschte ich, das zu haben, was sie hatten, denn sie schienen gefestigt und zufrieden. Ich schaute sie an und musste dann an Mei Zheng und ihre Kinder denken, wie sie zu Buddha beteten. Beide Familien hatten offenkundig ihren Weg zu Gott gefunden, wie meine Mutter sagen würde. Es hatte Zeiten gegeben, wenn ich an Muttis Seite im Hope Center aushalf, dass ich mich ihm ebenfalls nahe fühlte. Aber jetzt schien er so weit weg, seine Wege so undurchschaubar. Durch meine Wut auf ihn fühlte ich mich umso einsamer.

Eines Sonntags, etwa einen Monat nach Weihnachten – der Tag, vor dem mir in Bradleyville am meisten gegraut hatte – predigte Pastor Frasier aus dem dritten Kapitel des Johannesevangeliums über einen Mann namens Nikodemus. »Wahrlich, wahrlich, ich sage dir«, zitierte er Jesus, wie er zu Nikodemus sprach, »es sei denn, dass jemand von neuem geboren werde, so kann er das Reich Gottes nicht sehen.« Ich war mit meinen Gedanken eigentlich ganz woanders, doch aus irgendeinem Grund ließen mich diese Worte aufhorchen und ich runzelte die Stirn, während ich versuchte, mir einen Reim darauf zu machen. Die Aussage erschien mir nicht richtig. Ich wusste, dass das Reich Gottes der Himmel war. Und ich wusste, dass Mutti im Himmel war. Aber ich hatte sie nie von so etwas wie »von neuem geboren werden« reden hören, was auch immer das sein sollte. Nikodemus war offenbar genauso verwirrt wie ich, denn er fragte Jesus, was dieser Ausdruck bedeuten würde. Unser Pastor zitierte noch mehr Verse aus demselben Kapitel, und je mehr ich hörte, desto verwirrter wurde ich. »Meine Lieben, bitte verstehen Sie mich«, fuhr Pastor Frasier fort, »Jesus sagt in den Versen fünfzehn bis achtzehn klipp und klar, dass er der einzige Sohn Gottes ist, und dass es außer ihm keine Errettung gibt. Man kann nicht ›religiös‹ genug sein; man kann den Armen nicht genug dienen; man kann nicht oft genug zur Kirche gehen, ja noch nicht einmal genug Zeit auf den Knien verbringen, um seine Seele zu retten. Man kann nur Jesus als seinen Herrn und Erretter annehmen und sein Leben für ihn leben.«

Man kann den Armen nicht genug dienen. Das hatte der Pfarrer wörtlich gesagt. Er hätte meine Mutter auch gleich namentlich beschuldigen können. Er hätte genauso gut ausspucken können: »Niemals gut genug!« wie ihr schrecklicher Vater. Zorn flammte in mir auf und brannte in meiner Magengrube. Als er mit seiner Predigt fertig war, hatte ich die Arme fest vor der Brust verschränkt und die Kiefer zusammengebissen. Nach dem letzten Lied teilte ich meiner Tante und meinem Onkel mit, dass sie schon mal nach Hause fahren könnten; ich würde zu Fuß nachkommen.

»Aber Kindchen, es liegt doch Schnee!«, protestierte Tante Eva.

Ich schüttelte den Kopf. »Das ist mir egal; ich hab ja meinen Mantel. Ich muss mit dem Pastor reden, und zwar *sofort.*«

Onkel Frank legte seine großen Hände auf meine Schultern, seine grauen Augen waren warm. »Hast du etwas gehört, was dich gestört hat?«

Ich war zu aufgewühlt um zu antworten.

»In Ordnung, Jessie.« Seine Lippen verzogen sich. »Geh du nur und sprich mit dem Pastor. Ich bringe Eva nach Hause und komm dann wieder. Ich warte hier auf dich, bis du fertig bist.«

* * *

Jeffrey Frasier war ein hoch gewachsener Mann Ende Fünfzig mit einem imposanten silbernen Haarschopf. Seine haselnussbraunen Augen wirkten hinter der dicken Hornbrille vergrößert, sein Teint war dunkel. Er saß hinter einem mächtigen Eichenschreibtisch, hatte die langen Finger zusammengelegt und betrachtete mich mit einem freundlichen Ausdruck, den zu erwidern ich nicht in der Stimmung war. Auf der einen Schreibtischecke lag eine abgegriffene Bibel; auf der anderen standen in loser Ordnung gerahmte Fotografien von seiner Frau und seinen erwachsenen Kindern. Ich saß ihm gegenüber auf der Kante eines hohen, abgewetzten Lederstuhls und vor Abwehr war mein Hals wie zugeschnürt. Jetzt, wo ich in seinem Büro saß, bereute ich meine impulsive Bitte um ein Gespräch mit ihm. Ich hätte ein, zwei Tage warten sollen, bis der Ärger etwas verraucht war.

»Nun, Jessie«, sagte er und lehnte sich in seinem Stuhl zurück, »im Laufe der Jahre sind eine Menge Leute zu mir ins Büro gekommen, und das Gesicht, das du gerade machst, habe ich schon mehr als einmal gesehen. Anscheinend habe ich dich irgendwie verletzt.«

Ich schluckte hart und widerstand dem spontanen Impuls, loszuheulen. Es dauerte einen Augenblick, bis ich antworten konnte. »Es ist wegen meiner Mutter«, brachte ich schließlich heraus und krampfte die Hände in meinem Schoß zusammen. »Sie haben so etwas gesagt, dass Jesus der einzige Weg zur Errettung ist. Dass es nicht genug ist, den Armen zu dienen. Das verstehe ich nicht. Ich weiß, dass Jesus gut war, und das alles. Aber meine Mutter hat mir immer beigebracht, dass es viele Wege zu Gott gibt und dass jeder seinen eigenen Weg finden muss. Und ihr Weg war eben, dass sie anderen diente. Und außerdem hat Jesus anderen Leuten ja auch ständig geholfen.« In meinen Gedanken blitzte ein Bild von meiner Mutter auf, wie sie den schlaffen Arm einer gebrechlichen, älteren Dame sanft in deren Mantelärmel schob. Tränen stiegen mir in die

Augen. »Meine Mutter *starb* auf dem Weg zu einer Einrichtung für Obdachlose, wo sie jahrelang ehrenamtlich gearbeitet hat. Sie hat die Schäfchen gehütet, genau wie Jesus auf Ihrem Buntglasfenster. Sie war so ein guter Mensch, ich *weiß*, dass sie im Himmel ist. Und jetzt wollen Sie mir erzählen, dass sie es *nicht* ist?«

Traurigkeit malte sich auf Pastor Frasiers Zügen. »Oh, Jessie. Der Herr hat dir kein kleines Päckchen zu tragen gegeben. Manchmal ist es schwer, seine Absichten zu begreifen.«

Ich wischte ungeduldig eine Träne weg. Ich hatte jetzt keine Lust auf weitere Phrasen. »Sie haben meine Frage nicht beantwortet.«

Er legte zwei Finger ans Kinn und sein Blick verlor sich in einer schneebedeckten Eiche draußen vor dem Fenster. Dann schloss er die Augen und ich spürte, dass er betete. Als er sich mir wieder zuwandte, lächelte er entschuldigend. »Ich habe diese Predigt nicht mit der Absicht gehalten, etwas gegen deine Mutter zu sagen, weißt du«, sagte er sanft. »Selbst wenn das für dich gerade genau danach aussieht.«

Das Mitgefühl in seinen Augen überraschte mich. »Ich weiß.«

Er nickte kurz. »Schön. Na, denn. Ich glaube, wir haben es hier mit zwei Fragen zu tun. Bei der einen geht es um deine Mutter. Aber noch wichtiger bist du. Was brauchst *du*, um errettet zu werden?«

»Nein, das ist die gleiche Frage, weil ich uns nicht einfach so trennen kann. Sie bedeutete mir alles, und sie war immer für andere Menschen da. Sie haben ja keine Ahnung, wie sie im Center geachtet wurde; Sie haben ja keine Ahnung.« Meine Worte verhaspelten sich. »Und sie war sehr liebevoll und geduldig mit mir. Ich wollte immer genau so sein wie sie. Sie hat wirklich hart in dem Center gearbeitet, weil sie immer das Gefühl hatte, nicht gut genug zu sein, mehr tun zu müssen. Sie hat das nie so gesagt, aber ich glaube, sie hatte das Gefühl, diesen Schmutzfleck auf der Seele zu haben. Das war natürlich Blödsinn, aber das dachte sie halt. Ich glaube, das war wegen der Art, wie ihr Vater sie behandelt hat.«

Ich biss mir auf die Zunge und schaute Pastor Frasier leicht beunruhigt an. So viel hatte ich niemals sagen wollen.

»Wir haben alle ›Flecken auf der Seele‹, wie du es ausdrückst, Jessie. Selbst die besten von uns. Aber nicht etwa, weil uns irgendjemand auf dieser Erde erzählt, dass wir nicht gut genug sind, sondern weil Gott uns in seinem Wort sagt, dass wir alle gesündigt haben und hinter seinen Plänen für uns zurückgeblieben sind.« Er schaute mich an, wie ich wohl antworten würde. »Kannst du dem zustimmen?«

»Ich denke schon. Sonst würden wir Gott vermutlich nicht suchen müssen.«

Sein Gesicht verzog sich zu einem Lächeln. »Sieh mal einer an. So furchtbar weit sind wir also gar nicht auseinander.«

Mein Widerstand ließ ein wenig nach. Man konnte diesem Mann nur schwer böse sein.

»Ich möchte dich etwas fragen.« Er rutschte ein wenig in seinem Stuhl hin und her, suchte nach den passenden Worten. »Glaubst du, dass deine Mutter durch ihren Dienst für andere diesen Fleck wegbekommen hat?«

Seine Frage traf mich überraschend. Ich lehnte mich langsam zurück und presste die schmerzenden Schultern gegen das kühle Leder. »Auf jeden Fall.«

Er ging überhaupt nicht auf die Entrüstung in meiner Stimme ein. »Woher weißt du das?«

»Weil sie *ausschließlich* das machte. Wenn es nicht funktioniert hätte, dann ... dann hätte sie was anderes gemacht.«

»Verstehe.« Er holte tief Luft und atmete langsam wieder

aus. Er wirkte plötzlich bedrückt, müde. »Wird das auch dein ›Weg zu Gott‹ sein, Jessie?«

Ich dachte einen Moment nach. »Ich habe vor, Menschen zu helfen, wenn es das ist, was Sie meinen. Aber ich werde nie so gut sein wie Mutti. Wahrscheinlich auch nie so hart arbeiten. Doch was das Finden von Gott anbelangt, ja, ich glaube, so wird das für mich aussehen.« *Wenn ich jemals wieder bereit sein sollte, mit ihm zu reden.* »Ich glaube an ihn«, fügte ich hinzu, als hätte ich soeben laut gedacht. »Ich bin ein guter Mensch. Ich gehe zurzeit sogar jeden Sonntag in die Kirche. Was will man mehr?« Ich hob beide Schultern in einem geringschätzigen Achselzucken und lächelte reumütig. »Aber darum geht es ja sowieso nicht. Ich bin nicht hierher gekommen, um über mich zu reden. Ich kam, weil ich das Gefühl hatte, dass sie meine Mutter angegriffen haben, und das ... das konnte ich einfach so nicht stehen lassen.« Ich spürte einen Kloß im Hals. »Ich kann nicht glauben, was Sie in Ihrer Predigt gesagt haben, denn wenn das wahr wäre, dann wäre ihre ganze Arbeit – sogar ihr Tod – *umsonst* gewesen.«

»Jessie«, Pastor Frasier beugte sich über seinen Schreibtisch vor, »bitte versteh mich doch. Nichts, was ich jemals sage – ob in einer Predigt oder sonst wo – wird gegen deine Mutter gerichtet sein. Nur Gott kann darüber urteilen, wie sie ihr Leben gelebt hat. Ich überlasse sie seinen Händen. In Ordnung? Ich halte meine Predigten für diejenigen unter uns, die noch auf dieser Erde sind. Für mich, für dich, für die Person in der vordersten Bankreihe und die ganz hinten. Und ich sag dir eins, Jessie. Ich glaube, Gott hat dich heute wegen uns beiden hierher gebracht. Erst mal – wegen dir. Er hat eine Sehnsucht nach der Wahrheit in dein Herz gelegt – eine Sehnsucht, der du dir vielleicht noch nicht einmal voll bewusst bist. Und ich bete, dass er mir die Worte geben wird, die du hören musst, um die Wahrheit zu finden. Und was mich betrifft, so hat er dich anscheinend hierher gebracht, um mir eine größere Last für diese Stadt aufs Herz zu legen.«

Ich runzelte verständnislos die Stirn.

Er sah mich nachdenklich an. »Ich bin mir nicht sicher, was Gott vorhat, aber ich habe das Gefühl, dass er mir aufträgt, dir Folgendes zu sagen.« Er zögerte, wählte seine Worte. »Obwohl du neu in Bradleyville bist, Jessie, bist du – mit deiner Sicht von Errettung – anderen in dieser Stadt sehr ähnlich. Ich nehme an, du hast davon gehört, wie Jonathan Bradley seine Zelte in Albertsville abbrach und hierhin zog, als dies noch eine öde Landschaft war? Er war ein wunderbarer Christ und hatte die Unmoral um ihn herum gründlich satt. Er sagte, dass Gott ihn beauftragt hätte, eine Stadt zu gründen und, beim Himmel, genau das hat er getan. Diese Stadt war von Grund auf christlich. Mein Vater war der erste Prediger hier in dieser Gemeinde. Später wurde dann die Baptistenkirche gebaut, als mehr Menschen kamen. In den jungen Jahren dieser Stadt richteten die Leute ihr Leben auf Christus aus.« Gedankenverloren strich er mit dem Finger über eine Kerbe im Schreibtisch. »Aber mit dem Generationswechsel haben sich die Dinge verändert. Die Leute gehen immer noch zur Kirche und reden davon, Christen zu sein. Und sie erziehen ihre Kinder immer noch nach streng biblischen Maßstäben. Das Problem ist nur, Jessie, sie glauben, das sei genug. Sie haben aus den Augen verloren, was es heißt, Christus in seinem Leben Herr sein zu lassen. Ich rede hier natürlich nicht von allen. Deine Tante und dein Onkel, Alice Eder, Martha Plott und andere stehen immer noch fest im Glauben. Aber der größere Teil tut das nicht mehr. Darum habe ich heute diese Predigt gehalten. Und darum bete ich auch so viel für diese Stadt. Denn, Jessie, ich will dir mal was sagen, was ich selbst gelernt habe. Gut sein und anderen dienen und zur Kirche gehen, das ist alles gut und richtig. Aber durch die Feuertaufe tragen diese Dinge allein nicht durch. Denn wenn wir beschließen, nur diese Dinge zu tun, aber Jesus Christus nicht als unseren Erretter annehmen, dann beschließen wir damit, unsere eigenen Herren zu bleiben.«

Vor zwei Minuten wäre ich beinahe weich geworden. Nun ging ich erneut in Abwehrstellung. Wie konnte dieser Mann es wagen, solche Urteile zu fällen. »Hm.« Ich versuchte ein steifes Lächeln. »Ich denke, ich verstehe, wie Sie das sehen. Aber wie ich schon sagte, Mutti sah das Gute in vielen verschiedenen Wegen zu Gott. Und deshalb ... ich respektiere Ihren Glauben, so wie Sie hoffentlich den meinen.« Ich stand auf, der Diskussion ein jähes Ende setzend, und hatte plötzlich leichte Gewissensbisse, als Enttäuschung über sein Gesicht huschte. »Es tut mir Leid, dass ich schon gehen muss«, fügte ich hinzu, mein Rücken immer noch ganz steif, »aber mein Onkel wartet auf mich, deshalb ... gehe ich jetzt wohl besser.«

»In Ordnung, Jessie.« Der Pastor erhob sich elegant. »Dir müssen sowieso schon die Ohren klingen.« Er begleitete mich aus seinem Büro und ging dann mit mir den Gang hinunter zurück in den Kirchenraum, wo Onkel Frank mit gesenktem Kopf saß und betete.

Kapitel 4

An jenem Nachmittag widmete sich in Bradleyville ein älteres Mütterchen hingebungsvoll ihrem Efeupflänzchen auf dem Küchentisch, goss es sorgsam und wischte nicht vorhandenen Staub von seinen Blättchen. Das soweit erledigt, schlurfte sie über den schwarzweiß geschecken Boden, die Plastikgießkanne mit beiden Händen fest umklammert. Sie summte leise den Refrain eines Kirchenliedes vor sich hin und blieb vor den kleinen Kräutertöpfen stehen, die ihre Fensterbank säumten. Aus den Augenwinkeln sah sie etwas Rotes draußen auf der Straße aufblitzen und sie drehte sich zur Seite, um die Kanne auf einer Anrichte abzustellen. Als sie durch die Spitzengardine lugte, erspähte sie zwei Nachbarsjungen, die Zuwerfen spielten. »Verrückte Kinder«, schmunzelte sie vor sich hin, »bei der Kälte.«

Mit der Rechten hob sie die Gießkanne und mit der Linken zog sie vorsichtig die Blätter ihres Basilikums zur Seite, um Platz zum Gießen zu haben. Sie lächelte bei dem Gedanken, wie sehr sie das würzige Aroma von Basilikum an Spaghettis liebte. Ohne es zu merken, begann sie wieder zu summen.

Das Nächste geschah ohne Vorwarnung. Die heitere Küche und die Pflanzen verschwanden und der Witwe stand ein Bild vor Augen, so klar, als spiele sich die schreckliche Szene direkt vor ihren Füßen ab. Sie sah Finsternis. Gewalt. Tod. In dem Wirrwarr rasender Gestalten konnte sie nur ein einziges Gesicht erkennen. Dieses Gesicht und der Ausdruck, der auf ihm lag, ließ ihr vor ungläubigem Entsetzen das Blut in den Adern gefrieren.

Ein leises Keuchen entwich den geöffneten Lippen der Wit-

we. Sie erstarrte, stand noch immer über die Pflanze gebeugt, die Gießkanne hing in der Luft. Was um Himmels willen? Warum nur war ihr etwas dermaßen Verrücktes in den Sinn gekommen? Sie grübelte so lange, bis ihr Rücken zu schmerzen anfing, dann richtete sie sich auf und schüttelte den Kopf. Sie musste zu viel von der roten Grütze zum Nachtisch gegessen haben; der Zucker spielte ihr mal wieder einen Streich. Sie holte tief Atem, schüttelte sich innerlich wieder zurecht und hob die Kanne, um ihre Minze zu gießen. Als Nächstes kam die Petersilie an die Reihe. Kurz darauf erklang wieder ihr Summen. Ein Heizlüfter hing an der Wand unter dem Fenster, und sie ließ sich Zeit, genoss die warme Luft an ihren Beinen.

Eben wollte sie dem Rosmarin Wasser geben, als die Vision zum zweiten Male vor ihrem inneren Auge aufblitzte, mit doppelter Klarheit. »Oh!«, schrie sie und hätte beinahe die Kanne fallen lassen. Sie erstarrte wieder, in ihrem Kopf drehte sich alles. Dann, ganz allmählich, überzog ein neuer Ausdruck ihre runzeligen Züge. »Herr?«, fragte sie laut. »Bist du das?« Sie lauschte angestrengt, die Augen zur Decke gerichtet. »Versuchst du gerade, mir etwas zu sagen?«

Sie meinte, eine Ewigkeit so dazustehen, bis ihre Beine steif wurden und es in ihrer rechten Hüfte zu pochen begann. Sie ging zum Küchentisch hinüber, zog den Holzstuhl mit dem selbst genähten roten Polsterkissen hervor, das an die Rückenstäbe gebunden war, und ließ sich leise aufseufzend darauf nieder. Da sprang die Vision sie zum dritten Mal an und heftete sich so fest an ihre Gedanken, dass kein Abschütteln möglich war.

»Lieber, allmächtiger Gott«, stieß sie bis ins Mark erschüttert hervor. »Bitte sag mir, ist dieses Furcht erregende Bild von dir?« Sie versuchte, ihr klopfendes Herz zu beruhigen, während sie auf eine Antwort wartete. Und die Antwort kam mit solcher Gewissheit, als hätte Gott laut gesprochen.

Ja.

»Oh, Jesus, hilf uns.« Ganz selbstverständlich faltete die Witwe ihre Hände und neigte sich über den Tisch, um mit Gott zu reden. Lange, lange saß sie so da.

Als sie sich schließlich erhob, ging sie zielstrebig in ihr kleines, geschmackvolles Wohnzimmer zum Telefon. Während des Betens war ihr die Bedeutung der Vision immer klarer geworden. Ein furchtbares Unheil drohte Bradleyville. Sie wusste weder was, noch wann oder wie. Nur dass Gott sie und einige andere – denen sie davon erzählen sollte – gerufen hatte, um im Gebet fürbittend einzutreten.

Ihre Lippen bewegten sich leise, als sie den Hörer abnahm und die Nummer von Pastor Frasier wählte.

1968

Kapitel 5

Das schwache Quietschen von Bremsen drang durch die geöffneten Küchenfenster herein und ich sprang reflexartig auf. Als ich die weißen Tüllgardinen zur Seite schob, sah ich einen roten Lieferwagen, der vor dem Haus am Bordsteinrand parkte. Enttäuschung durchzuckte mich. Ich war erst seit einer halben Stunde zu Hause, gerade mal lang genug, um ein hastiges Abendessen einzunehmen. Mein Gepäck war noch im Auto. Ich war mit einem stürmischen Hallo hereingeplatzt und hatte meine Quastenmütze für Universitätsabsolventen herumgeschwenkt, als ob es bei der Abschlussfeier vor zwei Tagen nicht oft genug verkündet worden wäre. Ich hatte erwartet, dass wir drei uns beim Abendessen gemütlich Zeit lassen und darüber reden würden, wie gut es mit meinen Plänen voranging. Stattdessen traf ich meine Tante wie auf glühenden Kohlen sitzend und einen überbeschäftigten Onkel an.

»Oh, das muss Lee Harding sein«, stieß Tante Eva hervor und schnitt flink ihren noch warmen Schokoladenkuchen an. »Würdest du bitte die Türe öffnen, Liebes?«

»Ihr habt mir gar nicht erzählt, dass wir Besuch kriegen würden«, rief ich über die Schulter, als ich um die Ecke ins Wohnzimmer bog.

»Ach, weißt du, nur Lee und Thomas, und es war ja kaum Zeit bis jetzt, und wir wollten das Thema nicht schon anschneiden ...« Tante Evas geschwätzige Antwort tönte durch den Flur, als ich die Haustür öffnete.

Mein Blick traf den stattlichen Mann vor mir in Brusthöhe und ich hob die Augen, um breite Schultern und einen muskulösen Nacken wahrzunehmen. Lee Harding war gut und gerne 1,90 Meter groß, hatte das dichte schwarze Haar über eine breite Stirn gekämmt und Augen von dunklem Schokoladenbraun. Ich selbst war nur 1,65 Meter und musste meinen Kopf zurücklegen, um ihm in die Augen zu sehen. Eines seiner starken Handgelenke war möglicherweise breiter als meine beiden zusammengenommen. Einen kurzen Augenblick starrten wir uns an, meine Hand lag immer noch auf dem Türknauf.

»Jessie«, sagte er mit Wohlwollen in der Stimme. »Ich hatte nicht damit gerechnet, dich so bald zu sehen.«

Ich zögerte, suchte nach einer Antwort.

»Ich habe dich getroffen, als du über Weihnachten hier unten warst, weißt du noch?«, fragte er und streifte seine großen, gestiefelten Füße automatisch an Tante Evas abgetretener Fußmatte mit dem Schriftzug »Willkommen« ab. »Und dann wieder zu Ostern in der Kirche.«

»Natürlich, ich erinnere mich«, ich lächelte. »Schön, dich wieder zu sehen. Komm herein, sie erwarten dich schon.«

Tante Eva tauchte um die Ecke auf, ein mit Krümeln übersätes Tablett in der Hand. »Komm rein, Lee, komm rein!«, rief sie und stürzte auf mich zu wie ein Adler, der sich zu seinem Küken gesellt. »Thomas wird jede Minute hier sein und Frank ist mir direkt auf den Fersen. Nimm einfach Platz. Jessie kennst du ja noch. Sie wird bis August bei uns bleiben; es wird so *schön* sein, sie in diesem Sommer hier zu haben, meint ihr nicht?« Sie blickte uns viel sagend an.

Du liebe Zeit. Allem Anschein nach hatte Tante Eva ihre eigenen Pläne für mich in meinen letzten Wochen in Bradleyville. »Ich geh mal Eistee holen«, sagte ich.

* * *

Bis ich drei Gläser Eistee für die Männer und drei Teller Kuchen vorbereitet hatte, war Thomas gekommen. Ich trottete zur Tür, um ihn zu umarmen, und spürte die dünner werdenden Knochen durch sein rotgemustertes Hemd. »Nochmals danke, dass du zu meiner Abschlussfeier gekommen bist«, flüsterte ich und küsste ihn auf die runzlige Wange.

»Ach was«, winkte er ab, »was ist schon so ein bisschen Fahrt für mein bestes Mädchen.«

Onkel Frank und Lee erhoben sich, um Thomas zu begrüßen – mein Onkel mit warmer Vertrautheit, Lee mit einem Hauch von Ehrerbietung. Neben Lee Harding nahm sich mein Onkel winzig aus, obwohl er selbst 1,83 Meter maß. Als sich die Männer für ihre Besprechung in den Sesseln und auf der Couch niederließen, entschuldigte ich mich, da ich den besorgten Ausdruck in den Augen meines Onkels bemerkte, die ein wenig zu den runden Wangen hochgezogenen Mundwinkel. Tante Eva segelte gerade auf die Couch zu, als sie ein Blick ihres Mannes traf. »Also«, sagte sie, und lächelte unbestimmt in die Runde, »Dann werden Jessie und ich mal ... unseren Nachtisch in der Küche essen.« Sie ging würdevoll hinaus und bedeutete mir zu folgen wie ein Kind, das sich verlaufen hat.

Die Sache war ernst – das konnte man schon allein daran ablesen, dass Lee und Thomas zu diesem ungewöhnlichen Treffen um Punkt sechs Uhr auf unserer Matte standen, eine geheiligte Zeit in Bradleyville. Um fünf Uhr war Schicht im Sägewerk und die Ehefrauen stellten um halb sechs das Abendessen auf den Tisch. Beim Essen hatten die Väter Zeit, um die Kinder nach ihrem Benehmen zu fragen, und die Mütter, um »Papi« das neuste Wort des Sprösslings zu erzählen. Besuche machte man nicht vor sieben Uhr – ein ungeschriebenes Gesetz vielleicht, aber deswegen nicht weniger verbindlich in einer Stadt, die auf starken Familienbanden gegründet war.

Tante Eva und ich kehrten schweigend zu unseren Plätzen am Küchentisch zurück und waren jetzt zwar außer Sicht-, aber noch in guter Hörweite der drei Männer. Meine Tante war ganz Ohr; sie nahm die Gabel zur Hand und ließ sie ohne das geringste Geräusch durch ihr Stück Kuchen und in den Mund gleiten. Ich unterdrückte ein Grinsen. Sie würde sich nie ändern.

»Hab gehört, Thomas, dass man bei euch gratulieren darf.« Lee Hardings Stimme war tief, aber erstaunlich sanft für einen Mann von seinem Format. »Wie gehts dem Baby?«

»Hoho, den Prachtkerl von einem Enkel solltest du mal sehen!«, krähte Thomas. »Kevin Thomas Matthews – wenn das mal kein Name ist! Stark ist er und clever. Echt erstaunlich, was man alles schon bei einem Menschen erkennen kann, der erst eine Woche alt ist.«

Ich hörte, wie sich Thomas auf die Schenkel schlug, konnte mir sein »Stolz-wie-Oskar«-Lächeln vorstellen.

»Und Estelle?«

»Alles bestens. Die kümmert sich um ihre wachsende Familie. Und Celia entpuppt sich als große Schwester, da staunst du nur. Lässt das Baby keine Sekunde aus den Augen.«

Tante Eva krauste ungeduldig die Nase, als der Austausch von Höflichkeiten weiterging. Wir hörten, dass es Lees Mama langsam wieder besser ging, nachdem sie gestürzt war und sich die Hüfte gebrochen hatte. Und seine jüngere Schwester habe »ihre Hochs und Tiefs, so mit dem schwanger sein und plötzlich ohne Mann dastehen und das alles.« Diese Bemerkung ließ Tante Eva schaudern. Sie hob ihre Gabel in die Höhe, drehte sie und spießte damit einen imaginären Bart Stokes für seine Treulosigkeit auf. »Das kommt davon, wenn man einen Jungen aus Albertsville heiratet«, hatte sie die Nase gerümpft, als sie mir die neueste Nachricht verkündete. »Die haben einfach nicht unsere Anständigkeit.«

Als die Männer auf Geschäftliches zu sprechen kamen, war meine Tante wieder ganz Ohr.

»Thomas«, begann Onkel Frank, »Lee und ich wollten sowieso mal mit dir über das Sägewerk reden, und nach heute, da dachten wir, es könne nicht länger warten. Blair Riddum hat uns gerade eröffnet, dass er die Löhne in diesem Steuerjahr wieder nicht erhöhen wird. Die Männer sind ganz schön aufgebracht.«

»Womit begründet er das?«

»Die alte Leier«, warf Lee ein. »Der Betrieb laufe nicht, er könne das nicht zahlen und so weiter und so fort. Es war schon letztes Jahr hart genug, sich das anzuhören, aber da hat er versprochen, dass es dieses Jahr anders sein würde. Also haben wir alle den Gürtel enger geschnallt und abgewartet. Was blieb uns auch anderes übrig; das Sägewerk bringt das Essen auf den Tisch. Und jetzt geht der Tanz von vorne los.«

Es entstand eine Pause. Ich schaffte es, von meinem Kuchen abzubeißen, und ärgerte mich für Thomas über diese Neuigkeiten. Nachdem seine Frau vor vier Jahren gestorben war, hatte Thomas das Sägewerk verkauft, sich in Ruhestand begeben und war zu seiner Tochter Estelle und ihrer Familie gezogen. Nie hätte er gewollt, dass der Verkauf seinen Angestellten schaden würde.

»Alle haben wütend vor sich hingegrummelt, als sie heute Abend zur Tür rausgingen«, fuhr Lee fort. »Und was auch nicht gerade zum Frieden beiträgt, Thomas, ist der Anblick dieses dicken Anbaus, den Riddum vor nicht mal zwei Monaten fertig gestellt hat. Du musst ihn von der R 622 aus gesehen haben. Er hat eine neue Veranda, die einmal ganz rum geht, eine prachtvoll geschnitzte, schwere Haustür und dazu noch mindestens ein paar neue Zimmer. Und jetzt ist kein Geld mehr da für uns. Ich kann dir sagen, das steckt man nur schwer weg, wo ich doch selbst gerade dabei bin, an Mamas Haus anzubauen für meine Schwester und ihr Baby. Ich hab mit der Lohnerhöhung gerechnet, um der Bank das Geld für das Baumaterial zurückzuzahlen.«

»Was sagen die Rechnungsbücher, Frank?«, fragte Thomas.

Mein Onkel schnaufte verächtlich. Eine unheilvolle Ahnung beschlich mich, als ich diese für meinen geduldigen Onkel so derart untypische Bekundung von enttäuschter Verärgerung hörte. »Die hat man mir aus der Hand genommen. Riddum hat mir letzte Woche erklärt, ich sei lediglich stellvertretender *Produktions*manager, nichts weiter. ›Sie müssen mehr draußen bei den Männern sein. Die werden faul und langsam‹, sagt er.«

»Die Männer waren nie langsam, solange ich da war.«

»Und das sind sie auch jetzt nicht, Thomas«, erklärte Lee. »Wir haben sogar noch schneller gearbeitet in der Hoffnung auf die Lohnerhöhung im Juli. In der Nähe der Sägeblätter ist man nicht mehr sicher. Ken Beecham wird sich eines Tages noch den Daumen abschneiden.«

Jemand seufzte laut auf. Wahrscheinlich Thomas. Ich war in Lexington an der Universität von Kentucky gewesen, als er das Werk verkaufte, hatte aber von Tante Eva die ganze Geschichte gehört. Es war eine ziemlich große Sache für Bradleyville gewesen, das erste Mal, dass die Hauptstütze der Stadt in die Hände eines anderen als einem Bradley überging. Blair Riddum wohnte ungefähr eine Meile vor der Stadt, er war zwar kein Fremder, aber auch nicht wirklich von bradleyvillschem Fleisch und Blut. Einige aus der Stadt hatten Bedenken über den Verkauf des Betriebs geäußert, was eine vornehme

Umschreibung dafür ist, dass sich der andere Betrieb der Stadt – der Klatschbetrieb – förmlich überschlug. Doch Thomas hatte die Ängste der Leute beruhigt, hatte sie daran erinnert, dass Käufer nicht alle Tage kämen und dass eine Meile hinter dem großen hölzernen Ortsschild von Bradleyville doch immerhin besser sei als zweiundzwanzig Meilen – womit er die nächste Ortschaft Albertsville meinte.

Ich hörte, wie ein Eisteeglas auf einem von Tante Evas Glasuntersetzern abgestellt wurde, dann das Quietschen eines Sessels.

»Ich habe schon lange was munkeln gehört«, sagte Thomas. »Es war ja auch nicht zu überhören. Ich hab versucht, mich rauszuhalten, dachte, das sei nicht mehr mein Platz. Aber der Gedanke, dass die Stadt jetzt darunter zu leiden hat, dass ich verkauft habe, um mich zur Ruhe zu setzen, der wurmt mich.«

»Keiner macht dir Vorwürfe, Thomas, wir mit Sicherheit nicht«, erwiderte mein Onkel. Lee Harding äußerte seine Zustimmung. »Wir wollten dich damit eigentlich gar nicht behelligen, vor allem jetzt nicht, wo du einen kleinen Enkelsohn hast und alles. Aber in ganz Bradleyville gibt es niemanden, der nicht auf dich hören würde. Darum bitten wir dich, Riddum mal einen Besuch abzustatten. Gib ihm zu verstehen, wie ernst die Lage ist.«

»Wie ernst ist sie denn?«

Onkel Frank räusperte sich. »Nun ja, ein paar ganz Hitzköpfige haben sogar schon von Streik geredet.«

Streik.

Tante Evas Augen weiteten sich. »Das hat mir Frank gar nicht *erzählt*«, flüsterte sie aufgebracht. Ich schüttelte den Kopf, strich eine lange Haarsträhne zurück. So weit würde es nie kommen.

Es hatte einen Streik in einer großen Nähfabrik in Albertsville gegeben, als ich siebzehn war. Diese Stadt war zehn Mal so groß wie Bradleyville und trotzdem war sie durch den Zusammenstoß ins Wanken geraten. Gewalt war ausgebrochen, als man »Streikbrecher« heranholte, um die Streikenden zu ersetzen, und drei Menschen waren ums Leben gekommen. Mehr als dreihundert Familien waren einen Monat lang ohne Einkommen und Supermarktüberfälle waren an der Tagesordnung gewesen.

»Streik«, wiederholte Thomas.

»Keine Sorge, Sir«, sagte Lee rasch, »Das ist nur loses Geschwätz von so ein paar Möchtegerns. Al Bledger nimmt den Mund immer zu voll.«

»Ich hab versucht, die Arbeiter nach der Schicht zu besänftigen«, erklärte Onkel Frank. »Lee kam mir zur Hilfe – er ist jemand, zu dem sie aufschauen, obwohl er noch nicht mal ein Jahr da ist. Es war seine Idee, dass wir zu dir gehen.« Er machte eine Pause. »Was ich dir damit sagen will, alter Freund, ist, also, unser Treffen hier ist kein Geheimnis. Wir zählen alle auf deine Unterredung mit Riddum und hoffen, dass ihn das wieder ein bisschen zur Vernunft bringt. Wenn nicht, nun, Lee und ich werden weiter versuchen, irgendeinen Kompromiss zu finden. Wir wollen keinen Ärger.«

»Und wir wollen auch keine Gewerkschaftsmeierei«, fügte Lee hinzu. »Noch nicht, jedenfalls. Aber wenn sich das nicht regelt, dann sehen die Versprechungen einer Gewerkschaft immer reizvoller aus.«

»Ich habe immer gesagt, nur über meine Leiche kriegt eine Gewerkschaft mein Sägewerk zu fassen«, sagte Thomas. »Dass Wildfremde uns erzählen, wo's langgeht, das widerspricht allem, wofür Bradleyville steht.«

Tante Evas Kuchen war vergessen. Sie stützte die Ellbogen auf den Tisch, wiegte das bestürzte Gesicht in den Händen.

»Also«, sagte Onkel Frank, »wirst du zu Riddum gehen?«

»Ich werde tun, was ich kann. Und wenn es nicht wirkt, meine Herren ...« er hielt inne, »dann werden wir feste beten müssen.«

Kapitel 6

Ich packte langsam meine Koffer aus, noch ganz verstört von dem, was ich über das Sägewerk gehört hatte. Thomas war noch ein Weilchen geblieben, nachdem Lee Harding gegangen war, und sein Gesichtsausdruck ließ keinen Zweifel daran, wie bestürzt er war. »Ich kann einfach nicht glauben, dass es so schlimm sein soll«, wiederholte er immer wieder, als wir um den Küchentisch saßen. Ich hatte den Abwasch mittlerweile gemacht. »Wo bin ich nur *gewesen*?«

»Du hast an das Baby gedacht, das unterwegs war, Thomas, so einfach ist das.« Tante Eva tätschelte seinen Arm. »Bei euch zu Hause ist ordentlich was los.«

Thomas schüttelte den Kopf, er war untröstlich. »Ich hätte aufpassen sollen; vielleicht wäre es gar nicht erst so weit gekommen. Hätte mir den Riddum schon vor Wochen vorknöpfen sollen.«

»So weit ist es ja noch gar nicht gekommen«, warf Onkel Frank ein. »Dieses Streikgerede ist doch wie gesagt nur das Geschwätz von ein paar Hitzköpfen. Die meisten Männer haben das nicht mal erwähnt.«

»Ein Hitzkopf genügt«, entgegnete Thomas. »Ein Hitzkopf kann die ganze Kompanie in den Untergang stürzen; hab das oft genug erlebt in meinen Kriegstagen.«

»*Die*, nur so nebenbei, hinter dir liegen, Thomas«, erklärte Tante Eva und klopfte zur Betonung leicht mit der Faust auf den Tisch. »Über Löhne zu streiten, ist kein Krieg, und Bradleyville ist nicht Korea. Also denk nicht weiter in diesen Bahnen. Wir reden hier nicht von Kriegstaktik oder Schlachten; wir reden über das Sägewerk, das nun schon seit vielen Jahren hier steht und das auch noch viele Jahre bleiben wird.«

Ich warf ihr einen erstaunten Blick zu und fragte mich, wen sie wohl am meisten zu überzeugen versuchte. Sie blieb hartnäckig. »Du bist eine Weile nicht hier gewesen, Jessie«, sagte sie scharf, fing sich dann aber und schlug einen leichteren Ton an. »Die Dinge waren in letzter Zeit schwierig im Sägewerk, und keiner weiß das besser als dein Onkel. Man zieht von beiden Seiten an ihm, als stellvertretender Manager und als Freund. Aber trotzdem, Thomas«, wandte sie sich ihm zu, »das Wichtigste, was wir jetzt tun müssen, ist beten. Gott hat deinem Vater geholfen, dieses Sägewerk aufzubauen, und er wird es auch beschützen.«

Meine Augen glitten zu Thomas. Tante Eva mochte nicht besonders diplomatisch gewesen sein, aber ihre Beobachtung hatte den Nagel auf den Kopf getroffen. Dass Thomas sich für den Stadtvater – und damit ultimativen Problemlöser – hielt, strahlte aus jedem seiner Knopflöcher. Er rieb sich langsam den Mundwinkel und unterdrückte den Impuls, sich zu verteidigen.

»Du hast natürlich ganz Recht, Eva.« Er legte die Stirn in Falten. »Gott wird uns bestimmt helfen. Aber ich bin derjenige, der hier unten auf der Erde versuchen wird, Riddum ein bisschen Vernunft beizubringen.«

»Und wir sind froh, dass wir dich haben«, schaltete sich Onkel Frank ein. »Wir sind dankbar für deine Weisheit und deine Erfahrung. Und Eva hat auch Recht; wir werden beten – für dich und für die Bewahrung der Stadt.«

»Das kann mir nur recht sein.« Thomas klatschte sich mit den Händen auf die Knie und erhob sich zum Gehen.

»Und du gibst uns dann Bescheid, Thomas, sobald du mit der Unterredung fertig bist.« Tante Eva war aufgestanden und schob den Stuhl zurück unter den Tisch.

»Keine Sorge, Eva, ihr werdet mit die Ersten sein, die alles erfahren«, antwortete Thomas augenzwinkernd. Er kannte sie ebenso gut wie sie ihn. Wenn Tante Eva die Anspielung verstanden hatte, so ließ sie sich jedenfalls nichts anmerken.

Jetzt, allein in meinem Zimmer, öffnete ich seufzend einen Kleiderschrank. Ich wusste, dass ich selbstsüchtig war, aber mir tat das Ganze für die Stadt genauso Leid wie für mich. Ruhe, das war es, wonach ich mich sehnte, nicht Aufregung. Während des gesamten Abschlussjahres hatte ich Bradleyville, dank eines überladenen Terminkalenders, nur zu Weihnachten und Ostern besuchen können, obwohl die Universität von Kentucky keine fünf Stunden Autofahrt entfernt war. In den fünf Jahren am College hatte ich das Kunststück vollbracht, neben den Kursen jede Woche noch dreißig Stunden zu jobben. Im letzten Jahr musste ich pro Semester noch einen Extrakurs belegen, um den Abschluss machen zu können. Und damit nicht genug: Ich hatte pro Woche auch noch etwa fünf Stunden ehrenamtliche Mitarbeit bei einer Suppenküche eingeschoben, die von einer Kirche in Lexingtons Innenstadt geführt wurde. Jetzt war die Luft raus. Ich hatte mich so darauf gefreut, für zwei Monate zum Ausruhen nach Hause zu kommen, bevor ich meine neue Stelle in Cincinnati antrat. Während jener letzten, verrückten Woche der Abschlussprüfungen, in der ich bis tief in die Nacht lernte und im Kopf den Stoff wiederholte, während ich in »Susans Änderungsschneiderei und Heißmangel« saß und Kleidung umänderte, hatte ich mir wieder und wieder gesagt: »Nur noch ein paar Tage. In ein paar Tagen machst du dir ein schönes Leben in Bradleyville.«

Ich schüttelte ein zerknittertes Kleid aus und hing es mit kritischem Blick in den Schrank. Ich brauchte dringend eine angemessene Garderobe für meine neue Stelle als Sozialarbeiterin für den Kreis Hamilton, zu dem Cincinnati gehörte. Mein einziges Vorhaben für die kommenden zwei Monate bestand, abgesehen von Ausruhen, im Nähen von mindestens sechs Garnituren, wobei ich einen Teil meiner sorgsam gehüteten Ersparnisse für Stoff und Schnittmuster ausgeben wollte. Mein erster Arbeitstag war der 15. August. Die Wohnung, die ich gemietet hatte, würde zum 1. August freiwerden, das war perfekt. So würden mir zwei Wochen bleiben, um in den großen Mietwohnungskomplex einzuziehen, in Cincinnati wieder heimisch zu werden und vielleicht schon ein paar Freundschaften zu schließen. Und das Wichtigste: Ich könnte ein paar Tage für das Hope Center erübrigen, das immer noch von Brenda Todd geleitet wurde, die »es gar nicht erwarten könne, mich mit offenen Armen wieder willkommen zu heißen«, wie sie mir geantwortet hatte, nachdem ich ihr von meinen Plänen, nach Cincinnati zurückzukehren, geschrieben hatte. Sobald ich meine Stelle angetreten hatte, wollte ich ein paar Abende die Woche und jeden Sonntag im Center arbeiten. »Was meine Mutter getan hat, ist sicherlich ein paar Nummern zu groß für mich«, hatte ich in meinem Brief geschrieben, »aber ich kann meinen kleinen Beitrag leisten.«

Vorsichtig nahm ich mein Lieblingsfoto von Mutti aus dem Koffer und stellte es auf die Frisierkommode. Das Bild zeigte sie vor dem Hope Center in ihrem schweren, schwarzen Mantel, die Wintersonne zauberte glänzende Schimmer in ihr Haar. Ich betrachtete sinnend das Bild, erwiderte Muttis Lächeln, berührte den zarten Goldrahmen. Obwohl ich sie immer noch schrecklich vermisste, wurde mir warm ums Herz, wenn ich daran dachte, dass sie mir vom Himmel aus zusah und ganz gewiss stolz auf mich war – stolz, dass ich mir das Studium selbst finanziert hatte, und stolz, dass ich in ihre Fußstapfen treten und etwas von meiner Zeit und Kraft für andere geben würde, noch dazu in genau dem Center, das sie so sehr geliebt hatte.

Eine Welle der Traurigkeit überspülte mich ohne Vorwarnung und Tränen traten mir in die Augen. Immer noch kam hin und wieder der Schmerz des Verlustes in mir hoch, manchmal gerade dann, wenn ich es am wenigsten erwartete. Ich tappte über den Teppich, ließ mich rücklings auf das Bett fallen und starrte zur Decke. Schwermut war das Letzte, was ich bei meiner Rückkehr nach Hause erwartet hatte. Offensichtlich war ich erschöpfter, als mir bewusst gewesen war. Tränen rannen mir aus den Augenwinkeln, seitlich am Gesicht hinunter und in beide Ohren. Bald, das wusste ich, würde die Traurigkeit vergehen und ich könnte wieder weitermachen. Ich hatte seit Monaten keine Zeit mehr zum Weinen gehabt; jetzt, nachdem das ganze Durcheinander mit den Prüfungsvorbereitungen vorbei war, war der Körper einfach am Ende seiner Kräfte, das war alles.

Meine Nase begann zu laufen. Ich atmete tief ein und durch den Mund wieder aus. Die Situation war mir vertraut – hier in diesem Zimmer auf dem alten Doppelbett meiner Mutter mit dem blauen Überwurf zu liegen und zu weinen. Wie oft hatte ich das nicht im ersten Jahr meines Umzugs nach Bradleyville getan? Wie weit hatte ich es seitdem gebracht! Nach »dem Traum« war es allmählich bergauf gegangen.

Ich nahm eine andere Lage ein und faltete die Hände über dem Bauch. Wenn ich die Augen schloss und mich konzentrierte, konnte ich jenen Traum immer noch zum Leben erwecken, seine Aura spüren, obwohl er schon mehr als sieben Jahre zurücklag. Er war so real und so atemberaubend bedeutungsvoll gewesen, dass er mich aus meiner Trauerversunkenheit gerissen und meinem Leben einen neuen Sinn gegeben hatte.

Der 11. April: In jener Nacht hatte ich geträumt. Es war zehn Monate nach dem Tod meiner Mutter gewesen. Ich hatte mich immer noch nicht wieder im Griff. Es war, als würde ich treiben - ein einsames, verlorenes Schiff auf unsteter, tückischer See. Das Gespräch mit Pastor Frasier ging mir nicht aus dem Kopf. Obwohl ich wusste, dass er Unrecht hatte, und obwohl es mir schwer fiel, ihm seine Worte zu vergeben, nagten sie an mir – ein leises, beunruhigendes Flüstern. Ich nahm ab, hatte aber keine Lust zu essen; war müde, aber die Albträume vom Tod meiner Mutter waren meinem Schlaf beständig auf den Fersen. Doch dann im April träumte ich von ihr. Ich träumte, dass ich in der Kirche saß und Pastor Frasier predigen hörte. Plötzlich verschwand der Kirchenraum und ich saß allein in meiner Bank mitten auf einer riesigen, mit Gänseblümchen übersäten Wiese. Die Nacht war warm und mondhell, eine sanfte Brise strich mir durchs Haar. Ich fühlte mich ganz leicht und zitterte vor Erwartung, obwohl ich nicht wusste, worauf. Und dann sah ich in der Ferne meine Mutter auf mich zukommen. Sie schien mehr zu schweben als zu gehen, obwohl ich wahrnahm, dass sich ihre Beine unter dem blassblauen Kleid bewegten. Das Mondlicht ergoss sich über das duftige Gewebe, das sie wie ein zarter Hauch umspielte, und ihre Haut schimmerte perlweiß. Sie war unbeschreiblich schön.

»*Mutti!*«, schrie ich und sprang auf die Füße, rannte ihr entgegen. Gräser und Hügel bewegten sich unter mir, aber ihr Bild kam nicht näher. »Mutti!«, schrie ich wieder und rannte mit aller Kraft mit ausgestreckten Armen auf sie zu, bis ich glaubte, sie würden aus den Gelenken reißen.

»Nein, Jessie!«, rief sie. »Es ist gut.«

Ihre Stimme, genau wie ich sie in Erinnerung hatte, wehte mit seidiger Leichtigkeit zu mir herüber, hatte die Farbe des

Sonnenaufgangs. Ein uraltes Wissen schien auf ihrem Atem zu liegen, der im Mondschein durchsichtig schimmerte. Dieses Wissen ließ meine rennenden Beine erlahmen, ein Prickeln überkam mich, als es sich auf meinen Kopf und die Schultern herabsenkte.

»Du bist ein Engel«, sagte ich sanft und wusste, dass sie mich hören würde.

»Ja«, antwortete sie. »Dein Schutzengel. Ich wache über dir.«

Ich starrte sie an, der verschwommene Bewusstseinsstrom zwischen uns hatte mir die Sprache verschlagen. Ich erinnere mich, dass ich die Hand hob und sah, wie er mir seidig durch die Finger rann. »Was soll ich tun?«, fragte ich lahm, fühlte mich so furchtbar *menschlich*.

»Tritt in meine Fußstapfen.« Die Worte drangen schimmernd an mein Ohr.

Ein Anflug von Sorge überkam mich. »Was ist, wenn jemand sagt, dass ich Unrecht habe?«

Sie lächelte. Ihre Lippen leuchteten und sandten Lichtpfeile aus, die mich bis ins Mark trafen. Das Gefühl war so stark, dass mir die Knie weich wurden, meine Liebe zu ihr schnürte mir die Kehle zu. »Ich habe dir die Wahrheit gezeigt; auf andere brauchst du nicht zu hören.« Ihre ersten Worte strömten klar zu mir herüber, aber die letzten waberten und wurden schwächer.

»Nein, warte!«, schrie ich, als sie zu schimmern begann, ihr Bild sich auflöste und dahinter Stücke des Nachthimmels erkennbar wurden. *»Waaarte!«*, schrie ich verzweifelt.

In ihrem letzten Gesichtsausdruck lagen überströmendes Erbarmen und Liebe. »Ich wache über dir«, sagte sie, und ihre Röcke hüllten sie ein, bis ihr Bild schmolz und fort war.

Ich streckte mich nach ihr aus und fühlte das Gewicht meines Arms, die unglaubliche Kraft, die es kostete, ihn zu heben. Schwer fiel er herab und die Bettdecke schmiegte sich an meine Haut. Meine Augen blinzelten in ein verdunkeltes Zimmer, Verwirrung erfüllte mich. Mein Herz hämmerte so hart, dass es die Decke hätte zerreißen können; meine Glieder zitterten. Als ich erkannte, dass ich geträumt und dieser Traum lebensverändernde Bedeutung hatte, jagte ich in Gedanken jedem Bild, jeder Einzelheit hinterher. Ich durfte nichts vergessen, nichts übersehen. Während ich kaum zu atmen wagte, belebte ich den Traum wieder und wieder, schwelgte in seiner Schönheit und fühlte eine Herzensleichtigkeit, wie ich sie mir nie hätte träumen lassen. Die verurteilenden Worte von Pastor Frasier lösten sich in Wohlgefallen auf, meine Seele schien sich in Freiheit zu erheben. Meine Mutter *hatte* Recht. Ich wusste, dass sie Recht hatte! Nicht einmal der Tod hatte sie davon abhalten können, meine Zweifel zu verscheuchen. Denn so wahr ich lebte, sie war mir in diesem Traum erschienen. Er war viel zu fesselnd, viel zu *real* gewesen, als dass es hätte anders sein können.

In jener Nacht schlief ich nicht mehr.

Am nächsten Morgen, einem Samstag, stand ich früh auf und konnte es kaum erwarten, meiner Tante und meinem Onkel zu erzählen, was geschehen war. Ich schilderte alles haarklein, während wir im Wohnzimmer saßen, und stolperte über die Worte, die das Unfassbare des Traums einfach nicht fassen konnten. Niemand sagte einen Ton, bis ich fertig war. Ich schöpfte Atem und wartete auf ihre Antwort in der Annahme, sie würden sich für mich freuen.

»Ach, du liebe Zeit«, platzte es aus Tante Eva von der Couch heraus und sie fuhr sich mit der sommersprossigen Hand an die Wange. »Gottes Wahrheit liegt allein in Jesus. Da hat Satan dich getäuscht, Kindchen.«

Ich starrte sie ungläubig an. »*Was?*«

Onkel Frank legte warnend seine Hand auf die ihre und bedeutete ihr, still zu bleiben. Sie sahen einander fest an.

»Was soll das *heißen*, Tante Eva?« Ich fühlte, wie mir das Blut ins Gesicht schoss, mein Atem ging kurz und schnell vor Ärger. Ich hatte mich noch nie mit ihr gestritten; selbst während meiner absoluten Tiefs von Niedergeschlagenheit und Verlust hatte ich mich einfach immer auf mein Zimmer zurückgezogen. Aber das war zu viel. Wie konnte sie diese wunderbare Vision von meiner Mutter nur als etwas vom *Teufel* bezeichnen?

Onkel Franks Hand lag fest auf der ihren. Ich wusste, sie brannte darauf, mir zu antworten; ich konnte die Worte förmlich aus ihrem Mund sprudeln sehen. Doch sie hielt ihre Zunge im Zaum.

»Dein Traum«, sagte Onkel Frank bedächtig, »war wunderbar für dich, weil du deine Mutter gesehen hast, die du so sehr vermisst hast. Das können wir verstehen, Jessie. Wenn ich oder deine Tante nach Henrys Tod von ihm geträumt hätten, dann hätten wir genauso empfunden. Das wollen wir dir auch gar nicht nehmen. Wir ... sind nur beunruhigt über das, was deine Mama zu dir gesagt hat. Ich verstehe zwar nichts vom ›Traumdeuten‹, aber ich glaube, es ist nicht von ungefähr, dass du zuerst in der Kirche dem Pastor zugehört hast. Ich weiß, dass dir euer Gespräch in den vergangenen drei Monaten schwer auf der Seele lag. Ich weiß, das war nicht leicht für dich, Jessie, aber Eva und ich glauben, dass diese Last vom Herrn kommt. Er hat versucht, zu dir zu reden.«

»Wenn er mit mir reden wollte, dann hat er das letzte Nacht durch meine Mutti getan«, unterbrach ich ihn. »Er muss sie zu mir geschickt haben.« Ich suchte in seinem Gesicht nach Zustimmung.

Onkel Frank starrte mit verzerrtem Gesichtsausdruck zu Boden. Ihm war anzusehen, dass er mit einer Antwort kämpfte, von der er wusste, dass ich sie nicht hören wollte. Plötzlich wollte ich nur noch aufstehen und weggehen. Ich würde sie nicht auf meinem Traum herumtrampeln lassen, würde das *nicht* zulassen. Doch ebenso plötzlich wurde der Drang zu gehen von dem Wunsch verdrängt, es ihnen begreiflich zu machen. Die Erscheinung meiner Mutter war so wichtig für mich, dass ich wusste, sie würde mein Leben verändern. Schon jetzt fühlte ich neuen Auftrieb, eine Kraft, die ich seit Monaten nicht mehr gekannt hatte. Zum ersten Mal seit dem Tod meiner Mutter hatte ich das Gefühl, ein Ziel zu haben, auch wenn ich mir noch nicht genau darüber im Klaren war, welche Form es annehmen würde. Die Worte meiner Mutter hatten mir die richtige Richtung gewiesen, und nun musste ich sie mir zu Herzen nehmen, meinen Kurs danach ausrichten. Der Unterschied zwischen diesem neuen inneren Gefühl und der Ziellosigkeit, die ich noch vor vierundzwanzig Stunden empfunden hatte, war gewaltig. Meine Tante und mein Onkel hatten so viel getan, um mir zu helfen, wieder festen Fuß zu fassen. Sie sollten sehen, dass ich nun meinen Halt entdeckt hatte.

»Jessie«, erwiderte Onkel Frank, »bitte, hör mir zu. Ich will nicht sagen, dass die Worte deiner Mama – und dein ganzer Traum – nicht von Gott geschickt worden sind. Ich möchte dir nur eine entscheidende Frage stellen. *Angenommen*, du würdest glauben, dass die Botschaft, die du in diesem Traum gehört hast – selbst wenn sie von deiner Mama kam – das Gegenteil wäre von dem, was Gott dir sagt, würdest du ihr dann immer noch folgen wollen?«

Ich war verdutzt. »Aber ich weiß doch, dass sie das nicht ist, also – «

»Ist ja gut, Jessie, aber das habe ich dich nicht gefragt. Lass diesen Glauben mal für eine Minute aus dem Spiel. Was ich dich frage, ist: wenn deine Mama und Gott dir grundverschiedene Sachen sagen würden, wem würdest du dann folgen?«

Mir fiel keine Antwort ein, weil ich mir das nicht vorstellen konnte.

»Liebes, siehst du denn nicht – «, platzte Tante Eva heraus.

»Warte bitte einen Moment, Eva«, brachte mein Onkel sie zum Schweigen. Sie presste die Lippen zusammen und ihre Schultern verrieten ihre Verärgerung.

»Lassen wir es dabei bewenden, Jessie. Wir freuen uns mit dir, dass es dir durch diesen Traum jetzt besser geht. Du weißt, wir möchten, dass du im Leben weiterkommst und glücklich bist. Und ich weiß, tief in dir drin sehnst du dich nach Gott. Er hat dieses Verlangen in dich hineingelegt. Darum biete ich dir eine Herausforderung an. Wenn du ihn wirklich kennen lernen und wissen willst, wie die Worte von deiner Mama mit seiner Richtung für dein Leben zusammenpassen, dann lies die Bibel. In diesem Buch erfährst du alles über ihn. Und ich meine buchstäblich, lies es von vorn bis hinten durch. Nur so bekommst du das ganze Bild – wie Gott die Welt geschaffen hat, wie die Menschen in Sünde fielen und wie Gott durch seinen Sohn einen Weg zur Erlösung bereitet hat. Lies die Bibel und bitte Gott, dir die Augen für ihre Wahrheiten zu öffnen. Und dann, Jessie, dann *prüf* die Worte aus deinem Traum an dem, was die Bibel sagt. Wenn sie dich dazu bringen, das zu tun, was Gott in seinem Wort befiehlt, dann weißt du, dass sie von ihm sind. Aber wenn nicht«, Onkel Frank machte eine Pause, »dann solltest du sie nicht befolgen, *egal*, aus welcher Quelle sie kommen.« Er schaute mich mit einem leisen, traurigen Lächeln an, und ich sah die tiefe Liebe für mich in seinen Augen. »Kannst du das verstehen?«

Ich nickte, unfähig zu sprechen.

»Wirst du das tun?«

»Ich werds versuchen«, sagte ich gepresst.

Er erhob sich von der Couch, um mich zu umarmen. »Gut.«

»Aber ich will nicht mehr darüber reden, o. k.?« Meine Kehle brannte; ich hatte Angst, dass ich gleich anfangen müsste zu weinen. »Ich meine, ich weiß, ihr beide habt mich lieb, und ich weiß auch, wie ihr glaubt, und wenn, wenn ihr anders darüber denkt als ich, dann ist das hart für mich. Weil das das Schönste ist, was ich seit fast einem Jahr erlebt habe, und es tut weh, wenn ihr das nicht verstehen könnt.«

»Aber wir verstehen es doch, Jessie; wir verstehen«, entgegnete Onkel Frank. »Und wir lassen es dir. Nur ... lies die Bibel, wie du versprochen hast. Und wir werden nicht mehr darüber reden, o. k.?« Sein Mund verzog sich ein klein wenig. »Aber du kannst uns nicht davon abhalten zu beten.«

Irgendwie brachte auch ich die Andeutung eines Lächelns zuwege. »Ich glaube, keine zehn Pferde könnten euch davon abhalten.«

Seit diesem Tag hatten Tante Eva und Onkel Frank meinen Traum nie mehr direkt angesprochen, aber viele Male war Tante Evas Mund aufgegangen, nur um gleich wieder zuzuklappen. Die beiden redeten unbefangen von Jesus Christus in ihrem Leben und davon, im Zentrum seines Willens zu leben, doch sie predigten mich nicht an. Nach einer Weile gelang es mir, sie im Blick auf meinen Glauben ein bisschen zu foppen, indem ich sie daran erinnerte, dass ich immerhin jeden Sonntag zur Kirche ginge, und dort, weiß Gott, genug Predigten zu hören bekäme. Was meinen Teil der Abmachung anbetraf, so war ich nicht ganz so treu. Ich hatte wirklich mit den besten Vorsätzen angefangen, die Bibel durchzulesen. Aber die Gesetze im 3. Buch Mose waren so langweilig und außerdem konnte ich mit Gottes angeblichem Gericht durch diese ganzen Kriege nichts anfangen. So viel Blutvergießen. Das ging gegen meine pazifistischen Überzeugungen. Also sprang ich zum Neuen Testament und las dort von Jesus und wie viel er davon sprach, den Armen zu helfen und das Rechte zu tun. Er hatte sogar einmal einem Mann, der ihn gefragt hatte, wie man in den Himmel komme, geantwortet, er solle alles, was er habe, verkaufen und das Geld den Armen geben. Das klang in meinen Ohren vernünftig. Was ich nicht verstand, ließ ich einfach beiseite. Alles in allem fand ich nichts, was mir gesagt hätte, dass die Aufforderung meiner Mutter, in ihre Fußstapfen zu treten, falsch gewesen wäre. Ich führte doch ein anständiges Leben und das genügte. Und was Tante Evas Reden anging, »mein Leben Christus zu geben«, nun, das war eben *ihr* Weg zu Gott. Ich ließ das für sie gelten, wollte es aber nicht übergestülpt bekommen. Auf jeden Fall meinte ich, nach dem vierten Evangelium genug gelesen zu haben, und beließ es dabei.

Ich schob die Erinnerungen beiseite und stand vom Bett auf. Genug Zeit vergeudet, ich war immer noch nicht fertig mit Auspacken. Zum Glück hatte die Geschichte mit dem Sägewerk Tante Eva, die sonst immer so redselig war, wenn ich das erste Mal wieder nach Hause kam, so aus dem Konzept gebracht, dass sie mich in Ruhe ließ. Sie und Onkel Frank hatten gesagt, sie würden sich früh zurückziehen, um für das Treffen von Thomas mit Blair Riddum zu beten, das hoffentlich morgen, am Samstag, stattfinden würde. Ich fand, es könnte nicht schaden, mein eigenes kleines Gebet zu meinem Schutzengel zu sprechen. Wenn Thomas dieses Problem schnell aus der Welt schaffen könnte, dann könnte ich die zwei Monate Erholung in Bradleyville genießen, die ich so dringend brauchte.

Kapitel 7

Am folgenden Vormittag standen am anderen Ende der Stadt zwei Frauen mittleren Alters in einer dampfenden Küche und kochten grüne Bohnen ein. Es machte die Arbeit in der Hitze angenehmer, wenn man sie gemeinsam in Angriff nahm, und die Gelegenheit zum Tratschen war einfach zu schön, als dass man sie sich hätte entgehen lassen können.

»Haste gehört, die Jessie Callum ist wieder in der Stadt. Ist gestern angekommen.«

»Die Eva wird sich freuen.«

»Schon, 'n bisschen traurig ist sie aber doch. Weil, wenn sie wieder fährt, dann für immer.« Die Frau stand am Spülbecken und knackte geschickt die Bohnen, während ihr Blick gelegentlich aus dem Fenster über das hügelige Ackerland wanderte. In der Ferne erhoben sich majestätisch und rauchblau die Appalachen.

»Ich mag die Jessie. Die ist so zierlich und süß.«

»Und ein starkes Mädchen, nach allem, was die durchgemacht hat.« Die Frau blickte zu ihrer Nachbarin hinüber, die mit einer langen Zange Einmachgläser und Deckel vorsichtig in kochendes Wasser stellte, das Gesicht vor Hitze glänzend. Dampf stieg vom Herd auf und hing wie eine feuchte, heiße Wolke in der Luft. Beide Frauen schwitzen. »Sie hat diesen Job gekriegt, den sie haben wollte, weißte. Außerdem ist sie fest entschlossen, in diesem Armenhaus mitzuhelfen, wo ihre Mama sich die Knochen geschunden hat. Wenigstens hat die Eva mir das erzählt.«

»Na ja, die Jessie wollte eh immer zurück nach Cincinnati.«

»Ich weiß. Man sollte sich für sie freuen; hat 'nen langen

Weg hinter sich. Trotzdem, mir tun die Eva und der Frank Leid. So mitansehen zu müssen, wie sie wieder aus Bradleyville fortgeht, für immer und so.«

Ihre Freundin lachte. »Wie ich die Eva kenne, hat die schon Pläne, wie sie das Mädel in der Stadt behalten kann.«

Kapitel 8

Tante Evas Kopf erschien in meiner Zimmertür. »Na, Jessie, man könnte mal wieder ein paar Besuche machen, was meinst du?«

Ich war gerade beim Bettmachen und richtete mich auf. »Ach du grüne Neune, ich bin doch erst gestern Abend angekommen.«

»Und heute ist Samstag«, entgegnete sie. »Da sind alle von der Arbeit zu Hause. Die Leute wissen, dass du da bist. Sie werden dich schon erwarten.«

»Oh, Mann.« Bei Tante Evas Hartnäckigkeit würde es mir nichts nützen, jetzt Müdigkeit vorzuschützen, das wusste ich. Aber ich wollte gerade wirklich überhaupt keinen sehen. Thomas hatte für diesen Vormittag ein Treffen mit Blair Riddum vereinbaren können und laut Tante Eva, die vermutlich schon seit Sonnenaufgang am Telefon saß, hielt die ganze Stadt den Atem an. Man hatte das Gefühl, als habe sich eine verhängnisvolle Wolke herabgesenkt. Der Gedanke an Gespräche über die Probleme im Sägewerk behagte mir gar nicht.

»Willst du nicht lieber am Telefon bleiben, um zu hören, was passiert?«, fragte ich.

»Gütiger Himmel, bloß das nicht!« Meine Tante fuchtelte mit der Hand durch die Luft. »Vom Herumsitzen und Warten wird man noch ganz verrückt. Schau dir deinen Onkel an – er ist mit noch einem nach Albertsville gefahren, hat gemeint, er müsse unbedingt in diesen großen Baumarkt da. Paah. Der braucht rein gar nichts, was er nicht auch hier bei uns kriegen könnte; er macht sich einfach zu viel Sorgen und braucht was zu tun.«

»Er sah gar nicht so besorgt aus.«

Sie ließ sich seufzend auf mein Bett plumpsen. »Du kennst deinen Onkel nicht so gut wie ich. Er *sieht* immer gelassen aus; aber er macht sich Sorgen, das ist so.« Sie beugte sich automatisch zur Seite, um mein Kissen aufzuschütteln. »Und mir gehts genauso, und deshalb kann ich auch nicht untätig herumsitzen.« Das Kissen war immer noch nicht zufrieden stellend, darum bearbeitete sie es zweimal energisch mit der Faust, während sie fortfuhr. »Deshalb dachte ich, wir zwei könnten mal bei ein paar Leuten vorbeischauen.«

Ein leichter Anflug von Ärger überkam mich. »Wen willst du besuchen?«

Ihr Gesicht strahlte auf, das Kissen war vergessen. Ich konnte förmlich hören, wie sich die Rädchen in ihrem Kopf drehten, als sie meinen gesellschaftlichen Wiedereinstieg in das Leben von Bradleyville plante. »Wir wollen doch mal sehen. Also, du musst bei Estelle Matthews vorbeischauen. Die kleine Celia brennt darauf, dich wiederzusehen; du warst Ostern das letzte Mal da. Und Baby Kevin hast du auch noch nicht gesehen. Allerdings«, sie klopfte sich auf die Wange, »braucht man dafür ein Geschenk, also müssen wir kurz zum Woolworth.«

Was für ein Naturtalent sie doch war, dachte ich. Alles ganz so, wie es die gesellschaftliche Etikette verlangte. Aber ich kannte sie zu gut. Man musste es nur zeitlich geschickt einfädeln, das wusste sie, und wir würden genau dann bei den Matthews eintreffen, wenn Thomas von seiner Besprechung nach Hause kam. Sie würde alles als Erste erfahren. Bei den Matthews wollte ich an jenem Vormittag am *allerwenigsten* sein.

»Und weißt du, wen noch?«, fuhr sie fort. »Du musst mal rüber zu den Hardings und Lees Schwester Connie besuchen; du erinnerst dich doch. Armes Ding – keine sechs Wochen mehr bis zu ihrem Termin und keinen Ehemann. Wenn du mich fragst, kann sie froh sein, dass sie diesen Kerl los ist, der mit einem Nachbarsmädel durchbrennt, aber sie grämt sich immer noch um ihn. Sie dürfte zwei Jahre jünger sein als du. Ich bin sicher, sie braucht eine Freundin.«

Lees Haus. Ein zweite verborgene Intrige – und dazu der andere Haushalt, der direkt mit der Situation im Sägewerk zu tun hatte. Einen widersinnigen Augenblick lang stellte ich mir vor, wie ich Tante Eva erwiderte, ich hätte keine Lust, bei ihren Machenschaften mitzuspielen. Aber natürlich konnte ich das nicht sagen. »Ach, ich weiß nicht. Ich dachte, ich könnte mir schon mal ein Schnittmuster aussuchen, um mit dem Kleid anzufangen.«

»Dann musst du so oder so einkaufen gehen. Du kannst ja mal schauen, was der Woolworth hier so hat, dann sparst du dir vielleicht die Fahrt nach Albertsville.« Sie schaute auf die Uhr. »Na komm, wenn wir uns ein bisschen beeilen, schaffen wir es noch, bei beiden Familien vorbeizuschauen.«

Ich schloss die Augen. »Was glaubst du, kommt bei dem Treffen heraus?«

Sie schaute mich an, ihr Gesichtausdruck veränderte sich. »Du machst dir auch Sorgen, was?«

Ich zuckte mit der Schulter.

»Nun, Liebes, gräm dich mal nicht zu sehr. Auf Thomas hört jeder, das weißt du doch. Sogar Blair Riddum.«

»Du hast wahrscheinlich Recht.«

Sie lächelte, dann beäugte sie mich kritisch. »Du hast wirklich eine schöne Haut. Und dein Gesicht mit den hohen Wangenknochen war schon immer makellos. Aber du solltest dich vielleicht trotzdem noch kämmen und ein bisschen Lippenstift auflegen. Lee könnte zu Hause sein, weißt du. Ich hol schon mal mein Portemonnaie.«

Ich verdrehte die Augen, als sie frohgemut zur Tür hinausflitzte.

* * *

Wir standen noch vor halb zehn vorm Woolworth und warteten, bis Gladys Winchet kam, um aufzuschließen. Um zehn Uhr trödelte ich immer noch in der Babyabteilung herum, eine ungeduldige Tante Eva an meiner Seite. Ich schwankte, ob ich einen Strampelanzug oder eine weiche grüne Decke für Connies Baby nehmen sollte. Eine süße blau-weiße Garnitur für Kevin Matthews klemmte bereits unter meinem Arm. Schließlich entschied ich mich für den Strampler.

»Jessie, du musst mir alles über deine Abschlussprüfung erzählen!«, rief Gladys Winchet aus, als wir unsere Geschenke bezahlten. Tante Eva flüsterte sie zu: »Schon was gehört?«

Tante Eva schüttelte den Kopf, doch sie informierte Miss Gladys mit wichtiger Miene: »Wir sind gerade auf dem Weg zu den Matthews.«

Zahlreiche Leute hielten uns an, begrüßten mich überschwänglich und versuchten, Informationen aus meiner Tante herauszubekommen. Ich freute mich, die Leute wiederzusehen, das gute alte Bradleyville überspülte mich wie ein warmer Regen. Aber die ständigen Aufforderungen zu einem Plausch, gegen die meine Tante sonst nicht das Geringste einzuwenden hatte, trieben sie nun an den Rand des Wahnsinns, als sie mich aus der Tür hinaus und zurück in ihren alten, gelbbraunen Buick bugsierte. »Meine Zeit noch mal«, rief sie und schmiss ihre Tasche auf den Sitz, »ein Wunder, wenn wir von der Main Street überhaupt noch mal wegkommen!«

Wir legten zu Hause einen Zwischenstop ein, um die Geschenke einzupacken. Als wir schließlich bei den Matthews ankamen, war Thomas noch immer bei seiner Besprechung. Kein gutes Zeichen, aber keiner wagte das zu sagen. Miss Estelle und William Matthews begrüßten mich herzlich, während die sechsjährige Celia ihre Arme in unverhohlener Bewunderung um mich schlang. Celia war ein erstaunliches Kind – blond und für ihr Alter eigentlich zu ernst. Manchmal malte sich auf ihren Zügen eine Traurigkeit, die ich nicht recht einordnen konnte.

»Celia«, sagte ich und deutete aus dem Fenster, »hast du die ganzen Bilder da draußen gemalt?« Tante Eva und ich hatten über die kunstvollen Kreidezeichnungen auf dem Bürgersteig vor dem Haus gestaunt. Fast jeder Zoll war mit bunten Herzen und Blumen bedeckt.

Sie wurde still. »Ja.«

»Die sind wirklich wunderschön! Sind sie für etwas Bestimmtes?«

Sie schlug die Augen nieder. »Ich habe das für Mama gemalt, als sie mit Kevy aus dem Krankenhaus kam. Es war ein Geschenk.«

Ich strich ihr mit den Fingern durchs Haar und spürte seine Seidigkeit. »Da musst du lange dran gearbeitet haben. Ich wette, es hat deiner Mama unheimlich gut gefallen.«

»Hmmmm«, erwiderte sie zerstreut. »Willst du meinen Bruder sehen?«

Stolz zeigte sie mir Baby Kevin, der in einem kleinen Kinderbettchen im Schlafzimmer seiner Mutter schlief, eine winzige Faust an die Wange gelegt. Zurück im Wohnzimmer machte sie viel Gezeter, dass sie mein Geschenk selbst auspacken wolle, und zog bereits an dem Bändchen um die glänzend eingepackte Schachtel.

»Celia!«, Miss Estelles Stimme war scharf. »Benimm dich oder geh in dein Zimmer.« Sie ließ sich absichtlich viel Zeit beim Auspacken und achtete nicht auf Celias ungeduldiges Herumgehopse. »Oh, Jessie, ist das süß.« Ihre Finger liebkosten die blauweiße Sommergarnitur. »Das kann er gleich morgen zur Kirche anziehen.«

Miss Estelle war eine hübsche Frau mit hellbraunem Haar und einer Haut wie Satin. Sie mochte feine Züge gehabt haben, aber unter jenen glatten Poren lag eine nicht zu verleugnende Strenge. Sie trug schlichte Kleider und das Haar zum Knoten aufgesteckt, doch zweifellos hatte sie bei den Matthews die Hosen an. Auch die Sprache ihrer Familie unterlag ihrer Kontrolle; fehlerhafte Grammatik war nicht zulässig. Ihr Mann arbeitete als Buchhalter in Albertsville und war einer der nettesten, ruhigsten Männer, die ich je getroffen hatte; oft hob er in milder Zerknirschtheit die Hände, wenn Miss Estelle entschied, dass er seine Befugnisse überschritten hatte. Ich dachte manchmal, dass sie ihren Mann an so kurzem Zügel hielt zum Ausgleich dafür, dass sie ihren Vater nicht von seinen albernen Possen und Kriegsgeschichten abhalten konnte, die er mit Vorliebe immer wieder zum Besten gab. Ganz zu schweigen davon, dass Thomas sich auszudrücken pflegte wie jeder andere Alteingesessene von Bradleyville und stolz darauf war.

Tante Eva machte es sich auf einem Zweiersofa bequem, als ob sie für immer bleiben wollte. Miss Estelle und Mr. Matthews saßen in ihren Sesseln. Celia kuschelte sich auf der Couch an mich.

»Und, Jessie, hast du schon eine Bleibe gefunden?«, fragte Mr. Matthews.

»Ja.« Ich streichelte gedankenverloren Celias Haar. »Ein geräumiges Einzimmer-Apartment in einem großen Komplex mit Swimmingpool. Nicht zu weit von meiner Arbeitsstelle entfernt. Ich kann am ersten August einziehen, sodass mir zwei Wochen Eingewöhnungszeit bleiben, bevor ich anfange zu arbeiten.«

»Schön, schön. Wirst du wieder in deiner früheren Wohngegend sein?«

»In der Nähe.«

Er nickte nachdenklich. Tante Eva und Miss Estelle tauschten einen Blick aus. »Und, keinen Freund im Schlepptau?«, fragte er.

Die unausweichliche Frage. Gemessen an bradleyvillschen Maßstäben war ich eine alte Jungfer. Normalerweise hielten die jungen Männer und Frauen der Stadt auf der Highschool Händchen, gemäß der strengen Regel, dass den Mädchen wirkliche Verabredungen erst ab siebzehn erlaubt waren. Nach dem Examen kam es immer zu einem regelrechten Hochzeitsboom. Innerhalb von ein, zwei Jahren hatten die meisten Bräute Babys, und da ihnen plötzlich die Augen aufgingen, wie gut ihre eigenen Mütter sie behütet hatten, schmiedeten sie bereits Pläne, jene Ausgehregeln, die sie selbst so sehr gehasst hatten, in Zukunft noch zu verschärfen.

»Ich hatte keine Zeit, um oft auszugehen«, erwiderte ich.

Ich beantwortete weitere Fragen und stellte aus Höflichkeit selbst einige. Miss Estelle und meine Tante warfen abwechselnd verstohlene Blicke auf eine Uhr über dem Kamin, als die Zeiger auf Mittag zugingen.

»Meine Güte, es ist Mittagszeit«, platzte Tante Eva schließlich heraus. »Wo steckt nur dieser Thomas? Ich bin schon ganz krank vor Sorge, dass er so lang ausbleibt.«

»Ich wundere mich auch schon«, entgegnete Mr. Matthews.

»Na ja, immerhin wäre eure Familie von einem Streik nicht betroffen.« Tante Eva zupfte zerstreut an ihrem Haar. »Ich darf gar nicht daran denken, dass Frank da mittendrin steckt.«

»Natürlich wären wir betroffen.« Miss Estelles Ton hatte

einen Anflug von Schärfe. »Glaubst du etwa, dass Vater sich heraushalten würde mit seinem Größenwahn? Du siehst doch, was er jetzt schon macht.«

»Thomas hat einen klaren Kopf auf seinen Schultern sitzen«, warf William beschwichtigend ein. »Er wird schon wissen, was zu tun ist.«

Miss Estelle schloss die Augen. »Genau das befürchte ich.«

»Es wird natürlich *nicht* zum Streik kommen«, sagte Tante Eva mit Nachdruck und schwenkte einen Arm. »Gott vergebe dem ersten Mann, der dieses Wort überhaupt nur ausgesprochen hat. Stellt euch vor, was dieser Stadt zustoßen könnte. Kämpfende Männer, Familien ohne Geld auf dem Konto. Das wäre fürchterlich, einfach fürchterlich. Ich kann nachts kaum schlafen, wenn ich daran denke.« Sie reckte den Hals und sah durch das Wohnzimmerfenster. »Wo bleibt dieser Mann nur?«

Thomas kehrte erst zurück, als wir schon fast fertig gegessen hatten. Die Reifen des Wagens seines Schwiegersohns knirschten auf dem losen Kies der Auffahrt. Er kam die Hintertreppe herauf, betrat müde die Küche, legte seinen braunen Filzhut ab und fuhr sich mit fahrigen Fingern durch das weiße Haar. Unsere Fragen waren lautlos, spiegelten sich in Miss Estelles besorgtem Blick, im Sandwich, das auf halber Strecke zu Tante Evas Mund zum Stehen kam. Er nickte mir zu und blinzelte, aber ohne zu lächeln. An die Arbeitsplatte gelehnt, schlug er sich mit dem Arm gegen die Stirn.

»Ist noch was von diesem Eistee da?«

»Natürlich, Vater, ich bring dir etwas.« Miss Estelle bewegte sich mit beflissener Eleganz.

Thomas ließ sich Zeit und zog gemächlich einen Stuhl heran, dessen Holzbeine sachte über den Linoleumboden kratzten. Er stürzte den Tee herunter und stellte das Glas mit einem

Klack auf den Tisch. »Also.« Er klemmte die Zunge zwischen Zähne und Oberlippe. »Riddum hat ›Nein‹ gesagt.«

Kapitel 9

»Getroffen; du bist tot!«

»Haste gar nicht!«

»Hab ich wohl!«

»Hey, ihr zwei da, gebt gefälligst Ruhe, sonst weckt ihr noch euer Schwesterchen auf. Trollt euch nach draußen und bringt euch im Hof um.«

»Aye, aye Sir.«

Zwei kleine Paar gestiefelter Füßchen ratterten über den blanken Holzfußboden und die Verandastufen hinunter. »Lieber Himmel«, murmelte ihr Vater vor sich hin und wandte das fleischige Gesicht zur Uhr. Eine Fliege summte um seinen Kopf. Er schlug ungeduldig nach ihr und hörte das Klappern des Geschirrs, als seine junge Frau nach dem Mittagessen aufräumte. Zwanzig nach eins und noch immer keine Nachricht. Er warf dem Telefon einen missbilligenden Blick zu, als sei es an allem Schuld, und da auf einmal, wie in weiser Voraussicht, klingelte es. In vier Sätzen war er am anderen Endes des Raumes und nahm den Hörer ab. Die Geräusche aus der Küche verstummten.

»Ja.«

»Riddum hat gesagt, kommt nicht in Frage.«

Die Luft entwich mit leisem Knall aus seinen Lippen. »Warum?«

»Hat gesagt, es gäb kein Geld, und er könne nichts ausgeben, was er nicht hat.«

»Er hat keins, weil das alles in seiner tollen neuen Veranda steckt.«

»Ganz genau.« Die Stimme in der Leitung klang bedrückt.

»Lee hat gesagt, dass Thomas eben erst angerufen hat; er ist die ganze Zeit da draußen gewesen.«

Der Mann blickte auf und sah seine Frau in der Tür stehen. Sie knitterte ihre Schürze in den Händen zusammen. »Oh, Herr«, seufzte er, »was sollen wir jetzt tun?«

Kapitel 10

Obwohl das Schreckgespenst der Hiobsbotschaften an ihr hing wie die Handtasche über ihrem Arm, war Tante Eva nicht von ihren Plänen für unseren nächsten Besuch abzubringen. Onkel Frank war noch nicht aus Albertsville zurück, das hatte sie durch einen Anruf zu Hause festgestellt. »Wir fahren besser weiter zu den Hardings«, sagte sie grimmig, und lenkte ihr Auto von dem Haus der Matthews fort. »Die werden Ermutigung brauchen.«

Ich wollte einfach nur nach Hause. Und ich wollte Blair Riddum gehörig die Meinung sagen.

Sie schaute mich an, als wir an der Ampel Ecke Minton Street, Main Street hielten. »Lee ist ein guter Mann«, meinte sie, als ob ich etwas gegen ihn gesagt hätte. »Vielleicht fünf, sechs Jahre älter als du. Er hat in Albertsville gelebt, bis seine Mutter letztes Jahr diesen Sturz hatte. Und dann ist er zurückgekommen, um sich um sie zu kümmern. Blair Riddum hat ihn sich gleich für das Sägewerk geschnappt, stark wie der ist. Und in dieser kurzen Zeit ist er dort unten ein richtiger Anführer geworden, sagt dein Onkel.«

Ich sah, wie das Postamt am Fenster vorbeiglitt. Zwei ältere Männer saßen auf der Bank davor im Schatten einer Eiche. »Mir gefällt das gar nicht, dass Onkel Frank so zwischen den Männern und dem Chef sitzt.«

Sie nickte. »Ich glaube immer noch, dass sich irgendeine Lösung finden wird. Wir beten wirklich viel dafür, weißt du. Schon seit die Schwierigkeiten angefangen haben. Außerdem weißt du ja, wie das hier ist. Die Leute verhackstücken ihre Probleme und danach gehen sie wieder ihrer Beschäftigung nach.«

Ich lehnte meine Wange gegen eine Faust, schloss die Augen und hoffte, dass sie Recht hatte.

* * *

Rückblickend würde ich sagen, dass die Würfel zwischen Lee Harding und mir an jenem warmen Juninachmittag fielen. Er trug eine verbeulte Jeans und ein blaues, kurzärmeliges Arbeitshemd, als er mit übergroßer Hand die Fliegenschutztür aufhielt. Sobald er mich hinter meiner Tante sah, wechselte der Ausdruck auf seinem Gesicht von Zerstreutheit zu Freude. »Kommt rein«, sagte er. Da klingelte ein Telefon.

Ohne sich in geringster Weise anmerken zu lassen, zu welch günstigem Zeitpunkt wir gekommen waren, bedeutete Tante Eva ihm, ans Telefon zu gehen, und beugte sich vor, um seiner Mutter die Wange zu tätscheln. »Aber bitte, bleiben Sie doch sitzen«, gackerte sie und erkundigte sich mit gezwungener Heiterkeit nach Wilma Hardings Hüfte, wobei sie darauf bestand, dass die Frau schon bald wieder um den Block rennen würde. Miss Wilma war groß und untersetzt, das stahlgraue Haar fiel ihr schwer in den Nacken. Ihre Augen waren dunkel wie Lees. Ein schwarzer Metallstock lehnte gegen ihren Stuhl. Sie hatte etwas an sich, das keine Dummheiten duldete, und strahlte eine Kraft aus, die sie über dieses Leben erhaben wirken ließ. Als ich jünger war, fand ich sie einschüchternd.

Lees Schwester Connie watschelte herein, eine Hand ruhte verlegen auf ihrem riesigen Bauch. Auch sie war stämmig gebaut, hatte langes schwarzes Haar und braune Augen. Ihre Haut war sonnengebräunt, die Wangen vor Hitze gerötet. Ich hatte sie schon ein paar Jahre lang nicht mehr gesehen und in der Highschool auch nur dem Namen nach gekannt. »Hallo, Connie«, sagte ich und nahm ihre Hand. »Schön, dich wiederzusehen. Ich hab dir was Kleines für das Baby mitgebracht.«

»Oh«, rief sie aus und ihre Augen wurden feucht. »Das war aber nicht nötig.«

Ich schaute mit viel sagendem Grinsen auf ihren Bauch. »Sieht ganz so aus, als du ob langsam anfangen solltest, ein paar Sachen zu sammeln.«

»Wahrscheinlich hast du Recht.« Sie schlug die Augen nieder. Ich stand unbeholfen vor ihr und fragte mich, ob ich sie beleidigt hatte.

»Komm schon, Connie«, gab ihre Mutter das Stichwort. »Setz dich hin und pack dein Geschenk aus.«

Mit einem scheuen Blick auf mich schleppte sich Connie zum Sofa und ließ sich ohne Anmut hineinplumpsen. Wir sahen alle zu, wie sie das Geschenk vorsichtig aufmachte, um das Papier zu schonen. Ich konnte Lees tiefe Stimme um die Ecke hören.

»Vielen, vielen Dank«, sagte sie sanft und hob den Strampelanzug hoch, damit ihre Mutter ihn sehen konnte. »Der ist so niedlich – « Ihre Worte brachen abrupt ab und sie starrte auf den Strampler, rieb mit einem Daumen darüber. Wir warteten alle darauf, dass sie weiterreden würde. Als sie es nicht tat, wechselten Tante Eva und Miss Wilma Blicke und aufgesetztes Lächeln.

Glücklicherweise fand Tante Eva ein Gesprächsthema. Während sie und Miss Wilma plauderten, hörte ich halbherzig zu. Als meine Augen über die schlichte Einrichtung bei den Hardings wanderten, fühlte ich leise Gewissensbisse, dass ich im Blick auf die Probleme im Sägewerk so sehr mit mir selbst beschäftigt war. Die Enttäuschung vom Vormittag bedrohte lediglich meinen ruhigen Sommer, wohingegen ihr Lebensunterhalt von Lees Lohnstreifen abhing. Sowohl Miss

Wilma als auch Connie konnten sich kaum vom Fleck rühren. Ja, mehr noch, sie waren beide auf ihre Art allein, die eine verwitwet, die andere verlassen. Unter den gegebenen Umständen, dachte ich, könnte das Bündel ungeborenen Lebens, das Connies aufgeschwemmte Wangen erröten ließ, mehr eine Quelle der Furcht als der Freude sein.

Lee hatte sich das Telefon geschnappt und in die Küche getragen, das lange Kabel schleifte über den Boden bis zu einer Steckdose neben dem Stuhl, auf dem ich saß. Seine gedämpfte Stimme drang immer noch durch die Wand. »Seit Thomas angerufen hat, hängt er ununterbrochen am Telefon«, sagte seine Mutter zu Tante Eva gewandt. »Die Apparate laufen heiß, in der ganzen Stadt gehen die Gerüchte um. Und irgendwie hat er sich mitten ins Getümmel gestürzt. Aber das ist Lee. Er leistet immer gründliche Arbeit.« Sie sah mich viel sagend an. »Wo wir gerade von Arbeit reden, er muss mit dir mal draußen einen Rundgang machen. Noch einen Monat oder so, und er hat den Anbau für Connie und das Baby fertig. Wir haben ihm immer wieder gesagt: ›Lass das Lee‹, aber er hat darauf bestanden, weil er meint, ein Kind braucht Platz zum Wachsen.«

Ich warf Tante Eva einen Blick zu, doch sie sah aus wie die Unschuld in Person. Trotzdem durchschaute ich ihre nicht allzu verborgenen Ränke. Als Lee wieder mit dem Telefon auftauchte, das förmlich in seiner Handfläche verschwand, winkte seine Mutter beiläufig in meine Richtung. »Unser Gast würde gerne mal dein Werk sehen; warum zeigst du es ihr nicht.«

»Ömm, ja, natürlich«, sagte er. Ihm war ebenso klar, was seine Mutter im Schilde führte, und ich zögerte, da ich seine Verlegenheit spürte.

Tante Eva schoss mir einen Blick zu. »Na los, ihr beiden, auf gehts.« Damit drehte sie mir demonstrativ den Rücken zu und fragte Miss Wilma etwas über die Gallenblasenoperation der Nachbarin, und was diese Frau und ihr Mann wohl tun würden, wenn sich die Situation im Sägewerk verschlechterte. Mit einem schwachen Lächeln ließ ich mich von Lee aus dem Raum hinausführen.

Ich ging mit ihm durch Connies kleines Schlafzimmer, hielt die Ellbogen umklammert und fühlte mich in der uns umgebenden Privatsphäre unbehaglich. Im ganzen Raum verteilt lagen Kleidungsstücke, Stoffwindeln und ein paar knallbunte Spielzeuge, die auf kleine Händchen warteten. »Ziemlich voll, was?« Lee deutete auf eine ungestrichene Tür, die immer noch nach frischem Holz roch. »Hier baue ich an.« Ich murmelte meine Anerkennung. »Die wird mal in ein Kinderzimmer und ein Spielzimmer führen. Das Fachwerk steht schon, aber die Wandplatten fehlen noch.« Er öffnete die Tür und wir traten ins Sonnenlicht. Tante Evas Geplauder wurde immer leiser. »Mama freut sich riesig auf das Enkelkindchen«, er lächelte, »aber wie die meisten älteren Leute braucht sie auch ihre Ruhe. Das hier soll sowohl sie als auch Connie glücklich machen.«

»Das wird es bestimmt.« Ich lehnte mich gegen das nackte Holzgerüst und schaute mich um, suchte nach etwas, was ich noch sagen könnte. Lee fand einen Hammer auf dem Boden und warf ihn in eine Werkzeugkiste.

»Wie lang wirst du in der Stadt bleiben?«

»Bis zum ersten August.«

»Und was dann?«

Ich erzählte ihm von meinen Plänen.

Er stieß mit dem Fuß nach der Kiste, wirbelte Staub auf. »Ich wette, es tut dir Leid, dass du nach Bradleyville zurückgekommen bist.«

Sein Einfühlungsvermögen überraschte mich. »Nein. Nicht

Leid für mich. Nur ... dass die Leute jetzt so viele Probleme haben.«

»Ja, schon.« Von fern hörte ich das Telefon klingeln. Lee rieb sich nachdenklich die Stirn und lächelte mich wehmütig an. Die zarte Andeutung eines Grübchens huschte über seine rechte Wange. »Ich lass Mutti rangehen.«

»Mein Onkel weiß noch nicht mal, was bei dem Treffen herausgekommen ist. Er ist immer noch nicht zu Hause.«

»Doch, ist er. Er war das vorhin am Telefon, als ihr gekommen seid. Ich hab ihm erzählt, dass ihr alle hier seid.«

»Oh! Und, was sagt er? Was sagst *du*?«

Er beobachtete ein Rotkehlchen, das unweit auf einem Telefonmasten landete, keck den Kopf schief legte und uns neugierig beäugte. »Ich sage, dass ›Nein‹ nicht ›für immer‹ bedeutet. Wir müssen mit Riddum im Gespräch bleiben und gleichzeitig unsere Gefühle unter Kontrolle behalten. Das gilt auch für mich. Es geht nicht länger nur ums Geld; es geht darum, wie er uns behandelt. Wenn er uns mehr Respekt erweisen würde, dann könnten wir das Ausbleiben der Lohnerhöhung vielleicht noch einmal wegstecken. Zum zweiten Mal.«

»Und wenn nicht?«

»Dann könnte es ein paar hässliche Szenen geben.«

»Und, willst du das?«

Ärger blitzte in seinen Augen auf. »Natürlich will ich das nicht. Keiner will das. Aber ich muss an eine Menge Sachen denken. Zum einen an meine Mutter und meine Schwester und zum anderen an einen Haufen wütender Männer.«

Plötzlich hatte ich das Gefühl, meine eigene Familie schützen zu müssen. »Und was ist mit meinem Onkel? Der sitzt zwischen den Stühlen! Er ist Manager und gleichzeitig euer Freund. Er muss aus dem Ärger rausgehalten werden. In fünf

Jahren könnte er sich zur Ruhe setzen, und er braucht seine Rente.«

Lees Blick war fest. »Ich werde tun, was ich kann«, sagte er im gemessenen Ton, »um Frank nicht in den Ärger *hineinzuziehen*. Okay?«

Ich setzte zu einer Entschuldigung für meine unerklärliche Taktlosigkeit an, aber die Worte kamen mir nicht über die Lippen. Tatsache war, *dass* Onkel Frank mehr zu verlieren hatte als Lee. In seinem Alter würde es für ihn viel schwerer sein, eine neue Stelle zu finden. »Na schön, in Ordnung.« Meine Stimme klang nicht so reumütig, wie ich gehofft hatte.

Wieder klingelte das Telefon. Ich stellte mir vor, wie seine Mutter an den Apparat ging, und sie und Tante Eva bedeutungsvolle Blicke über unser langes Fortbleiben austauschten. Lee stieß laut hörbar die Luft aus. »Ich schätze, wir sollten reingehen. Klingt ganz so, als ob ich noch ein paar Gespräche führen müsste.«

»Viel Glück«, lächelte ich. Wir traten wieder ins Haus.

Auf der kurzen Nachhausefahrt fragte mich Tante Eva nicht weniger als drei Mal, was ich von Lee Harding halten würde.

Kapitel 11

Das Bradleyville, das ich kannte, war so vorhersehbar gewesen. Die feuchte Sommerhitze senkte sich für gewöhnlich im Juni auf das Land und bis Juli war sie zu einer stickigen, wolligen Decke geworden. Glücklich konnte sich schätzen, wer eine Klimaanlage in einem zentralen Fenster des Hauses hatte, die sich dann abmühte, auch in die hinteren Schlafzimmer kühlere Luft zu blasen. Die meisten Geschäfte in der Innenstadt waren klimatisiert, bis auf den Waschsalon, dessen Maschinen zusätzlich eigene Hitze ausstrahlten. Als ich noch zur Highschool ging, hatten die Sommer in Bradleyville einen gleichmäßigen, trägen Takt geschlagen: Die Älteren steckten unter der Markise von Tulls Drugstore die Köpfe zusammen, die Kinder spielten, die Männer arbeiteten im Sägewerk und die Mütter suchten mit ihren Kleinen beim Supermarkt Eis aus.

Doch die Woche nach »Riddums Nein«, wie es schnell hieß, schien alles andere als vorhersehbar. An der Oberfläche ging das Leben weiter. Die Baptistengemeinde veranstaltete ihr erstes Sommer-Gemeinschaftsessen. Der Eisenwarenladen pries Kleinwerkzeuge im Sonderangebot an. Mütter wickelten im Waschsalon ihre Babys auf dem langen Tisch zum Wäschefalten, während die Kleidung trocken rumpelte. Thomas und seine beiden Busenfreunde Jake Lewellyn und Hank Jenkins räkelten sich Tag für Tag träge auf ihren Stammplätzen draußen bei Tulls und schlürften Shakes. Die Frauen kochten immer noch Gemüse und Obst ein; und die Kinder spielten ungeachtet der Hitze immer noch Fußball auf dem Schulhof. Doch unter dem Rhythmus des Alltagslebens schlug eine ständige, unbestimmte Furcht, wie der warnende Klang ferner Kriegstrommeln. Das drückte auf meine Stimmung und machte mich launisch. Hätte ich damals gewusst, was kommen würde, ich wäre nie im Leben da geblieben.

Tante Eva und Onkel Frank beteten weiterhin für eine schnelle Lösung. Zuweilen betete auch ich – zu meinem Schutzengel. Seit meinem Traum hielt ich meine Mutter für meine besondere Fürsprecherin bei Gott.

Um meine Gedanken von der Situation im Sägewerk abzulenken, bereitete ich mit sturer Verbissenheit meinen Umzug nach Cincinnati vor. Zweimal fuhr ich zum großen Textilgeschäft nach Albertsville, um Schnittmuster und Stoffe für meine Berufs-Garderobe auszusuchen. Beim Nähen richtete ich in Gedanken meine neue Wohnung mit Mutters altem Schlafzimmermobiliar ein, das nun mir gehörte. Ihr Schlafzimmer war hellblau gewesen. Ich hatte den Hausverwalter bereits um die Erlaubnis gebeten, meins ebenso streichen zu dürfen. Ich schrieb auch an Brenda Todd vom Center und erzählte ihr ausführlich von meinem Examen und wie ich mich darauf freute, sie wiederzusehen. Sie schrieb zurück, ließ sich voller Begeisterung über den großen, glänzenden Herd aus, der kürzlich gespendet worden war. »Es ist kaum zu glauben, wie viel Suppe wir auf einmal dort kochen können!«, fügte sie hinzu. Vor allem aber erzählte sie von zwei neuen Familien, die sie aufgenommen hatten – die Westons, deren kleiner Sohn durch *Spina bifida* Lähmungen hatte, und die Hedingers, die zwar vier Kinder, aber keinerlei Berufsausbildung hatten. Wie Leid sie mir alle taten.

Ich telefonierte auch einige Male mit Edna Slate, der Sozialarbeiterin, die ich ab dem ersten September ersetzen sollte. Sie gab die Stelle auf, weil sie ein Kind erwartete, und hatte nicht vor, später zurückzukommen. »Mach dich auf harte Arbeit gefasst«, warnte sie mich. »Du fängst am 15. August an; da bleiben mir nur zwei Wochen, um dich auf Zack zu bringen.

Ich hab ziemlich viele Fälle, und du wirst mit ihnen allen in dieser kurzen Zeit vertraut werden müssen.« Ich wusste, das bedeutete, mehr Elend kennen zu lernen. Kinder ohne Eltern, missbrauchte Kinder, Familien in Krisensituationen. Manchmal wurde mir in Gedanken regelrecht schwindlig, wenn ich über all das nachdachte. Es gab so viel Elend auf der Welt. Ich wusste, ich sollte in die Fußstapfen meiner Mutter treten und meinen Teil beitragen, aber alles, was ich tun konnte, schien so unbedeutend. Immer wieder ertappte ich mich bei solchen Gedanken und versuchte dann, sie abzuschütteln. Ich hatte noch nicht einmal angefangen, hauptberuflich oder ehrenamtlich zu arbeiten, und fühlte mich schon überfordert. Kein Wunder, dass meine Mutter gesagt hatte, sie könne nie genug tun. Ich begann den Ausdruck von Verzweiflung zu verstehen, der über ihr Gesicht huschte, als sie an jenem Samstag von mir wegfuhr.

Während ich emsig mein Leben »nach Bradleyville« plante, versuchte ich, mir nicht zu viele Gedanken über das Sägewerk zu machen. Das Problem war zu dicht an meinem Zuhause, zu Furcht erregend, und ich wollte da nicht mit hineingezogen werden. In Verbindung mit dem Hope Center oder meiner Arbeitsstelle war ich bereit, mich mit der Hoffnungslosigkeit von Männern auseinander zu setzen, die ihre Arbeit verloren hatten. Aber ich durfte nicht anfangen mir vorzustellen, dass halb Bradleyville von demselben fürchterlichen Problem betroffen sein könnte.

Mittlerweile grollte es überall um mich herum in der Stadt.

Ein Ereignis, das den Kurs eines Menschenlebens völlig veränderte, konnte sich binnen weniger Minuten zutragen, wie ich allzu gut wusste. Oder aber, es konnte sich allmählich herausbilden, ein einfaches Netz, das sich in den Fingern der Unzufriedenheit ausbreitete, ein winziger Stachel, der sich zum starken Rückgrat des Widerstands verhärtete. So war es bei den Werksarbeitern, als die hitzedurchtränkten Tage nach »Riddums Nein« weitergingen. Riddum hatte noch mehr Öl ins Feuer gegossen, indem er zu Thomas sagte, seine Angestellten seien faul und für den »kümmerlichen Jahresgewinn« verantwortlich. Jeden Tag, wenn sich Onkel Frank nach Hause schleppte und nach Sägespänen und der Unzufriedenheit der Männer roch, hörten Tante Eva und ich das Neuste. Zu Anfang nahmen sich die Männer vor, härter zu arbeiten, in der Hoffung, Riddum dadurch umzustimmen. Doch als das schweißtreibende Schuften nur dazu führte, dass die Sicherheitsvorschriften immer weniger beachtet wurden, Riddum sich aber nicht erweichen ließ, geriet der Vorsatz der Männer ins Wanken.

Wie der Rest der Stadt konnte auch ich nicht umhin, auf meiner Fahrt nach Albertsville vom Gas zu gehen und aus zusammengekniffenen Augen einen finsteren Blick auf die lange Zufahrt zu werfen, die zu Blair Riddums jüngst umgebautem Haus führte.

Von Mitte bis Ende Juni trudelten die Werksarbeiter, frisch geduscht und gesättigt, bei uns zu Hause ein, um ihrem Ärger Luft zu machen. Lee Harding war immer darunter. Onkel Frank, dessen Gesicht mit den weit auseinander stehenden Brauen Ehrlichkeit und gesunden Menschenverstand ausstrahlte, hörte aufmerksam zu und beschwichtigte durch seine Anteilnahme gleichzeitig die erhitzten Gemüter. Auch Lee, wie ich zu meiner Freude hörte, trat für Zurückhaltung ein. Die Männer – und demnach die ganze Stadt – hatten das Gefühl, dass *irgendetwas* im Busch war, so wie Suppe, die in einem zu kleinen Topf brodelt, unvermeidlich überkocht. Immer noch betete jeder, dass Riddum seine Kritik zurücknehmen und eine Lohnerhöhung genehmigen würde. Selbst eine nur scheinbare hätte so manches gesträubte Gefieder geglättet.

Während dieser Treffen servierte Tante Eva immer Kuchen oder Kekse und Eistee. Ihr geschäftiges Auffüllen von Gläsern und Tellern verlieh ihrer Anwesenheit den denkbar besten Anstrich. Ich saß selbstsüchtig in meinem Zimmer und redete mir ein, nichts von alldem hören zu wollen, ließ die Tür aber weit offen. Ob es mir gefiel oder nicht, um Onkel Franks willen wollte ich sichergehen, dass Lee sein Versprechen hielt. Ein paar Mal war ich bei seinem Eintreffen an der Tür gewesen, und wir hatten einander fest angesehen, bis er auf meine unausgesprochene Erinnerung zur Antwort nickte.

Hitziger wurde es, als Al Bledger aufzutauchen begann. Und ungefähr zu dieser Zeit bat Tante Eva mich, ihr beim Bedienen zu helfen.

Mr. Bledger war klein und drahtig mit einem beinahe militärischen Kurzhaarschnitt. Seine Augen waren stahlgrau und die vollen Lippen nach unten verzogen. Was ihm an Körperlänge fehlte, machte er durch sein Mundwerk wett.

»Ich weiß ja nicht, wie ihr darüber denkt«, verkündete er eines Donnerstagabends, »aber ich lass mir das nicht mehr lange gefallen. Und gehen tue ich auch nicht. Ich bin seit der Highschool in diesem Sägewerk, gut zwanzig Jahre, lange bevor dieser Riddum daher spaziert kam. Der jagt mir keine Angst ein. Und es gibt noch gut vier, fünf andre Männer, die genauso denken. Ich sage, wir tun uns alle zusammen und sagen ihm, entweder er rückt den Zaster raus oder *wir* rücken aus.«

»Dann sagt er, verschwindet«, forderte Lee ihn heraus. »Und was dann?«

»Dann verschwinden wir halt.«

»Und wie kommt das Essen auf unsren Tisch?«, fragte jemand.

»Wir werden keine lange Arbeitspause haben.« Bledger blieb hartnäckig. »Was soll Riddum schon machen? Geht er nicht auf unsre Forderungen ein, verliert er sehr viel mehr Geld als wir.«

»Er hält das wahrscheinlich länger durch als unsereins«, bemerkte Onkel Frank.

Zahlreiche Stimmen sprachen gleichzeitig in zunehmender Lautstärke, bis Lee sie übertönte. »Seid mal einen Moment still. Ich habe immer und immer wieder gesagt, so einen Schritt kann man nicht machen, ohne auf das Schlimmste gefasst zu sein. Denn wenn wir einmal angefangen haben, werden wir nicht klein beigeben wollen. Also, Al, bist du wirklich bereit, wochenlang arbeitslos zu sein, wenn wir bei Riddum auf Granit beißen?«

»Wenn es sein muss. Aber ich glaube immer noch, dass er ziemlich schnell weich werden wird.«

»Was, wenn er neue Arbeiter herbeischafft?«

»Der kriegt über Nacht keine dreihundert Arbeiter.«

»Es gibt jede Menge Arbeitslose in Albertsville, die froh wären, wenn sie hierher zur Arbeit fahren könnten«, sagte Ned Finks. »Mein Schwager hat keinen Job. Der sagt, er würde meinen mit Kusshand nehmen. Natürlich würde ich ihn vorher erwürgen.«

»Albertsville würde sich kranklachen«, sagte Tom Elkin angewidert. »Die rümpfen seit Jahren die Nase über uns. Die wissen genau, stirbt unser Sägewerk, dann stirbt auch Bradleyville. Die würden womöglich sogar ihren Job schmeißen, nur um unseren zu kriegen.«

»Oh, das ist nicht wahr«, behauptete der Mann, der neben

Mr. Elkin saß, und die Stimmen schwollen wieder an, als Nachbar mit Nachbar stritt.

»Ihr solltet euch auf das *Schlimmste* gefasst machen!« Lee hieb sich mit der Faust in die Handfläche. »Wer ist bereit, dafür zu kämpfen, dass das Werk geschlossen bleibt? Ich rede hier von Aufruhr – wir hatten die *Staatspolizei* schon einmal hier unten. Wer ist bereit, das in Kauf zu nehmen?« Er sah sich mit ausgebreiteten Armen um. »Wenn ihr das nämlich nicht seid, dann macht ihr besser nicht den ersten Schritt.«

»Ach, du denkst zu viel«, sagte Bledger voller Abscheu. »Das wird nicht passieren. Was passieren *wird*, wenn wir nichts unternehmen und einfach weiter machen wie bisher, kann ich dir sagen: Riddum wird uns für einen Hungerlohn wie Dreck behandeln. Ist es *das*, was du willst?«

»Thomas versucht immer noch zu verhandeln«, sagte Lee. »Riddum weiß um unsre Treffen hier; er muss es mit der Angst zu tun kriegen.«

»Warum sollte er? Wir tun doch *eh* nichts!«

Als die Streitereien wieder aufflackerten, beobachtete ich Onkel Frank. Er hätte bei diesem Treffen den Ton angeben können. Stattdessen hielt er sich von der Menge fern, die Arme verschränkt, und beobachtete – er sah so müde aus. Seine Lippen bewegten sich lautlos und ich wusste, dass er betete. Tante Eva fächelte sich mit einer Serviette Luft ins Gesicht und schüttelte den Kopf, als unsere Blicke sich trafen. Noch sechs Wochen, dachte ich, und du bist raus aus dem ganzen Schlamassel.

Nachdem sich die anderen Männer schließlich immer noch streitend auf den Heimweg gemacht hatten, blieb Lee zurück, um mit Onkel Frank zu reden. Während Tante Eva in der Küche heißes Wasser ins Spülbecken laufen ließ, sammelte ich Teller und Gabeln ein.

»Wir können auf dieser ganzen Geschichte nicht mehr lange den Deckel halten«, seufzte Onkel Frank. »Vielleicht sollten du und ich Thomas zu einem weiteren Gespräch mit Riddum begleiten.«

»Hast du Sorge, was das für deine Stelle bedeuten könnte?«

»Nein. Aber ich frage mich schon, was ich tun werde, wenn sich die Dinge zuspitzen. Er behandelt mich nicht allzu schlecht und meine Jahre beim Sägewerk sind gezählt. Ich persönlich könnte die Sache irgendwie durchstehen und wäre finanziell aus dem Schneider.«

Lee und ich wechselten einen Blick. Er ließ keine Bemerkung fallen. »Ich denke, du hast Recht. Wir sollten zu Riddum gehen«, sagte er schließlich. »Lass uns morgen nach der Arbeit mit ihm reden. Ich weiß sowieso nicht, wie viel Thomas noch ausrichten kann.«

»Tun wir das.«

Eine Gabel glitt von einem Teller, den ich hielt, und verteilte weiße Krümel auf dem Teppich. Ich runzelte die Stirn, da ich keine Hand mehr frei hatte. »Ich mach das schon.« Lee blieb vor meinen Füßen stehen, hob die Gabel auf und sammelte sorgfältig die Brösel in seine große Handfläche. Dann krümelte er sie auf den Tellerstapel in meiner Hand.

»Danke«, sagte ich steif, als ich seine Nähe spürte.

»Gib her, Jessie. Ich bring das weg.« Ehe ich mich versah, hatte Onkel Frank mir die Hände geleert und ihnen nichts zu tun gelassen. Ich faltete sie vor mir zusammen.

»Also.« Lee zögerte. »Dann geh ich jetzt wohl besser.«

»Ich bring dich zur Tür.« Das war eine Frage der Höflichkeit.

Die Nachtluft empfing uns mit feuchter Wärme. Eine Motte flatterte um das Oberlicht, als ich hinter ihm auf die Veranda trat, die Hand an der Tür, die einen Spalt offen stand. »Danke, dass du dir so viel Mühe gibst, Lee.« Es war das erste Mal, dass ich ihn beim Namen genannt hatte, und er zuckte die Achseln, um zu verbergen, dass er das sehr wohl bemerkt hatte.

»Na ja, ich habe es einer jungen Dame schließlich versprochen.«

Ich konnte mir ein Lächeln nicht verkneifen. »Ich schätze mal, dass ihr morgen Abend allesamt wieder hier aufkreuzen werdet. Das heißt, dass ich noch einen Kuchen backen muss.«

»Vermutlich«, seufzte er. »Eigentlich sollte ich anfangen, zu Hause zu bleiben; ich komme mit der Arbeit am Haus überhaupt nicht voran und Connies Entbindungstermin ist Ende Juli.« Er starrte gedankenverloren die Straße hinunter. »Vielleicht können dein Onkel und ich ja morgen etwas bei Riddum herausschlagen.«

»Vielleicht«, erwiderte ich skeptisch. Ich zog die Tür zu, verschränkte die Arme und lehnte mich dagegen. »Aber was genau erwartest du? Ich meine, ihr müsst ein klares Ziel haben. Kommt ihm nicht wieder mit weiteren Beschwerden oder vagen Drohungen, dass die Männer ›irgendetwas tun werden‹.«

»Ich erwarte nicht, mit einer Lohnerhöhung für jeden in der Tasche rauszukommen, wenn du das meinst.«

»Nein, das meine ich nicht. Es ist nur ... Sieh mal. Du und all die anderen Beschäftigten, ihr braucht ein Ja, und wenn es noch so klein ist. Nur um für eine Weile die Flamme kleiner zu drehen.«

Er hob halb belustigt die Augenbrauen. »Ich nehme an, du hast einen Vorschlag.«

Geistesabwesend starrte ich auf die Motte und dachte nach. Ich fühlte Lees Augen auf mir ruhen. »Vielleicht habe ich das. Wie wärs damit: Warum sagt ihr Riddum nicht, dass die Männer davon sprechen, ihren Job zu quittieren, wenn sie nicht mehr Lohn bekommen. Bittet ihn, in den nächsten - sechs Wochen – darüber nachzudenken und sich am ersten August wieder mit euch zu treffen. Er müsste schon blöd sein, das abzulehnen, denn dadurch gewinnt er ja nur Zeit.«

»Hm, und was, wenn er am ersten August Nein sagt?«

»Dann müsst ihr euch damit auseinander setzen. Aber in der Zwischenzeit hat mein Onkel etwas Ruhe bekommen und du hast euer Haus fertig. Und die Arbeiter hatten Zeit, ernsthaft über die Folgen eines Streiks nachzudenken. Und ich kann für eine Weile mit Kuchenbacken aufhören.«

Er hob das Kinn. »Gar nicht schlecht. Bist eine ganz hübsche Kämpfernatur.«

Ich wand mich. »Das ist nicht gerade das Wort, das ich benutzen würde.«

»Welches? *Hübsch* oder *Kämpfernatur*?«

Ärger flackerte in mir auf. »Ich glaube nicht an Kampf, Lee. *Niemals*. O. k.?«

»Hey, tut mir Leid; das war nicht bös gemeint.« Er hob reumütig eine Hand. »Auf jeden Fall werde ich morgen mit deinem Onkel darüber reden; klingt für mich nach einer guten Idee. Du müsstest dann zwar trotzdem wenigstens für morgen Abend noch mal backen, aber es wäre doch toll, wenn wir ein paar gute Neuigkeiten zu berichten hätten.«

Ich blieb noch auf der Veranda, als er zu seinem Lieferwagen ging. Beim Einsteigen grinste er mir zu. »Übrigens, nur zu deiner Information, ich habe eine Schwäche für gedeckten Apfelkuchen.«

Kapitel 12

Ich backte den ganzen Tag lang, schälte Äpfel und rollte den Teig aus. Ein Blick auf die Verwüstung ihrer Küche, als sie zum Mittagessen nach Hause kam, und Tante Eva zog fragend eine Augenbraue hoch.

»Kuchen oder Kekse gehen doch viel schneller. Warum machst du dir so viel Mühe?«

Die Wahrheit war, dass ich selbst keine Antwort darauf wusste. Warum um alles in der Welt scherte ich mich darum, was Lee Harding mochte? Ich hatte mich mit dem Mann erst zweimal unterhalten, und beide Male hatte unser Gespräch leicht gereizt geendet. Sein vorsichtiges Vorgehen im Blick auf das Sägewerk war ermutigend, und er hatte mir gegenüber Wort gehalten, was meinen Onkel anbetraf. Trotzdem, dieser Lee Harding hatte etwas beinahe Furcht erregendes an sich. Vielleicht lag das nur daran, dass er mich überragte, oder vielleicht waren es diese dunklen Augen unter den noch dunkleren Brauen. Aber die Aura von Kraft, die er ausstrahlte, ging über das rein Körperliche hinaus; es war auch die Stärke eines eisernen Willens. Ich verstand, warum die Männer ihn respektierten. Wie auch immer, mir kam er vor wie ein Mann, der sehr zornig werden kann – wenn man ihn an der richtigen Stelle traf. Ich würde mich jedenfalls nicht mit ihm anlegen wollen.

»Hat keinen besonderen Grund, Tante Eva«, erklärte ich, während ich Zimt und Zucker mischte. »Ich hab nur ziemlich viel genäht und die ganze Zeit gesessen, und da dachte ich, es könnte eine ganz nette Abwechslung sein, mir für ein paar Stunden in der Küche die Beine zu vertreten.« Die Erklärung klang lahm, selbst in meinen Ohren.

»Hm«, machte sie, und strich sich Mayonnaise aufs Brot. »Muss Jungsein schön sein.«

Ich stand an der Arbeitsplatte und arbeitete mit einem Messer kalte Butterflöckchen unter das Mehl. Das weiße Pulver puffte aus dem großen Glasbehälter und kitzelte mir in der Nase. Ich drehte den Kopf zur Seite und musste niesen.

»Gesundheit.«

»Danke.« Ich fasste das Messer fester und arbeitete, bis meine Arme erlahmten. Vom Teigausrollen bekam man immer solche Nackenschmerzen; ich wünschte, ich hätte nie damit angefangen. Tante Eva war merkwürdig still, was nur bedeuten konnte, dass ihre Gedanken eine Meile pro Minute zurücklegten. Ohne mich umzusehen, spürte ich, wie sich ihre Augen in meinen Rücken bohrten.

»Du hast da gestern Abend wirklich eine gute Idee gehabt«, sagte sie. »Frank und Lee werden sie Riddum heute nach der Arbeit unterbreiten. Frank hat während seiner Pause bei der Post angerufen und ausrichten lassen, dass du ihn nicht abholen sollst; Lee wird ihn nach Hause bringen.«

Mein Arm wurde für eine Sekunde langsamer, dann nahm er das alte Tempo wieder auf. Aus irgendeinem Grund wollte ich ihr meine Überraschung über ihr Wissen nicht zeigen. »Wer hat dir gesagt, dass das meine Idee war?«

»Lee hat das Frank erzählt«, erwiderte sie mit vollem Mund.

Ich dachte über diese Information nach. Lee hätte das Lob genauso gut selbst einstreichen können.

»Ihr beide müsst euch gestern Abend länger unterhalten haben.«

Ihr unbeschwerter Ton sprach Bände. Daher wehte also der Wind. Ich ließ mir mein Gespräch mit Lee noch einmal durch den Kopf gehen und fragte mich, ob Tante Eva wohl seinen Abschiedskommentar über gedeckten Apfelkuchen durch das

Küchenfenster gehört hatte. Ein Blick in ihr Gesicht, und ich wüsste Bescheid. Verstohlen sah ich über die Schulter. Mit einem Ausdruck, den nur meine Tante zuwege brachte, schaffte sie es, gleichzeitig zu kauen, zu grinsen, die Stirn zu runzeln und Unschuld vorzutäuschen.

Sie hatte es gehört, na schön.

Mit einem würdevollen Naserümpfen wandte ich mich wieder meiner Mehlmischung zu.

* * *

Wir waren beide mit den Nerven am Ende, bis Onkel Frank an jenem Abend nach Hause kam. Meine Küchlein säumten die Arbeitsplatte in der Küche, das ganze Haus duftete warm nach Äpfeln und Zimt. Ich hatte es geschafft, für eine halbe Stunde die schmerzenden Beine hochzulegen, lag auf dem Sofa und fächelte mir Luft ins Gesicht. Von dem Augenblick an, als Tante Eva von der Arbeit zur Tür hereingekommen war, wanderte sie unaufhörlich auf und ab und verschwand alle paar Minuten um die Ecke, um den Rest Suppe auf dem Herd umzurühren.

»Tante Eva, du machst mich wahnsinnig«, protestierte ich und legte einen Arm über die Augen.

»Kann ich auch nichts für.« Sie angelte sich eine Zeitschrift und blätterte blind darin herum. »Es hat sich rumgesprochen, dass sie zu Riddum gehen; war ja klar. Und jetzt brennen die Männer darauf, die Antwort zu erfahren, so wie bei dem Treffen mit Thomas vor ein paar Wochen. Die werden heute Abend in Scharen hier auftauchen.«

»Ich hab reichlich Kuchen gebacken.«

Sie ließ das Magazin achtlos fallen. »Meine Güte, Jessie, darum gehts doch nicht. Kapierst du denn nicht? Wenn die

Männer jetzt noch ein Nein zu hören kriegen, gehen die auf die Barrikaden. Bei dem, was auf der Post heute Nachmittag an Gerede durchgesickert ist, hätte ich Onkel Frank beinahe zurückgerufen und gesagt, tut das nicht. Das Risiko ist zu groß.«

Mein Arm fiel herunter. Ich hob den Kopf und sah sie besorgt an. »Ich hab nie gedacht, dass ein Versuch etwas schaden könnte, selbst wenn ein Nein dabei herauskommt.«

»Wach auf, Jessie; wo bist du all die Abende gewesen? Du hast doch Al Bledger, Ken Beecham und den Rest der Bande reden hören. Die schüren das Feuer, und immer mehr Männer schließen sich ihnen an, drängen auf Streik. Denen ist jeder Vorwand recht.«

Ich schwang die Beine auf den Boden, Angst kroch mir den Rücken hinauf. Wie hatte meine »gute Idee« innerhalb eines Nachmittags so schlecht werden können? Diese Unbeständigkeit von Hoffnung und Hoffnungslosigkeit, die die Stadt aufwühlte, zeugte von einer viel tieferen Angst, als ich mir eingestanden hatte. Ich hatte im Wolkenkuckucksheim gelebt. Vor lauter Eifer, mein Leben des Dienstes an anderen zu planen, hatte ich die Nöte meiner eigenen Familie – und Stadt – nicht wahrgenommen. Ich stützte den Kopf in die Hände und starrte auf den Teppich. Und diese »Idee« von mir – das musste ich zugeben, war mehr im eigenen Interesse als im Interesse der Stadt gewesen. Sechs Wochen würden gerade reichen, damit ich auf dem Weg nach Cincinnati wäre. Selbst wenn sich die Dinge danach überschlügen, ich wäre längst über alle Berge. Es wäre nicht mehr *meine* Sorge.

Plötzlich kam ich mir furchtbar schlecht vor.

Als wir Lee Hardings Lieferwagen vorfahren hörten, eilten wir beide zur Tür. Ich erreichte die Veranda als erste und forschte fieberhaft im Gesicht meines Onkels nach einem

Hinweis, während er aus dem Wagen stieg. Er schlug die Tür zu und bemerkte, dass wir beide ihn mit Argusaugen beobachteten. »Na, wenn das keine Begrüßung ist!« Er grinste und mir wurde bewusst, dass ich ihn seit meiner Rückkehr nach Bradleyville kaum einmal lächeln gesehen hatte. Erleichterung überspülte mich wie ein sauberer Frühlingsregen.

»Riddum hat ›Ja‹ gesagt«, stieß Tante Eva hervor, haltsuchend an den Verandapfosten gelehnt. Onkel Frank stieg die Stufen hinauf.

»Das hat er. Gott sei Dank. Lee hat das Reden übernommen und er war ziemlich überzeugend. Riddum hat versprochen, die Bücher noch einmal durchzugehen und uns am 1. August Bescheid zu geben. Bis dahin bleibt es hoffentlich ruhig. Offensichtlich hat selbst Sturkopf Riddum den Sinn dahinter erkannt, den erhitzten Gemütern Zeit zum Abkühlen zu geben.«

»Jessie!« Lees Stimme schallte den Gehweg hinauf und übertönte das Knattern des Motors. Er hatte sich über den Sitz gelehnt, um aus dem Beifahrerfenster zu schauen, sein muskulöser linker Arm wölbte sich um das Lenkrad. »Glückwunsch!«

Überraschung huschte über mein Gesicht. Das alles war doch sein Werk; warum sollte er mir da gratulieren? »Glückwunsch für *dich*«, rief ich zurück.

»Und für deinen Onkel.« Er warf mir ein Lächeln zu. »Wie dem auch sei. Ich fahr jetzt jedenfalls erst mal zum Essen nach Hause. Wir sehen uns dann in einer Stunde oder so.«

»Danke fürs Mitnehmen, Lee.« Onkel Frank winkte.

»Wie schön!« Tante Eva seufzte zufrieden, als Lee losfuhr. »Dann lasst uns reingehen und noch etwas Suppe essen, bevor die Meute kommt.«

* * *

Und die Meute kam. Fast doppelt so viele Männer wie sonst drängten sich gegen halb acht in unser Wohnzimmer, begierig, Näheres über die gute Nachricht zu erfahren, die in Rekordzeit in Bradleyville die Runde gemacht hatte. Sie quetschten sich auf jeden Stuhl, den wir im Haus auftreiben konnten, und viele mussten stehen. Es herrschte eine völlig andere Atmosphäre als am Abend zuvor, das drohende Unheil schien erst mal abgewendet.

Ich war froh, dass ich sechs Kuchen gebacken hatte und wir beschlossen hatten, auf Pappteller umzusteigen. Ich war extra deswegen nach dem Abendessen noch schnell zum Woolworth gerannt, um Tante Evas Panik zu besänftigen, das Geschirr könnte nicht reichen. Während ich die Törtchen geschäftig in jeweils acht Stücke schnitt, lauschte ich auf die rauen Stimmen aus dem Nachbarzimmer und lächelte in mich hinein. Das Backen war die Mühe wert gewesen; Lee hatte sich seinen Apfelkuchen redlich verdient. Ich war so dankbar für die Erleichterung, die jetzt schon die Furchen auf der Stirn meines Onkels zu glätten begann. Das Messer in meiner Hand stockte einen Moment, bevor ich den letzten Kuchen anschnitt. Ich biss mir auf die Lippe und rechnete die Anzahl der Stücke aus. Das Messer sank herab. Lee würde eine doppelte Portion bekommen.

Tante Eva kam geschäftig mit zwei leeren Krügen in der Hand herein. »Meine Zeit, was diese Männer an Eistee trinken! Wie gut, dass dies das letzte Treffen ist. Ich glaube, viel mehr davon würde ich auch nicht verkraften.« Sie knallte die Plastikkrüge auf die Arbeitsplatte und strich sich loses Haar aus dem geröteten Gesicht. »Sind die Kuchen da fertig? Hast du genug Teller und Gabeln gekauft? Wo sind die Servietten?

Wir müssen uns beeilen; sie werden das Treffen bald eröffnen.«

Ich unterdrückte ein Lachen. Sie konnte sich selbst so wunderbar verrückt machen. »Ja auf beide Fragen und die Servietten sind hier. Hilf mir beim Reintragen.« Ich schob den Teller mit Lees Stück in die Ecke. »Den nehm ich; der ist für Lee.«

»Oh!« Sie grinste wie ein Honigkuchenpferd. »Wie *schön*, dass ihr beide euch so prächtig versteht!«

Ich bereute es schon, etwas gesagt zu haben. »Das ist doch nur ein Stück Kuchen, Tante Eva.«

»Sicher, mein Schatz.« Sie tätschelte meinen Arm. »Ich weiß.« Sie schnappte sich zwei Teller mit Kuchen und eilte leise summend aus der Küche. Ich schnitt hinter ihrem Rücken eine Grimasse.

Als ich mich umdrehte und eben nach Lees Portion greifen wollte, stockte mir der Arm, denn plötzlich wurde mir bewusst, was ich im Begriff war zu tun. Schüchternheit überkam mich bei der Vorstellung, ihm seinen Teller zu überreichen. Würde er sich, genau wie Tante Eva, bei diesem Dessert etwas denken? Etwas, was mir völlig fern gelegen hatte? Meine Augen wanderten über die vielen Kuchenstücke, die die Arbeitsplatte bedeckten. Nun, tat er das, dann war das eben Pech. Jetzt war bestimmt keine Zeit mehr, noch etwas anderes zu backen. Würdevoll nahm ich sein Stück und noch einen zweiten Teller in die Hand. Ich würde ihn und seinen Sitznachbarn einfach gleichzeitig bedienen, ohne ein Wort zu verlieren – so einfach war das. Lee hatte den Kopf so voll, er hatte die Bemerkung von gestern Abend wahrscheinlich eh längst vergessen.

Hoch erhobenen Hauptes verließ ich die Küche und sprang zur Seite, um nicht von der hereinkommenden Tante Eva überrannt zu werden. Glücklicherweise musste ich mich nicht an allzu vielen Männern vorbeiquetschen, um zu Lee zu gelangen. Er hockte auf einem Metallklappstuhl und war in eine angeregte Diskussion mit Al Bledger vertieft, der angewidert den Kopf schüttelte. Ein höhnischer Zug lag um Bledgers Mund und bei diesem Zynismus überlief meine Arme eine unerwartete Gänsehaut der Furcht. Mir sank das Herz, als ich beim Ausdruck seines Gesichtes erkannte, wie zerbrechlich die versprochenen sechs Wochen Frieden sein würden, trotz allem, was Lee getan hatte.

»Entschuldigt bitte«, murmelte ich und tauchte unter anderen Gesprächen hindurch, während ich mich den beiden Männern näherte.

»Schon gut, schon gut, wir werden keinen Ärger machen«, erwiderte Al Bledger auf Lees Blick. »Aber wenn es danach nicht läuft, dann glaub ja nicht, dass wir noch länger warten werden.«

»Mr. Bledger, möchten Sie ein Stück Kuchen?« Ich schob ihm den Teller ohne viel Aufhebens hin. Er nahm ihn schweigend entgegen, ohne Notiz von mir zu nehmen.

»Lee?« Ich streckte ihm das riesige Stück hin und bemühte mich um einen harmlosen Gesichtsausdruck. Seine Augen glitten über den Teller, hielten überrascht inne und wanderten dann hoch zu meinem Gesicht. Unsere Blicke trafen sich. Wir sahen einander fest an. Die leise Andeutung eines Lächelns umspielte seine Lippen, als er den Teller aus meiner Hand nahm und seine Finger die meinen flüchtig streiften. »Danke.«

Ich zuckte leicht die Achseln. »Gerne.«

Da mir nichts weiter zu sagen einfiel, drehte ich mich um und ging fort. Sein Blick brannte in meinem Rücken.

Kapitel 13

»Was gibts Neues? Ich bin seit Montag nicht mehr in der Stadt gewesen. Hab gehört, im Sägewerk läufts wie immer. Ach ja, und dann brauch ich auch noch zwei Pfund von diesen Nägeln da.«

»Ja, ja, die Männer arbeiten noch. Aber sie grummeln auch noch. Doch jetzt heißt es erst mal, ruhig Blut bewahren und abwarten bis August.« Dutzende Nägel schepperten, Metall gegen Metall, als sie abgeschätzt und abgewogen wurden. Der Eisenwarenhändler schüttete sie in eine Papiertüte. »Aber eins sag ich dir, das Geschäft ist bereits im Keller. Die Leute sparen für schlechte Zeiten. Und ich bin nicht der Einzige, dem es so geht; beim Supermarkt und bei Woolworth sagen sie das Gleiche, genauso Tull.«

»Das ist halt so.« Der Kunde starrte blicklos auf den abgewetzten Holztresen.

»Woran denkst du?«

»Dass ich froh bin, jetzt Bauer zu sein.«

»Das glaub ich gern.« Der Händler beugte sich über den Tresen und senkte die Stimme. »Aber ich sag dir noch was.«

»Na, was denn?«

»Obwohl diese Treffen bei den Bellinghams erst mal vorbei sind, rennt Lee Harding dem Frank immer noch die Tür ein.« Er hob die Brauen.

»Warum das?«

»Er ist scharf auf die kleine Jessie. Hat sie von der Kirche nach Hause gefahren, hab ich gehört; außerdem sind sie Dienstag zusammen ausgegangen.«

»Nun, die gäben doch ein schönes Paar ab.« Der Mann griff in seine Tasche. »Wie viel bin ich dir schuldig?«

Der Händler bediente die Kasse. »Macht zehn Dollar und sechsundachtzig Cents.«

Raue Hände zählten Scheine und Kleingeld ab. »Dieser Lee ist ein viel beschäftigter Mann. Sorgt im Sägewerk für Ruhe, baut das Haus seiner Mutter aus, seine arme Schwester kriegt ein Kind und nun macht er einem Mädchen den Hof. Gütiger Himmel, da hat er sich was aufgehalst.«

Sie lachten beide.

Kapitel 14

Manchmal frage ich mich, was geworden wäre, wenn ich nicht diesen Apfelkuchen gebacken hätte.

Als ich an jenem Freitagabend zu Bett ging, gingen mir Lees dunkle Augen nicht aus dem Kopf. Während ich am Wochenende wieder nach Albertsville fuhr, um Stoff und Garn nachzukaufen, Tante Evas Haus staubsaugte, im Supermarkt zwei große Kartons vor dem Einstampfen rettete und emsig nähte, musste ich über diese Augen nachdenken. In der Kirche am Sonntag führte Tante Eva Onkel Frank und mich wie kleine Küken zur Bankreihe, die Lee und seine Familie einnahmen, obwohl wir für gewöhnlich den Gang weiter runter im vorderen Teil mit den Matthews zusammensaßen. Mitten beim Einreihen stellte sie plötzlich fest, dass sie zwischen Lee und mir sitzen würde, und nicht einmal Tante Eva fand eine Lösung, die sich im Hause Gottes geziemt hätte. Doch selbst mit ihr zwischen uns *spürte* ich ihn und nahm jede seiner Bewegungen wahr. Und ich wusste, ihm erging es nicht anders. Nach dem Gottesdienst fragte er mich, ob er mich nach Hause bringen dürfe. Ich öffnete den Mund, hatte bereits eine Ausrede parat, und hörte mich »Ja« sagen.

Auf dieser kurzen Fahrt kam es zur Einladung zu unserer ersten Verabredung am Dienstagabend – zu Kaffee und Kuchen im Café Barbara in Albertsville, einem freundlichen Lokal mit Sitznischen aus rotem Vinyl und einer pinkfarbenen Rosenknospe auf jedem Tisch. Tante Eva war ganz aus dem Häuschen, als sie von unseren Plänen erfuhr, und hörte gar nicht mehr auf, Lees Vorzüge in den höchsten Tönen zu preisen. Als ich am Montag beim Abendessen ihrem Geschnatter zuhörte, ging mir auf, dass sie und Miss Wilma ihre Ränke schon lange vor meiner Rückkehr nach Hause geschmiedet haben mussten. Die ganze Stadt hatte wahrscheinlich schon von ihrer erfolgreichen Verkupplungstaktik gehört. Noch eine Woche, dachte ich, und das praktisch denkende Bradleyville würde eine Hochzeit planen.

Ich kümmerte mich nicht darum. Mochte die Stadt denken und Tante Eva einfädeln, was sie wollten. Ich befand mich auf direktem Wege aus Bradleyville hinaus. Anfang August würde es soweit sein. Und nichts, schon gar nicht ein paar Verabredungen mit einem Mann, attraktiv oder nicht, konnten mich davon abbringen. Doch damals, als ich Lee im Café gegenüber saß, hätte ich mir wahrscheinlich nicht vorstellen können, wohin diese erste Verabredung führen würde. Ich wusste nur, dass seine Nähe irgendetwas in mir zum Funken brachte, wie ein flackernder Glühfaden.

Wie es kam, fuhr ich tatsächlich nach all dem Aufruhr an einem heißen Augustvormittag aus Bradleyville fort. Doch zu welch einem Preis.

Wäre ich weniger naiv gewesen, hätte ich besser auf mein Herz aufgepasst. Ich war hoffnungslos unerfahren mit Männern. Auf dem College war ich selten ausgegangen – hatte keine Zeit dafür gefunden zwischen Kursen, jobben und freiwilliger Mitarbeit. Und auf der High School in Bradleyville war ich einfach zu sehr in Trauer versunken gewesen.

Am Ende unseres ersten gemeinsamen Abends saßen Lee und ich noch eine Weile in seinem Wagen und unterhielten uns. Er bat, mich am Donnerstag wieder ins Café Barbara ausführen zu dürfen. Dadurch würde er noch einen Arbeitsabend an seinem Haus verlieren, doch das kostete ihn nur ein Schulterzucken. Ich willigte ein, ohne es mir reiflich überlegt zu haben. In jener Nacht machte der Schlaf einen Bogen um mich, meine Gedanken kreisten um Lee. Die folgenden zwei Tage krochen träge dahin, obwohl ich mich mit Nähen gut beschäftigte. Endlich kam der Donnerstagabend. Als wir nach Albertsville hineinfuhren, war die Luft rings um uns her wie elektrisiert. Ich sah ihn über den Cafétisch hinweg an und hatte einen Knoten in der Zunge.

»Wirst du deine Familie nicht vermissen, wenn du umziehst?«, wagte er einen Vorstoß.

»Doch, schon. Aber ich möchte nach Cincinnati.«

»Es geht irgendwie nicht in meinen Kopf, wie man irgendwo anders lieber sein kann als bei seiner Familie. Ich hatte hier in Albertsville eine Wohnung gemietet, als ich anfing, bei der Textilfabrik zu arbeiten, aber als Mama sich die Hüfte brach, bin ich zurück nach Bradleyville gegangen. Albertsville mochte ich eh nicht. Zum Glück hat das mit der Stelle beim Sägewerk geklappt, so hatte ich nicht lange den weiten Weg zur Arbeit hin und her. Connie ist schließlich auch wieder zu Hause eingezogen. Wer hätte das gedacht.«

Ich hätte gern mehr über Connies Ex-Mann gehört, doch bei Lees Gesichtsausdruck traute ich mich nicht zu fragen. »Geht es ihr gut?«

»Sie wird immer runder. Und der Gedanke, das Baby alleine groß zu ziehen, macht ihr Angst. Sie fragt sich, wer sie wohl haben will mit dem Kind von jemand anderem.«

»Ich sollte sie mal wieder besuchen.«

»Sie würde sich echt freuen. Und Mama auch. Sie mögen dich beide sehr.«

Verlegen rührte ich in meinem Kaffee.

»Wen kennst du eigentlich in Cincinnati?«

»Ach, eigentlich nur eine Hand voll Leute. Vermutlich wohnen noch ein paar unserer alten Nachbarn in der Gegend. Mein Apartment ist gar nicht weit von unserem früheren

Wohnort entfernt. Doch die meisten meiner alten Schulfreunde sind in alle Winde verstreut. Ich kenne aber Brenda Todd, die Leiterin vom Hope Center. Sie freut sich riesig, mich wieder zu haben, und ich kann es kaum abwarten, sie zu sehen. Ach ja, und natürlich habe ich meinen Arbeitschef getroffen. Aber so richtig Freunde, nee, da muss ich noch ein paar neue Leute kennen lernen.«

»Hört sich für mich alles ziemlich einsam an.«

»Ach was.« Ich wollte, dass er mich verstand. »Na ja, vielleicht zu Anfang, aber das ist okay so, weil ich weiß, dass ich genau das aus meinem Leben machen soll. Meine Mutter hat einen Großteil ihrer Zeit mit freiwilliger Mitarbeit im Center verbracht und ich trete in ihre Fußstapfen. Außerdem werde ich ja auch noch beruflich Menschen helfen.«

»Klingt nach einer guten Lebensplanung.« Gedankenverloren nestelte er an der pinken Rosenknospe auf unserem Tisch. Ich beobachtete seine starke Hand, stellte mir vor, wie sich ihre Berührung anfühlen musste. Etwas in seiner Stimme zeugte von Enttäuschung über mein unumstößliches Verlangen, Bradleyville zu verlassen.

»Hm. Meine Tante und mein Onkel sehen es natürlich gar nicht gerne, dass ich gehe. Besonders nicht Tante Eva. Und du weißt ja, wie gut sie mit ihren Gefühlen hinterm Berg halten kann.«

Er lachte. »Das kann ich ihr nicht verübeln. Wenn ich dich so dicht bei mir hätte, würde ich auch nicht wollen, dass du fortgehst.«

Die Worte flossen ganz leicht dahin, aber ich spürte eine Unterströmung. Ich sah ihn an, wusste nicht, was ich sagen sollte, und schaute wieder weg. Den Rest des Abends über vermieden wir das Thema meines Weggangs. Wir redeten über das Sägewerk, über Bradleyville und seine Bewohner. Im Werk herrsche immer noch gereizte Stimmung, antwortete Lee auf meine Frage. Riddum tue nicht sonderlich viel, um die Einstellung der Männer ihm gegenüber zu verändern. Aber, fügte Lee hinzu, er habe sich fest vorgenommen, dass wir darüber nicht reden würden. Er habe genug davon auf der Arbeit. Irgendwie kamen wir von jenem Thema auf Politik und den Vietnamkrieg zu sprechen. Ich erzählte ihm, wie tief meine Mutter den Krieg verabscheut hätte, wie sehr sie gegen jegliche Art von Gewalt war, und dass sie diese Leidenschaft auch in mich gepflanzt habe. Er wirkte nachdenklich nach dieser Eröffnung.

»Sie hat dir beigebracht, deine Hand gegen *niemanden* zu erheben? Und wenn du bedroht wirst? Wenn deine *Familie* in Gefahr ist?«

Die bittere Erinnerung an hochrote Fingerabdrücke auf der Wange meiner Mutter schoss mir durch den Kopf ... die beißenden Worte meines Großvaters – *du wirst nie gut genug sein!* Ich schaute Lee fest an, meine Kiefer spannten sich. »Selbst dann nicht. Es gibt immer einen anderen Weg. Gewalt ist nichts als ... unbeherrschte Wut. Und das tut niemanden gut.«

Er nickte, nahm einen langsamen Schluck Kaffee.

»Ich nehme an, du bist da anderer Meinung.«

Er stellte den Kaffeebecher vorsichtig auf den Tisch. »Ich denke, Gewalt ist nie ›gut‹, Jessie. Aber manchmal muss ein Land Krieg führen. Gerade jetzt sagen unsere Politiker, wir werden in Vietnam gebraucht. Ich bin froh, dass ich nicht in den Kampf ziehen musste, aber wenn man mich einberiefe, würde ich gehen. Aber für mich privat liebe ich den Frieden wie jeder andere auch. Ich suche bestimmt keinen Streit. Du weißt ja, wie ich mich auf der Arbeit um Frieden bemüht habe. Aber eins kann ich dir sagen: Wenn jemand meine Familie bedrohte, dann täte ich alles, um sie zu beschützen. Meine Schwester und meine Mutter haben zurzeit niemanden außer mir, und es geht ihnen beiden ziemlich schlecht. Um nichts in der Welt würde ich zulassen, dass jemand sie verletzt.« Er lächelte und versuchte, einen leichteren Ton anzuschlagen. »Du würdest wahrscheinlich das Gleiche tun, wenn es dazu käme.«

Bei seinem Lächeln wurde mir so warm, dass ich die Bemerkung beinahe schulterzuckend übergangen hätte. Doch ich wollte das Gespräch damit nicht beendet sein lassen. »Nein, das würde ich nicht«, erwiderte ich. »Das ist falsch, Punktum! Man soll den Menschen auf der Welt helfen und nicht wehtun.«

Eine Sekunde, dann zwei verstrichen, während wir uns fest in die Augen sahen. Irgendwie war diese alte Gereiztheit zwischen uns über den Tisch gekrochen. Ich konnte nicht sagen, woher sie kam, ich spürte nur, dass es in Lee Harding Tiefen gab, die mit seiner riesigen Gestalt vergleichbar waren. Er schien seine Antwort abzuwägen, zu entscheiden, ob er streiten oder es gut sein lassen sollte. Plötzlich grinste er, auf seiner Wange erschien das schwache Grübchen. »Du bist eine ganz schön Hartnäckige, dafür dass du so hübsch bist, Jessie Callum.«

Die Wärme kam zurück und sickerte in mich ein wie Butter auf Toast. »*Ich* und hartnäckig. Und was ist mit *dir*? Du hast schließlich angefangen.«

»Ich habe keine einzige von unseren kleinen ›Auseinandersetzungen‹ begonnen. Das warst immer du.«

Ich presste die Lippen zusammen. »Wollen wir uns jetzt auch noch darüber streiten, Lee Harding?«

Er beugte sich vor, nahm meine Hände spontan in die seinen, hob sie hoch und verschränkte unsere Finger. Ein

Prickeln lief mir die Arme hinauf und den Rücken hinunter. »*Nein.*«

Und damit war das Thema erledigt.

An den Rest des Gesprächs erinnere ich mich kaum. Nur dass der letzte Bissen meines Kuchens unangerührt blieb, weil ich ihm meine Hände nicht entziehen wollte. Als wir schließlich aufbrachen, war das Café bereits dabei zu schließen. Lee lehnte sich gegen die Fahrerkabine seines Lieferwagens und zog mich an sich.

»Du bist wirklich schön, weißt du«, wisperte er und spielte mit einer Strähne meines Haars. Ich wusste nicht, was ich sagen sollte. Er hob mein Kinn und beugte sich herunter, um mich zu küssen. Ich musste mich auf die Zehenspitzen stellen und den Kopf so weit zurücklegen, dass ich mir fast das Genick dabei brach. Doch seine Lippen waren warm und unerwartet weich, und ich wollte nicht loslassen. Irgendetwas gluckste in meiner Kehle. Er vergrub seine Finger in mein Haar und küsste mich, bis ich mich atemlos befreite. »Oh«, jammerte ich und rieb mir den Nacken, »das hätten wir besser im Sitzen machen sollen.«

Wir stiegen in seinen Wagen. Er zog mich in die Mitte und küsste mich wieder. Selbst im Sitzen war er noch ein gutes Stück größer und mein Nacken begann zu schmerzen. Ich kümmerte mich nicht darum; mir kam es vor, als schwebte ich, als wäre ich losgelöst von meinem Körper. Auf der ganzen Fahrt zurück nach Albertsville hatte er seinen Arm um mich und ich meinen Kopf an seine Schulter gelegt. Etwa eine Meile vor der Stadt zog er ohne weitere Erklärung seinen Arm zurück und ich rutschte zur Tür. Man musste die Gerüchteküche in Bradleyville ja nicht unnötig anheizen.

Wir schmiedeten Pläne für Samstagabend. Ich erklärte mich bereit, ein Picknick vorzubereiten, er wollte eine Decke mitbringen. Er kannte genau das richtige Plätzchen: ein mit Bäumen bestandener Hügel etwa zehn Meilen auf der R 347 entfernt von hier. Wir würden die Sterne aufgehen und die Lichter von Bradleyville angehen sehen.

Irgendwie gelang es mir am Freitag, mit dem zweiten Kleid fertig zu werden, indem ich mir ins Gedächtnis zurückrief, wofür ich eine neue Garderobe brauchte. Egal, wie aufregend die paar kommenden Wochen im verschlafenen Bradleyville werden würden, mein Leben folgte seinem eigenen Kurs. Darauf musste ich mich jetzt voll konzentrieren. Doch zweimal, als ich mich in Tagträumereien über den Samstagabend verlor, hätte ich mir beinahe die Nähnadel in den Finger gejagt.

Kapitel 15

»Du siehst nicht glücklich aus; was ist passiert?« Das Hemd, das sie gerade zusammenlegte, erstarrte in ihren Händen, auf ihren Zügen malte sich Angst.

Ihr Mann schnaubte ärgerlich, als er auf das Bett sank, dessen Federn quietschend protestierten. Er zog einen Stiefel aus. Sägemehl staubte auf den dünnen blauen Teppichboden. »Ich hatte einen Zusammenstoß mit Riddum.«

Sie schnappte nach Luft.

»Wir haben Stämme vom Fluss reingezogen. Es war eine große Ladung – fast doppelt so groß wie normal – und die haben Chaos gemacht. Wir waren zu viert da unten und schließlich ging gar nichts mehr, sodass ich Harlan hochgeschickt hab, um Verstärkung zu holen, sonst hätten wir das Zeug nie auseinander gekriegt.« Der zweite Stiefel fiel zu Boden. »Ich hab geglaubt, ich spinn, als ich hochschaute und Riddum höchstpersönlich da stehen sah. Er hat vielleicht versprochen, uns besser zu behandeln, aber er scheint seine Nase überall zu haben, guckt uns ständig über die Schulter. Man könnte wetten, er zählt jedes Stück Holz ab.« Sein Kopf verschwand, als er ein schmutziges braunes Hemd auszog.

»Harlan steht hinter ihm, zu Tode erschrocken, der ist ja auch fast noch ein Kind. Dann sagt Riddum: ›Wer hat diesen Jungen losgeschickt, um Hilfe zu holen?‹, und ich sage, ich war das. Und direkt vor den andern Männern, da fährt der mich an wie eine Furie. Sagt, für wen ich mich denn halten würde, dass ich hier die Arbeit neu verteile, und es gäbe überhaupt keinen Grund, warum wir vier das nicht schaffen sollten, und wenn wir das nicht packen würden,

dann könnten wir genauso gut nach Hause gehen und dort bleiben.«

»Lieber Gott«, seine Frau bekam weiche Knie. »Du wurdest doch nicht gefeuert?«

»Nein«, schnappte er. »Aber fast. Weil ich drauf und dran war, Riddum zu packen und ihm sein dünnes Hälschen umzudrehen. Ich war stocksauer, es juckte mir richtig in den Fingern. Nur der Gedanke an dich und die Kinder hat mich davon abgehalten.« Er mühte sich aus seiner Jeans und schleuderte sie in die Ecke.

»Was haben die anderen Männer gemacht?«

»Dem Harlan sind fast die Augen aus dem Kopf gepurzelt, hat immer von mir zu Riddum gestarrt. Billy hat seine Hand auf meinen Arm gelegt; der wusste, was in mir vorging. Pete konnte das nicht durchgehen lassen. Er sprang ein und sagte: ›Die Ladung da unten ist zu groß, Mr. Riddum. Wir kriegen das nicht auf die Reihe und dann wird alles ins Stocken geraten.‹ Riddum stierte ihn an wie eine ersäufte Katze und sagte: ›Kriegen Sie es auf die Reihe, Mr. Souter, oder verschwinden Sie von meinem Grund und Boden.‹«

Seine Frau schüttelte sich.

»Und da standen wir nun, drei Männer, fuchsteufelswild. Riddum auf der einen und Pete und ich auf der anderen Seite. Mein Arm muss sich gehoben haben, denn ich fühlte, wie sich Billys Griff verstärkte. Und dann hab ich einmal tief Luft geholt und Pete angeschaut, und Pete hat tief Luft geholt und mich angeschaut, und dann haben wir uns umgedreht und sind, ohne ein Wort zu sagen, zurück an die Arbeit gegangen. Riddum hat uns noch 'ne Minute lang beobachtet, dann ist er weg.«

Die Frau ließ sich wortlos neben ihrem Mann auf das Bett fallen, eine Furcht, wie sie sie schon seit fünf Jahren nicht mehr gekannt hatte, schnürte ihr die Brust zu.

Er rieb sich mit einer Hand über die Stirn. »Ich sag dir, Baby, wir können einfach nicht länger für so einen miesen Schuft arbeiten. Bis zum 1. August ist es noch so lang hin. Man hätte meinen können, er sei der Pharao von Ägypten, der uns befiehlt, mehr Ziegel mit weniger Stroh zu machen. Eines Tages wird das Stroh aufgebraucht sein. Das denke ich, und dann muss ich daran denken, wie wir vor fünf Jahren beinahe unser Haus verloren hätten und kein Geld für Essen hatten. Nur die Freundlichkeit der Nachbarn und dass Thomas mich angestellt hat, als er eigentlich gar keinen Mann mehr brauchte, hat uns gerettet. Ich möchte dir das alles nicht noch mal zumuten.«

Müde legte er seiner Frau den Arm um die Schultern und zog sie an sich. Sie achtete nicht auf den Geruch von Schweiß und frisch geschlagenem Holz und barg das Gesicht an seinem Hals.

KAPITEL 16

»Na, Miss Jessie, wie man hört, bist du mächtig beschäftigt gewesen.«

Thomas Bradleys Stimme aus dem Telefon am Samstagmorgen klang nach einer Mischung aus Herausforderung und Stichelei. »Du musst nicht alles glauben, was du hörst«, erwiderte ich leichthin.

»Wirst du mir davon erzählen?«

»Jedes Mädchen hat seine Geheimnisse.«

Er grunzte. »Stimmt, genau deshalb rufe ich ja an. Diese Stadt hat in letzter Zeit nicht viel zu lachen gehabt und könnte ein bisschen was zum Schmunzeln vertragen. Wie wärs, wenn du und ich ein bisschen Leben in die Bude bringen.«

Ich musste lachen, stellte mir sein lebhaftes Gesicht vor, die hochgezogenen Augenbrauen. »Was hast du vor, Thomas Bradley?«

»Ich hab mir da so eine Kleinigkeit vorgenommen und dachte, du hättest vielleicht Lust, mir zu helfen. Unter einer Bedingung. Wir reden mit keinem Wort über die Sägewerksgeschichte.«

»Einverstanden. Aber was für eine ›Kleinigkeit‹ hast du dir denn vorgenommen?«

»Tja, Miss Jessie, wenn ich dir das verrate, ist der halbe Witz weg.«

»Ich will Connie heute Nachmittag besuchen. Schaffen wir das bis dahin?«

»Ich würde doch nicht wagen, eine junge Dame von ihren gesellschaftlichen Verpflichtungen abzuhalten. Na komm schon, entweder du bist dabei oder nicht. Also?«

Ich schüttelte den Kopf über seinen sprühenden Charme. »Ich bin dabei.«

* * *

Eine Stunde später stieg Thomas zu mir ins Auto, nachdem er zuvor vorsichtig eine braune Einkaufstüte auf den Boden vor die Rücksitzbank gestellt hatte. Jawohl, Bradleyville brauche was zum Schmunzeln, verkündete er wieder, und natürlich könne niemand besser als er wieder zurechtbiegen, wo immer der Stadt der Schuh drücke. Ich folgte seiner Anweisung, auf die Main Street zu fahren, und versuchte mir Bradleyville ohne ihn vorzustellen – es ging nicht. Ich wusste, wenn ich ihn fragte, gäbe er zur Antwort, sein Leben habe sich in dieser winzigen Metropole abgespielt, auch wenn er in zwei Kriegen in Übersee gewesen sei und zweifellos gesehen habe, was andere Orte zu bieten hätten. »Bradleyville wurde stark und unabhängig erbaut«, pflegte er zu sagen, »und das ist es bis heute geblieben. Genauso mag ich es.«

Er lehnte einen sonnengebräunten Arm aus dem Fenster, kicherte in sich hinein und wippte mit dem rechten Bein. Ein heißer Windstoß blies mir die Haare ins Gesicht und ich mühte mich vergebens, sie hinter die Ohren zu klemmen. Ich hatte nicht die leiseste Vorstellung, was er vorhatte. Dass er mich zu seiner Komplizin auserwählt hatte, war eine ziemliche Ehre, aber so war unsere Freundschaft nun mal. Wir konnten über fast alles reden. Außer über Krieg. Zurzeit hieß das natürlich Vietnam. Letztes Jahr Weihnachten hatte Thomas den Fehler begangen, mich zu fragen, ob ich einige von »diesen verrückten Halbstarken« gesehen hätte, die auf dem Universitätsgelände gegen den Krieg protestierten. Ich hatte die Stacheln aufgestellt. »Zufällig ja, Thomas«, erwiderte ich und behielt meine Stimme unter Kontrolle. »Ich war nämlich selbst ein- oder zweimal bei friedlichen Sitzstreiks dabei.« Ich funkelte ihn an, ob er es wagen würde, noch mehr zu sagen, aber er hatte wohlweislich das Thema gewechselt.

Allerdings hatte ich mich mittlerweile an die Erzählungen von seinen Medaillenerrungenschaften im Krieg gewöhnt. Man konnte nicht in Bradleyville wohnen, ohne diese Geschichten zu würdigen, denn sie wurden einem regelrecht eingebläut, wenn nicht von stolzen Bürgern, dann mit Sicherheit von Thomas höchstpersönlich. Soweit ich wusste, kannten die meisten Bewohner der Stadt sie in- und auswendig.

Ich war erst ein paar Monate in Bradleyville, als Thomas mir seine Lieblingsgeschichte erzählte – von seiner Überquerung des Flusses Volturno bei Vollmond in Italien. Er hatte sich freiwillig für diese Aufgabe gemeldet, um ein deutsches Lager auszuspionieren. Er war die ganze Zeit unter Wasser geschwommen und hatte durch ein langes rotes Mundstück geatmet. Wäre er nur ein einziges Mal aufgetaucht, wäre er gewiss erschossen worden. Er hatte seine Sache so gut gemacht, dass er nicht nur mit Informationen darüber zurückgekommen war, wie man in das Lager eindringen konnte, sondern auch noch eine deutsche Feldflasche als Souvenir mitgebracht hatte.

An dem Tag, als er die Geschichte erzählte, saß ich in seinem Wohnzimmer und betastete vorsichtig die abgewetzte graue Feldflasche, wobei ich an die feindlichen Münder dachte, deren Durst sie gelöscht, an die Schultern, die sie wundgescheuert hatte. Es waren junge Männer gewesen, die auch leben wollten – diese Soldaten – mit Eltern, Frauen und Kindern. Thomas' eigene Frau Adele war in der Küche damit beschäftigt, das Abendessen zuzubereiten, während er seine Erlebnisse zum Besten gab. Als er mit glänzenden Augen und vergnügt verzogenen Mundwinkeln geendet hatte, war ich still geblieben. »Siehst du die Medaille da?« Er zeigte auf eines von drei geöffneten blauen Samtkästchen, die auf dem Kaffeetisch aufgestellt waren. Jedes zeigte stolz einen Bronzestern, der an einer patriotisch gestreiften Schleife befestigt war. »Die ist für den Volturno.«

Ich dachte an all das Blut und Gemetzel im Krieg und dann an meine Mutter, die Teller mit Stampfkartoffeln und gebackenem Hühnchen friedlich an hungrige Kinder im Hope Center ausgeteilt hatte. Schmerz und Unwille stiegen in mir auf. Wenn es doch nur Medaillen für Fürsorge gäbe.

»Na, Jessie, wo bist du mit deinen Gedanken gewesen?«, hatte Thomas gefragt.

Ich schaute weg, irgendwohin, wollte ihn nicht beleidigen. »Ach, ich glaube, Krieg ist einfach nicht mein Lieblingsthema.«

Seine Miene verfinsterte sich. »Wegen Henry, deinem Cousin, meinst du. Natürlich. Ich rede auch nicht davon, wenn deine Tante und dein Onkel dabei sind; hätte mir denken können, dass du da auch empfindlich bist.«

Ich zuckte innerlich über meine Ichbezogenheit zusammen. An Henry hatte ich überhaupt nicht gedacht. »Nein, das ist es nicht. Es ist nur ... meine Mutter war gegen jede Art von Gewalt. Besonders Krieg. Das hat sie mir von klein auf beigebracht.«

»Warum glaubst du, war das so?«, fragte er ruhig.

Batsch. Wieder erinnerte ich mich, wie raue Finger auf eine glatte Wange klatschten, einen knallroten Abdruck auf Muttis weißer Haut hinterließen, an den Schmerz in ihren Augen. Ich fragte mich, wie viel Thomas wohl darüber wusste, wie Mutti und Tante Eva aufgewachsen waren; ich wollte nicht mehr sagen, als nötig. »Ihr Vater«, gab ich knapp zur Antwort.

Thomas hatte meine Verschwiegenheit durchschaut. »Ich weiß. Deine Mama muss ein verletztes Kind gewesen sein, genau wie deine Tante.« Er langte nach den Kästchen, die seine Medaillen aufbewahrten, und schloss eines nach dem anderen. »Eva trug immer noch seelische Narben, als sie als Franks junge Braut hierher kam. Ich glaube, das ist einer der Gründe, warum sie diese Stadt so sehr geliebt hat. Sie war weit weg von ihren Verwandten und es ist friedlich hier. Ich denke, sie hat geglaubt, sie könnte sich hier für immer vor Gewalt verstecken. Doch dann griff der Krieg nach ihrem einzigen Sohn. Er meldete sich freiwillig, weißt du; er wollte so unbedingt gehen.« Thomas starrte durch das Wohnzimmerfenster, sein Blick verlor sich in der Ferne, bevor er ihn blinzelnd wieder scharf stellte und mich eindringlich ansah. »Niemand mag Gewalt, Jessie. Vor allem nicht die, die sie hautnah miterlebt haben wie wir. Aber es gibt Zeiten, da muss man kämpfen.«

Ich schüttelte den Kopf. »Davon verstehe ich nichts. Mutti hat immer gesagt: ›Erhebe deine Hand gegen niemanden.‹ Sie hat sich ihr ganzes Leben lang für das Gegenteil von Gewalt eingesetzt. Egal, wie schwer es für sie wurde, sie hat gegeben, was sie nur konnte. Sie kümmerte sich um andere, bis sie so müde war, dass sie sich kaum noch auf den Beinen halten konnte.«

Thomas dachte eine Weile mit zusammengepressten Lippen darüber nach. »Hat es sie glücklich gemacht?«

Seine Stimme war freundlich gewesen, doch seine Worte waren wie ein Schlag in die Magengrube. Ich starrte ihn an, entsetzt, dass seine lächerliche Frage die Erinnerung an den kurzen verzweifelten Blick wachrufen würde, der über das Gesicht meiner Mutter huschte, nur Augenblicke, bevor sie in ihren Tod fuhr. »Natürlich war sie glücklich«, erwiderte ich ziemlich empört. »Niemand hat sie dazu *gezwungen*; sie hat sich dafür *entschieden*. Sie hätte eine Menge anderer Dinge machen können, weißt du. Es gibt schließlich Lustigeres im Leben, als sich um Arme zu kümmern.«

»Nun«, Thomas atmete tief ein, »damit hast du sicherlich Recht.«

Mir war nicht ganz klar gewesen, worauf sich dieses »damit« bezogen hatte, oder was es noch gab, bei dem ich falsch lag. Doch ich verspürte wenig Lust, weiter nachzuhaken. Irgendetwas sagte mir, dass Tante Eva sich gegenüber Thomas nicht so positiv über die aufopferungsvolle Hingabe meiner Mutter geäußert hatte.

»Jessie. *Jessie*!« Thomas rüttelte mich leicht an der Schulter, brachte mich in die Gegenwart zurück. »Worüber grübelst du gerade? Hörst du mir zu?«

»Ja, Thomas«, ich blinzelte. »Natürlich höre ich zu.«

»Also schön. Der Plan sieht so aus ...« Er senkte die Stimme, als geisterte es auf der Rücksitzbank von unsichtbaren Lauschern. »Wir müssen wirklich heimlich vorgehen, wie Soldaten bei einem Blitzangriff. Mit anderen Worten, wir dürfen nicht gesehen werden. Jemand wird das schon früh genug bemerken, und wenn ich richtig liege, dann wird dieser jemand der olle Jake sein. Der wird wie der Sheriff hinter mir her sein, das sag ich dir.« Er schlug sich fröhlich auf den Schenkel, vergaß völlig, still zu sein. »Menschenskind! Das gibt was.«

Jake Lewellyn war im gleichen Alter wie Thomas und je nach Tag waren sie entweder die dicksten Freunde oder Todfeinde. In Bradleyville ging die Legende um, dass Thomas, als sie neun Jahre alt waren, Jake überlistet hatte, seine Lieblingsmurmel gegen einen giftigen Blätterpilz einzutauschen, und Jake seither danach trachtete, sie zurückzubekommen. Daraus hatte sich eine Fehde entwickelt, bei der jeder versuchte, den anderen übers Ohr zu hauen, was der Stadt einige der beliebtesten Geschichten beschert hatte. Für gewöhnlich gingen sie auf Kosten von Mr. Lewellyn, da Thomas weitaus gewitzter war als sein etwas langsamerer und entschieden plumperer Freund.

»Der arme Mr. Lewellyn«, warf ich ein, als ich an der Ampel Ecke Minton Street, Main Street hielt. »Er ist dir einfach nicht gewachsen, was?«

»Pah!«, schnaubte Thomas, »von wegen armer Mr. Lewellyn. Der Mann ist jetzt schon fast sechzig Jahre lang mein Sargnagel; glaub doch nicht, dass der sich mal 'ne Pause gönnt.«

Ich unterdrückte ein Grinsen. »Er vergöttert dich. Und natürlich tust du nichts, um ihn zu provozieren.«

»Natürlich nicht!« Thomas war empört. »Ich lebe nur mein Leben, das ist alles.« Er zuckte die Schultern. »Was kann ich dafür, dass ich schlauer bin als er.«

»Genau das ist es. Du bist immer schlauer gewesen, und das wurmt ihn. Er arbeitet wie verrückt, um wie du zu sein.«

»Du hast Recht«, er grinste. »Armer Jake Lewellyn.«

Kurz hinter der Stadt bedeutete mir Thomas, langsamer zu werden und zu wenden. »Also, wir machen Folgendes«, sagte er und angelte nach der Einkaufstüte. »Und denk dran, es muss heimlich sein, wie die Rettung der Franzosen am D-day.«

Wie ein guter Soldat stand ich Wache, während er sein Vorhaben ausführte.

Kapitel 17

Es war bereits Nachmittag, nachdem ich Thomas geholfen hatte, und bei den Hardings vorfuhr. Die Temperatur war bei einer Luftfeuchtigkeit von fünfundachtzig Prozent auf dreißig Grad gestiegen. Alle Fenster in meinem Ford waren heruntergekurbelt, und trotzdem kam man sich noch vor wie im Backofen. Lee wartete unter einem schattigen Baum im Vorgarten auf mich. Ein Anruf hatte ihn vorgewarnt, dass ich unterwegs war. Sein weißes T-Shirt und die alte Jeans waren sauber, die Haare nass. Ich wusste, er wollte weiter an dem Haus arbeiten, während ich Connie und seine Mutter besuchte, und ich fragte mich, was sie wohl von seiner Extradusche meinetwegen halten mochten. Ich konnte mir das Glitzern in den Augen seiner Mutter richtig vorstellen.

»Hallo«, er lächelte und sah einfach toll aus. Ich hätte ihn gerne berührt, traute mich aber nicht. Bradleyvilles wachsamen Augen entging nichts. *Heute Abend*, dachte ich, *heute Abend.* »Schau mal, das hier ist mir gerade aufgefallen, als du angefahren kamst.« Er bückte sich und fuhr mit dem Finger über meinen rechten Vorderreifen. »Sieht ziemlich übel aus. Du solltest ihn wechseln lassen. Bevor du gehst.«

Sein letzter Satz vibrierte. Ich beugte mich über ihn, mein Haar streifte seine Schulter. »O. k.«

Lees Haus war ohne Klimaanlage und mir entging nicht, wie schwer es seiner Mutter wurde, zur Eingangstür zu schlurfen, um mich zu umarmen, während ihre gute Hüfte unter der Anstrengung schwankte, die andere nachzuziehen. Noch mehr Mitleid empfand ich für Connie, die mich keuchend vor Anstrengung begrüßte, den dicken Bauch unter einem locker fallenden Kleid und Hitzeflecken auf den Wangen. Ihre Hände und Füße waren geschwollen. »Ich krieg schwer Luft«, entschuldigte sie sich. »Kein Platz mehr für die Lungen.«

Ich schob sie zurück auf die Couch und legte ihr die Beine hoch. Miss Wilma griff nach ihrer Kanne und kämpfte sich Richtung Küche, bis Lee und ich darauf bestanden, den Eistee und die Plätzchen zu holen. Dankbar ließ sie sich in ihren Lehnstuhl fallen.

Als wir außer Sicht waren, zog mich Lee in seine Arme und küsste mich. Ich verschmolz mit ihm. Als wir uns voneinander lösten, konnte ich die Sorge auf meinem Gesicht nicht verbergen. »Was ist?«, flüsterte er.

»Sie sehen so elend aus in dieser Hitze.«

Abwehr malte sich auf seiner Stirn. »Ich wollte eine Klimaanlage kaufen. Doch bei dem, was der Anbau an Geld schluckt ...«

»Ich hab doch nicht gemeint – «

»Wir hätten jetzt eine, wenn ich eine Lohnerhöhung gekriegt hätte.«

»Ich weiß.« Wieder einmal sah ich Blair Riddums Gier in voller Härte. Mein eigenes Zuhause war mit seinem doppelten Einkommen gut dran. Aus was für einem behüteten Blickwinkel ich das Ganze bisher betrachtet hatte.

Ich wandte mich zum Tisch und schlug einen lockeren Ton an. »Hier.« Ich reichte ihm den Teller mit Keksen. »Den nimmst du und noch ein Glas. Ich bring den Rest.«

Zurück im Wohnzimmer setzte sich Lee noch ein paar Minuten zu uns, bevor er widerstrebend verkündete, er müsse wieder an die Arbeit. »Sagst du noch Tschüss, bevor du gehst?«

Ich nickte.

»Würdest du mir bitte hoch helfen, Lee?«, Miss Wilma streckte eine Hand aus und lächelte mich entschuldigend an. »Ich muss mal eben dahin, wo der Kaiser zu Fuß hingeht.«

Connie atmete schwer in der Stille, nachdem die beiden gegangen waren. Sie sah so einsam und verlassen aus. »Hier, Connie, iss doch etwas«, bot ich ihr an und reichte ihr einen Keks. Ich schob das Glas mit Eistee näher zu ihr hin und betrachtete sie dann etwas hilflos. »Ich wünschte, ich könnte etwas für dich tun – die Hitze wegnehmen, das Unwohlsein.«

Ihr Lächeln war wehmütig. »Es gibt nicht viel, was man zurzeit tun könnte. Nicht mal ich. Alles was ich tun kann, ist warten.«

Das »Warten« schien sich auf mehr als nur ihre Entbindung zu beziehen. Ich fragte mich, ob sie wohl hoffte, dass ihr Ex-Mann zurückkehrte. »Du wirst ein super süßes Baby haben, Connie. Es wird dir so viel Freude machen.«

»Ich weiß. Ich weiß, das wird es.« Sie runzelte die Stirn. »Das ist nur alles gerade etwas schwer für mich. Gott sei Dank habe ich Mama und Lee – besonders Mama. Sie ist den ganzen Tag für mich da. Wir haben sehr viel miteinander geredet.«

So viel hatte Connie vorher noch nie zu mir gesagt. Ich wollte das Gespräch in Gang halten. »Worüber habt ihr denn geredet?«

Sie zog die Schultern hoch. »Über das Leben. Babys. Männer.« Sie machte eine Pause. »Am meisten über Gott.«

Ich konnte mir ein Lächeln nicht verkneifen. »Tante Eva redet mit mir auch oft über Gott. Manchmal denke ich, sie sollte der Pastor sein und nicht Pfarrer Frasier.«

Connie nickte. »Ja, ja. Sie und Mama sind sich ziemlich ähnlich. Es sind betende Frauen, und oft, wenn deine Tante zu Besuch kommt, reden sie über Christus in ihrem Leben. Ich weiß, sie haben beide regelmäßig für mich gebetet.«

Auf dieses Stichwort hin läuteten bei mir die Alarmglocken. Ich langte nach einem Keks und biss hinein.

»Auf jeden Fall hab ich getan, wofür sie gebetet haben«, fuhr sie beinahe zögernd fort. »Christus gebeten, in mein Leben zu kommen, meine ich. Und seitdem fällt mir das Ganze irgendwie leichter.« Sie sah mir bewusst in die Augen. Ich bewunderte die Festigkeit, mit der sie ihre Überzeugungen vertrat, vor allem, wenn man bedachte, dass wir Religion bei meinem früheren Besuch mit keinem Wort erwähnt hatten. Meine eigene Zurückhaltung bei diesem Thema schwand; ich wollte um jeden Preis vermeiden, dass sie sich unbehaglich fühlte.

»Das ist schön. Ich bin ... froh, dass du etwas hast, was dir hilft.«

Sie sah mich eindringlich an und wog ab, wie ich ihre Worte wohl aufnehmen würde. Ich setzte eine Mut machende Miene auf.

»Und jetzt betet Mutti für Lee«, fügte sie hinzu.

»Wegen des Sägewerks, meinst du?«

»Das auch. Aber am meisten dafür, dass er versteht, dass er Christus braucht. Weil zum Christsein mehr gehört, als nur in die Kirche zu gehen und an Gott zu glauben, nicht?«

Ich lächelte höfliche Zustimmung und biss noch mal von meinem Keks ab.

»Er ist geradezu verrückt nach dir, weißt du das?«

Ein Krümel blieb mir in der Luftröhre stecken und ich hustete. »Wer, Gott?«

Sie lachte aus vollem Halse. »Nein. Nun, ich meine, der natürlich auch, aber ich meinte Lee.«

»Oh.« Ich trank bedachtsam einen Schluck Eistee.

»Er redet ständig von dir. Und wenn er nicht redet, dann hat er diesen verträumten Blick. So hab ich ihn noch nie gesehen.«

»Vielleicht denkt er ja nur über die viele Arbeit am Haus nach.«

»Nein.« Sie wischte sich den Schweiß von der Stirn. »Er denkt an dich.«

Ihre Offenheit war peinlich. »Hatte er denn keine Freundinnen?«

»Doch. Viele. Oder zumindest haben sich die Mädchen das eingebildet. Meine Freundinnen waren alle völlig verknallt in ihn. Aber er hat sich eigentlich für kaum welche interessiert. Und für keine so sehr wie für dich.«

»Nun, ich finde ihn ... auch sehr nett.«

Plötzlich lief eine Grimasse über Connies Gesicht. Ihre Hand ging unwillkürlich zu ihrem Bauch.

»Ist alles in Ordnung?«

Sie schloss die Augen und hielt den Atem an. Erschrocken wollte ich aufspringen. »Ich hole Lee.«

»Nein, nein.« Sie winkte ab. »Es ist schon gut.« Sie atmete langsam aus und nahm vorsichtig eine andere Haltung ein. »Ich hab diese Schmerzen in letzter Zeit öfters. Am Anfang dachte ich immer, jetzt fangen die Wehen an, aber Mama sagt, das sei nur eine Vorübung, bevor es richtig losgeht. Sie hatte das bei beiden Kindern.«

»Und wie weißt du dann, wann es ernst wird?«

Ihre Augen trafen mich und zeigten mir ihre Verwundbarkeit. »Das kann ich nicht so genau sagen. Schließlich ist es für mich das erste Mal.«

Ein halber Keks war noch in meiner Hand. Ich legte ihn auf eine Serviette. »Du hast Recht; ich bin froh, dass deine Mutter für dich da ist.«

»O ja. Sie war mir so eine Hilfe. Und Lee auch; er kümmert sich um uns beide. Er ist ein guter Versorger.«

Connie besaß eine kunstvolle Subtilität, die ihrer Mutter

und meiner Tante Eva abgingen. Sie verzog keine Miene, nahm keinen besonderen Tonfall an. Trotzdem sah ich etwas in ihrer Seele aufblitzen. Nicht, dass sie mir ihren Bruder »verkaufte«, war das Erstaunliche, sondern die Selbstlosigkeit, mit der sie das tat in einer Zeit der eigenen Bedürftigkeit.

»Das ist er bestimmt«, murmelte ich.

Zu meinem Glück kam etwa in diesem Moment Miss Wilma zurück in den Raum geschlurft.

Wir drei unterhielten uns über eine Stunde lang und fächelten uns mit Servietten Luft in die verschwitzten Gesichter. Meine Bewunderung für Miss Wilma wuchs. Sie war so bodenständig in ihren Ansichten und sogar fröhlich trotz der Hüftschmerzen, die sie zu verbergen versuchte. Im Gegensatz zu Connie schien es ihr gar nicht aufzufallen, wenn sie Jesus erwähnte. Sein Name schlich sich in ihre Sätze ein, egal, worum sich das Gespräch gerade drehte – ob um ihre heilende Hüfte, die Schwierigkeiten im Sägewerk, Connies Zukunft oder Lees Talente. Ihre tiefe Glaubenshingabe ließ mich ein wenig verwundert und fast ein bisschen neidisch zurück. Am nahesten schien mir Gott noch während meines Traums von meiner Mutter gewesen zu sein, aber das lag nun schon mehr als sieben Jahre zurück. Ein leises Stimmchen in mir flüsterte, dass Miss Wilma etwas kennen müsse, was mir fehle. Ein unangenehmer Gedanke. Ich schob ihn fort.

Ich war lange genug geblieben. »Es tut mir Leid, dass ich schon gehen muss«, sagte ich und stand auf, »aber ich würde gerne noch ein paar Stunden nähen. Vor meiner Verabredung heute Abend.« Den letzten Satz fügte ich mit einem wissenden Lächeln hinzu, nur um ihre Gesichter aufleuchten zu sehen.

Bevor ich ging, schlängelte ich mich durch den Anbau und fand Lee beim Arbeiten. Er kniete auf dem Boden und hielt bunte Elektrokabel in den Händen. »Hallo«, sagte ich und blieb an die Eingangstür gelehnt stehen. Er lächelte mich an und sah mir prüfend ins Gesicht. »Ich mag sie – deine Schwester und deine Mutter. Sie sind wirklich wunderbare Frauen, Lee. Sie haben dich verdient.«

Er legte die Kabel weg, klopfte sich den Staub von den Knien und erhob sich. Schweigend umarmte er mich.

KAPITEL 18

»Was ist aus Connies Mann geworden?«, fragte ich Lee an jenem Abend. Wir saßen auf seiner Decke, butterblumengelb auf dunkelgrünem Gras ausgebreitet auf einem Hügel, von dem aus man Bradleyville überblicken konnte. Die Blätter einer knorrigen Eiche spendeten uns Schatten vor der untergehenden Sonne. Der Rest unserer belegten Brote, des Tees und des Nachtischs hatten zusammen mit einem alten Weidenkorb von Tante Eva die Decke räumen müssen. Eine leichte Brise strich über meine Arme, als ich sie um die Beine schlang und auf die Lichter starrte, die in der Stadt aufblinkten. Der Wind trug den Duft von Heckenkirsche, Apfelkuchen und Lees Limonenaftershave mit sich fort.

»Ex-Mann, meinst du.« Er blickte zu den Bergen auf der gegenüberliegenden Talseite. »Keine Ahnung. Aber der kommt nicht wieder.«

»Woher weißt du das?«

»Das weiß ich eben.«

»Da scheint mir aber noch mehr dahinter zu stecken.«

»Stimmt.« Er verzog den Mund. »Aber etwas sagt mir, dass du das nicht gut heißen würdest.«

»Na komm schon, bin ich denn so richtend? Erzähl schon.«

Er wandte sich mir mit beinahe anklagendem Gesichtsausdruck zu. »Na schön, ich sags dir. Der mir bekannte Grund ist, dass ich ihm gesagt habe, dass ich ihm seine Schnauze polieren würde, wenn er sich jemals wieder blicken lässt. Und ich bin einen guten Kopf größer als er.«

»Oh.« Unwillkürlich stieg Widerwille in mir auf. »Warum würdest du das tun?«

Wehende Blätter vollführten einen Schattentanz über sein Profil. »Das ist eine lange Geschichte. Da war dieses Mädchen. Tammy hieß sie. Wohnte direkt neben Connie und Bart in Albertsville. Sie ging noch zur Highschool. Bart hat mit ihr angebändelt. Connie schämte sich so sehr, dass sie uns nichts davon erzählte, bis ich es in der Stadt munkeln hörte. Sie war dem Zusammenbruch nahe. Ich hätte den Mann umbringen können. Ich sagte ihm, wenn er nicht damit aufhörte, würde er es mit mir zu tun kriegen. Aber er dachte gar nicht ans Aufhören. Was sollte ich tun? Ich hatte die Klappe groß aufgerissen und hatte jetzt nichts mehr in der Hand, dem Nachdruck zu verleihen, ohne selbst in Schwierigkeiten zu kommen. Dann stellte Connie fest, dass sie schwanger war.« Er schüttelte den Kopf. »Sie war überglücklich, dachte, jetzt würde Bart aufhören. Schon da hat er nicht mal mehr versucht, einen Hehl aus der Sache zu machen. Aber die Nachricht hat überhaupt nichts geändert. Also bin ich wieder zu ihm hin und habe ihm die größte Überraschung seines Lebens beschert – fünfhundert Dollar, meine gesamten Ersparnisse. Ich hab ihm gesagt, er solle sich Tammy schnappen und verduften, und es ja nicht wagen, wieder hier aufzutauchen. Wenn er sein Verhalten schon nicht ändern wollte, dann sollte er es wenigstens nicht vor den Augen meiner schwangeren Schwester tun. Um die Zeit bin ich zurück nach Bradleyville gezogen. Und Connie habe ich mitgebracht.«

Oh, Junge. Meine Ahnungen, dass Lee ein komplizierter Typ war, bestätigten sich. Kaum zu glauben, dass der Hitzkopf, von dem er gerade gesprochen hatte, derselbe Mann sein sollte, den ich Abend für Abend dabei beobachtet hatte, die Arbeiter zu beschwichtigen. Er hatte zweifellos ernst gemeint, was er über das Beschützen seiner Familie gesagt hatte.

»Weiß Connie das?«

»Ja.«

»War sie deswegen wütend auf dich?«

»Es war vorbei, Jessie; sie hatte ihn verloren. Sie hatte nur nicht die Kraft, ihn zu verlassen.«

»Also hast du das *für sie* übernommen.« Ich konnte meiner Stimme den anklagenden Tonfall nicht nehmen. Wie hatte er das Ende der Ehe seiner Schwester beschließen können?

»Ich habe sie beschützt«, sagte er ausdruckslos. »Ich habe getan, wozu sie nicht in der Lage war.«

Vielleicht wollte sie deinen Schutz gar nicht, hob ich zu sagen an, besann mich dann aber eines Besseren. Meine Zehen vergruben sich in der Decke, während ich versuchte, mit dieser Seite von Lee klar zu kommen.

Er stupste mich am Arm. »Magst du mich noch?«

Ich brachte ein wenig überzeugendes Lächeln zustande.

Wir saßen in angespanntem Schweigen.

»Ich habs ja gleich gewusst, ich hätte es dir nicht erzählen sollen«, sagte er schließlich.

Ich dachte an die arme Connie, und es versetzte mir einen Stich ins Herz. Sie war so lieb und selbstlos. Ich wäre auch wütend geworden, wenn ich gesehen hätte, wie jemand sie so mies behandelte. Immerhin hatte Lee nicht seinem Impuls nachgegeben und diesen Kerl verprügelt. Er hatte dem Mann kein Haar gekrümmt. Er hatte lediglich einen Weg gefunden, seine Schwester von einem schlechten Ehemann zu befreien – auf seine Kosten.

»Es spielt keine Rolle«, hörte ich mich sagen. »Mir gefällt zwar nicht, was du zu ihm gesagt hast, aber du hast schließlich das Richtige getan und Connie nach Hause gebracht. *Ohne* zu kämpfen. Ihr geht es hier bestimmt viel besser. Stell dir nur mal vor, sie würde schwanger in Albertsville sitzen und wissen, dass ihr Mann mit einer anderen durchgebrannt ist.« Ich rutschte näher und legte meine Hand auf seinen Arm. »Ich denke, du bist ein toller großer Bruder. Und sie denkt das auch. Du müsstest nur mal hören, wie sie dich über den grünen Klee lobt.«

Erleichterung huschte über sein Gesicht. Seine Augen sagten mir, dass er verstand, welches Risiko ich einging, indem ich mich über Familienbande hinwegsetzte. Als er seine Arme um mich schlang, lehnte ich den Kopf gegen seine Brust. *Es ist mir egal*, sagte ich mir. *Er ist eben ein wenig hitzköpfig, na und*? Ich schickte sogar ein kleines Gebet zum Himmel und bat meinen Schutzengel um Verständnis. Es war unbegreiflich, wirklich, diese plötzliche Bereitschaft, die Grenzen dessen, was mir meine Mutter beigebracht hatte, zu verwischen, als male man munter über die Linien. Aber ich hatte keine Zeit, weiter darüber nachzudenken.

»Erzähl mir«, sagte er und seine Lippen streiften sanft meinen Scheitel, »erzähl mir, warum du dich so sehr vor Gewalt fürchtest.«

Mein Atem setzte aus. Ich konnte seinen Herzschlag durch sein Hemd hören. »Ich hab dir das doch schon erzählt. Das hat mir meine Mutter beigebracht.«

»Ich denke, da steckt noch mehr dahinter. Ich habe dir das angesehen, als wir darüber gesprochen haben. Hast du mal gesehen, wie jemand verletzt wurde, wurde vielleicht mal jemand in diesem Obdachlosenheim umgebracht oder so?«

Ich hob den Kopf. »Nein. Nichts dergleichen.« Was ich gesehen hatte, war viel weniger – und weit mehr – gewesen als das, denn es hatte mich bis ins Mark getroffen. Ich hatte die Geschichte nie jemandem erzählt, denn Worte würden ja doch nur eine Szene in grelles Licht zerren, die einfach zu schmerzlich war, um darüber nachzudenken. Außerdem, wie sollte ich jemandem begreiflich machen, wie mich jene Begebenheit geprägt hatte, wie sie den bloßen Ermahnungen meiner Mutter Nachdruck verliehen hatte mit einem Beispiel aus der rauen Wirklichkeit?

Lee strich mir Haare aus dem Gesicht. »Na komm schon, Jessie. Ich möchte *dich* kennen. Wissen, wie es in dir *drin* aussieht.«

Er ließ keine weiteren Beteuerungen gelten. Also erzählte ich ihm schließlich alles. Während ich neben ihm auf seiner gelben Decke saß, heftete ich meine Augen auf das dämmrige Tal unter uns. Ich erzählte ihm von jenem Novembertag, als ich zehn Jahre alt war, und meine Mutter und ich überraschend einen Brief von meiner Großmutter erhalten hatten, in dem sie uns zum Erntedankfest zu ihnen nach Hause nach Columbus einlud.

»Lass uns fahren!«, hatte ich mit leuchtenden Augen gerufen. Ich träumte schon lange davon, meine Großeltern zu sehen, war Mutti damit immer wieder auf den Wecker gefallen. Alle meine Freunde hatten wenigstens einen Opa oder eine Oma, die ihnen zum Geburtstag Geld und zu Weihnachten Geschenke schickten. Warum konnte ich nicht auch welche haben; warum weigerte Mutti sich, sie einmal mit mir zu besuchen? Wir hatten seit Jahren nichts mehr von ihnen gehört; und nun luden sie uns zum Erntedankfest ein! Mutti und ich konnten uns kein Festessen leisten, aber jede Wette war das bei ihnen anders. Vielleicht würde Oma ja diese herrlichen selbst gemachten Marmeladen und selbst gebackenes Brot und alle möglichen Köstlichkeiten auftischen. Vielleicht würden sie mir sogar im Voraus ein Weihnachtsgeschenk machen.

Mutti zögerte. »Ich bin an dem Tag eigentlich im Center

vorgesehen, Schatz. Ich soll beim Servieren helfen. Du wirst auch gebraucht. Du weißt doch, wie viele Leute wir da zusätzlich durchfüttern müssen.«

»Lass doch mal andere arbeiten!«, hatte ich gemault. »Wir unternehmen *nie* was an den Feiertagen; *immer* bist du da am Helfen. Warum können wir nicht dieses eine einzige Mal gehen?«

Ich plagte Mutti erbarmungslos und rief sogar bei Brenda Todd an, um zu fragen, ob Mutti an diesem Tag im Hope Center abkömmlich sei. Sie gab uns ihren Segen. Mutti hatte schließlich kapituliert. Wäre ich ein bisschen älter und nicht so voller selbstsüchtiger Begeisterung gewesen, hätte ich mehr auf die Angst geachtet, die Muttis Gesicht zerfurchte, als sie mir mitteilte, wir würden fahren. Vielleicht hätte ich mir die Andeutungen zu Herzen genommen, die sie im Laufe der Jahre über ihre schwierige Kindheit gemacht hatte. Stattdessen dachte ich nur an mich selbst und meine rosaroten Träume.

Ich machte mich an jenem Erntedankfesttag besonders fein, trug ein pinkfarbenes Kleid, weiße Strumpfhosen und meine auf Hochglanz polierten schicken schwarzen Schuhe. Die Fahrt dauerte nur wenige Stunden, aber mir kam sie vor wie eine Ewigkeit. Erwartungsvoll schaute ich aus dem Fenster, beobachtete die Autos, die an uns vorbeiflitzten, und tat, als bemerkte ich die ungewöhnliche Schweigsamkeit meiner Mutter nicht.

»Jessie«, sagte sie, als wir nach Columbus reinfuhren, »du musst sehr, sehr artig sein. Denk an all das, was ich dir an guten Manieren beigebracht habe. Lobe deine Großmutter für alles Essen. Sprich nur, wenn du gefragt wirst, besonders mit deinem Großvater. Gib ihm *bloß* keinen Grund, wütend zu werden.«

»Geht klar, Mutti.« Ich sah sie ungehalten an, leicht verärgert über ihre Unsicherheit. Dies war ein besonderer Tag und ich wollte mir meine gute Laune von niemanden verderben lassen. »Warum hast du solche Angst, dass er böse werden könnte?«

Keine Antwort.

»Wenn er gemein zu dir war, so ist das lange her. Du bist doch jetzt groß. Jetzt ist alles anders, du wirst sehen. Ihr werdet euch prima verstehen und wir können immer wieder kommen.«

Ihre Lippen verzogen sich zu einem matten Lächeln. »Ich hoffe, du hast Recht, Jessie. Wirklich.«

Als wir ankamen, umarmte mich meine Oma und sagte, wie sehr sie mich vermisst habe. Sie sagte, als ich das letzte Mal bei ihnen war, sei ich erst zwei Jahre alt gewesen, und nun schau mal einer an, was für eine hübsche junge Dame aus mir geworden sei. Sie sagte, mein Kleid sei niedlich und welch schönes Haar ich habe. Sie trug eine rot-weiß karierte Schürze über einer cremefarbenen Bluse und einen braunen Rock. Ihr Haar war grau und sie hatte eine Brille. Sie sah ganz so aus, wie ich mir eine Oma vorgestellt hatte. Meine Mutter umarmte sie lächelnd, aber es lag eine Spannung in der Luft, die ich nicht ergründen konnte.

»Wo ist Vater?«, fragte Mutti.

»Oben.« Ihre Mutter drehte sich wieder zur Arbeitsplatte und begann, Teig zu machen. »Er wird gleich unten sein.«

Es dauerte eine halbe Stunde, bis mein Großvater erschien. Acht Jahre der Trennung, und er konnte nicht einmal runter kommen, um Hallo zu sagen. Das wunderte mich. Meine Mutter deckte den Esszimmertisch, als er die Küche betrat, und selbst von dort, wo ich stand und die Bratensoße auf dem Herd umrührte, konnte ich sehen, wie ihr die Spannung den Rücken hinunterlief.

»Hallo, Vater«, rief sie durch die Esszimmertür mit unnatürlich heller Stimme.

»Hallo, Marie.« Er nickte ihr zu, als sei sie eine entfernte Verwandte. »Und was für ein hübsches Mädchen haben wir hier?«, fragte er und packte mich unterm Kinn. Er betrachtete mein Gesicht und mein Kleid mit einem leisen Lächeln auf den Lippen, als gefiele ihm, was er sah. Ich war froh – und erleichtert –, dass er mit mir zufrieden war.

Das Essen erfüllte meine kühnsten Erwartungen. Truthahn mit Dressing, schwere Bratensoße und Süßkartoffeln, Rouladen mit Preiselbeeren – alles selbst gemacht. Zum Nachtisch sollte es sogar Kürbiskuchen und so viel Schlagsahne geben, wie ich nur wollte. Ich benahm mich beim Essen tadellos, sagte meiner Großmutter, wie köstlich alles sei, und achtete darauf, mir nicht mehr aufzulegen, als ich auch schaffen würde. Die Unterhaltung war von Anfang an steif, immer wieder entstanden Pausen. In der Stille schienen unsere Gabeln lauter als gewöhnlich auf den Tellern zu kratzen, mein Großvater trank vernehmlich seinen Wein. Jedes Mal, wenn er sein Glas geleert hatte, sprang Oma wie auf Kommando auf, um nachzuschenken. Er trank die Flasche fast allein aus.

Die Stimmung am Tisch wurde unbehaglich. Eine drückende Erwartung lag in der Luft, die ich nicht recht einordnen konnte. Meine Mutter saß während der Mahlzeit stocksteif da und ihre Augen glitten zu mir. Ich war rechts von ihr am Kopfende des Tisches platziert. Großvater saß mir gegenüber am anderen Ende, links von ihr, und Oma meiner Mutter gegenüber. Kurz bevor wir uns an den Tisch setzten, hatte Großmutter ihre Schürze abgenommen. Ich hatte ihr ein Kompliment zu ihrer Spitzenbluse gemacht und sie sich dafür bedankt.

Die drei Erwachsenen unterhielten sich über Leute, die ich

nicht kannte – alte Nachbarn und Freunde. Anfangs waren Großvaters Bemerkungen über diesen und jenen nur leicht abfällig. Doch je mehr er aß – und trank – desto sarkastischer wurde er und ließ sich über jeden geringschätzig aus, der erwähnt wurde. Die Bemerkungen meiner Großmutter wurden immer knapper, bis sie schließlich zu allem nickte, was er sagte. Ich sah, wie sich die Finger meiner Mutter um ihre Gabel krampften, wie sie die Schultern einzog. Sie sah aus, also wollte sie fliehen. Es tat mir Leid, dass sie sich offenbar so unwohl fühlte, und ich wünschte schon, wir wären nie gekommen.

Mein Großvater trank immer weiter, die Mundwinkel bis zum Kinn heruntergezogen. Seine Sprache wurde zunehmend derber. Er fluchte auf verschiedene Kinder, mit denen Mutti zusammen aufgewachsen war. Sie wand sich entsetzt, dass ich solche Ausdrücke zu hören bekam, sagte aber keinen Ton. Sie aß systematisch, methodisch. Gabel zum Mund, Gabel zum Mund. Als ich sie so sah, überkam mich solche Furcht, dass ich Mühe hatte zu schlucken. Dann packte mich plötzlich die Angst, ich könnte Reste auf meinem Teller liegen lassen, und ich zwang mich zum Essen, wobei meine Bewegungen den ihren glichen. Ihr Vater redete sich in Rage, zog bald höhnisch über den Gouverneur von Ohio, den Präsidenten, die Nation her. Mutti heftete die Augen auf ihren Teller.

Der früher so verführerische Duft abkühlender Kürbistörtchen wehte aus der Küche herein. Ich fragte mich, ob ich wohl noch ein Stück hinunterbekommen würde.

»Marie, du bist ja ziemlich schweigsam«, sagte Großvater plötzlich und hob sein Weinglas. »Erzähl uns doch, was du aus dir gemacht hast.«

Meine Mutter würgte etwas Truthahnfüllung herunter. »Ich habe immer noch die Stelle als Rezeptionistin.«

»Die hast du schon seit Jahren, nicht wahr?«

»Ja. Fast zehn.«

Er schnaubte verächtlich. »Meinst du nicht, es ist an der Zeit, dass du etwas Besseres aus deinem Leben machst? Den ganzen Tag die Anrufe fremder Leute entgegenzunehmen, das ist doch ein Sklavenjob.«

»Vermutlich.« Die Stimme meiner Mutter klang beinahe kindlich. »Aber wir kommen damit aus.«

»Offensichtlich nicht besonders gut.« Er schniefte vernehmlich, während er einen Truthahnschenkel zerlegte. »Ein Blick auf den Aufzug deiner Tochter, und du wüsstest Bescheid.«

Mir stockte der Atem, die Schultern sackten nach vorne. Ich hatte das Gefühl, geschrumpft zu sein. Schmutzig. Forschend wanderte mein Blick nach oben und suchte im Gesicht meines Großvaters nach einer Erklärung für seine beißende Bemerkung. Ich hatte mir solche Mühe gegeben, hübsch auszusehen; er hatte sogar *gesagt,* dass ich das sei. Was hatte ich nur getan, dass er seine Meinung geändert hatte? Und warum war er so gemein zu meiner hart arbeitenden Mutter?

Mutti verkniff das Gesicht. Sie schaute mich nicht an, aber ich wusste, es tat ihr mehr weh für mich als für sich selbst. Ihre Augen blieben starr auf ihren Teller gerichtet. Da erkannte ich, dass sie so etwas geahnt haben musste. Ja, mehr noch, dass es meine Schuld war, dass wir am Tisch dieses hasserfüllten Mannes saßen. Ich hatte darum gebettelt, mit ihr hierher zu kommen; ich hatte ihr keine Ruhe gelassen und ihr ein schlechtes Gewissen wegen unserer fehlenden verwandtschaftlichen Beziehungen gemacht. Nun musste sie meine Selbstsüchtigkeit ausbaden. Mir war ganz elend zumute.

»Also, was tust du sonst noch so?«

Nein, Mutti, wollte ich schreien, *erzähl ihm nichts vom Center! Bloß nicht!*

Sie zögerte – und in dieser Sekunde des Zögerns enthüllte sich mir der Schmerz ihrer Kindheit. Denn in diesem kurzen Moment, als sie um eine möglichst unbestimmte Antwort rang, sah ich ihre Zerbrechlichkeit und Furcht. »Ich helfe immer noch in diesem Obdachlosenheim aus«, erwiderte sie leise. Weitere Schatten spielten auf ihrem Gesicht. Dann, mutig – oder war es resigniert? – hob sie den Blick.

Sein Mund verzog sich. »Mit einem Haufen dreckiger, nichtsnutziger Landstreicher rumhängen. Etwas anderes hätte ich auch nicht von dir erwartet.«

»Es sind keine Nichtsnutze, Vater; es sind einfach Menschen in Not.« Die Verteidigung der Hilflosen war ihrem Mund wie von selbst entschlüpft. Sie fing sich wieder. In dem Bewusstsein, einen Fehler gemacht zu haben, weiteten sich ihre Augen.

Meinem Großvater schwoll der Hals, als er mit versteinertem Gesicht zurückfuhr. Wie der Blitz holte er mit der Rechten aus und versetzte meiner Mutter mit schallendem *Klatsch* eine Ohrfeige. Ich schnappte nach Luft. Ihr Kopf schnellte in meine Richtung und blieb so, Tränen stiegen ihr in die Augen. Sofort malte sich ein schreiend roter, großer Handabdruck auf ihrer weißen Haut.

»Du hältst dich wohl für ach so ein Tugendfräulein«, höhnte er. »Zum Ausgleich für das missratene Kind, das du immer warst. Aber jetzt hör mir mal zu. Du wirst *nie* gut genug sein.«

Ärger stieg in mir auf, so beißend, so ätzend, dass er alles in mir versengte. Ich dachte, er würde geradewegs aus mir herausfahren, mich über jenen Tisch fegen, damit ich meinem Großvater eine knallen könnte, dass ihm Hören und Sehen verging. Ich malte mir aus, wie ich ihm die Ohren lang zog, an seinen Haaren riss, ihn anschrie für das, was er an meiner Mutter verbrochen hatte – gerade eben und in längst vergangenen Zeiten. Ich fühlte, wie sich meine Muskeln spannten, um mich vom Stuhl schnellen zu lassen, fühlte, wie mir das Blut ins Gesicht schoss. Dann sah mich meine Mutter an. Und ich las in ihren tränenerfüllten Augen eine Warnung, ein *Flehen*, mich nicht zu mucksen.

»Na, na«, tadelte meine Großmutter mild und nestelte an den Knöpfen ihrer Bluse, »siehst du, jetzt hast du deinen Vater böse gemacht.«

Ich kann mich nicht mehr genau erinnern, wie wir aus diesem abscheulichen Haus fortgekommen sind. Ich weiß nur noch, dass wir hastig aufbrachen, und der Duft unaufgeschnittener Kürbistörtchen mir heute noch sauer aufstößt. Ich weiß auch noch, dass ich in Tränen ausbrach. Dass ich heulte und heulte, bis meine Mutter in eine Seitenstraße einbog, um mich zu beruhigen.

»Ich *hasse* ihn!«, explodierte ich und hämmerte mit der Faust gegen die Scheibe. »Ich *bring* ihn *um*; ich wünschte, er wäre *tot*!« Sie versuchte, mich in den Arm zu nehmen, doch in meiner Scham stieß ich sie von mir. »Es tut mir so Leid, dass ich gebettelt habe, hierher zu kommen, Mutti; es tut mir so Leid«, stieß ich abgehackt hervor und schob sie fort. »Es ist alles meine Schuld! Wir werden nie mehr hierhin fahren, hörst du, *nie mehr!* Und es ist mir völlig schnuppe, was er sagt, du bist *gut*; du bist der *beste* Mensch, den ich kenne! Du bist der beste Mensch auf der ganzen *Welt*, und ich werde *niemals wieder* zulassen, dass irgendjemand das bestreitet. *Nie und nimmer mehr!*«

Bis heute versetzt es mir einen Stich, wenn ich an jenen Nachmittag denke. Ich weinte, als ich mit Erzählen fertig war und vergeblich nach Worten suchte, um den Schmerz zu fassen. Lee zog mich an sich, den Arm schützend um meine Schultern gelegt.

»Und weißt du das Erstaunlichste?«, schniefte ich in sein Hemd, »meine Mutter, mit ihrem immer noch roten und ganz bestimmt brennenden Gesicht, tröstete *mich* in diesem Auto und meinte mit unglaublich ruhiger Würde, ich solle so etwas nicht sagen. Ich müsse auf meine eigenen Taten Acht geben, egal was mein Großvater getan habe. ›Erhebe deine Hand gegen niemanden, Jessie‹, sagte sie zu mir. ›Jetzt verstehst du die Bedeutung dieser Worte – denn wenn Menschen der Gewalt nachgeben, zeigen sie sich von ihrer schlechtesten Seite. Es trifft immer die Unschuldigen. Und wenn man mit gleicher Münze zurückzahlt, begibt man sich nur auf deren Niveau.‹« Ich rückte von Lee ab und angelte nach einer Serviette, um mir das Gesicht abzuputzen. »Kannst du das glauben, Lee? Selbst in ihrem eigenen Schmerz gestattete sie es mir – oder sich selbst – nicht, an Vergeltung zu denken.«

Er nickte, sein Gesicht war ernst. »Sie muss eine wunderbare Frau gewesen sein.«

»Das war sie. Das war sie wirklich.« Es schnürte mir die Kehle zu und ich brachte kein Wort mehr heraus.

»Jessie«, sagte er eindringlich und wiegte mein Gesicht in seinen Händen, »hör mir zu. Manchmal geht mein Temperament mit mir durch; ich schätze, du hast das schon bemerkt. Aber bei den Sägewerkproblemen hab ich völlig kühlen Kopf bewahrt, und weißt du, warum? Weil du mich dazu gebracht hast, indem ich dir versprechen musste, deinen Onkel nicht in Schwierigkeiten zu bringen. Verstehst du, was ich damit sagen will? Ohne dich hätte ich vielleicht ganz anders gehandelt. Aber du bist wie deine Mutter, Jessie; du bringst Frieden. Und du machst etwas mit mir; schon seit dem Tag, an dem ich dich das erste Mal getroffen habe, letztes Jahr Weihnachten in der Kirche. Diese Woche mit dir war die schönste meines Lebens.« Seine Finger liefen über meine Wange, tupften eine Träne ab. »Jetzt, wo ich dich besser verstehe, werde ich dir noch etwas versprechen. Ich verspreche dir, dass ich auch weiterhin ruhig Blut bewahren werde, o. k.? Ich werde dich nicht enttäuschen. Um deinetwillen. Und um meinetwillen.«

Bei seinen Worten wurde mir ganz warm ums Herz. Wie ein schwaches Echo flüsterte mir die Wirklichkeit zu, dass ich in wenigen Wochen fortgehen würde. Und zwar deshalb, weil ich dem Weg folgen wollte, den meine weise und sanfte Mutter mir gewiesen hatte.

Lee hob mein Kinn und küsste mich dann, und all diese Gedanken fielen von mir ab.

Kapitel 19

In jener Nacht tat ich kein Auge zu. Ich wälzte mich hin und her, gefangen zwischen meinen wachsenden Gefühlen für Lee und dem unumstößlichen Wissen, dass meine Pläne mich von ihm fortführen würden. Die Fahrt von Bradleyville nach Cincinnati dauerte fast sechs Stunden wegen der engen, gewundenen Straßen im Osten Kentuckys zu Beginn der Strecke. Das wäre für einen normalen Wochenendbesuch zu lang. Außerdem würde ich ja jeden Sonntag im Center sein, sodass uns überhaupt keine Zeit mehr bliebe. Und selbst wenn wir uns besuchen könnten, wohin sollte das führen? Unsere Lebenswege gingen in völlig verschiedene Richtungen. Lees Herz hing an Bradleyville, seinem Zuhause. Mein Herz war immer noch in Cincinnati, meinem Zuhause. Über sieben Jahre lang – seit der Vision von meiner Schutzengelmutter – hatte ich geplant und davon geträumt, dorthin zurückzukehren, wo ich buchstäblich »in die Fußstapfen meiner Mutter treten« konnte. Ich hatte mich ganz bewusst für das Sozialarbeitsstudium entschieden, weil ich wusste, dass meine Ausbildung einmal jener Stadt zugute kommen würde. Ich hatte Stunden, die ich eigentlich gar nicht erübrigen konnte, in der Suppenküche in Lexington ausgeholfen und dies lediglich als eine Art Anzahlung empfunden auf die Zeit, die ich dem Hope Center widmen würde, sobald ich mit dem Studium fertig war.

Seufzend rollte ich mich in meinem Bett hin und her. In meinem Kopf tauchte die Erinnerung an Lees sanfte Finger auf meiner Wange auf, gefolgt von unzusammenhängenden Gedanken an die Wohnung, die mich in Cincinnati erwartete. Wie glücklich war ich gewesen, sie zu finden, wie bequem waren meine Arbeitsstelle und das Center von dort aus zu erreichen. Ich hatte im Schlafzimmer jenes Apartments neben dem sich für alles entschuldigenden Hausverwalter gestanden, die Unordnung des derzeitigen Mieters ignoriert und mir ausgemalt, wie sich die alten Möbel meiner Mutter in diesem Raum ausnehmen würden. In Gedanken hatte ich das Bett an die eine Wandseite geschoben, die hohe Kommode an die andere, die niedrigere unter das Fenster. Und in die hinterste Ecke käme die Nähmaschine. Ich hatte die Wandschranktür geöffnet und mir vorgestellt, dass darin neu genähte Kleider hingen und auf meinen ersten Arbeitstag warteten. Der Verwalter hatte sogar gesagt, ich könne die Wände hellblau streichen wie das Schlafzimmer meiner Mutter. Im Wohnzimmer hatte ich mich langsam im Kreis gedreht und an die Couch gedacht, die ich mir mieten müsste, den Tisch und die Stühle, den Fernseher mit Unterschrank. Die Küche war klein, was mir nur Recht sein konnte; ich brauchte nicht viel an Töpfen und Geschirr.

Um diese Einzelheiten – meinen Nestbau – würde ich mich während meiner ersten zwei Wochen in Cincinnati kümmern. Wie hatte ich mich darauf gefreut, einzuziehen, aus dieser Wohnung mein Zuhause zu machen, bevor ich mich in meinen Beruf und ein Leben stürzte, das meiner Mutter Ehre machen würde. Ich hegte nicht den leisesten Zweifel, dass dies der richtige Plan für mein Leben war – der Plan, zu dem meine Mutter sogar noch von jenseits des Grabes den Anstoß gegeben hatte. Auch zweifelte ich nicht, dass Gott ebenfalls zustimmend lächeln würde, denn hatte er sie nicht in jenem Traum geschickt, um mich zu leiten, als ich von aller Welt verlassen war?

Die Luft war heiß. Ich strampelte das Laken weg und schüttelte mein Kissen auf. Draußen vor meinem Fenster war die Nacht klar und sternenhell. Ich starrte zum Himmel und dachte, dass irgendwo dort oben mein Schutzengel sei und über mir wachte. Ob sie wusste, warum ich nicht schlafen konnte? Verstand sie den Kampf in meinem Herzen, weil mir klar war, dass meine Hingerissenheit von Lee zu nichts weiter führen konnte als zu ein paar anregenden Wochen?

Als ich mir das mitfühlende Gesicht meiner Mutter vorstellte, wie sie so von jenem Nachthimmel auf mich herablächelte, verspürte ich leichte Gewissensbisse; besorgt, dass meine Gefühle für Lee – und die Leichtigkeit, mit der ich seine eingestandene Hitzköpfigkeit zu übersehen beschloss – an Betrug grenzen könnten. Da betete ich zu ihr und bat sie um Kraft, wenn es Zeit wurde, Bradleyville zu verlassen. Zum ersten Mal wurde meine Vorfreude auf diesen Tag von der Wirklichkeit getrübt, mich von Lee verabschieden zu müssen. Mir gefiel dieser innere Zwiespalt nicht. Er gefiel mir ganz und gar nicht. Und wenn ich darüber nachdachte, so ergab er nicht mal einen Sinn. Ich hatte den Start in mein neues Leben sieben Jahre lang geplant; und jetzt, in nur sieben Tagen, hatte ich zugelassen, dass mir etwas von seinem Glanz aus den Händen geglitten war. Kein Mann war das wert.

Ich würde mich wirklich mehr in Acht nehmen müssen.

Kapitel 20

Sie wurde allmählich zu alt, um auf den Knien zu beten. Wenn sie geendet hatten, würde sie vermutlich so steif sein, dass sie nicht wieder hochkam. Sei's drum. Für gewöhnlich knieten die vier bei ihren wöchentlichen Gebetstreffen nicht, doch unter den Umständen heute Abend, hatte sie das vorgeschlagen.

Sie redeten nun schon seit etwa einer halben Stunde mit Gott und beteten abwechselnd laut. Zunächst hatten sie den Herrn für seine Herrlichkeit und Treue gepriesen, für die vielen Gebetserhörungen, die sie in den mehr als sieben Jahren erfahren hatten, die sie sich jetzt schon trafen. Nun herrschte Stille, während jeder von ihnen auf Gottes Führung lauschte, wie sie für die Stadt beten sollten.

»Lieber Herr«, begann der Mann neben ihr, »uns ist schwer ums Herz wegen der Erkenntnis, die du unserer Schwester in Christus in dieser Woche geschenkt hast. Schwer und doch leicht, denn Herr, wir erwarten ein Wunder.«

»Ja«, flüsterte sie und die anderen murmelten ihre Zustimmung.

»Wir wissen, lieber Jesus, dass du das Sagen hast. Dass du uns zum Beten aufgefordert hast. Du hast unsere Gebete erhört, als wir für die Stadt, für unsere Gemeinden und Betriebe und für Einzelne in Not gebetet haben. Und nun hast du uns wissen lassen, dass die Zeit deiner Prophezeiung nahe ist. Wir danken dir, wir loben dich für diese Erkenntnis, damit wir deinen Schutz und dein Erbarmen über Bradleyville erflehen können, wenn das Unheil kommt.«

Ihre Beine wurden langsam taub. Sie verlagerte ihr Gewicht, stützte einen Arm auf das Sofa.

»Vater; wir beten für die Arbeiter im Sägewerk«, fuhr die Ehefrau des Mannes fort. »Wir danken dir für die Abmachung im Juni. Das war eine direkte Gebetserhörung. Und nun, Herr, wo wir von allen Seiten etwas von ›neuem Ärger‹ munkeln hören, bitten wir, dass dein Friede herabkommt, damit diese Abmachung bis August hält.«

»Und bitte, Herr«, fuhr sie dazwischen und krallte die Finger in den Polsterwulst, »bitte verschone das Leben unserer Leute. Wir wissen, dass du uns viel zu lehren hast; wir wissen, dass wir als Stadt dich nicht den Herrn unseres Lebens sein lassen. Und wir wissen, dass du dieses Unheil über uns kommen lassen wirst, um uns, wie das Volk Israel, zu dir zurückzubringen. Aber bitte, lieber Jesus« – Tränen sammelten sich hinter ihren geschlossenen Augenlidern – »hab Erbarmen mit uns und lass niemanden sterben. Sende deine Engel, Herr, und bewahre uns alle.«

Die dritte Frau der Gruppe setzte ein und bat um Gottes »besonderen Schutz und Segen« für die Person, deren Gesicht in der Vision klar zu erkennen gewesen war. »Herr, du weißt, wie viel wir für diesen lieben Menschen all die Jahre gebetet haben. Wir erbitten von dir Stärke und Trost und beten, dass du durch alles, was geschieht, deine Ziele und Absichten erkennbar machst.«

Die vier verfielen wieder in Schweigen und lauschten auf die Weisung durch den Heiligen Geist. Ihre Beine waren eingeschlafen.

»Herr«, flehte sie, »wenn das Unheil kommt, dann schick jemanden direkt dort hinein zum Beten. Jemanden, der mit deinem Geist erfüllt ist. Beschütze diesen Menschen körperlich. Und schenk uns deine Weisheit, was wir tun, was wir sagen und wie wir beten sollen …«

Kapitel 21

Ich saß zwischen Lee und Miss Wilma in der Kirche am folgenden Morgen und beschloss, nicht auf das Stirnrunzeln und Getuschel ringsum zu achten. Connie war zu Hause geblieben, da sie sich für das Sitzen in der harten Bank zu elend fühlte. Obwohl alle Fenster offen standen, war das kleine Gotteshaus heiß und stickig. Einige ältere Damen wedelten mit Papierfächern vor ihren glänzenden Gesichtern. Meine Tante und mein Onkel reihten sich in ihre Stammbank mit den Matthews ein; Tante Eva fing einen Blick von Miss Wilma auf und nickte stolz mit dem Kopf in Lees und meine Richtung, als ob unser Zusammensitzen allein ihr Werk sei. Celia Matthews schaute mit einem zaghaften Lächeln zu mir herüber und versuchte, ihre offenkundige Enttäuschung darüber zu verbergen, dass ich nun schon den zweiten Sonntag in Folge nicht neben ihr sitzen würde. Etwas in ihrem Gesichtsausdruck schnitt mir ins Herz. Selbst umgeben von ihrer Familie wirkte sie oft so traurig. Neben ihr grinste uns Thomas über die Schulter verschmitzt zu. Mit verschwörerisch zusammengekniffenen Lippen ließ er seinen Blick quer über den Gang zu Jake Lewellyn schweifen und wieder zu mir zurück. Ich zog die Augenbrauen hoch zum Zeichen, dass ich verstanden hatte.

»Was soll das alles?«, flüsterte Lee.

»Och«, entgegnete ich gedehnt und grinste immer noch Thomas' Rücken an, »du kennst doch Thomas, der hat immer irgendwelche Flausen im Kopf.«

Lee brummte tonlos.

Nach meiner unruhigen Nacht hatten die Lieder, die wir an

jenem Morgen sangen, etwas Tröstliches. Ich war mit einer ganzen Reihe Choräle vertraut geworden während meiner Sonntage in Bradleyville. Das Singen über Gott und seine Güte, so hatte ich das Gefühl, erneuerte meine Berufung, nach Cincinnati zurückzukehren. *Danke, dass du mir den Traum von meiner Mutter geschickt hast*, betete ich während der Zeit des stillen Bekenntnisses. *Danke, dass du mir durch sie gezeigt hast, was ich tun soll.*

Für seine Predigt hatte Pastor Frasier einen Text aus Matthäus 19 gewählt. Die Versangaben kamen mir irgendwie bekannt vor. Als er zu lesen begann, musste ich lächeln. Es war eine Geschichte, die ich gut verstand.

»Und siehe«, las er, bei Vers 16 beginnend, »einer trat zu ihm und fragte: Meister, was soll ich Gutes tun, damit ich das ewige Leben habe? Er aber sprach zu ihm: Was fragst du mich nach dem, was gut ist? Gut ist nur Einer.« Pastor Frasier las weiter, wie Jesus den jungen Mann anwies, die Gebote zu halten. »Da sprach der Jüngling: Das habe ich alles gehalten; was fehlt mir noch?« Die Antwort von Jesus war der Teil, an den ich mich am besten erinnerte. Das wäre der Leitvers meiner Mutter gewesen. »Willst du vollkommen sein, so geh hin, verkaufe, was du hast, und gib's den Armen, so wirst du einen Schatz im Himmel haben; und komm und folge mir nach!«

Eine Sekunde lang fragte ich mich, wie Pastor Frasier wohl an diese Verse herangehen würde. Ihre Botschaft schien himmelweit entfernt zu sein von den Überzeugungen, die er während unseres Gesprächs vor vielen Jahren geäußert hatte. Ich war seitdem oftmals in der Kirche gewesen und hatte diesen Mann allmählich zu achten gelernt, obwohl wir offensichtlich unterschiedlicher Meinung waren. Zugegeben, anfangs war mein Respekt eher widerwillig gewesen, was wohl am Ausgang jenes Gesprächs von damals lag. Doch eins musste man ihm lassen: Er lebte seine Überzeugungen, so wie ich meine. Wie konnte ich mir da ein Urteil erlauben?

Lees raue Hände ruhten auf seinen Schenkeln, die Finger gespreizt. Er sah so gut aus in seinem blauen Sonntagsanzug mit Krawatte, der Limonenduft seines Aftershaves hing in der Luft. Wie gerne hätte ich seine Hand gehalten, doch ich wusste es besser. Schon allein, wenn wir uns mit den Schultern berührten, würde hinter uns niemand mehr auch nur ein Wort der Predigt mitbekommen.

»Was soll ich Gutes tun?«, wiederholte Pastor Frasier. »›Was soll ich *Gutes tun*?‹ Sehen Sie, wie dieser junge Mann von Anfang an von einer falschen Voraussetzung ausging? Er hatte die Gebote sein Leben lang gehalten. Zumindestens behauptete er das.« Der Pastor verzog den Mund und machte große Augen. »Dieser Mann war viel besser als ich. Und deshalb, sehen Sie, dachte er, er bräuchte nur noch eine *gute Sache* mehr.

Lassen Sie uns an diesem Punkt einmal kurz stehen bleiben. Was meinen Sie, warum dachte dieser junge Mann wohl, er müsse noch etwas tun, wenn er die Gebote doch immer gehalten hatte? Hat jemand einen Vorschlag?« Er sah sich um. Ein paar Reihen weiter hinten hustete jemand. »Des Rätsels Lösung findet sich genau hier in Vers 20. ›Was fehlt mir noch?‹, fragt er. Können Sie sich das vorstellen? Ein Mann mit Jugend und Gesundheit und Reichtum. Bei dem alles wie am Schnürchen lief. Und vor allem, denken Sie daran, er ist *gut*. Hat die Gebote sein Leben lang gehalten. *Warum* also, Brüder und Schwestern, sollte ausgerechnet dieser junge Mann, *das Gefühl haben, dass ihm etwas fehlt*?«

Ich blickte zu Lee. Er hörte mit leicht gerunzelter Stirn gebannt zu. Ich kannte die Antwort auf die Frage des Pastors. Der Mann hatte alle Gebote gehalten – in seinem eigenen Interesse. Aber was hatte er für andere getan? Darum hatte Jesus ihm gesagt, er solle alles, was er habe, den Armen geben – mit anderen Worten, er sollte erkennen, dass seine Reichtümer weniger wichtig waren als die Bereitschaft, seinen Mitmenschen zu dienen.

Pastor Frasiers Antwort auf seine eigene Frage fiel völlig anders aus als meine. »Schauen Sie sich noch mal Vers 17 an. Sehen Sie, wo Jesus zu dem jungen Mann sagt: ›Was fragst du mich nach dem, was gut ist?‹ Und er fährt fort, nur Gott allein sei gut. Anders ausgedrückt, junger Mann – du, der du so viel an dich selbst denkst, der du sagst, alle Gebote gehalten zu haben – wie ›gut‹ ist dein ›Gutsein‹ verglichen mit Gott? *Er* allein ist vollkommen. Und Vollkommenheit, liebe Brüder und Schwestern, ist das, was er verlangt ...«

Ärger kroch mir den Rücken herauf. Pastor Frasier würde mal wieder vom Thema abschweifen. Ich hätte Kopfschmerzen vorgeben und zu Hause bleiben sollen. Jetzt hätte ich schön an der Nähmaschine sitzen und mit einem weiteren Kleid fertig werden können. Ich war mit dem Nähen im Rückstand. Ich hatte mindestens sechs Kombinationen schneidern wollen, aber für das Backen und Bedienen bei diesen blöden Sägewerkstreffen waren so viele Stunden draufgegangen. Ich musste verlorene Zeit wettmachen. Wenn ich doch nur eine bessere Nähmaschine gehabt hätte; die von meiner Mutter war hoffnungslos veraltet.

Lee verlagerte sein Gewicht und wischte sich eine Schweißperle von der Stirn. Ich lächelte ihm zu, doch seine Aufmerksamkeit blieb unverwandt auf den Pastor gerichtet. Ich hoffte, er würde mir anbieten, mich nach Hause zu fahren.

»Sie sehen, meine Lieben, wir schneiden alle schlecht ab. Genau wie dieser arme, reiche junge Mann. Denn wenn man sein Leben lang versucht, ›gut‹ zu sein, wird man den Ansprüchen nie genügen. Es wird immer etwas geben, was man noch tun muss – etwas, übrigens, *was man gar nicht tun will.* Genau das ist hier passiert. Jesus kannte das Herz dieses jungen Mannes. Und als dieser ihn fragte: ›Was fehlt mir noch?‹, kam Jesus auf das Eine zu sprechen, von dem er wusste, dass es zu schwer sein würde. Zu viel. Und das war für ihn, seinen ganzen Besitz fortzugeben.«

Pastor Frasier machte eine Pause und legte zwei Finger ans Kinn. »Aber wissen Sie was? Jesus ist dabei nicht stehen geblieben. Hätte er das getan, sähe es für uns alle hoffnungslos aus. Aber nein. Er hat noch fünf Wörter hinzugefügt. Fünf Wörtchen, die so groß, so ungeheuerlich sind, dass sie den Unterschied zwischen Gericht und ewigem Leben ausmachen. Was sind das für Wörter? Schauen wir in Vers 21. ›Komm und folge mir nach.‹ Komm und folge mir nach. Das ist es. Das ist die Errettung in Kurzform. Nicht nur die Gebote halten, obwohl das wichtig ist. Nicht nur zur Kirche gehen, obwohl ich hoffe, dass Sie alle weiterhin kommen werden, sonst hätte ich ja niemanden mehr zum Predigen. Nicht mal seinen ganzen Besitz den Armen geben. Sondern *Jesus* folgen, das ist der Schlüssel. Und *das* fehlte im Leben dieses jungen Mannes. Er war nicht bereit, aufzugeben, was er persönlich aufgeben musste, um Jesus zur Nummer eins in seinem Leben zu machen.

Ich möchte Sie zum Abschluss etwas fragen. Was ist es, das Sie nicht aufgeben wollen? Was hält *Sie* zurück?«

Beim Schlusslied wollte ich nur noch aus der Kirche raus. Ich blieb aber kurz stehen, um Celia einmal fest zu drücken und ihr zu versprechen, dass wir uns irgendwann im Laufe der kommenden Woche noch sehen würden. Sie würde vermutlich ihrem geliebten Opa dicht auf den Fersen sein, wenn wir zu Tulls Drugstore gingen.

Lees Lieferwagen war der reinste Backofen, als wir hineinkletterten. Er rollte langsam vom ungeteerten Parkplatz, bemüht, keinen Staub durch die offenen Fenster hineinzuwirbeln. Er war ungewöhnlich schweigsam.

»Worüber grübelst du?«, fragte ich. »Über Probleme beim Sägewerk?«

Er grinste mich unsicher an. »Nein. Nur über die Predigt vom Pastor.«

»Oh.« Das war nun das Letzte, worüber ich mich unterhalten wollte.

»Wie fandest du sie denn?«

Ich zuckte die Achseln. »Es geht so. Er und ich haben das schon durchbuchstabiert. Wir sind in manchen Dingen eben unterschiedlicher Meinung.«

»Hmmm«, brummte er, als ob er nur zu gut verstände. Das ärgerte mich.

»Und du, wie fandest *du* sie?«

Er trommelte auf das Lenkrad, hob dann aber die Hand, um einem Vorbeifahrenden zuzuwinken. »Nun, sie hat mich ... ins Nachdenken gebracht über gewisse Dinge. So Sachen, über die Mama immer mit mir spricht.«

»Sein Leben Jesus Christus zu übergeben, meinst du«, sagte ich unverblümt.

Er sah beinahe beschämt aus. »Irgendwie so was.«

Ich verschränkte die Arme und sah aus dem Fenster. »Na ja, wenn sich das für dich verlockend anhört, dann ist es vielleicht das, was du tun sollst.« Warum nur klang ich so verdrießlich?

»Hm«, brummte er wieder. Ich warf ihm einen Blick zu. Wir hielten vor dem Haus. »Später vielleicht.« Er parkte den Wagen und machte sich klein auf seinem Sitz, um mir direkt ins Gesicht zu sehen. »Im Augenblick würde ich dich lieber küssen.«

Die Verdrießlichkeit fiel von mir ab. Ich verdrehte die Augen. »Jetzt und hier, Mr. Harding? Vor der ganzen Stadt?«

Er sah sich um. »Ich kann beim besten Willen niemanden entdecken.«

»Weil die alle hinter ihren Fenstern lauern. Schau genau hin, es kann dir gar nicht entgehen, dass die Gardinen leicht zurückgezogen sind.«

»Das heißt also ›nein‹?«

Ich schlug kokett die Augen nieder. »Nur für jetzt. Für jetzt gerade *hier*.«

»Also *wirst* du wieder mit mir ausgehen.« Er sah zufrieden mit sich aus, wie ein Anwalt, der soeben vor Gericht einen wichtigen Punkt für sich verbuchen konnte.

»Wer hat denn etwas Gegenteiliges behauptet?«

»Niemand.« Sein Gesichtsausdruck veränderte sich. »Aber du gehst in ein paar Wochen fort.« Er machte eine Pause, als erwartete er zu hören, dass ich meine Meinung geändert habe.

»Das stimmt«, erwiderte ich sanft. »Das werde ich, Lee. Du weißt ja, dass ich gehen muss. Nicht wahr?«

Er holte tief Luft und nickte einmal mit dem Kopf. »Ich weiß. Du hast deine Arbeit, deine Pläne.«

»Es ist mehr als das.« Ich hatte ihm erst so wenig erzählt, wirklich. »Es ist ... das, was ich tun soll. Was *ich* tun muss, um Gott zu folgen.«

Verwirrung huschte über sein Gesicht. Ich griff nach seiner Hand. »Ich hab dir noch nichts davon erzählt – wie ich von meiner Mutter geträumt habe nach ihrem Tod und was sie gesagt hat. Und wie dieser Traum und meine Erziehung mich in diese Richtung gewiesen haben.«

Er starrte mich eindringlich an und sein Gesicht wurde immer länger. Ohne die Einzelheiten zu kennen, schien er zum ersten Mal zu begreifen, wie unerschütterlich mein Entschluss fest stand, Bradleyville zu verlassen. Er entzog mir seine Hand und drehte sich wieder zum Steuerrad.

»Na ja. Wir können ja demnächst mal darüber reden.« Die erzwungene Leichtigkeit in seiner Stimme verbarg die Kränkung nicht. »Jetzt muss ich nämlich los; es gibt noch eine Menge am Haus zu tun. Außerdem muss ich noch ein paar Leute wegen des Sägewerks anrufen. Da läuft es gerade gar nicht gut.« Er strich sich sorgenvoll über das Gesicht.

Ich stand auf dem Bürgersteig und sah ihn davonfahren; mir war beklommen zumute.

* * *

Den Rest des Tages nähte ich an meinem dritten Kleid. Es war gelb mit einem breiten weißen Kragen. Ich hob kaum den Kopf von der Maschine, so erpicht war ich darauf, das Kleid noch am selben Tag fertig zu bekommen. Sogar Tante Eva spürte, dass ich nicht in Plauderstimmung war. Ihre längst überfälligen Fragen über meine Verabredung mit Lee am Vorabend würden sich gedulden müssen.

Vergebens bemühte ich mich, die Gedanken an Lee aus meinem Kopf zu verbannen. Je lauter diese Gedanken rumorten, desto verbissener arbeitete ich, knallte die Schere hin und fädelte den Faden mit vor Konzentration zerfurchter Miene ein. Ich durfte ihm mein Herz nicht weiter öffnen; ich *durfte* nicht. Ich hatte sowieso nur drei Verabredungen mit ihm gehabt, warum also sollte ich mir darum einen Kopf machen? *Drei Verabredungen.* Was war das schon verglichen mit meinen Plänen, meinem Leben. Ganz zu schweigen davon, dass wir gar nicht zusammen passten. Und jetzt fing er sogar allen Ernstes an, über Pastor Frasiers Predigten zu reden, du lieber Himmel.

Lee rief gegen drei Uhr nachmittags an. Als Onkel Frank mit dieser Nachricht in meiner Zimmertür erschien, nahm ich ungehalten den Fuß vom Nähmaschinenpedal. Das Surren der Nadel kam langsam zum Stillstand. Ich starrte auf den vor mir ausgebreiteten gelben Stoff, bis er vor meinen Augen verschwamm, und überlegte, was ich tun sollte. Jetzt mit Lee zu sprechen, würde meinen Missmut nur vergrößern. Und doch spürte ich, dass sein Anruf wie eine ausgestreckte Hand war, dass er sich vergewissern wollte, dass ich wirklich etwas für ihn empfand.

»Sag ihm, ich ruf zurück«, antwortete ich nach einer Weile. »Ich kann hier jetzt gerade nicht weg.«

»Ist das dein Ernst?«

»Ja.« Ich stemmte den Fuß auf das Pedal und das Surren setzte wieder ein.

Am Spätnachmittag, als ich sicher war, dass Tante Eva auf Besuchsrunde war, legte ich eine Pause ein, um mir in der Küche ein Glas Eistee einzuschenken. Es war fürchterlich heiß bei mir Zimmer geworden und ich blieb stehen, um die kühle Erfrischung einzuatmen, die von der Klimaanlage im Wohnzimmerfenster kam. Das Haus wirkte düster. Ich spähte zu Onkel Franks Klubsessel hinüber, wo er in seine Zeitung vertieft saß. »Schau dir mal die Wolken an. Es wird regnen.« Wie zur Antwort erklang in der Ferne Donnergrollen.

»Gut«, murmelte er. »Das bringt Abkühlung.«

Ich trank einen Schluck. »Wen besucht Tante Eva denn gerade?«

»Die Matthews.« Er ließ die Zeitung sinken und sah mich an. »Hast du Lee zurückgerufen?«

»Nein.«

Er runzelte die Stirn, die Sportseite raschelte in seinen Händen. »Machst du das noch?«

Ich zuckte die Achseln. »Klar. Später.«

Offensichtlich fragte er sich, ob er das Thema weiter verfolgen oder fallen lassen sollte. Tante Eva hätte derlei Skrupel nicht gehabt. »War es … nett, gestern Abend?«

»Ja, ja. Ein wirklich idyllisches Picknickplätzchen. Wir konnten Bradleyville von dort aus sehen.«

»Schön.«

»Onkel Frank«, sagte ich hastig, »steht dein Angebot noch, mir beim Umzug zu helfen?«

»Natürlich.«

Ich wanderte um den rechteckigen Couchtisch und hockte mich auf den Sofarand. »Das Problem ist nur, der 1. August ist ein Donnerstag.«

»Hmm.« Er faltete den Zeitungsteil zusammen und ließ ihn auf den Teppich fallen. »Das hat Zeit bis Samstag, den dritten, nicht wahr? Wir können den Miettransporter am Abend vorher beladen und morgens in aller Frühe losfahren. Ich bleibe über Nacht und fahre dann am Sonntag zurück.«

»Aber wenn ich nicht am ersten da bin, vermieten sie die Wohnung vielleicht an jemand anderen.«

»Nein, Jessie, keine Bange«, erwiderte er mit einem Anflug von Belustigung in der Stimme. »Du hast schon die Kaution bezahlt. Sag einfach dem Verwalter Bescheid, dass du erst am Wochenende kommst.«

Ich stellte das Eisteeglas auf mein Knie und spürte seine Kühle. Er hatte natürlich Recht. Aber ich wollte nicht noch zwei Tage länger warten; ich sollte so früh wie irgend möglich gehen. Vielleicht sogar früher als geplant. Eine irrationale Panik, dass es nie zu meiner Abreise kommen würde, ergriff mich.

»Jessie, es gibt keine andere Möglichkeit. Du kannst nicht dein Auto und den Transporter gleichzeitig fahren. Außerdem brauchst du Hilfe beim Ausladen, auch wenn es nur Schlafzimmermöbel sind.«

»Ich weiß ja.« *Auch das noch,* dachte ich, *jetzt fange ich auch noch an zu heulen.*

Onkel Frank sah mir prüfend ins Gesicht. »Herzchen, worüber machst du dir Sorgen?«

Ein Regenschauer fegte plötzlich und dunkel über mein Auto und die Straße hinunter. »Nichts, nichts. Es ist nur ... ich möchte wirklich gehen. Ich habe eine Menge zu tun, bevor ich anfange zu arbeiten. Ich muss das Schlafzimmer streichen. Die restlichen Möbel mieten. Ich brauche Zeit, um ein bisschen durch Cincinnati zu kurven. Das Center zu besuchen ...« Meine Worte erstarben, als vor meinen Augen ein Bild von meiner Mutter auftauchte, wie sie Kindern vorlas, die im Schneidersitz zu ihren Füßen saßen. Ich blinzelte, als ich mich dabei ertappte, auf das Unwetter draußen zu starren.

»Hey.« Onkel Frank beugte sich vor. »Wir möchten dich gerne hier behalten, das weißt du. Ich persönlich glaube, dass Gott dir noch ein paar Dinge beibringen will, ehe du in die Welt hinausgehst. Und wenn es so weit ist, dann bete ich, dass du einem Plan folgen wirst, bei dem Christus im Mittelpunkt steht. Aber, Jessie, niemand kann dich vom Gehen abhalten, wenn du fest dazu entschlossen bist.«

Es schnürte mir die Kehle zu. »Ich weiß.«

»Was bedrückt dich dann? Lee?«

Ein anderes Bild versetzte mir einen Stich. Das Bild von Lee, der mir im strömenden Regen nachwinkte, während ich davonfuhr. »Sechs Stunden ist ja nicht die Welt, weißt du«, sagte ich. »Wir könnten uns vielleicht hin und wieder sehen.«

»Sicher könntet ihr das.«

»Und zu den Feiertagen und so komme ich ja zurück.«

»Hm.«

Langsam griff ich nach einem Stück Zeitung, legte es auf den Tisch und stellte mein Glas ab. »Ist ja auch egal.« Mein Lächeln war gezwungen. »Samstag, der dritte, klingt gut. Danke, dass du dir ein ganzes Wochenende nimmst, um mir zu helfen.«

Er folgte mir mit dem Blick, als ich aufstand.

Den Rest des Tages arbeitete ich emsig an meinem gelben Kleid und war viel zu beschäftigt, um Lee anzurufen. Kurz nach Mitternacht war es fertig und hing raschelnd in meinem Schrank. Ich fiel ins Bett und war auf der Stelle eingeschlafen.

Kapitel 22

Am nächsten Morgen machte ich direkt weiter und nähte mein viertes Kleid. Ich hatte mir vorgenommen, den ganzen Tag mit Arbeiten zu verbringen. Abgesehen davon, dass ich meine Gedanken von Lee ablenken wollte, hatte ich nun noch einen weiteren Grund, mein Hirn zu beschäftigen. Beim Frühstück hatte Onkel Frank Tante Eva gebeten, den Tag über dafür zu beten, dass die vorübergehende Abmachung beim Sägewerk bis zum 1. August halten würde. Offenkundig hatte Lee am Abend wieder angerufen, dieses Mal, um meinem Onkel von seinen Telefongesprächen mit einigen Arbeitern zu erzählen. Die Gemüter erhitzten sich und das Ganze schien auf wackeligen Füßen zu stehen. Auf diese Nachricht hin hatte ich auch gebetet – sowohl zu meinem Schutzengel als auch zu Gott selbst. Ich machte mir Sorgen um meinen Onkel und Lee in dem ganzen Wirrwarr. Und ich hatte die, zugegeben selbstsüchtige Sorge, durch meine Verbundenheit mit ihnen selbst in den Streit verwickelt zu werden. Es war schon genug geschehen, seitdem ich nach Bradleyville zurückgekommen war. Und dabei hatte ich nur ein bisschen Frieden gewollt.

Als meine Tante und mein Onkel zur Arbeit aufbrachen, war ich bereits beim Zuschneiden des Stoffs. Das leise *Schnipp-Schnapp* der Schere klang in der Stille des Hauses lauter als gewöhnlich. Eine lästige Sorge schlich sich immer wieder in meinen Kopf. Warum hatte Lee mich nicht zu sprechen verlangt nach seinem Gespräch mit Onkel Frank?

Im Wohnzimmer schrillte das Telefon. Ich schnellte hoch, schüttelte mir die Schere von den Fingern und sprang los, um ranzugehen. Vielleicht hatte Lee ja eine Möglichkeit gefunden, mich von der Arbeit aus anzurufen.

»Hallo?«, sagte ich erwartungsvoll.

»Heute ist der Tag!«, krähte eine vertraute Stimme.

Ich stieß einen enttäuschten Seufzer aus. »Hi, Thomas.« Da klickte es bei mir. »Woher weißt du das?«

»Jake ist nach Albertsville gefahren.«

»Ah.« *Albertsville*. Ich hatte ganz vergessen, dass ich vielleicht heute noch dorthin fahren müsste. Mir ging das blaue Garn für mein Kleid aus. Es war ein bedrückender Gedanke, mir dafür möglicherweise noch extra Zeit nehmen zu müssen.

»Und du kommst mit mir zu Tulls, nicht?«

Ich schloss die Augen. »Wann?«

»Sollten gegen Mittag dort sein, würde ich sagen.«

»Also, eigentlich war ich gerade dabei –«

»Es wäre nett, wenn du mich abholen könntest. Ist ein bisschen heiß für einen Spaziergang heute; der Regen hat es nur noch schwüler gemacht als sonst.«

Ein Teil von Thomas würde niemals erwachsen werden.

»Celia möchte auch mit.«

»Na schön, Thomas, na schön. Ich werde um viertel vor da sein.«

Seufzend legte ich auf.

»Schönen Tag, Thomas. Wie ich sehe, hast du deine Freundin mitgebracht.« Mr. Tull flatterte wie ein Vogel, während er geschäftig zwei Erdbeershakes für uns aufschäumte plus einen Cokefloat für Celia. Sie klammerte sich an meine Hand und grinste. Hank Jenkins, der zweitälteste Freund von Thomas, wartete in der Nähe und schlürfte geräuschvoll einen Mountain Dew.

Mit sechzig hatte sich Mr. Jenkins aus dem Sägewerk in den Ruhestand begeben. Er war hochgewachsen und sehnig, mit großen Ohren, die unter einer allgegenwärtigen, schweißfleckigen roten Baseballkappe hervorlugten. Keine seiner ausgebeulten Hosen schaffte es so richtig, ihm bis über die Knöchel zu reichen. Er war drei Jahre jünger als seine beiden besten Freunde, und in der ganzen Stadt hatte niemand mehr Spaß an ihren legendären Streitereien als er. Er wieherte vor Vergnügen über ihre Possen, klatschte sich auf die knochigen Knie und drehte beim Schlagabtausch der Worte den Kopf hierhin und dorthin.

Mit unseren Erfrischungen traten wir wieder hinaus in die Hitze.

»Wo ist Jake?«, fragte Mr. Jenkins und machte es sich in seinem Stuhl unter der Markise bequem. Thomas hatte sich in seinem bereits behaglich niedergelassen. Ich hatte einen weiteren herangezogen, um einen lockeren Halbkreis zu bilden, wobei ich Mr. Lewellyns Stuhl unbesetzt ließ. Celia hockte im Schneidersitz neben mir auf dem Bürgersteig.

»Der ist wegen irgendwas nach Albertsville gefahren. Müsste bald aufkreuzen.«

Ich warf Thomas einen scharfen Blick zu. Er kratzte sich den Nasenflügel und tat völlig unschuldig.

Bradleyvilles Innenstadt wirkte irgendwie niedergedrückt, und das lag nicht an der Hitze. Während ich die Menschen kommen und gehen sah, spürte ich eine Unruhe. Bei zahllosen Gesprächsfetzen, die ich aufschnappte, handelte es sich um Klagen über die Schwierigkeiten der Ehemänner auf der Arbeit. Ganz Ohr, zapfte uns Mr. Jenkins wegen der neusten Neuigkeiten an. Ein geistesabwesender Thomas erklärte, die Männer »täten ihr Bestes« bis August abzuwarten und hofften, dass sich dann eine dauerhafte Lösung fände. Celia fügte hinzu, ihre Mama könne das alles schon nicht mehr hören und würde wütend werden, sobald Opa damit anfinge. »Celia«, erwiderte Thomas und spähte die Straße hinauf, »wasch deine schmutzige Wäsche nicht auf der Straße.« Sie wandte sich wieder ihrem Cokefloat zu und löffelte das Eis von oben ab.

Eine Viertelstunde später hatte ich meinen Milchshake ausgetrunken, Mr. Jenkins döste halb vor sich hin und Thomas sah betrübt aus. Celia spielte mit einem Marienkäfer auf dem Gehweg.

»Ich bin gleich zurück«, sagte ich und stellte mein leeres Glas neben ihr ab. »Ich muss nur mal für eine Minute rüber zum Woolworth flitzen.«

»Beeil dich«, warf Thomas ein, »du willst doch nichts verpassen.«

»Wirklich, viel zu verpassen«, schnaubte Jenkins und rieb sich die Augen.

Im Woolworth hatten sie nicht mehr das Garn, das ich brauchte. *Mist!* Es passte mir *ganz und gar nicht,* dafür extra den ganzen Weg nach Albertsville zu fahren. Beim Überqueren der Straße beschattete ich meine Stirn und sah Alice Eder durch das Fenster ihres Nähstübchens drei Türen weiter oberhalb vom Drugstore. Sie müsste den Farbton haben; vielleicht würde sie mir ein Ersatzröllchen verkaufen. Ich drehte in ihre Richtung ab und trat ein. Eine Türglocke bimmelte.

Alices Schneiderei war in einem großen Raum in einem alten roten Backsteinhaus untergebracht, das im ersten und zweiten Stock Apartments beherbergte. Das Haus gehörte Miss Alice und ihrem Mann, die selber bescheiden in einer Dreizimmerwohnung im dritten Stockwerk lebten. Die Mieten und das Geschäft waren ihre Haupteinnahmequellen, denn Luke Eder hatte vor sieben Jahren einen Herzanfall erlitten, der ihn gezwungen hatte, sich vorzeitig aus dem Sägewerk in den Ruhestand zu begeben.

»Hallo, Miss Alice! Sieht ja mächtig nach Arbeit aus.« Ich

wies auf etliche Kleidungsstücke, die an einem rollbaren Aluminiumständer hingen. Auf einem Arbeitstisch lag zuschnittfertig ausgebreitet eine Bahn geblümten Kalikostoffs, aus dem Vorhänge werden sollten. Ich trat heran und befühlte den Stoff. »Hübsch.« Ich konnte mir vorstellen, wie sie gerafft und drapiert ein großes Fenster einrahmten.

»Du hast eben ein Auge dafür«, lachte sie und fuhr mit der Hand über den Stoff. »Deine Tante Eva hat mir erzählt, was für eine gute Näherin du bist.«

»Ja, es macht mir Spaß. Ich finde es ... beruhigend.« Verwundert über meine Wortwahl, ließ ich meinen Blick zu ihrer Nähmaschine schweifen. »Das sieht nach einer *tollen* Maschine aus!«

»Oh, das ist die beste. Die schnellste, die du kriegen kannst.«

Ich betrachtete sie ehrfürchtig. »Ganz schön viele Stiche, puh.«

Miss Alice sank zielstrebig in einen der beiden karminroten Sessel, die sich vor dem großen Fenster winklig gegenüberstanden. »Setz dich doch bitte, Jessie. Seltsam, dass du gerade heute hier vorbeischaust; ich wollte dich nämlich anrufen.« Ihre runzligen Hände ruhten auf der Armlehne, ihre blauen Augen tanzten. Miss Alice war eine zierliche Frau, kleiner als ich, und hatte ihre Figur gut gehalten, obwohl ich annahm, dass sie an die siebzig sein musste. Ihr lockiges Haar war fast schneeweiß. Eine Brille baumelte an einer goldenen Kette um ihren Hals.

Ich tat ihr den Gefallen.

»Sieh mal, es ist so. Ich will schon seit längerem ein bisschen langsamer machen. Du weißt ja, Lukes Gesundheit ist angegriffen, und außerdem habe ich mein Lebtag gearbeitet. Es gibt so vieles, was ich lieber täte, meine Enkelchen besuchen, beispielsweise. Jedenfalls habe ich daran gedacht, jemanden zur Aushilfe einzustellen, der vielleicht vier, fünf Stunden am Tag kommt. Also habe ich Gott gebeten, mir zu helfen, jemanden zu finden. Ich dachte, ich würde vielleicht eine Mutter finden, die kommt, während ihre Kinder in der Schule sind. Aber jetzt ist Sommer und die Kinder zu Hause. Dann hat Gott mich an dich erinnert. Ich weiß, du bist den Juli über hier. Meinst du, du könntest bis dahin aushelfen und dir ein paar Groschen dazuverdienen?« Sie lächelte strahlend.

Ich lächelte zurück, meine nervöse Erregung verbergend. Es kommt nicht oft vor, dass dir jemand eröffnet, du seiest die Antwort auf seine Gebete. Aber ich konnte mir nicht vorstellen, ihr Angebot anzunehmen. Schließlich musste ich selbst noch drei Kleider für mich nähen. Mein Zögern trübte ihre Miene.

»Ich weiß, das kommt unerwartet«, fügte sie hastig hinzu, »aber er wäre ja nicht für lange. Ich bin für jede Hilfe dankbar, die du mir geben kannst.«

Trotz Miss Alices Aufrichtigkeit spürte ich Tante Evas Geist am Werk.

»Miss Alice, ich fühle mich von Ihrem Angebot wirklich geschmeichelt; ich weiß, was Ihnen dieser Laden bedeutet. Wissen Sie was, lassen Sie mich doch ein, zwei Tage darüber nachdenken.«

Sie seufzte zufrieden. »In Ordnung. Tu das.«

Als ich aufatmend vor ihrem Laden stand, drehte ich mich noch einmal um, um ihr auf Wiedersehen zu winken, und sie wedelte begeistert mit der Hand. Zu spät fiel mir das blaue Garn ein, das ich brauchte. Ich wollte gerade zurückrennen, als ich just in dieser Sekunde Jake Lewellyns langen grünen Buick die Straße hinuntergleiten sah.

»Jessie, jetzt komm endlich!«, rief Thomas.

Ich zögerte. Thomas winkte ärgerlich. Noch ein letztes Lächeln zu Miss Alice und ich sprintete zurück zu meinem Platz.

Keine fünf Sekunden später war es aus mit dem Frieden.

Mr. Jenkins hatte soeben angesetzt, mit den Riesentomaten seines Bruders zu prahlen, als Mr. Lewellyn am Bordsteinrand hielt, sich aus dem Wagen hievte, die Tür zuschmetterte und mit wackelndem Wurstfinger verkündete: »Das warst *du*, Thomas Bradley!«

»Au Backe«, stieß Hank Jenkins mitten im Satz hervor, »was ist jetzt los.«

Celia presste den Rest von ihrem Cokefloat an ihre Brust und drückte sich an mich. »Er sieht aus wie eine Bulldogge, findest du nicht?«, wisperte sie.

Ich musste mir das Lachen verkneifen. »So hab ich das noch nie gesehen, aber du hast Recht.«

»Thomas Bradley!«, Mr. Lewellyn zog sich die karierte Hose stramm über den runden Bauch. »Ich will dir mal was sagen: Dieses Mal bist du zu weit gegangen! Als ob die Stadt dieser Tage nicht schon genug Ärger hätte. Aber nicht mit mir!«

Ich tätschelte Celia beruhigend den Kopf. Thomas nahm einen tiefen Schluck von seinem beinahe geleertem Milchshake.

»Aahh«, seufzte er und wischte sich den Mund. Er leckte sich die Lippen und musterte Mr. Lewellyn von oben bis unten. »Warum setzt du dich nicht in deinen Stuhl, Jake; leg eine Last ab. Und damit meine ich *Last.*«

Hank Jenkins unterdrückte ein Kichern.

Mr. Lewellyn sprang auf dem Bürgersteig hin und her wie Wassertropfen in einer heißen Bratpfanne. »Lüg mir nicht wieder gerade ins Gesicht, Thomas. Du weißt, wovon ich rede.«

»Hör dir das an, Hank!«, meinte Thomas. »Er nennt mich einen Lügner, dabei habe ich nichts weiter getan, als ihn aufzufordern, Platz zu nehmen.«

»Du hast eine neue Zahl auf unser Schild gemalt!« Die Worte explodierten aus Mr. Lewellyns Mund und erschütterten seine dicken roten Backen. »Das ist mutwillige Beschädigung städtischen Eigentums, Alter, und das ist strafbar. *Egal*, was für einen Nachnamen du hast!«

Bradleyvilles Ortsausgangsschild auf der R 622 war ein Symbol des Stolzes für die Stadt. Jonathan Bradley hatte das erste vor vielen Jahren in ein blank poliertes Rechteck aus Eichenholz geritzt, das auf einer hohen Latte angebracht war. Von da an hatte Bradleyville auf diesem handgearbeiteten Stück Unabhängigkeit bestanden und das hässliche staatliche Metallschild tunlichst gemieden. Alle fünf Jahre führte die Stadt ihre eigene Zählung durch, was mit einem neuen, vom Sägewerk gestifteten Schild gefeiert wurde, das in großen schwarzen Buchstaben ihren Namen und Einwohnerzahl verkündete.

»Mann, Jake, du führst dich auf wie ein Sandfloh im hohen Gras, wie du hier so rumhüpfst.« Thomas rührte in seinem Shake. »Wir sind hier nicht bei Miss Turner in der fünften Klasse an dem Tag, als dir jemand eine Reißzwecke in die Hose schmuggelte. Warum regst du dich nicht ein wenig ab und legst eine Pause ein.«

Mr. Lewellyn starrte ihn grimmig an. »Ich sehe schon, du lässt nicht mit dir reden. Wenn ich noch Polizist wäre, würde ich dich ins Kittchen stecken – «

Thomas warf den Kopf zurück und lachte.

»So wie Miss Turner dich ins Rektorzimmer geschickt hat.«

Ein bitterer Ausdruck stahl sich über das Gesicht von Thomas.

»Wie die Dinge stehen, habe ich vor, das unverzüglich Bill Scutch zu melden, und er hat dann die Ehre.«

Damit machte Jake Lewellyn auf dem Absatz kehrt und stolzierte über die Straße, wobei er beinahe von einem Laster überrollt worden wäre, der unterwegs zum Sägewerk war.

»Sag ihm, er soll seine Handschellen mitbringen!«, schrie Thomas. »Das wird kein leichtes Spiel!«

»Wow, was für ein Spektakel.« Mr. Jenkins faltete die Hände über dem Bauch und stieß seinen Stuhl zurück. »Ich nehme nicht an, dass du irgendwas über dieses Schild weißt, Thomas.«

»Opa, du kommst doch nicht ins Gefängnis, oder?«, heulte Celia. Das Eis in ihrem Glas war längst geschmolzen, ihr Cokefloat glich Schneematsch.

»Keine Sorge, mein Fräulein«, entgegnete Thomas. Ich drückte ihre Hand.

Es dauerte gar nicht lange, da kam Mr. Lewellyn über die Straße zurückgeeilt, den Polizisten Scutch im Schlepptau. Bill Scutch war um die dreißig, ein gut aussehender Blondschopf mit nussbraunen Augen und einem lebhaften Lächeln. Vor Jahren war ich mal in ihn verknallt gewesen, ganz zu Anfang seines Dienstes als Ortspolizist von Bradleyville, aber damals war ich noch zu jung. Mittlerweile hatte er geheiratet und zwei Kinder. Ich wusste, er glaubte, Thomas wandele auf dem Wasser, und sie besuchten oft gemeinsam die Schulbasketballwettkämpfe.

»Hallo, Jessie, Celia.« Er winkte dem kleinen Mädchen zu, als er leichtfüßig über den Bordstein setzte.

Thomas nickte. »Bill. Schönen Tach. Ein Drink gefällig?«, er hob sein Glas.

»Nein danke.« Bill räusperte sich. »Jake sagt, unser Ortsschild sei übermalt worden. Offen gestanden habe ich das selbst noch nicht gesehen.«

»Nun«, Thomas zuckte die Achseln, »wenn Jake das so sagt, dann wird das wohl seine Richtigkeit haben.« Er lächelte Mr. Lewellyn gönnerhaft an.

Hank Jenkins sprang auf, um einen weiteren Stuhl heranzuziehen. »Setzt euch doch.«

Mr. Scutch ließ sich widerstrebend nieder, Mr. Lewellyn wanderte unter dem Sonnendach auf und ab, während ihm der Schweiß von der Nase tropfte. »Acht Jahre, Thomas«, murmelte er. »Acht Jahre früher, und ich hätte dir eigenhändig das Handwerk gelegt.«

»Den Tag möchte ich sehen, Jake«, dröhnte Thomas, »an dem *du* mir das Handwerk legst, ob Stadtpolizist oder nicht.«

»Wir sind keine Kinder mehr!«, wetterte Mr. Lewellyn. »Wann wirst du endlich erwachsen? Ich hab selbst einen Enkel bekommen vor drei Jahren, genau nach der letzten Zählung; hab *ich* etwa deshalb das Schild geändert? Es gibt Grenzen, Thomas, sogar für dich.«

Mr. Lewellyn wirkte plötzlich erschöpft. Er zog seinen Stuhl nach vorne und plumpste hinein, während er sich mit der fleischigen Hand Luft zufächelte.

Einen Augenblick lang sagte niemand etwas. Ich blickte Bill Scutch von der Seite an und fragte mich, was er wohl tun würde. Der leise Hauch eines Lächelns umspielte seine Lippen, dann war es fort. Er starrte Mr. Lewellyn an, strich sich über die Stirn, seine Augen verengten sich.

»Ich habe Bauchweh«, jammerte Celia.

Ich beugte mich vor, um meinen Arm um ihre Schultern zu legen.

»Du hast ganz Recht, Jake«, erklärte Bill. »Niemand darf sich erlauben, das Eigentum der Stadt zu verunstalten. Wenn das jeder täte, dann sähe es hier bald so verkommen aus wie in Albertsville.«

»Augenblick mal«, unterbrach Thomas. »Das ist nur wieder eine von Jakes Beschuldigungen, und er beschuldigt mich schon seit unserem ersten Schultag wegen allem Möglichen. Niemand kann mir irgendetwas nachweisen.«

Bill Scutch krauste die Stirn. »Das stimmt.«

»Wir wissen alle, dass du das warst, Thomas!« Mr. Lewellyn sprang wieder auf die Füße. »Kein anderes Baby ist in dieser Stadt in letzter Zeit zur Welt gekommen, und außerdem würde sich wohl niemand sonst für so wichtig nehmen, das Schild, unser aller Eigentum, für seinen eigenen Enkel zu verändern!«

»Halt mal kurz inne, Jake«, Mr. Scutch hob die Hand. »Ich denke, ich habe eine Lösung.«

»Der Herr bestraft die Sünder. Steck ihn hinter Gitter, bis er dafür gebüßt hat; das ist die einzige Lösung!« Mr. Lewellyns scharlachrote Wangen zitterten wieder.

»Das könnten wir natürlich tun.«

Thomas sah nicht im Geringsten beunruhigt aus. »Und jetzt lass deine Lösung hören«, sagte er und beugte sich vor, um sein leeres Glas auf den Bürgersteig zu stellen.

»Wir könnten das Schild wieder übermalen.«

Mr. Lewellyn blieb stehen. »Zerbrich dir nicht den Kopf darüber, wie man dieses Schild wieder hinkriegt, Bill; wir werden ein neues machen müssen. Aber ich will, dass er dafür zahlen muss – mit Geld *und* mit einer Nacht im Gefängnis.«

»Nein, meine Herren. Ich meine Folgendes ...«, Bill Scutch beugte sich vor. »Die letzte Ziffer auf dem Schild muss von einer zwei in eine drei verwandelt worden sein, stimmts?«

»Schätzungsweise.« Thomas rümpfte die Nase.

»Dann ist es doch ganz einfach. Wir malen noch einmal drüber. Machen aus der drei eine vier.«

»Häh?«, Hank Jenkins sperrte den Mund auf und Mr. Lewellyn starrte Bill Scutch an, als sei dieser verrückt geworden. Selbst Thomas zog die Stirn kraus, bevor er sich wieder im Griff hatte. »Wozu denn das, um alles in der Welt, Bill?«, fragte er.

»Es ist, wie Jake gesagt hat, Thomas. Es ist nicht fair, dass sich das Schild gerade zu der Zeit verändert hat, als dein Enkel geboren wurde. Egal, wer es geändert hat. Das Unheil ist bereits angerichtet. Also werden wir bis 1970, wenn wir ein neues Schild kriegen, einfach jene letzte Zahl noch einmal übermalen. Diesmal für Jakes Enkelsohn.«

Thomas warf dem Polizisten einen Blick zu, seine Verblüffung wich einer verstehenden Pokermiene. Als er sich wieder Mr. Lewellyn zuwandte, machte er ein äußerst empörtes Gesicht. »Bill Scutch«, verkündete er, »was ist nur in Sie gefahren? Da haben ein paar Randalierer unser Ortsschild verschandelt und jetzt treten Sie dafür ein, es noch mehr zu verschandeln?«

Bill hielt Jakes Lewellyns erstauntem Blick stand. »Nun, Jake?«

»Och, ich weiß nicht.« Er packte die Lehnen seines Stuhls und senkte sich langsam hinein. »Darauf wäre ich nie gekommen.«

»Ach, vergiss es, Jake.« Thomas klang angewidert. »Du bist ja nur sauer, weil ich immer noch deine Murmel habe. Du willst, dass ich eine Nacht im Gefängnis zubringe, also werde ich eine Nacht im Gefängnis zubringen, ob ich was verbrochen habe oder nicht. Ich bin in meinem Kämpferleben schon an weit schlimmeren Orten gewesen; das macht den Kohl nicht mehr fett.«

Eine Veränderung machte sich auf Mr. Lewellyns Gesicht breit, als sei er beim Lutschen eines sauren Bonbons auf einen süßen Kern gestoßen. »Nein, nun warte doch eine Minute, Thomas. Du brauchst nicht im Gefängnis schlafen mit deinen alten Knochen. Und Bill hat ganz Recht, das Schild ist eh hin, also wird es niemandem schaden, wenn man noch mal drüber malt.« Er nickte einmal mit dem Kopf. Entschieden. »Ich denke, das ist eine gute Lösung. Lasst uns das tun.«

Thomas saugte an seinen Zähnen. »Ich weiß nicht, Jake.«

»Das ist das Beste. Und dadurch kommst du heute Nacht in dein eigenes Bett.«

Ich beobachtete, wie Thomas mit den Fingern auf seinen Stuhl trommelte. »Und was schlägst du vor, wann sollen wir unsere kleine Unternehmung in die Tat umsetzen? Ich muss meine Enkelin rechtzeitig zum Abendessen zu Hause abliefern.«

Bill Scutch runzelte die Stirn und zucke die Achseln.

»Nun«, sagte Mr. Lewellyn, »wir könnten es jetzt gleich erledigen, schätze ich. Würde ja nicht lang dauern. Der Eisenwarenladen ist direkt gegenüber; wir brauchen nur einen Pinsel und etwas schwarze Farbe.« Er erhob sich plötzlich und stieß dabei seinen Stuhl zurück. »Ich denke wirklich, das ist das Beste – was getan ist, ist getan.«

Er fischte in einer Tasche und zog seine Autoschlüssel hervor. »Ich fahre. Hank, Bill, ihr beide kommt mit, um zu sehen, dass alles richtig gemacht wird.« Er deutete mit dem Kinn in Richtung Eisenwarenladen, als Thomas sich nicht rührte. »Los, alter Mann, lass uns gehen. Lass uns diese unangenehme Geschichte hinter uns bringen, damit du nach Hause kannst.«

Thomas hatte die Finger unter dem Kinn verschränkt und starrte zu seinem Widersacher hoch.

»Beweg dich, Thomas!«

Er rührte sich nicht.

»Würdest du bitte kommen! Wir müssen ein Schild übermalen!«

Langes Schweigen. Langsam begann Thomas den Kopf zu wiegen, vor und zurück. »Nie hätte ich mir träumen lassen, dass ich das noch mal erleben würde«, sagte er und schnalzte mit der Zunge. »Jake Lewellyn – der Freund meiner Kindheit, der als Erwachsener fünfunddreißig Jahre lang das Wappen von Bradleyville trug. Der so ehrlich war wie der Tag lang. Und nun« – er kniff die Lippen zusammen – »nun, da du dich ehrenvoll zur Ruhe gesetzt hast, planst du – mit großer Begeisterung, wie ich hinzufügen möchte – schwarze Farbe und einen Pinsel zu kaufen und mutwillig das Schild der Stadt, die mein Vater gegründet hat, zu beschädigen. Gott helfe uns, was *soll* aus dieser Welt nur werden.«

Ich presste mir die Hand auf den Mund. Mr. Jenkins brach in Gelächter aus und versuchte dann, es zu verbergen, indem er in seine Fäuste prustete. Bill Scutch verzog heldenhaft keine Miene. Mr. Lewellyns Wangen liefen dunkelrot an. »Nun mach aber halblang!«, gellte er. »So war das ... war nicht –!«

»Jake«, erklärte Thomas, »du hast es selbst gesagt. Du weißt sehr wohl, dass unser Ortsschild nicht jedes Mal verändert wird, sobald ein Baby zur Welt kommt. Wir haben 1965 jeden gezählt und wir werden es 1970 wieder tun, aber bis dahin wirst du dich wohl oder übel gedulden müssen.« Er wandte sich an Bill Scutch. »Welche Art der Bestrafung wäre für unseren gefallenen Bruder angemessen?«

Mr. Lewellyns Mund öffnete und schloss sich, ohne einen Laut hervorzubringen, wie ein Fisch auf dem Trockenen.

»Lass mich überlegen.« Bill Scutch strich sich seufzend

übers Kinn. »Ich schätze mal, eine Nacht im Gefängnis sollte es tun.«

Das wirkte. Jake Lewellyn erholte sich genug, um einige saftige Sprüche loszulassen, die Celia besser nicht gehört hätte. Als er davonstampfte, hätte ich schwören können, dass der Bürgersteig bebte. Wir sahen alle zu, wie er die Tür seines Wagens aufriss, sich hineinschob und davonröhrte.

»Und deine Murmel hab ich immer noch!«, brüllte Thomas ihm hinterher.

»Menschenskind!«, kicherte er und sprang auf, um Bill Scutch auf den Rücken zu klopfen. »Die Weisheit eines Salomos, das sage ich; hab dir gut was beigebracht.« Er griff mich bei den Händen, zog mich auf die Füße und vollführte mit mir ein Freudentänzchen auf dem Bürgersteig. »Die Stadt hat was zum Lachen gebraucht, Jessie Callum. Wart nur ab, bis sie das zu hören kriegt!«

Kapitel 23

»Und du warst also mittendrin in diesem Halligalli, höre ich.« Tante Eva löffelte sich Erbsen auf ihren Teller und schob sie zu einem kleinen Haufen zusammen.

Es erstaunte mich jedes Mal von Neuem, wie schnell Neuigkeiten durch Bradleyville summten. Allerdings saß Tante Eva auch im Zentrum des Bienenstocks mit ihrem Job bei der Post. »Ich war dabei, na und?«

»Ich dachte, du wolltest den ganzen Tag lang nähen.«

Ich versenkte meine Gabel in den ersten Bissen einer Frikadelle, die mir das Wasser im Munde zusammenlaufen ließ. Ich hatte den Tag über noch fast nichts gegessen, und nachdem ich sie zum Garen in den Ofen geschoben hatte, war ihr folternder Duft bis in mein Zimmer vorgedrungen, wo ich nähte. »Wollte ich auch. Aber Thomas hat angerufen und mich eingeladen, mit ihm zu Tulls zu gehen. Außerdem hatte ich Celia versprochen, sie irgendwann diese Woche noch zu besuchen, und sie war auch dabei.«

»Hm.« Tante Eva beäugte mich neugierig. Ich konnte förmlich sehen, wie die Rädchen in ihrem Kopf ratterten. Onkel Frank war eifrig damit beschäftigt, eine Ofenkartoffel mit Butter und Sauerrahm zu bestreichen. Er schien in Gedanken ganz woanders. »Gestern warst du völlig ins Nähen vertieft«, hakte meine Tante nach. »Konntest keine Minute erübrigen, nicht mal für einen Anruf. Und heute rennst du mit Thomas durch die Gegend.«

Ich ließ mir die würzige Frikadelle auf der Zunge zergehen und blieb still. Ich war mir nicht ganz sicher, worauf sie hinauswollte – auf meine Zurückhaltung gegenüber Lee, oder wie tief ich in Thomas' Possen verstrickt war. Oder beides.

»Du hast also gewusst, was kommen musste?«

Reine Unschuld malte sich auf meinem Gesicht. »Wie hätte ich das wissen sollen? Wir saßen bereits dort, als Mr. Lewellyn angeknattert kam, wütend wie nur was.«

Ein leises Lächeln umspielte Onkel Franks Lippen. Er verstrich den Sauerrahm mit einem Messer, blickte kurz hoch und dann wieder auf seinen Teller. Ich rümpfte die Nase und trank einen Schluck Eistee. Es war geradezu unheimlich, wie glatt Onkel Frank mich immer durchschaute.

Tante Eva öffnete wieder den Mund und ihrem Gesicht war anzusehen, dass sie mich über Lee ausfragen würde. Ohne nachzudenken, platzte ich dazwischen. »Stell dir vor, ich hab Alice Eder in der Stadt getroffen und sie hat mir doch tatsächlich für die nächsten paar Wochen einen Job angeboten.« Kaum waren mir die Worte entschlüpft, hätte ich mich auch schon treten können. Vom Regen in die Traufe.

»Das ist eine *tolle* Gelegenheit für dich«, schwärmte meine Tante, zeigte sich aber nicht im Mindesten von der Nachricht überrascht. »Warum machst du nichts daraus?«

Ich zuckte die Achseln. »Weiß nicht. Ich hab selbst noch eine Menge zu nähen. Drei Kleider noch. Außerdem hatte ich mich darauf gefreut, in diesen Wochen mal nicht in den Terminkalender anderer Leute passen zu müssen.«

»Hört sich in meinen Ohren vernünftig an«, warf Onkel Frank ein. »Du hast die letzten fünf Jahre unwahrscheinlich hart gearbeitet.«

Tante Eva funkelte ihn an.

»Nun, Alice möchte sich zu Ruhe setzen, weißt du.« Sie hob eine Augenbraue, während sie mit der Gabel die Frikadelle zerteilte. »Es wäre also *die* Gelegenheit für dich, den Laden zu übernehmen.«

»Und was soll ich mit dem Laden?«

Sie sah gekränkt aus. »Dein eigenes Geschäft aufmachen, was sonst. Du könntest hier bleiben und ein schönes Auskommen haben, besonders bei deinen Fähigkeiten.«

»Tante Eva, ich werde mein ›Auskommen‹ in Cincinnati haben. Ich habe sogar schon eine Stelle dort, erinnerst du dich? *Und* eine Wohnung. *Und* das Hope Center.«

»Schon gut, schon gut.« Sie wedelte mit der Hand. »Es war ja nur so ein Gedanke.« Sie beugte sich über ihr Fleisch, die Schultern vor Enttäuschung zusammengezogen. Eine rote Haarsträhne löste sich aus ihrem Knoten und wurde ungeduldig aus dem Gesicht gestrichen. In der folgenden Stille konnte ich ihre Kiefer beim Kauen knacken hören. Als sie mit lautem Klirren ihre Gabel auf den Teller legte, schrak ich hoch. »Ich denke nicht, dass du gehen solltest.«

»Aber Eva«, sagte mein Onkel.

»Nichts, ›aber Eva‹«, gab sie zurück. »Du weißt so gut wie ich, dass wir einer Meinung sind; du willst es ihr nur nicht ins Gesicht sagen.«

Ärger zerrte an meinen Nerven. Einen Augenblick wünschte ich, ich wäre nie zurückgekommen. Ich hätte geradewegs nach dem Examen nach Cincinnati gehen sollen. Jetzt, wo ich einmal hier war, rannte ich von einem Dilemma ins nächste. Das Sägewerk, Lee und nun noch meine Tante, die notorisch mein Leben zu gestalten versuchte. *Ruhig Blut*, sagte ich mir, *es gibt keinen Grund, sich aufzuregen*. Ich blickte von meiner Tante zu meinem Onkel und suchte die günstigste Art, mit diesem speziellen Hindernis auf meinem Weg umzugehen. Das Thema meines Wegzugs hatte uns schon seit meiner Rückkehr über die Schultern geguckt, und wir konnten uns ebenso gut jetzt gleich damit auseinander setzen, damit ich noch ein paar einigermaßen friedliche Wochen genießen konnte.

Ich setzte eine gleichmütige Miene auf und sah Onkel Frank an: »Stimmt das?«

Er legte sein Besteck hin und atmete hörbar ein, als bereitete er sich auf eine längst überfällige Auseinandersetzung vor. Dann nickte er.

»Aber gestern hast du noch zu mir gesagt, dass mich niemand vom Gehen abhalten könne.«

»Das stimmt, Jessie.« Seine Stimme klang freundlich. »Aber ich habe dir auch gesagt, dass ich möchte, dass du den Plänen folgst, die Christus für dein Leben hat, nicht deinen eigenen.«

Ich starrte ihn an, die alte Abwehr stieg in mir hoch. »Das *tue* ich, o. k.? Ich befolge das, was Gott von mir möchte, was meine Mutter mir in meinem Traum aufgetragen hat.«

Er verarbeitete das einen Augenblick lang. »Weißt du noch, wie wir über jenen Traum geredet haben, vor so vielen Jahren? Weißt du noch, wie ich dich gebeten habe, die Bibel zu lesen, damit du Gottes Absicht für dein Leben besser verstehst? Du hast gesagt, du würdest das tun.«

»Das habe ich auch. Das Meiste habe ich jedenfalls gelesen. Aber was hat das mit meinem Weggang zu tun? Willst du damit sagen, Gott lebe nur in *Bradleyville*?«

»*Natürlich* nicht«, warf Tante Eva ein.

Ich achtete nicht auf sie.

»Nein, Jessie.« Die Geduld meines Onkels machte mir ein schlechtes Gewissen. »Überhaupt nicht. Was wir damit sagen *wollen* und wofür wir all die Jahre über gebetet haben, ist, dass du dein Leben völlig, ganz und gar Christus übergibst, und – eifrig – danach fragst, was er von dir möchte.« Er breitete die Arme aus. »Nicht, dass deine Pläne schlecht wären.

Sie sind gut; sie sind lobenswert, solange es darum geht, anderen Menschen zu helfen. Hier stehst du, eine hübsche junge Frau, und strebst nicht nach Ruhm oder Reichtum, sondern möchtest anderen dienen. Versteh mich recht, an diesen Zielen ist *nichts* falsch, solange es um deine berufliche Zukunft geht. Aber mehr sind sie auch nicht, Jessie, es sind Pläne für eine berufliche Laufbahn, *keine* Pläne zur Errettung. Du schlägst den gleichen Weg ein wie deine Mama. Und sie hat sich auf diesen Weg begeben aufgrund ihrer eigenen leidvollen, verletzenden Kindheit. Aber du *brauchst* in diesem Kreislauf nicht zu bleiben; du wurdest mit viel Liebe großgezogen. Du vergisst, dass deine Tante Eva die gleiche Kindheit hatte wie deine Mama, denselben zornigen Vater. Auch sie musste mit all dem Schmerz fertig werden. Und ich weiß, sie würde dir sagen, dass es nur eine Lösung gibt, um aus diesem Kreislauf auszubrechen: nämlich Jesus Christus anzunehmen und zu verstehen, dass er diese ganzen schrecklichen Gefühle der Wertlosigkeit wegnehmen kann, die ihr Vater ihr eingetrichtert hat.«

Ich stierte auf meinen Teller, den Tränen nahe. Das war die längste Rede, die ich je von meinem Onkel gehört hatte. Ich vertraute ihm und achtete ihn sehr. Und ich wusste, er und Tante Eva liebten mich und würden niemals versuchen, mich hinters Licht zu führen. Außerdem musste ich zugeben, dass von meinem Onkel eine innere Gelassenheit ausging, die ich mir auch wünschte. Sogar meine Tante, mit all ihrer Geschwätzigkeit und vorwitzigen Einmischerei, schien weit gefestigter und freier von ihrer Vergangenheit zu sein, als es meine stille Mutter je war. In schneller Folge schossen mir zwei Bilder durch den Kopf – die gehässige Prophezeiung meines Großvaters: »Du wirst *nie* gut genug sein!«, gefolgt von dem kurzen Ausdruck von Verzweiflung, der über die Züge meiner Mutter gehuscht war während unseres letzten Zusammenseins.

Unser letztes Zusammensein.

Die Zeit meiner Mutter auf der Erde war so kurz gewesen. Und sie hatte sie so selbstlos hergegeben – für mich, für andere. Etwas in mir regte sich bei den Worten meines Onkels, und doch stießen jene Worte wie gleiche Magnetpole alles ab, wofür meine Mutter gelebt hatte. Alles, wofür sie *gestorben* war.

Stille breitete sich über unseren Tisch aus. Noch nicht einmal Tante Eva sprang ein, um sie zu füllen. Ich blickte sie nach Ablenkung suchend an. »Du bist ja so schweigsam.«

»Ich bete«, kam es knapp zurück.

Onkel Frank sagte nichts. Ich hatte das Gefühl, dass sie den ganzen Abend lang so dasitzen und auf meine Antwort warten würden. Ich entdeckte einen Fussel auf der Tischdecke. Zerdrückte ihn zwischen Zeigefinger und Daumen. Ließ ihn auf den Teppich fallen.

Ich räusperte mich leise. »Also. Ich wisst ja, dass ich eure Überzeugungen verstehe. Und ich denke, sie haben euch ... eine Menge geholfen. Mit dem Leben und all seinen Problemen zurechtzukommen, meine ich. Ich schätze das durchaus.« Ich stupste den Griff meiner Gabel weiter den Teller hoch. »Als ich am Anfang hierher kam, war ich wirklich am Boden zerstört. Und dieser Traum von meiner Mutti und die Richtung, die er mir wies, haben mir mehr geholfen als alles andere, den Schmerz zu überwinden. Ich habe gearbeitet –«, meine Kehle schnürte sich zusammen und ich kämpfte um die Oberhand, »– ich habe wirklich hart gearbeitet, um den Abschluss und die Stelle zu bekommen, die ich wollte. Ich habe das seit langem geplant. Und ich glaube felsenfest, das Richtige zu tun. Es *muss* einfach das Richtige sein.«

Ich brach abrupt ab und blinzelte über den unerklärlichen Anflug von Verzweiflung in meinem letzten Satz.

»Schön, Jessie«, sagte Onkel Frank. »Schön. Du hast unseren Segen. Du weißt, wir lieben dich. Vielleicht werden dich deine Pläne dorthin bringen, wo Gott dich haben will. Eines weiß ich: Er kann uns zum Besten dienen lassen, egal, was wir tun. Aber unabhängig davon, wo du lebst, werde ich dafür beten – und ich weiß, auch deine Tante – dass du Christus persönlich kennen lernst. Denn nur durch ihn wirst du deinen wahren Lebenssinn finden. *Sein* Ziel mit dir ist der *vollkommene* Plan. Und egal, wie gut deine eigenen sind, du könntest den allerbesten verfehlen.«

Tante Eva wollte gerade noch etwas sagen, als Onkel Frank die Serviette von seinem Schoß nahm und sie in einer abschließenden Geste auf den Tisch legte. »Also dann, Lieblingsnichte.« Er schob seinen Stuhl zurück. »Wir versprechen, dir keine Predigten mehr zu halten. Wir werden Gott einfach sein Werk tun lassen. Stimmts, Eva?«

Ihre Pläne vereitelt, kniff sie die Lippen zusammen und warf ihrem Mann einen viel sagenden Blick zu. Dann nickte sie ein wenig verschnupft in meine Richtung. »Stimmt.«

Kapitel 24

»Habt ihr schon von Thomas und Jake gehört gestern?« Der Deckel seiner Blechbrotdose klapperte, als er ein belegtes Brötchen herauszog. Er inspizierte seine schmierigen Hände, wischte sie halbherzig an seinem sägemehlverstaubten Hemd ab und wickelte die Zellophanfolie ab.

»Die ganze Stadt weiß davon. Wär liebend gern dabei gewesen.«

»Jau«, brummte ein dritter Arbeiter und biss in eine dicke, selbst eingelegte Gurke. »Ich kann mir Jakes Gesicht so richtig vorstellen, rot wie ein Gockelkamm. Hey, ist das da auf deinem Brötchen etwa was von dem Spießbraten deiner Frau?«

»Ist es, und du lässt deine schmutzigen Finger davon.«

»Meine Finger. Schau doch mal deine an.« Der Rest der Gurke verschwand in seinem Mund. »Seine Frau macht den besten Spießbraten, den ich je gegessen habe. Aber erzählt meiner bloß nicht, dass ich das gesagt hab.«

»Hätte nie gedacht, dass ich mal was von Jake im Knast hören würde«, fügte der zweite Mann hinzu.

»Ach, der hat die Nacht doch gar nicht gesessen.«

»Hat er wohl.«

»Ach wo.«

»Das hab ich aber gehört.«

»Dann haste eben was Falsches gehört. Der ist mit seinem Auto davongeknattert; dem wurde das alles zu bunt. Bill Scutch hatte das eh nicht von ihm erwartet; der hat nur Spaß gemacht mit Thomas. Die beiden kleben doch zusammen wie Doppelkekse.«

»Wie ich Jake Lewellyn kenne«, sagte der erste Mann, den

Mund voller Bratenfleisch, »lässt der sich eine Woche lang nicht mehr blicken.«

»Am Donnerstag ist die Parade zum 4. Juli. Die wird er Thomas doch nicht allein anführen lassen.«

»Wohl kaum. Hank hat mir erzählt, dass Thomas gebrüllt hat: ›Ich hab immer noch deine Murmel!‹«

Alle lachten. »Das muss ihn gewurmt haben.«

»Glaubt ihr, diese Murmel gibts wirklich?«

»O ja. Ich hab sie selbst mal gesehen, als ich bei den Matthews war. Richtig hübsch, schwarz und silbern, wie in der Geschichte. Thomas hat das Ding in einer Spielzeugtasse auf sein Bücherregal gestellt. Hat mir erzählt, er poliert sie jeden Morgen zusammen mit seinen Medaillen.«

»Jake kriegt die nie zurück.«

»Jake wird nie aufhören, es zu versuchen.«

»Mein letzter Bissen Spießbraten. Ob ich den wohl teilen sollte?« Der erste Mann schätzte die Erwartung seiner Arbeitskollegen ab. »Nöö.« Er stopfte ihn sich in den Mund.

»Ein schöner Freund bist du –«

»Hey. Da ist Riddum.«

»Wir haben noch Mittagspause.«

»Nein, es ist schon ein Uhr.«

»Aber wir haben uns erst um halb eins hingesetzt.«

»Selber schuld. Er schaut in diese Richtung.«

»Pech. Ich esse zuerst fertig.«

»Ich auch.«

»Ohne mich. Er kommt hierher, da gehe ich lieber wieder an die Arbeit. Ihr seid doch verrückt, sitzen zu bleiben. Das sind die paar Bissen nicht wert.«

»Verdammt noch mal! Warte, ich komme.«

»Schön für euch zwei. Ich rühr mich nicht vom Fleck, bis meine Stunde Mittagspause vorbei ist.«

Kapitel 25

Am späten Dienstagvormittag war ich mit dem blauen Kleid fertig. Zum Glück hatte das Garn gerade gereicht. War es nicht ein Witz, dachte ich sarkastisch, während ich das Kleid überstreifte, dass ich völlig umsonst zu Alice Eder gegangen war? Nun musste ich einen taktvollen Weg finden, ihr die Bitte abzuschlagen. Ich drehte mich vor dem Schlafzimmerspiegel hin und her und bewunderte mein Werk. Die Farbe hob sich zweifellos augenfällig gegen mein Haar ab. Doch ich fühlte keine Freude über die Fertigstellung des Kleides.

Seufzend zog ich es aus und hängte es zu den anderen in den Schrank. Was jetzt? Der Tag zog sich vor mir in die Länge. Auf gar keinen Fall wollte ich schon wieder etwas Neues anfangen. Ich war das Nähen leid; es ließ meinem Kopf zu viel Spielraum für Gedanken an Lee. Und die hatten mich, weiß der Himmel, seit Sonntag genug geplagt. Gestern Abend, nach jener gekünstelten Diskussion mit meiner Tante und meinem Onkel beim Essen, hatte ich vor meiner Maschine gesessen und angespannt auf das Klingeln des Telefons gewartet – obwohl ich wusste, dass der Ball bei mir lag. Ich sollte *ihn* zurückrufen. Aber das konnte ich nicht. Ich wollte ja, aber ich konnte nicht. Wie sollte ich ihm mein plötzliches Aus-dem-Weg-Gehen erklären? Wie sollte ich ihm verständlich machen, wie glühend ich wünschte, nach Cincinnati zurückzukehren? Und warum *sollte* ich überhaupt? Ich hatte über das Thema genug Diskussionen mit meiner Tante und meinem Onkel geführt. Ich war es leid, mich immer wieder erklären zu müssen.

Ich seufzte noch einmal laut, während mein Blick zur Nähmaschine glitt. Verglichen mit der von Alice Eder, wirkte sie hoffnungslos veraltet. Wie toll wäre es, könnte ich mein nächstes Kleid in ihrem Laden nähen. Was könnte ich damit in Nullkommanichts nicht alles zaubern! Ich stand in der Zimmermitte, die Hände in die Seiten gestemmt, starrte auf Muttis alte Maschine und grübelte. Ich überlegte, was wohl eine neue Maschine wie die von Miss Alice kosten würde. Vielleicht sollte ich einfach mal nach Albertsville fahren und mir ein paar neue Modelle angucken. Angucken kostete nichts. Und ich käme auf andere Gedanken.

Ich ging zur Kommode und griff zur Bürste.

* * *

Wie ich so auf der R 622 mit allen Fenstern heruntergekurbelt zur Stadt hinausfuhr, konnte ich mir ein Lächeln nicht verkneifen, als ich das Ortsschild von Bradleyville passierte. Was für ein Spaß war es gewesen, nach Autos Ausschau zu halten, während Thomas jene Ziffer übermalte. Etwa eine Meile weiter kam rechter Hand die lange, baumgesäumte Zufahrt der Riddums. Automatisch ging ich vom Gas und starrte den laubigen Weg entlang. An seinem Ende leuchteten die neuen Verandasäulen der Riddums weiß in der heißen Sonne. Unerwartet schoss Ärger in mir hoch. Ich kannte den Mann zwar nicht, aber er machte einen gierigen und verbitterten Eindruck.

Mein Kopf drehte sich wieder zur Straße, der Fuß drückte aufs Gaspedal. Ich würde für den Rest des Tages *nicht* mehr über das Sägewerk nachdenken – oder andere Probleme wälzen.

In Albertsville spazierte ich erwartungsvoll ins Kaufhaus Sears, nur um informiert zu werden, dass sie das von mir gesuchte Modell nicht führten. Ich schlenderte eine Weile herum, besah mir andere Maschinen, hatte aber schon bald keine Ruhe mehr. Der Verkäufer schickte mich einmal quer durch die Stadt zu einem Geschäft, das alle nur erdenklichen Arten von Nähmaschinen ausgestellt hatte. Wie ich mir schon gedacht hatte, war die von Miss Alice das Spitzenmodell. Und natürlich würde sie für mich immer unerschwinglich sein, bei dem niedrigen Gehalt, das ich bekommen würde. Missmutig verließ ich den Laden und fand mich bei Sears wieder, wo ich Schuhe anprobierte, Handtaschen anschaute und sogar Ohrringe anguckte, die ich nie trug. Als ich zurück nach Bradleyville fuhr, war es fünf Uhr, Zeit zum Essenkochen. Ich hatte zwei Paar Schuhe gekauft, eine Handtasche, drei Paar Ohrringe, eine Bluse und einen Rock. Noch nie hatte ich mich so von meinen Gefühlen leiten lassen. Was ist *los* mit mir, jammerte ich, während ich nach Hause kurvte. Um ein Haar hätte ich kehrtgemacht und die Sachen zurückgebracht. Zweifellos wurde ich mit jeder Minute kribbeliger, nach Cincinnati zu kommen.

Es war, als ob meine Pläne festzementiert würden, dadurch dass ich so viel Geld für meine Berufs-Garderobe ausgab.

* * *

An jenem Abend rief Connie nach dem Essen an. »Kannst du rüber kommen?«, keuchte sie.

»Ist alles in Ordnung?«

»Ja, ja, ich bin nur müde. Aber ich würde mich echt freuen, wenn du kämst.«

Ich zögerte.

»Lee hat die Zimmer fast fertig; die musst du dir angucken. Er hat gesagt, dieses Wochenende würde er streichen. Wir wollen den Gestank draußen haben, bevor das Baby kommt. Könntest du mir beim Aussuchen der Farben helfen?«

Connie brauchte dringend eine Freundin und ich wusste, ich sollte für sie da sein. Beim Gedanken an die beim Einkaufen vergeudete Zeit erschrak ich über meine Selbstsucht. Ich hätte sie besuchen können, während Lee auf der Arbeit war. Trotzdem, ihre Bitte kam ... zu einem günstigen Zeitpunkt. »An welche Farben hast du gedacht?«

»Keine Ahnung. Hellgelb vielleicht. Oder blau. Aber was, wenn es ein Mädchen wird?«

»Blau ist immer schön.«

»Das stimmt. Wer würde auch schon rosa Wände haben wollen?«

Wir schwiegen. Ich versuchte mir vorzustellen, wie peinlich – und wie schön – es wäre, ihren Bruder zu treffen.

»Stör ich dich gerade?« Ihre Worte kamen zaghaft.

»Nein, nein, überhaupt nicht. Ich komme wirklich gern. Ich würde ... nur noch gern eben was zu Ende machen, und dann bin ich da.«

»Prima! Mutti hat was zum Nachtisch gebacken. Apfeltaschen.«

Vor meinem inneren Auge sah ich Miss Wilma mit ihrer kaputten Hüfte durch die heiße Küche wackeln. Ein günstiger Zeitpunkt, wirklich.

* * *

Lee arbeitete in den hinteren Zimmern, als ich ankam. Nun, sagte ich mir verärgert, wenn er sich nicht einmal die Zeit nehmen konnte, einem Gast Hallo zu sagen, dann brauchte ich auch nicht zu ihm zu gehen. Mein Blick fiel auf Connie. Sie sah furchtbar aus. Ihre Hände und Füßen waren stärker geschwollen als sonst und dem Gesicht erging es nicht anders. Sie konnte sich kaum von der Couch wegbewegen. Ich kniete mich neben sie auf den Teppich. »Du glühst ja.«

Sie lächelte schwach. »Hey, es ist jetzt halb acht. Es ist kühl.«

»Was hältst du davon, wenn ich dir einen kalten Waschlappen fürs Gesicht hole?«

»Das habe ich schon versucht«, warf Miss Wilma ein, »aber der wird so schnell warm. Mir wird das ständige Hin- und Herlaufen zu viel.«

»Dafür bin ich ja da.« Ich holte einen sauberen Waschlappen aus dem Badezimmer und suchte anschließend in der Küche nach einem großen Topf, den ich mit Eiswürfeln und Wasser füllte.

»Hier.« Ich kniete mich wieder neben Connie, tauchte den Lappen ins Wasser und wrang ihn aus. Sie legte ihn sich über das ganze Gesicht.

»Ah, das tut gut.« Ihre Lippen bewegten sich unter dem Frotteestoff. Wenige Augenblicke später tauchte ich ihn wieder ein.

»Das Baby soll sich mal beeilen; das wird alles zu viel für dich.«

Sie schlug die Hände über dem Waschlappen zusammen und erstickte ein plötzliches Schluchzen.

»Oh, Connie.« Ich drückte ihre Schulter.

»Ich hab solche Angst«, flüsterte sie. »Ich weiß nicht, wie ich das alleine schaffen soll.«

»Aber du bist doch nicht allein«, gurrte ich. »Du hast doch Lee und deine Mama und mich. Und Christus.«

Warum hatte ich *das* gesagt? Es klang so ungewohnt aus meinem Mund.

»Aber ich habe keinen Mann. Ich *hasse* Bart. Und ich *hasse* Tammy; ich *hasse* sie!«

Ihr Ausbruch dauerte nicht lange. Gerade mal, dass Miss Wilma sich zum Fußende des Sofas bewegen und ihre Füße tätscheln konnte. »Oh, Liebling«, stieß sie hervor. »Oh, Herr Jesus, hilf uns.«

»Entschuldigt«, schniefte Connie in das Taschentuch, das ich ihr reichte. »Das hätte ich nicht sagen sollen. Ihr müsst ja denken, ich sei ein dickes, dummes Ding.«

»Du bist überhaupt nicht dumm.« Ich stupste sie spielerisch mit den Fingerknöcheln in den Arm. »Nur dick.« Sie lächelte widerwillig. »Ich denke, du bist echt stark, dass du das alles so tapfer erträgst. Ich könnte das nicht.«

»Ich bin gar nicht tapfer. Mama hat Recht; ohne Jesu Hilfe würde ich das nie schaffen.«

Ich strich ihr eine Haarsträhne aus der Stirn, die immer noch kühl vom Lappen war. »Ich bin froh, dass du ihn gefunden hast.«

»Ich hab ihn gar nicht gefunden; er hat mich gefunden.« Sie brachte ein Grinsen zuwege. »Das Einzige, was ich *jetzt* finden muss, ist ein Mann.«

Miss Wilma und ich lachten und verstummten dann. Ich blickte von Mutter zur Tochter, beide auf ihre Art einsam, und beschäftigte mich dann mit dem Waschlappen. Miss Wilma interessierte sich für einen Vogel draußen vor dem Fenster. Connie bedeckte wieder ihr Gesicht. Den Flur herauf drangen Geräusche von Lees Werkeln.

»Es wird Zeit für ein paar Apfeltaschen«, kündigte Miss Wilma an, Enttäuschung in der Stimme.

»Ich hole sie.« Ich stieß mich von der Couch ab und stand auf. Dann starrte ich geistesabwesend aus dem Fenster ins Nichts. Mit einem Seufzer fuhr ich mir durchs Haar. »Könntet ihr euch noch eine Minute gedulden? Ich sollte Lee noch Hallo sagen.«

Miss Wilma versuchte, sich nichts anmerken zu lassen.

Ich fand ihn an, wie er gerade Holzstückchen und Draht in eine Kiste warf, während ihm der Schweiß den Nacken herunterlief. Einen Augenblick lang bemerkte er mich nicht, und ich beobachtete seine Bewegungen, das Gleiten der Schulterblätter unter dem T-Shirt, das Spiel der Muskeln. Schon sein Anblick elektrisierte mich. Mein Herz schlug höher. Ich wollte diese Muskeln spüren, meine Finger über sie laufen lassen. Er drehte sich um, obwohl ich keinen Mucks von mir gegeben hatte, richtete sich auf und stand stocksteif da. Wir blickten einander an und ich sah, warum er nicht wieder angerufen hatte. Er hatte sein Herz an die Angel gehängt und ich hatte mich abgewendet. Die Verletzung stand ihm ins Gesicht geschrieben. Er sah wachsam, beinahe abwehrend aus. In diesem Moment wusste ich, dass meine nächsten Worte über den Weg entscheiden würden, den wir einschlagen würden, solange ich noch in Bradleyville war. Ich wusste auch, dass mich trotzdem nichts vom Fortgehen würde abhalten können. Es wäre so viel einfacher für uns beide, jetzt und hier einen Schlussstrich zu ziehen.

»Ich habe dich vermisst«, sagte mein Mund.

Die Worte glätteten die Furchen in seinem Gesicht. Mit fünf Schritten durchquerte er den Raum. Als er seine Arme um mich schlang, war es mir egal, dass er nach Schweiß und Staub roch. Ich umklammerte ihn ganz fest. »Connie möchte, dass ich ihr mit den Farben helfe«, stammelte ich gegen seine Brust. »Sie braucht so viel und ich habe nicht genug für sie getan. Lass mich dir beim Streichen helfen am Wochenende. Ich denke, ich werde ihr auch ein paar Vorhänge nähen.«

Er sah mich mit Dankbarkeit in den Augen an. »Du musst das nicht alles tun.«

Ich trat verlegen zurück und besah mir die kahlen Wände.

»Hellgelb würde sich in den beiden Zimmern gut machen, was meinst du? Die Vorhänge könnten sonnig und leuchtend sein, dazu eine passende Decke für das Baby. Ich kann gut nähen, wusstest du das? Ich könnte ihr alle möglichen –«

»Pscht, Plappermäulchen.« Er beugte sich herunter und küsste mich, seine Lippen waren warm und verlangend. Ich klammerte mich an ihn, bekam kaum noch Luft.

Später, bei zwei Portionen Apfeltaschen mit viel Zimt, besprachen eine strahlende Connie und ich die Einzelheiten der Dekoration und Lee und Miss Wilma steuerten Ideen hinzu. »Das wird wunderschön aussehen«, sagte ich zu Connie, bevor Lee mich zu meinem Auto brachte. »Und dir wird es gut gehen, pass nur auf. Ach, noch eins, Connie«, ich nahm ihre Hand, »versprichst du mir etwas? Wenn die Wehen einsetzen, rufst du mich dann an, selbst wenn es mitten in der Nacht ist? Ich möchte dann wirklich gerne bei dir sein.«

Mit Tränen in den Augen versprach sie es.

In jener Nacht dachte ich im Bett noch lange und angestrengt nach. Am nächsten Morgen suchte ich Miss Alice auf. Wie wäre es mit einem kleinen Deal, schlug ich ihr vor. Ich würde vier oder fünf Stunden pro Tag arbeiten, wenn ich dafür ihre Nähmaschine die restliche Zeit über für mich benutzen könnte. Sie war hoch erfreut.

Kapitel 26

»Herrschaft noch mal, was für eine Woche«, verkündete Tante Eva am Freitag beim Abendessen, während sie sich ein Brötchen mit Butter bestrich. »Thomas und Jake am Streiten, die Parade zum 4. Juli verregnet und Blair Riddum führt sich verrückter auf denn je, wenn man den Leuten glauben darf. Du hast zwar nichts gesagt, Frank, aber fast jeder, der in die Post kommt, kann eine Geschichte auftischen.« Sie rührte grundlos in ihrem Tee, die Eiswürfel klirrten. »Du und Lee habt auf der Parade richtig hübsch ausgesehen zusammen«, fügte sie hinzu und täuschte einen Hintergedanken vor.

Hübsch. Ich hatte wie eine ersäufte Ratte ausgesehen mit einem von Lees Arbeitshemden, das ich mir triefend über den Kopf hielt. Der Himmel hatte seine Schleusen geöffnet, als ich gerade bei ihm zu Hause war und Connie half, ein Paar Schuhe von ihrer Mutter anzuziehen. Sie sah ihre eigenen Füße nicht mehr. Wir hatten geplant, den Umzug gemeinsam anzusehen, aber Miss Wilma schreckte der Regen ab; sie sagte, sie habe ihr Lebtag schon genug Paraden zum Unabhängigkeitstag gesehen. Connie ließ sich nicht abhalten; sie fühlte sich schon genug ans Haus gefesselt, da könne sie ruhig mal in einem Wolkenbruch sitzen.

Der Regen ging bald in ein Nieseln über, sodass die Parade mit nur einer halben Stunde Verspätung beginnen konnte, was beinahe Rekordzeit war. Aber ich war bereits durchgeweicht, nachdem ich angehalten und einer überforderten Lehrerin geholfen hatte, ihre ungeordneten Drittklässler in Marschformation zu bringen.

Ausnahmslos jeder erschien zur jährlichen Parade, die in

der Innenstadt begann und sich dann schnurgerade die Main Street Richtung R 622 hinzog. Die Leute kamen vom Land, ihre Autos säumten die Nebenstraßen und füllten die beiden Kirchenparkplätze. Die Parade war jedes Jahr gleich, aber das störte niemanden. Immerhin waren die Kinder ein Jahr älter und, so hoffte man, die Blaskapelle ein Jahr besser. Ein ausgelassener Springinsfeld mit Schleifchen in den Nationalfarben in der Mähne, der letztes Jahr noch zu klein gewesen war, konnte jetzt vielleicht mit herumtollen und zwei ehrgeizige Highschool-Mittelstufler würden nun die Königs- und Königinnenkronen der Oberstufe tragen.

Trotz ihrer letzten Fehde, die der überreizten Stadt etwas zum Lachen gegeben hatte, genau wie Thomas gehofft hatte, führten er und Jake den Festumzug an. Seite an Seite winkten sie von einem der beiden tutenden Feuerwehrwagen der Stadt. Bill Scutch und seine Familie folgten im Polizeiauto und dahinter fächerte sich ein Gewirr von Stimmen und Anblicken, vom Kleinkind bis zum pensionierten Lehrer, alle geschmückt in Rot, Weiß, Blau. Besonders beliebt war eine große Gruppe Werksarbeiter, die Perücken und Hauskleider trugen, Einkaufswagen schoben und sich scheinbar wegen Lebensmitteln in den Haaren lagen. Connie konnte sich vor Lachen nicht mehr halten, sie musste sich auf den Gehweg setzen.

»Warum bist du nicht mit dabei?«, schrie ich Lee zu.

»Nie im Leben!« Er umarmte mich grinsend.

Bei der Erinnerung an die Parade konnte ich nicht umhin, über Tante Evas Bemerkung zu lächeln. Es war ein Riesenspaß und eine willkommene Ablenkung von meinen eigenen Problemen und denen der Stadt gewesen. Es hatte sich so *richtig* angefühlt, mit Lee und Connie zusammenzustehen und all die vertrauten Gesichter von Bradleyville zu sehen. In jenem Moment schien Cincinnati so weit weg wie China. Trotzdem hatte ich heute, nach fünf Stunden Arbeit für Miss Alice, ein neues Kleid angefangen.

Tante Eva sah mit sich zufrieden aus. Doch ein Blick auf ihren Mann ließ ihre Heiterkeit schwinden. »Du hast noch keinen Ton gesagt, seit du nach Hause gekommen bist, Frank. Hattest du einen schweren Tag?«

Mein Onkel lud sich Limabohnen auf den Teller und salzte kräftig nach. Sein Haar war noch nass vom Duschen und das Hemd mit Wassertropfen besprenkelt, als hätte er keine Zeit gehabt, sich ordentlich abzutrocknen.

»Nun sag schon was, Frank«, drängte sie.

Erinnerungen an unsere Diskussion vom Montagabend lähmten meine Kaubewegungen. Wieder einmal saßen wir am Tisch mit einem äußerst ernst dreinblickenden Onkel Frank. Ich wappnete mich für eine erneute Auseinandersetzung.

»Nun«, sagte er gedehnt, während er in ein Hühnchenbruststück schnitt, »es ist jetzt gut zwei Wochen her, dass Lee und ich mit Riddum geredet haben.«

In der Tat. Tante Eva sah ihn mit gerunzelter Stirn erwartungsvoll an. Je länger er schwieg, desto weiter lehnte sie sich über ihren Teller. »Und?«, platzte sie hervor.

»Ich möchte gerne zu Abend essen, Eva«, gab er freundlich zurück. »Anschließend können wir reden.« Tante Eva schien verschnupft, fügte sich aber. Sie war plötzlich ganz in ihr Essen vertieft. Onkel Frank aß noch einen Bissen Huhn, dann sah er mich an. »Du hast kräftig gearbeitet, was?«

»Ja. Viele Änderungen für Miss Alice. Außerdem habe ich mit einem neuen Kleid für mich angefangen. Demnächst muss ich die Sachen für Connies Baby machen. Ach, und übrigens habe ich bei meinem Hausverwalter angerufen und ihm gesagt, dass ich am 3. August komme.«

»Das ist gut. Freust du dich immer noch auf dein Fortgehen?«

»Sicher. Warum nicht?«

Tante Eva zerlegte ihr Hühnchen mit äußerster Sorgfalt, die Kränkung über meine Bemerkung umgab sie wie eine Nebelwolke. »Gehst du morgen Abend wieder mit Lee aus?«, fragte sie nach einer Weile.

»Weiß noch nicht. Es gibt noch so viel zu streichen. Und außerdem muss ich Connie mit nach Albertsville nehmen, um den Stoff für die Vorhänge auszusuchen.«

»Dieser Lee, der hat wirklich viel Arbeit in die beiden neuen Zimmer gesteckt. Der sorgt mal gut für seine Familie, darauf kannst du Gift nehmen.« Sie sah mich vielsagend an.

Nachdem das Essen beendet und das Geschirr gespült war, entschied Tante Eva, sie habe nun lange genug auf Erklärungen ihres Ehemanns gewartet. »So«, sagte sie und setzte ihm ein Stück Möhrenkuchen vor. »Du hast dein Abendessen gehabt.«

Onkel Frank ließ sich Zeit, den Nachtisch zu kosten. Dann legte er die Gabel hin und breitete die Hände auf den Tisch. »Eva, ich möchte nicht, dass meine Worte in der Stadt die Runde machen, hörst du? Ich bin Riddums engster Mitarbeiter und meiner Meinung wird möglicherweise zu viel Gewicht beigemessen. Ich möchte nicht derjenige sein, der den totalen Krieg eröffnet.«

Ich warf Tante Eva einen Seitenblick zu. »Um Himmels willen, Frank«, tönte sie gekränkt, eine Hand an den Hals gelegt, »natürlich verrate ich kein Sterbenswörtchen.«

Er hielt ihren Blick eine Weile fest, um ihr zu zeigen, wie ernst es ihm war, und trommelte leise mit den Fingern auf den Tisch. »Also schön.« Er rutschte auf seinem Stuhl hin und her und blickte nach oben, als suchte er nach Worten.

In meinem Kopf läuteten die Alarmglocken bei seiner Besorgnis. Erst da fiel mir auf, dass sich Onkel Franks Lachfalten tiefer in sein Gesicht schnitten, dass seine Stirn zerfurchter war. Wo war ich nur in den letzten zwei Wochen gewesen? Erst in mir selbst versunken und dann hatte ich angefangen, Connie in meiner Freizeit zu helfen. Es war ja gut und schön, einem Freund in Not zu helfen, aber Onkel Frank gehörte zur *Familie*. Wie schwierig musste es für ihn sein, dachte ich, so zwischen den Stühlen zu sitzen, zwischen seinem Chef und den Männern. Meine Probleme verblassten neben seinen.

Ich stand auf und schlang die Arme um seine Schultern. »Es wird alles gut, Onkel Frank. Wenn überhaupt jemand tun kann, was getan werden muss, dann bist du das.« Einen Augenblick später schob er mich mit einer Mischung aus Überraschung und Dankbarkeit fort. »Danke, Jessie«, sagte er rau.

Wir lächelten uns zu. Ich zog meinen Stuhl dicht an seinen heran und setzte mich, eine Hand auf seinen Arm gelegt. Tante Eva schaute immer noch bestürzt drein und kratzte sich am Hals.

Gedankenverloren schob Onkel Frank seinen Kuchenteller beiseite. »Blair Riddum ist ein machthungriger Mann«, begann er. »Ich denke, es hat sein Ego gründlich aufpoliert, als er Besitzer des wichtigsten Betriebs in der Stadt wurde. Jeder hat zu ihm aufgeschaut, alle Knie haben sich sozusagen gebeugt. Und nun wird diese Macht von seinen eigenen Angestellten bedroht. Und keiner mag ihn mehr, aus gutem Grund. Innerlich hat dieser Mann schon mit Bradleyville und seinen Bewohnern gebrochen. Mein Eindruck ist, dass ich nicht denke, dass er auch nur einen Deut ändern wird im August.«

Ich lehnte mich auf meinem Stuhl zurück. Kalte Furcht kroch mir durch die Adern. Es sollte alles klappen. Ich hatte keine Lust, in Angst um meinen Onkel und die Stadt von

Bradleyville wegzufahren. Und um Lee. Die Vorstellung von ihm mitten in einem aufgebrachten Mob ängstigte mich zu Tode.

Als hätte er meine Gedanken gelesen, wandte sich Onkel Frank zu mir. »Lee ist im dicksten Getümmel, weißt du.«

Unsere Blicke verschränkten sich, ein stillschweigendes Wissen hing zwischen uns, Erkenntnis und Warnung zugleich. In diesem Moment erkannte ich, dass er mehr über meine Gefühle wusste, als ich mir selbst eingestanden hatte. Und ich fühlte den Sog eines heraufziehenden Sturms.

Ich drückte seinen Arm. »Es wird alles gut«, flüsterte ich ohne Überzeugung.

Kapitel 27

Der Schweiß rann ihr zwischen den Schulterblättern herunter, während sie in der Kirche emsig eine Bank polierte. Ihre Knie waren wund und der Arm tat ihr weh, aber sie hatte eine wichtige Aufgabe. Sie und ihre Mitstreiterin waren jetzt schon seit zwei Stunden dabei, die Baptistenkirche im Sommerputz auf Hochglanz zu bringen. Zu viele verschwitzte Oberschenkel hatten das Holz stumpf gemacht. Noch eine Stunde, und der Raum würde blitzen und blinken.

»Hast du schon was von einer Hochzeit bei den Methodisten läuten hören?«

»Wenn du Jessie und Lee meinst, das kannst du getrost vergessen. Eva sagt, das Mädel hat immer noch vor wegzugehen.«

Sie gab neue Politur auf ihr Tuch. »Das will mir nicht in den Kopf. Lee Harding ist so ein gut aussehender Mann, so groß und stark. Und dann das dichte schwarze Haar. Welches Mädchen könnte da widerstehen?«

»Nun hör dir das an, du redest ja wie ein hergelaufenes Flittchen!«

»Was denn, nur weil ich alt bin, heißt das nicht, dass ich tot bin.«

»Hmm.« Sie rieb sich mit dem Handrücken über die Stirn. »Jedenfalls ist die Eva ziemlich entmutigt. Sagt, die Jessie kann furchtbar halsstarrig sein, wenn sie sich mal was in den Kopf gesetzt hat. Nicht mal der Teufel kann sie dann aufhalten.«

»Sprich nicht vom Teufel im Hause Gottes! Er hört und sieht alles, weißt du.«

Sie schnippte eine graue Strähne aus ihrem geröteten Ge-

sicht. »Wenn er alles sieht, dann sieht er auch den Fettfleck da, der dir durch die Lappen gegangen ist.«

»Ach komm, krieg dich mal wieder ein. Den hätte ich schon noch weggemacht.«

Sie arbeiteten schweigend.

»Hast du gehört, dass Patsy Walling die Esther Riddum neulich in Albertsville getroffen hat?«

»Oho.«

»Bei K-Mart. Patsy hat die Esther begrüßt und gemeint, sie habe Blair und sie schon länger nicht mehr in Bradleyville gesehen. Esther hat mit ihren Taschen rumgetan und gesagt, sie müsse zu ihrem Auto. Hat irgend so eine lahme Entschuldigung vorgebracht von wegen, sie hätten in letzter Zeit nicht in die Stadt gemusst.«

»Dann fahren die also den ganzen Weg bis nach Albertsville?« Sie war entrüstet.

»Ganz genau. Klingt nicht gut, was?« Sie plumpste erschöpft auf eine Bank. »Puh! Ich brauch 'ne Pause.«

Ihre Freundin sank neben sie. »Klingt, als ob es gar nicht gut für das Sägewerk aussieht.«

»Ich fürchte, nicht.« Mit einem Seufzer blickte sie sich in der Kirche um. »Aber eins sieht gut aus, das kann ich dir sagen, und zwar diese Kirche. Ich wette, die von den Methodisten glänzt nicht halb so schön.«

»Amen dazu.«

Kapitel 28

Die nächsten drei Wochen verschwammen ineinander. Bis zum Abendessen arbeitete ich immer bei Miss Alice, entweder an ihren Projekten oder meinen eigenen. Sechs neue Kleider hingen nun in einer bunten Reihe in meinem Schrank. Zusammen mit den Accessoires, die ich gekauft hatte, bildeten sie eine stattliche Garderobe. Immer wieder, bevor ich ins Bett fiel, probierte ich noch das gelbe Kleid an, schlüpfte in meine neuen Schuhe und staunte die erwachsene Frau vor mir im Spiegel an. Wie ähnlich sie Mutti sah. Ich konnte förmlich fühlen, wie meine Mutter vom Himmel stolz auf mich herablächelte. Ich schneiderte auch Connies Vorhänge und die dazu passende Babydecke. Sie und ich hatten den Stoff auf einem Blitztrip nach Albertsville ausgesucht, der sie völlig erschöpft hatte. Ich war froh, dass die Freude über die Raumdekoration sie aufgemuntert hatte. Und wenn ich nicht nähte, dann war ich bei den Hardings und half Lee, Connies neue Zimmer zu streichen. Ich half sogar beim Teppichverlegen.

Als die Arbeit schließlich getan war, veranstaltete ich eine Babyparty für Connie. Ich lieh mir Klappstühle aus der Kirche und stellte sie ringsherum im neuen Kinderzimmer auf. Viele Frauen kamen, von Freundinnen in ihrem Alter bis zu Witwen, die Geschenke und Babyausstattung anschleppten. Die sonnigen Räume füllten sich mit lebhaftem Geschnatter und einem wachsenden Berg Babykleidung, zerrissenem Geschenkpapier und Ringelband. Als der letzte Gast gegangen war, war ich übermütig glücklich und rief Lee zur Hilfe, um die Sachen dorthin zu schieben, wohin Connie zeigte. Dann räumten sie und ich die Babykleidung in Schubladen und staunten erneut über die zarten Ärmelchen und Strampelanzüge. »Ich kann mir mein Baby schon richtig darin vorstellen«, erklärte sie mit glänzenden Augen. Als wir fertig waren, stellten wir uns in die Tür zum Kinderzimmer und schauten uns um. Alles war bereit und sah so niedlich aus. »Ich kann es kaum erwarten«, sagte sie und griff nach meiner Hand. »Ich kann es kaum erwarten.« Ich dachte flüchtig an das Kinderzimmer, das ich eines Tages haben würde, stellte mir die Babysachen in einem Haus irgendwo in Cincinnati vor.

Je mehr Zeit wir miteinander verbrachten, umso mehr wollten Lee und ich zusammen sein. Wenn wir, Seite an Seite kniend, Teppich ausrollten oder farbbekleckste Hände mit Terpentin einrieben; wenn er Gardinenstangen anbrachte und ich ihm höher oder tiefer anzeigte – wir genossen die Gegenwart des anderen. Selbst wenn ich ihn im Nachbarzimmer nicht sehen konnte, wusste ich genau, wo er war und was er tat. Es wurde nicht vor neun Uhr dunkel, und dann waren wir geschafft, aber trotzdem fuhren wir an den meisten Abenden noch ein Stückchen raus und parkten an einer alten, staubigen Straße etwa fünf Meilen außerhalb der Stadt. Sobald der Wagen hielt, rutschte ich zu ihm rüber und schmiegte mich an seine starke Schulter. Und endlose Male dachte ich: *Wie kann ich ihn nur verlassen?*

An einem Abend hatte ich Lee von meinem Traum und was er mir bedeutete, erzählt. Ich dachte, das würde ihm helfen, meinen Entschluss zu verstehen, in Cincinnati nahe beim Hope Center zu sein, und wie ich mich darauf freute, anderen durch meinen Beruf zu helfen. Es hatte wenig genutzt. Danach hielten wir uns an die stillschweigende Übereinkunft, nicht mehr über mein Fortgehen zu reden. Was blieb auch noch zu sagen? Ich wusste, dass Lee davor graute. Und mir manchmal auch.

Auch über das Sägewerk sprachen wir nicht, obwohl ich die

ständige Sorge auf seinem Gesicht sah. Ich wusste, es stand nicht gut; Onkel Frank erzählte jeden Abend die neuesten Geschichten. Ich hörte ihm immer aufmerksam zu und ermutigte ihn, doch sobald ich vom Esstisch aufstand, wurde das Thema aus meinem Kopf verbannt. Ich glaubte einfach nicht an einen Streik im August. Das konnte so leicht in Gewalt ausarten und die Vorstellung von Lee oder Onkel Frank in Gefahr war einfach unerträglich.

Doch plötzlich, ehe ich mich versah, stand der 1. August vor der Tür. Mir blieben nur noch sieben Tage in Bradleyville und die Zeit verlangsamte ihren Gigue zu einem gleitenden Tanz. Meine Kleider waren fertig; Connies Zimmer bereit. Ich musste nur noch für Miss Alice arbeiten und das nahm lediglich einen halben Tag in Anspruch. Lee und ich hatten mehr Gelegenheit, für uns zu sein. Und diese Augenblicke zogen sich in die Länge; Themen, die wir bislang gemieden hatten, hingen nun zwischen uns.

»Wir müssen darüber reden«, sagte er am Samstagabend beim Essen im vornehmen Roastery, für uns ein Luxus in Albertsville. Ich hatte fast eine Stunde gebraucht, um zu entscheiden, was ich anziehen sollte. Da hingen all die neuen Kleider, aber ich brachte es nicht über mich, eines davon für Lee zu tragen. Sie standen für mein Leben getrennt von ihm. Schließlich hatte ich etwas Älteres gewählt – einen blauen Rock und eine cremefarbene Bluse, die mein Haar und meine Augen betonten. »Ich verstehe einfach nicht, warum du immer noch so erpicht darauf bist, mich zu verlassen.«

Ich berührte seine Hand. »Ich will *dich* doch gar nicht verlassen; ich will doch bloß in Cincinnati sein.«

»Aber dafür musst du mich verlassen.«

»Es sind doch nur sechs Stunden Fahrt. Du kannst mich besuchen. Und über die Feiertage bin ich doch wieder da.«

»Jessie, du weißt, dass ich niemals zu Besuch kommen werde.«

Ich wollte protestieren, aber der Blick seiner Augen sagte mir, dass jetzt keine Zeit für Spielchen war. Darüber waren wir hinaus, und genau deshalb würde er diese Fahrt niemals machen.

»Wenn du gehst«, sagte er ruhig, »dann hast du dich damit für ein Leben ohne mich entschieden. Was für einen Sinn hätten Besuche dann noch?«

»Lee, ich möchte dich nicht verletzen.«

»Dann tu es nicht.«

Ich konnte nicht antworten.

Seine Stimme bebte vor Enttäuschung. »Du hast hier alles – deine Familie, mich. Und jetzt sogar noch einen Job. Und ich weiß, du liebst Bradleyville mehr, als du ahnst. Und trotzdem willst du mutterseelenallein in einer Großstadt leben.«

»Es ist die Stadt, in der ich aufgewachsen bin, Lee. Die Stadt, wo meine Erinnerungen an Mutti liegen.«

»Aber das sind doch nur Erinnerungen. Gute, bestimmt. Wichtige. Aber du musst dir neue Erinnerungen machen.«

Das Wörtchen *nur* tat mir weh. Das Essen verlor seinen Reiz und ich schob den Teller weg. »Meine ›neuen‹ Erinnerungen werden auf den alten aufbauen. Das verstehst du nicht, Lee. Du hast nicht das Gleiche durchgemacht wie ich. Du weißt nicht, wie es ist, wenn man sich nach seiner Mutter sehnt. Schau dich an; du bist zurück nach Bradleyville gezogen, um dich um deine Mutter zu kümmern. Ich kann nicht mehr bei meiner sein. Das Äußerste, was ich tun kann, ist, in ihre Fußstapfen zu treten.«

Er schaute einen Moment weg. »Und du sagst, das möchte Gott von dir?«

»Ja.«

»Hm. Wie kommt es dann, dass ich glaube, dass Gott möchte, dass du hier bleibst?«

Ich starrte ihn zweifelnd an, unsicher, ob er es ernst meinte oder nur Spaß machte. Das Zweite war mir lieber. »Meine Güte«, meinte ich, »du klingst wie Tante Eva.«

»So schlimm, au weia.«

Uns beiden gelang ein Lächeln.

Keiner wollte den Abend verderben. Das Thema noch mal aufzugreifen würde nur Streit geben, also sagten wir nichts mehr. Lees Augen huschten über den Tisch, als er mit einem neuen Thema zu ringen schien. »Wo wir schon bei Gott sind, es gibt da was, über das ich schon länger mit dir reden wollte. Erinnerst du dich noch an diese Predigt von vor etwa einem Monat? Über den reichen Mann und Jesus?«

Dieses Thema begeisterte mich genauso wenig. Ich nickte kurz.

Er spielte mit der Gabel auf seinem Teller. »Ich denke immer noch, dass da etwas dran ist. Christus zu folgen, meine ich. Mama und ich haben seitdem oft darüber geredet. Sie meint, alles, was ich tun muss, ist zu beten und Christus zu sagen, dass ich ihn mein Leben führen lasse.« Er schaute mich nicht an. »Aber ich weiß nicht recht. Im Prinzip will ich das schon, aber erst, wenn es mir wirklich ernst ist damit. Das ist kein Spiel, weißt du? Und ich kann manchmal ein ziemlich ungenießbarer Kerl sein; aufbrausend. Nicht wenn ich bei dir bin, aber auf der Arbeit ist es mir in letzter Zeit schwer gefallen, die Ruhe zu bewahren. Ich habe allmählich das Gefühl, dass sich Riddums Boshaftigkeit direkt gegen meine Familie richtet, denn wenn ich den Lohn verliere, hat sie am stärksten darunter zu leiden. Und wenn jemand meine Familie bedroht, dann ist mit mir nicht zu spaßen. Jedenfalls, bei dem, was mir manchmal durch den

Kopf geht, bezweifle ich, ob ich der Typ bin, den Jesus überhaupt haben will.«

Ich suchte nach einer Antwort und überlegte, welches der heiklen Themen ich aufgreifen sollte. Seine Anspielungen auf die ernsten Probleme im Sägewerk waren wie eine kalte Dusche. Und was »Christus folgen« anbetraf, so war dies schon lange ein Reizthema, bei dem sich mir augenblicklich die Nackenhaare sträubten. Doch am meisten berührte mich sein letzter Satz. Er klang fast kindlich, wie er seinen Wert in Gottes Augen in Frage stellte. Das tat mir weh für ihn.

»Aber Lee«, sagte ich und griff nach seiner Hand, »du bist so ein prima Kerl. Wer würde *dich* nicht wollen?«

Jäh hob er die Augen und bohrte sie in meine. Zu spät erkannte ich die Ironie in meinen Worten. Es schnürte mir die Kehle zu. »Oh, Lee. Ich *will* dich ja. Das weißt du doch.«

Er beugte sich vor und umfasste mein Kinn mit seiner freien Hand. »Ich liebe dich, Jessie«, sagte er heiser. Die unerwarteten Worte schimmerten zwischen uns. Er sah fast überrascht von sich aus. »Da, jetzt ist es endlich raus.«

Sein Gesicht verdunkelte sich. »Ich liebe dich auch«, flüsterte ich.

So viel zu einem teuren Essen. Keiner von uns rührte nur mehr einen Bissen an.

Auf dem Heimweg machten wir einen Abstecher zu unserem Picknickberg. Lee holte die gelbe Decke hinten aus dem Wagen und breitete sie auf dem Gras aus. Wir saßen Seite an Seite, die Arme um die Taille des anderen geschlungen, und sahen der Geburt der Sterne an einem tiefschwarzen Himmel zu.

»Jessie«, Lees Worte waren abgewogen, »uns bleibt eine Woche. Wir müssen noch mehr über das alles reden, okay? Uns überlegen, was wir tun sollen. Vielleicht können wir uns ja doch besuchen kommen. Wir müssen *irgendetwas* tun. Ich kann dich nicht einfach aus meinem Leben entlassen, wenn du fortziehst. Vielleicht sollten wir sogar zusammen dafür beten. Das würde meine Mama uns jetzt raten.«

Seine Mama steckte mit meiner Tante Eva unter einer Decke, um mich zum Bleiben in Bradleyville zu bewegen. Ich durchschaute Miss Wilmas frommen Plan sofort.

»Sicher, Lee«, sagte ich, ohne ein Wort davon zu meinen. »Das werden wir tun.«

Kapitel 29

Der Lauf der Zeit ist etwas Unerklärliches – unerbittlich und unaufhaltsam, während das Leben in einer Vielzahl von Gangarten spielt. Ich saß am folgenden Morgen in einem nie enden wollenden Gottesdienst neben Lee und hörte mit verschlossenen Ohren zu. Am Montag beugte ich einen lustlosen Kopf über Miss Alices fantastische Nähmaschine, aber meine Gedanken wirbelten ebenso herum wie der Sturm, der sich in den Straßen von Bradleyville zusammenbraute.

Ich versuchte, nicht auf das Gerede der Leute zu achten, die auf ein Schwätzchen bei Miss Alice vorbeischauten. Je stärker ich mich bemühte, nicht zuzuhören, desto lauter wurden ihre Stimmen. Blair Riddum hatte am Montag ein halbes Dutzend Zusammenstöße mit verschiedenen Angestellten provoziert, indem er ihnen allen auf die eine oder andere Weise zu verstehen gab, dass sie für ihren Job nichts taugten. Am Dienstagnachmittag kursierten sogar schon Gerüchte in der Stadt über einen Streit an jenem Morgen zwischen ihm und Al Bledger, der sich nicht unterkriegen lassen wollte, als ihm mitgeteilt wurde, seine Schnitte seien unsauber.

»Der Al, der war schon immer ein Hitzkopf«, bemerkte Miss Alice, als sie und Elsie Mae Waller die Köpfe zusammensteckten. Miss Elsie Maes Ehemann arbeitete im Supermarkt und er hatte die Neuigkeiten von den Clangerlees gehört, die sie wiederum von Laura Princeley persönlich gehört hatten. Miss Laura hatte ihrem Mann mittags die vergessene Brotdose gebracht, um daraufhin erschüttert von der eigenartigen Atmosphäre im Sägewerk zurückzukehren.

»Mag sein, aber Al ist seit Jahren an der Säge. Er müsste eigentlich wissen, wie man Holz schneidet.«

»Ganz recht, ganz recht.«

Miss Alices Kleider raschelten, als sie sich umdrehte, um nach mir zu schauen. »Wir sagen besser nichts mehr«, flüsterte sie Miss Elsie verschwörerisch zu, als ob ich sie nicht hören könnte. »Sie hat die ganze Woche kaum was gesagt. Macht sich Sorgen um Lee, weißt du.«

Sie hatte zum Teil Recht. Ich machte mir Sorgen um Lee. Ich machte mir auch Sorgen um Onkel Frank und die Stadt. Und Tante Eva klammerte sich, einem Schlaganfall nahe, in ihrer eigenen Furcht an mich. »Was, wenn sie streiken und es zum Kampf kommt!«, jammerte sie mehr als einmal. »Ich darf Frank nicht verlieren; ich habe schon mein einziges Kind verloren.« Ihr eine Stütze zu sein ängstigte mich nur noch mehr. Ich hatte solche Sorge und solche Angst vor dem, was passieren könnte, dass ich nur noch wegrennen und mich verstecken wollte. Und ich fing an, mich so sehr vor dem Abschied von Lee zu grauen, dass ich mich danach sehnte, ihn hinter mir zu haben. Der Zwiespalt machte mich wahnsinnig. Ich wünschte fast, ich könnte an *jenem* Tag gehen. Der 1. August war ein Donnerstag; ich wünschte, nicht bis Samstag auf Onkel Franks Hilfe warten zu müssen. Wer wusste, was bis dahin alles passiert war? Wie konnte ich Lee im größten Chaos verlassen?

Ich war am Montagabend bei ihm zu Hause zu Besuch gewesen, um nach Connie zu sehen. Ihre falschen Wehen hatten zugenommen, doch jedes Mal, wenn sie dachte, jetzt sei es so weit, hörten die Schmerzen auf. »Ich möchte das Baby unbedingt bekommen, bevor du gehst«, atmete sie schwer und ihre Augen flehten mich an zu bleiben. »Ich brauche dich hier bei mir.«

Je mehr ich gebraucht wurde, desto selbstsüchtiger kam ich mir vor. Und desto wütender wurde ich. Ich versuchte, zu meinem Schutzengel zu beten, aber das half nichts. Dann schimpfte ich auf Gott beim Zusammenpacken meiner Bücher am Montagabend. Ich war stocksauer, dass ich mich in einen Mann verliebt hatte, den ich verlassen musste. Alle Welt schien sich an mich zu wenden, als ob meine Kraft unerschöpflich sei. Und wegen der pazifistischen Lehre meiner Mutter hatte ich mir Nachsicht mit einem selbstsüchtigen Sägewerksbetreiber geschworen, den ich im Augenblick am liebsten angespuckt hätte. Ich hatte Blair Riddum noch nie gesehen, aber ich hasste ihn für das, was er mir und denen, die ich liebte, antat. Im Kopf wütete ich weiter, und nur durch schiere Willenskraft beschwichtigte ich den Arm, der meine Bücher schmeißen, den Fuß, der dem Karton einen Tritt versetzen wollte. Nach einem tiefen Stoßseufzer verstaute ich die Bücher sorgfältig und schob die Kartons in eine Ecke.

Am Dienstagabend machten Lee und ich nach dem Essen noch eine Fahrt und konnten uns nicht entscheiden, ob wir uns in den Armen liegen oder streiten sollten. Ich konnte ihm seine Gereiztheit nicht verübeln. In wenigen Tagen würde er mich und vielleicht seine Arbeit verlieren, während seine unverheiratete Schwester ein Kind bekam, für das er sorgen musste. Als wir unseren Hügel erreicht und die Decke ausgebreitet hatten, war ich den Tränen nahe. Vor drei Abenden hatten wir einander umarmt; nun türmten sich unsere drohenden Zukunftsaussichten wie nächtliche Ungeheuer zwischen uns auf.

Es endete im Streit. Er erklärte mir bitter, die ganze Geschichte sei Blödsinn. Niemand zwinge mich zu gehen. Meine Halsstarrigkeit komme uns beiden teuer zu stehen, und wofür. Er sagte, ich sei selbstsüchtig und herzlos und er wünschte, er hätte mich nie getroffen. Wir wetterten auf jenem Hügel und jener Decke, hoben aufgebracht die Arme zum Himmel. Ich wusste, jedes seiner Worte war wahr. Und ich wusste auch, dass ich gehen musste, dass man jahrelange Planungen nicht einfach umschmeißen konnte – nicht einmal für die Launen der Liebe.

»Eine *Laune!* So also nennst du es?« Seine Stimme war scharf.

»Nein, Lee.« Ich sank niedergeschlagen auf die Decke und ließ den Kopf hängen. »Ich sagte *Liebe.*«

Er nahm mein Gesicht in beide Hände. »Ich sage auch *Liebe.* Und ich sag dir, was Liebe tut. Liebe bleibt dort, wo sie erwidert wird. Liebe möchte den anderen glücklich machen. Bleib in Bradleyville, Jessie. Heirate mich. Ich werde uns ein großes Haus bauen. Meine Mutter wird dich lieben wie eine Tochter. Connie liebt dich jetzt schon wie eine Schwester. Du wirst für ihr Baby eine Tante sein. Und was eine Arbeit angeht, so will Miss Alice sich zur Ruhe setzen; du könntest ihren Laden kaufen. Arbeiten, wann immer du willst. Arbeiten und dabei deine eigenen Kinder haben. Du wirst nahe bei deiner Tante und deinem Onkel sein, nahe bei Thomas. Du kannst die kleine Celia groß werden sehen. Und wir können zusammen sein.«

»Du hast dir das alles schon hübsch ausgemalt, was?«, gab ich mit einer gewissen Schärfe zurück.

Er hielt meinem Blick stand.

»Und was ist mit meinen Träumen, meinem Leben? Was ist mit der Stadt, in die ich so gerne zurück möchte? Was, wenn mir hier, als deine Frau, die Decke auf den Kopf fällt, wenn ich es bereue, all meine Pläne aufgegeben zu haben? Wenn du mich so sehr liebst, dann komm mit mir nach Cincinnati.«

»Ich kann nicht, Jessie. Ich habe eine Familie hier, für die ich sorgen muss.«

»Und wenn das anders wäre? Würdest du dann gehen?«

Er zog seine Hand zurück und strich sich über die Stirn.

»Siehst du. Würdest du nicht. Weil das für dich kein Leben wäre, und das weißt du. Aber stell dir vor, du würdest deine Eltern mit sechzehn verlieren. Stell dir vor, du müsstest an einem Ort leben, der das genaue Gegenteil von dem ist, was du gewöhnt bist. Du bist ja nicht mal über Albertsville hinausgekommen, Mann. Du würdest immer zurückkommen wollen, und sobald du erwachsen wärst, genau das tun. Also verurteile mich nicht. Sag nicht, du kannst das nicht verstehen, denn das kannst du sehr wohl.«

»Na *schön*, Jessie!« Er breitete die Arme aus. »Du hast gewonnen! Ich kann darüber nicht länger reden, weil ich einfach nur noch Lust habe, aufzustehen und etwas *kurz und klein* zu hauen!« Er drehte den Kopf weg und biss die Zähne zusammen. Wir saßen schweigend da, seine Schultern gegen den Sonnenuntergang wie aus Stein gemeißelt. Ich rupfte Grashalme aus und ließ sie auf die Decke fallen, grün auf gelb.

»Wir fahren wohl besser zurück«, sagte er schließlich in rauem Ton. »Connie braucht uns vielleicht.«

Ich konnte es nicht ertragen, dass er böse auf mich war. »Machst du dir Sorgen wegen der Arbeit morgen?«, fragte ich sanft.

Er schnarrte. »Ich dachte, du mühst dich nach Kräften, nichts davon zu bemerken.«

»Oh, Lee.«

»Wenn du schon fragst, ja. Ich mache mir Sorgen. Deine Idee, die Dinge bis August hinauszuschieben, hat dir die Zeit verschafft, die du brauchtest. Und jetzt, wo du auf dem Sprung bist, darf ich mich auf einen Streik gefasst machen. Und erzähl mir nicht noch mal, dass du solche Dinge nicht gut findest.«

Tränen brannten in meinen Augen. »Ich will nicht, dass dir was passiert.«

»Der Anblick wird dir erspart bleiben.«

»Lee, *hör auf.*«

Er strich sich müde mit der Hand über das Gesicht. »Mir wird nichts passieren, Jessie. Es könnte richtig hart kommen, und wenn wir lange ohne Arbeit sind, dann weiß ich nicht, was die halbe Stadt zu beißen haben wird. Aber mein Gefühl sagt mir, es wird nicht lange dauern. Wenn wir nicht arbeiten, wird Riddum sehr viel mehr Geld verlieren, als wenn er uns eine Lohnerhöhung gibt.«

»Aber es geht doch nicht nur um den Lohn.« Ich schob ihm eine Strähne aus der Stirn. »Es geht doch darum, wie er euch behandelt.«

»Ja«, erwiderte er und sah mich vielsagend an. »Er ist *selbstsüchtig*.«

Meine Finger erstarrten. Ich nahm sie fort. »Na ja, dann lass uns nach Connie sehen.« Ich starrte in die Ferne und beobachtete das Funkeln von Bradleyville.

»Aber wir wollen versprechen, dass wir vor Samstag noch einmal hierher kommen, egal was passiert.«

»Sicher. Ein letztes Mal.«

Es sollte ein leeres Versprechen bleiben.

Kapitel 30

Eine Dozentin am College erzählte mir einmal von dem schleichenden, schmerzhaften Krebstod ihrer Mutter. Sie hatte geglaubt, sie sei darauf vorbereitet, den letzten Atemzug ihrer Mutter zu sehen, hatte sogar schon die Lieder für die Beerdigung ausgesucht. Doch als der Augenblick des Todes kam, war sie bis ins Mark erschüttert. Es mochte unausweichlich gewesen sein, aber es hätte nicht gerade *dann* passieren dürfen. Nicht in *jenem* Moment, an *jenem* Tag.

Genauso wenig war ich auf schlechte Nachrichten aus dem Sägewerk vorbereitet – schließlich passierte es einen Tag zu früh. Obwohl das Gerede immer zügelloser wurde, sagte ich mir, vor dem 1. August gäbe es keinen echten Grund zur Besorgnis. Bis dahin sei noch Hoffnung. Es war meine Art, mit der Furcht umzugehen.

Plötzlich, an jenem Mittwochnachmittag, kamen sechs Wochen der Verdrängung, der ausschließlichen Beschäftigung mit mir selbst zu einem kreischenden Halt. Und danach sollte nichts mehr sein wie früher.

Dem Plan nach sollten sich Lee und Onkel Frank mit Blair Riddum am Donnerstag nach der Arbeit treffen. Die beiden besprachen das Treffen ausführlich, planten, wie sie verhandeln wollten. Thomas sollte auf Abruf bereit stehen; ein Anruf, und er würde in Nullkommanichts zum Sägewerk wetzen. Ich hatte mich bereit erklärt, ihn zu fahren. Doch wie es kam, rief Blair Riddum die beiden Männer schon am Mittwoch in sein Büro und eröffnete ihnen, er habe seine Entscheidung getroffen. Er habe die Männer sechs Wochen lang beobachtet, sagte er. Er habe sich bemüht, einen Weg zu finden, sich großzügig zu zeigen. Aber sie legten sich einfach nicht genug ins Zeug. Ein düstergesichtiger Onkel Frank erzählte Tante Eva und mir beim Abendessen, ihm sei das Herz in die Hose gerutscht.

»Ich will Ihnen mal was sagen«, hatte Riddum weiter gesagt und dabei das Wirrwarr seines Büros durchschritten. Rechnungsbücher lagen verstreut auf seinem klobigen, fleckigen Schreibtisch. Draußen vor dem schmierigen Fenster konnte Onkel Frank die Männer warten sehen, angespannt und schweigend. Die Nachricht von dem unvorhergesehenen Treffen hatte sich schnell rumgesprochen. »Ich bin unten in Appalachia aufgewachsen.« Riddum deutete mit dem Daumen über die Schulter. »Hatte nichts außer einem alten Gerippe von Köter, der genauso am Verhungern war wie wir Kinder. Haben auf einem Stapel Decken in der Ecke geschlafen; sind für unser Essen auf Jagd gegangen. Mein Vater war ein stahlharter Mann, und das, wenn er nüchtern war. Ich habe diesen gottverlassenen Ort mit vierzehn verlassen, ohne mich einmal umzusehen, und seitdem habe ich mich nach oben durchgeboxt. Und darum«, er zeigte mit dem Finger auf Lee, »und darum lasse ich mich zu nichts drängen, was ich nicht will. Das hier ist *mein* Sägewerk. *Ich* habe mir im Schweiße meines Angesichts das Geld dafür zusammengespart und *ich* arbeite hier mehr Stunden als jeder andere. Ich bleibe in diesem Loch von Büro noch lange, nachdem alle anderen schon gegangen sind. Deshalb werde ich den Betrieb so führen, wie es mir gefällt. Ich habe mich nicht vor meinem Vater gefürchtet und ich fürchte mich auch nicht vor euch. Wem es hier nicht gefällt, kann gerne woanders arbeiten, die ganze Rotte. Mehr habe ich nicht zu sagen.«

Als Onkel Frank geendet hatte, war sogar Tante Eva sprachlos. Wenn meinem Onkel das Herz in die Hose gerutscht war, dann war meins aus den Hosenbeinen schon wieder rausgeplumpst. Ich wusste, Lee musste wütend sein. Ich fragte mich, was er wohl tun würde.

»Also«, sagte Onkel Frank grimmig, »heute Abend ist große Versammlung in der Turnhalle. Wir werden bereden, was zu tun ist. Vermutlich wird die ganze Stadt da sein, da es ja jeden betrifft. Ich habe gehört, dass Bill Clangerlee sogar den Supermarkt früher schließt.«

Tante Evas Hand lag an ihrem Hals. Mit zitternden Fingern griff sie nach Onkel Franks Handgelenk, um es zu drücken. »Ich werde ganz nah bei dir sein, Frank.«

Ich sah auf meinen Teller. Meine Rindfleischpastete war kaum angerührt. »Ich muss noch packen«, sagte ich leise. »Habe heute die Kartons aufgetrieben, die ich noch brauche. Deshalb ... mache mich besser daran.« Ich blickte auf und versuchte zu lächeln. Onkel Frank nickte ernsthaft.

»Willst du nicht bei Lee sein?« In Tante Evas Stimme lag mehr als nur eine Spur von Missbilligung.

Ich hob eine Schulter. »Was könnte ich schon tun?«

»*Bei* ihm sein. Ihm zur Seite stehen in dieser schweren Zeit. Er muss wichtige Entscheidungen treffen.«

»Diese Entscheidungen betreffen mich nicht, Tante Eva«, erwiderte ich ausdruckslos. »In ein paar Tagen bin ich weg. Und außerdem, ich kann Lee seine Entscheidungen nicht abnehmen; er wird tun, was er tun wird.«

»Ich kann deinem Onkel die Entscheidungen auch nicht abnehmen, aber trotzdem werde ich da sein –«

»Aber Eva –«

»Nichts da, aber Eva, Frank, diesmal nicht; ich habe auch ein Recht zu reden, weißt du.« Ihre Stimme hob sich. »Und ich kann einfach nicht länger schweigen. Ich habe gesehen, wie sie Abend für Abend nach ihren Verabredungen mit Lee nach Hause kam und schnurstracks zum Packen auf ihr Zimmer ging. Und Jessie, ich liebe dich wie mein eigenes Kind. Aber ich sehe es gar nicht gerne, dass du mit dem Leben anderer Leute spielst.«

Ich starrte sie an, die Stacheln aufgestellt. »Ich *spiele* nicht mit dem Leben anderer Leute.«

»Doch, das tust du. Lee ist in dich verliebt; das weißt du. Und du wusstest auch von Anfang an, dass du dich nicht davon abbringen lassen würdest zu gehen. Also hättest du die Finger von ihm lassen sollen. Und genauso von Connie und Wilma. Aber stattdessen hast du sie alle dazu gebracht, dich auf ihre Art zu lieben und zu brauchen, besonders jetzt. Aber das kümmert dich nicht, denn du gehst ja in drei Tagen.«

»*Du* hast uns zusammengebracht; du hast mich doch zu Lee *hingedrängt!«*

»Ich dachte, du würdest schließlich bleiben! Ich *weiß*, dass du das solltest, aber du bist einfach zu verbohrt, um das zu sehen! Jessie, *denk* doch mal an die Menschen, die dich lieben. Diese Stadt hat so viel für dich getan. Und just in diesem Augenblick steht sie vor dem fürchterlichsten Unheil, das sie je gesehen hat. Lee braucht dich. Dein Onkel braucht dich. Und du denkst nur an dich.«

»Na, na, Liebes«, Onkel Frank griff nach ihrem Arm, »grab das Kriegsbeil nicht wieder aus.«

»Ich hab einen Job«, erwiderte ich und umklammerte den Sitz meines Stuhls. »Ich hab eine Wohnung, für die ich die erste Monatsmiete bereits bezahlt habe. Ich kann nicht so mir nichts, dir nichts von allem zurücktreten.«

»Natürlich kannst du das nicht«, beschwichtigte Onkel Frank.

»Warum bist du dann nicht einfach *gegangen?«* Tante Evas Gesicht zog sich zusammen. »Warum bist du im Juni zurückgekommen, nur um uns *wieder* zu verlassen?«

Ich sah ihr forschend ins Gesicht, und da dämmerte es mir. »Tante Eva, ich bin doch nicht –«

»Ach, *vergiss es*!« Sie sprang auf und ihr Stuhl kratzte über das Linoleum, als sie ihn zurückstieß. »Was habe ich für dich gebetet! Wieder und wieder habe ich dir gesagt, dass du Christ werden musst, damit du den *Frieden* findest, den ich habe! Aber vergiss das alles, Jessie; tu einfach, was du tun musst. Mach dir um *uns* keine Gedanken!« Und bevor Onkel Frank oder ich sie aufhalten konnten, floh sie aus dem Zimmer.

Wir saßen in peinlicher Stille. »Es ist schwer für sie gewesen«, sagte mein Onkel schließlich, »seit Henry umkam. Das weißt du ja. Und die letzte Zeit war für sie sehr belastend. Sie hat sich Sorgen gemacht um mich und die vielen Menschen, die sie vom Sägewerk kennt. Sie hat ein großes Herz, weißt du. Und dazu die Aussicht auf ein leeres Nest – dieses Mal im Ernst –, das ist nicht leicht für sie.«

Ich fühlte mich auf einmal so klein. »Soll ich ihr nachgehen?«

»Nein.« Er stand auf. »Ich geh schon. Kannst du den Tisch abräumen? Das Treffen ist in einer halben Stunde.«

»Klar.«

Ich schaltete beim Aufräumen der Küche auf Automatik, schob alle unliebsamen Gedanken beiseite. Alles war gut, sagte ich mir; *mir* ging es gut. Mir ging es so ausgezeichnet gut, dass ich gar nichts mehr empfand. Als meine Tante und mein Onkel zu der Versammlung aufbrachen, saß ich hinter geschlossener Tür in meinem Zimmer. Ich hatte Lee noch nicht einmal angerufen.

Kapitel 31

Sie rührte durch die Suppe auf dem Herd, als das Telefon läutete. »Oh!«, rief sie furchtsam überrascht und ließ den Kochlöffel fallen, sodass rotbraune Brühe, Gemüse und Fleischstückchen auf den Boden spritzten. Aus dem Hinterhof drang das Lärmen ihrer drei spielenden Kinder herein. Ihr Vater hatte sie nach draußen geschickt, bevor er ihr das Neuste berichtete. Sie tat einen tiefen Atemzug; ließ den Löffel liegen. »Hallo? Ja, ich habs gehört. Ich fürchte mich zu Tode. Nein, ich kann nicht hin; ich muss bei den Kindern bleiben. Oh, das ist echt nett von dir; deine Älteste ist wirklich ein Schatz. Und du bist sicher, dass sie mit deinen Rangen und meinen noch dazu fertig wird? Na schön; das lass ich mir nicht zweimal sagen. Ich möchte wirklich gerne dort sein …«

* * *

Am anderen Ende der Stadt nahm eine Frau eine Ladung Wäsche von der Leine, wobei sie die Wäscheklammern wutentbrannt in ihren Korb schmiss. »Du musst denken, ich hab 'nen Knall«, sagte sie laut zu ihrer Nachbarin über den Zaun. »Aber ich will nicht, dass mein Mann sich das noch länger ansieht. Unsere Männer beim Sägewerk haben alle die Geduld eines Hiob bewiesen, aber genug ist genug. Wir sind in den letzten Monaten wirklich vorsichtig mit unserem Geld gewesen, deshalb hoffe ich, dass die Männer dem Riddum sagen werden, wohin er sich scheren soll. Und zwar nicht zum Supermarkt …!«

* * *

Der Eisenwarenhändler hatte ein altes Stück Pappe gefunden, auf das er mit schwarzem Filzstift in großen Druckbuchstaben schrieb: GESCHLOSSEN WEGEN VERSAMMLUNG. Der Kassensturz würde bis morgen warten müssen ...

* * *

»Bitte, Gott.« Sie schritt in ihrem Zimmer auf und ab, fuhr sich mit den Händen durch das ergrauende Haar. Ruhig bleiben, ermahnte sie sich, ruhig bleiben. »Nach all den Jahren, was werden wir nur tun? Wer wird ihn noch anstellen, drei Jahre vor dem Ruhestand ...?«

* * *

Die junge Frau hielt ihr halbfertiges Hochzeitskleid hoch und schniefte ihr Spiegelbild an. Das Kleid war so wunderschön. Zum hundertsten Male verwünschte sie sich, nicht im Juni geheiratet zu haben. Warum hatten sie nur so unbedingt noch zwei weitere Monate sparen wollen? Und was, wenn er jetzt seine Arbeit verlor? Was dann ...?

KAPITEL 32

Ich hatte wirklich nicht viel zu tun.

Meine neuen Kleider mussten eingepackt und ein paar persönliche Habseligkeiten in Kartons verstaut werden. Doch die gesamte Kleidung im Schrank konnte bleiben, wo sie war. Und natürlich konnten ein paar allerletzte Kleinigkeiten, wie meine Kopfkissen und die Tagesdecke, erst am Morgen der Abreise eingepackt werden. Ich hatte einen kleinen Miettransporter aus Albertsville vorbestellt. Onkel Frank würde mich am Freitagmorgen in alle Frühe dorthin fahren, um ihn abzuholen, und bis zum Abend würden wir ihn beladen. Ich hatte sowieso nur wenig Möbel, gerade mal zwei Schubladenkommoden, ein Nachtschränkchen, mein Bett, ein Bücherregal, meinen Schreibtisch und einen Stuhl. Und meine antiquierte Nähmaschine. Donnerstag sollte mein letzter Tag bei Miss Alice sein. Dadurch hatte ich am späten Freitagvormittag Luft für die Inspektion in Ed Tams Tankstelle, um die Vorderreifen meines Autos wechseln zu lassen.

Ich starrte geistesabwesend auf meine neuen Kleider. Schließlich beschloss ich, sie noch nicht einzupacken; je länger sie im Karton lagen, desto mehr würden sie zerknittern. Wie ich so durch das Zimmer wanderte, fand ich mich plötzlich vor dem Schreibtisch wieder, wo ich auf eine Skizze starrte, die ich mir von der Aufstellung der Möbel in meiner neuen Wohnung gemacht hatte. Ich sah mich durch die fertigen Räume schreiten, die Autoschlüssel in der Hand, daheim nach einem Arbeitstag. Auf dem Tisch würden sich Akten stapeln, die ich durchgehen müsste, jede von ihnen stand für eine Familie, der ich helfen würde. Mein Chef würde zufrieden sein mit der wunderbaren Arbeit, die ich leistete. Mein Herz würde erfüllt sein in dem Wissen, dass meine Fähigkeiten und Ausbildung endlich voll zum Zuge kamen, wie es meine Mutter gewünscht hatte. Vielleicht, wenn ich nicht zum Center ging, würde ich ein Bad nehmen, mich umziehen und mit Freunden ausgehen. Vielleicht eine Verabredung.

Lees Gesicht flackerte in meinen Gedanken auf.

Ein Seufzer entfuhr mir. Ich schleuderte die Skizze aus der Hand und sie landete umgedreht auf dem Schreibtisch. Ich starrte blicklos auf die Wand und bat meinen Schutzengel um Leitung, was ich tun sollte. Mutti hatte mir beigebracht, ein fürsorglicher Mensch zu sein. Sie hatte mir auch beigebracht, Konflikte zu meiden, aber das war jetzt lachhaft. In letzter Zeit hatten mir meine Pläne nichts als Konflikte eingebracht.

Entschlossen schnappte ich mir einen leeren Karton und stellte ihn aufs Bettende. Ging dann zum Kleiderschrank, um ein Paar Schuhe zu holen. Schmiss sie aus geringer Entfernung hinein. Ging zurück zum Kleiderschrank, um Nachschub zu holen. Versuchte, sie quer durch das Zimmer in den Karton zu werfen. Zweimal getroffen, zweimal daneben. Ich marschierte hin, um die Schuhe vom Boden aufzusammeln, und schaffte es, mit der Hüfte so gegen den Karton zu knallen, dass er auf den Boden purzelte. Ich starrte benommen hin. Dann, plötzlich, machte ich auf dem Absatz kehrt und riss meine Zimmertür auf. Ich machte mir nicht mal die Mühe, das Licht auszuknipsen.

* * *

In der Turnhalle gab es bei meiner Ankunft nur noch Stehplätze. Alle Fenster und Türen standen weit offen und sorgten für schwüle Luftzufuhr. Der Parkplatz war voll gewesen;

ich war vom Ende der Straße aus hergelaufen. Ich hörte die Geräusche schon dort, wo ich geparkt hatte: der Lärm von Stimmen, die Jauchzer von Kindern, die fröhlich auf dem Schulhof Fangen spielten, ein gelegentliches Pfeifen der alten Lautsprecheranlage. Ich schlüpfte durch den Haupteingang, presste mich hinten gegen eine Wand und nickte ein paar Bekannten zu. Onkel Frank hatte Recht gehabt; praktisch die ganze Stadt war da. Ich konnte Lee oder Tante Eva nicht entdecken. Mein Onkel stand auf dem Podium und bat die Menge um Aufmerksamkeit.

Die Atmosphäre war gleichermaßen beklemmend wie unwirklich. War es erst drei Wochen her, dass sich dieselben Leute aneinander gedrängt hatten, um die Parade zum 4. Juli hochleben zu lassen? Nun ging die Angst in der Menge um, zeigte sich in einer gefurchten Stirn, einem zerknüllten Taschentuch, dem nervösen Wippen eines übergeschlagenen Beines. Auf den Metallklappstühlen, sonst von Eltern besetzt, die ihren Kindern stolz bei einem Schulwettkampf zuschauten, saßen nun Muttis, die unruhig ihre Babys beruhigten, Väter, die sich untereinander anknurrten. Mein Onkel wirkte so winzig auf dem Podium, als er noch einmal zur Ordnung rief. Und dann, wie wenn Steine nach einem Erdrutsch endlich zur Ruhe kommen, wurde es in der Halle staubig still.

Ich sah Lee nahe dem Podiumsaufgang stehen. Er trug Jeans und ein rotes Strickhemd. Seine großen Hände waren erhoben, die Finger gespreizt, als seien sie eingefroren, nachdem er Leute zur Ruhe gemahnt hatte. Sein Gesichtsausdruck war düster. Mir drehte sich das Herz im Leibe um. Ehe ich mich versah, war ich auf dem Weg zu ihm, versuchte möglichst unauffällig unter den Blicken der Leute durchzutauchen, wand mich durch Menschenknäuel. Mein Onkel begann zu reden, gab wörtlich wieder, was Riddum an jenem Tag gesagt hatte, damit »jeder die genaue Geschichte gehört hat«. Die Worte drangen kaum zu mir durch, während meine Füße über den alten Holzboden schlurften, die Augen auf Lees Rücken geheftet. Er hatte mich nicht gesehen, die Turnhalle dehnte sich zwischen uns. Ohne jeden Grund begann mein Herz schneller zu schlagen, als ob etwas Schreckliches geschähe, wenn ich ihn nicht erreichte. Und dann, als ich nur noch anderthalb Meter von ihm entfernt war, hörte ich mit halbem Ohr, wie mein Onkel Lee zu sich bat. Ich trabte die letzten drei Schritte und griff ins Leere. Lee war bereits die Stufen hoch und überquerte das Podium. Ich schloss die Augen, kam mir vor wie ein Narr und erschlaffte rücklings gegen die Wand.

»Jeder, der möchte, darf das Wort ergreifen.« Lees Stimme dröhnte durch die Turnhalle. Am Klang seiner Stimme erkannte ich, dass er seinen Zorn unterdrückte. »Aber wir müssen uns kurz halten. Und alles muss seine Ordnung haben.«

Mit dieser Einladung begann ein Schwall bitterer Worte gegen Blair Riddum, als ein Mann nach dem anderen seinem Groll Luft machte. Wochenlang hatten sie ihren Ärger unter Verschluss gehalten; nun brach er heraus, um an den Ecken, der Decke und den nickenden Köpfen der Werksarbeiter abzuprallen. »Ich sage, wir streiken, und zwar *morgen!*«, schrie Zach Bulder, dessen Sohn ein paar Jahre jünger war als ich. »Er hat es selbst gesagt; er wird nichts ändern!«

»Streiken ist keine Lösung«, tönte Lester Maddock wenige Minuten später. »Vielleicht mal für einen Nachmittag die Arbeit niederlegen, etwas, um Riddum zu zeigen, dass ihn ein Arbeitsausfall weit teurer zu stehen kommt als eine Lohnerhöhung.«

»Und was dann?«, brüllte Al Bledger aus der Menge. »Dann gehen wir wieder an die Arbeit und er tut noch immer keinen Finger rühren!«

»Aber was, wenn wir streiken und er sich in Albertsville nach mehr Männern umschaut?«, schoss Mr. Maddock zurück.

»Wir stellen uns auf und lassen niemanden durch!«

»Wir werden sie aufhalten!«, schrie jemand anderes.

»So will das Gott nicht!«, gellte eine dritte Stimme.

»Ja, und was, wenn ich streike und du nicht?«, heulte ein Vierter. »Willst du mir etwa die Butter vom Brot nehmen?!«

Jetzt kam tosendes Leben in die Menge. Ein Summen wie wütende Bienen, die zum Dachsparren fliegen. Es hielt die Männer nicht mehr auf den Sitzen. Sie brüllten herum, neben sich ihre Frauen, während Lee und Onkel Frank um Ruhe riefen. Mein Magen rumorte, eine Gänsehaut überzog meine Arme. Ich wollte mir die Ohren zuhalten, zu einer Seitentür hinausrennen und flüchten. Ich wollte meinen Mietwagen sofort, wollte, so schnell ich konnte, aus Bradleyville weg. Ich drehte mich um, um mir einen Weg aus der Halle zu bahnen, als ich Thomas mit aschfahlem Gesicht zu den Podiumsstufen hasten sah. »Thomas!« Ich schlängelte mich an Körpern vorbei zu ihm durch und griff nach seinem Arm.

»Ich muss da rauf!«, schnappte er.

»O. k.!« Ich half ihm, einen Weg frei zu machen, bis wir die Stufen erreicht hatten. Als er sie hinaufeilte, trat ich zurück und blickte zu Lee. Er bemerkte Thomas und verließ das Rednerpult, um ihn zu begrüßen. Er entdeckte mich auf der untersten Stufe. Für den Bruchteil einer Sekunde sahen wir einander in die Augen. Dann griff er nach Thomas' Ellbogen und wandte sich ab.

Mir sank das Herz. Mit verschränkten Armen trat ich von der Stufe auf ein Fenster zu, hungrig nach frischer Luft. Das Wogen der Menge ging hoch und verebbte dann langsam, als die Leute Thomas bemerkten, der mit hängenden Armen still vor dem Mikrofon stand. Einer stieß den anderen in die Rippen, Stimmen senkten sich und Köpfe hoben sich in dem gedämpften Getuschel. Quer durch die Halle sah ich Jake Lewellyn direkt am Gang neben Hank Jenkins und Mr. Tull sitzen. Tante Eva war auch dort. Sie hockte nervös zwei Reihen weiter hinten und beschwichtigte die Frau neben ihr.

Wie er so vor der Masse stand, wirkte Thomas zerbrechlich. Doch seine schiere Gegenwart schien die gesamte Halle beschämt zum Schweigen zu bringen. Der Schmerz stand ihm ins Gesicht geschrieben. Meine Augen füllten sich mit Tränen.

Thomas fuhr sich mit der Hand durch das weiß gewordene Haar und räusperte sich. »Liebe Leute«, setzte er an, dann stockte er. Jake Lewellyn rappelte sich hoch und setzte sich zielstrebig in Richtung der Stufen am anderen Ende des Podiums in Bewegung. »Meine Lieben«, nahm Thomas einen neuen Anlauf, »ich habe mein Lebtag hier gelebt, das wisst ihr alle. Diese Stadt hier hat mein Vater erbaut. Und ich hätte mir nie träumen lassen, dass einmal der Tag kommen würde, an dem ganz Bradleyville sich gegenseitig anschreien würde, ein Nachbar den anderen.« Mr. Lewellyn hatte die Stufen erreicht und begann hochzusteigen. »Aber uns stand das Wasser auch noch nie so bis zum Hals. Da sind wir nun. Und wie werden wir uns verhalten? Wie der Rest der Welt? Oder werden wir zusammenhalten, wie wir es immer getan haben?« Jake Lewellyn überquerte das Podium. Thomas bemerkte ihn und wartete. Mr. Lewellyn erreichte ihn und legte ihm unterstützend die fleischige Hand auf die Schulter. »Na, wen haben wir denn da?«, fragte Thomas. »Meinen alten Freund Jake. Sicher, wir streiten uns und gehen wie zwei Hähne aufeinander los. Aber ihr wisst ja, das ist alles nur Spaß. Ihr wisst, dass wir uns wie Brüder lieben. Stimmts, alter Knabe?« Mr. Lewellyn kratzte sich am Kinn, als ob er das noch bedenken müsste. Unterdrücktes Kichern rollte durch den Saal.

»Wir zwei haben mehr Jahre in Bradleyville verbracht als vier oder fünf von euch zusammengenommen«, fuhr Thomas fort. »Uns verbindet die Liebe zu dieser Stadt. Genau wie euch alle. Und darum will ich euch mal was sagen – euch bitten. Lasst uns diese Sache geschlossen angehen – gemeinsam. Ich sage, die Werksarbeiter sollen abstimmen. Wir machen das schriftlich, wenn ihr wollt. Ihr alle sollt eure Stimme abgeben, ob ihr streiken wollt oder nicht; dazwischen gibt es nichts. Entweder erklärt ihr Riddum, dass ihr eure Arbeit nötiger braucht als seinen Respekt, oder dass ihr ohne denselben nicht arbeiten könnt. Und das kann jeder von euch, mit seiner Frau, nur für sich allein entscheiden. Aber jetzt kommt der Knackpunkt. Wenn wir zusammenhalten wollen, müssen wir uns der Mehrheit der Stimmen beugen, ob uns das gefällt oder nicht. Sonst steht nachher Bruder gegen Bruder und Nachbar gegen Nachbar. ›Wenn ein Haus mit sich selbst uneins wird, kann es nicht bestehen‹, heißt es in der Bibel. Und das gilt auch für unsere Stadt.«

Seine Worte erstarben, Thomas sah müde aus.

»Lasst uns das tun!«, schrie jemand aus der Menge.

»Wir müssen das alles erst noch gründlicher bereden!«, antwortete eine andere Stimme.

Onkel Frank schüttelte Thomas die Hand und nickte Mr. Lewellyn zu. Gemeinsam traten die beiden älteren Männer vom Rednerpult zurück. »Ich denke, er hat Recht«, schallte die Stimme meines Onkels durch das Mikrofon. »Wer noch etwas sagen will, soll raufkommen. Danach stimmen wir ab.«

Die Männer bildeten eine Schlange, Lee ganz vorne. Seine Muskeln spannten sich, als er beide Hände auf das Pult legte. Er musste sich zum Sprechen vorbeugen. Er schaute mich an;

ich wusste es, obwohl er so tat, als taxiere er die Menge. Der Schmerz, den ich in jenem Augenblick für ihn empfand, nagelte mich am Boden fest. »Ich habe wirklich versucht, bei all dem die Geduld zu bewahren«, begann er mit rauer Stimme. »Um meiner Familie willen brauchte ich den Lohnstreifen. Und ich weiß, ich bin nicht der Einzige mit Sorgen zu Hause. Ich habe mein Bestes getan, um mit einem Mann zusammenzuarbeiten, mit dem man einfach nicht zusammenarbeiten kann. Und jetzt erzählt er uns, wir ›legen uns nicht genug ins Zeug‹.« Abscheu lag in seiner Stimme. »Was also werden wir jetzt tun? Mir scheint, es läuft auf eine Frage hinaus: Können wir weitermachen, wenn die Dinge so laufen wie bisher? Ein zugedeckelter Topf kocht nicht in alle Ewigkeit still vor sich hin. Was mich betrifft, so bin ich kurz vorm Überkochen. Und wenn ich sehe, wie Riddum sich heute benommen hat, dann bezweifle ich nicht, dass er das Feuer weiter anheizen wird.«

Er machte eine Pause, als zahlreiche Männer ihre Zustimmung brüllten. *Lee,* dachte ich, *schau mich an.*

»Ich bin bereit zu streiken. Nun ist die Frage, was ich tun werde, wenn es nicht friedlich abgeht. Nun, ich weiß es nicht genau. Im Moment kann ich nur sagen, dass wir uns damit auseinander setzen werden, wenn es so weit ist. Ich persönlich glaube nicht, dass es so weit kommen wird. Sicher, Riddum ist falsch wie eine Schlange, aber ein Tag der Arbeitsniederlegung kostet ihn Hunderte von Dollars. Er ist auch ein guter Geschäftsmann und ich wette, seine Gier wird seine Sturheit übertreffen.«

Beifall brandete auf, als Lee geendet hatte. Er verließ das Podium am entfernten Ende und blieb, an die Wand gelehnt, stehen, die Arme verschränkt. Er schaute mich nicht an, doch während der folgenden Reden wusste ich, dass er mich spürte, und ich spürte ihn.

Nicht alle waren für einen Streik. Die Männer, die kurz vor

der Rente standen, waren weniger risikobereit. Ich war mir nicht sicher, was Onkel Frank wollte. Und es arbeiteten auch nicht alle beim Sägewerk von denen, die ans Rednerpult traten. Mr. und Mrs. Clangerlee erklärten, sie würden die Lebensmittelpreise so niedrig wie möglich halten. Nachbarn meinten, sie würden ihr Essen teilen, falls das Geld knapp würde, und der Baptisten- und der Methodistenpastor sagten übereinstimmend, die Kollekten ihrer Kirchen würden in einen allgemeinen Fond fließen. Die Ernsthaftigkeit der Leute ließ einen gleichzeitig warm ums Herz werden und frösteln, denn das bedeutete Streik, einen ausgedehnten Streik. Es war, als bereite sich Bradleyville auf eine Belagerung vor.

Als alle ihre Stimme abgegeben hatten, geschrieben auf gerissene Papierschnipsel, die eine Lehrerin aus ihrem Klassenzimmer besorgt hatte, herrschte Beerdigungsstimmung. Frauen tauschten tröstliches Getuschel aus und wiegten geistesabwesend schlafende Kinder. Tante Eva weinte auf ihrem Platz still vor sich hin. Lee sammelte die Stimmzettel auf seiner Seite ein. Ich bahnte mir einen Weg zu Thomas und umarmte ihn, Trost suchend, wo ich Trost hätte spenden sollen. Er drückte mich ganz fest, dann sah er mir mit Funken sprühenden Augen geradewegs ins Herz. »Manchmal«, sagte er, »muss man kämpfen.«

Das Ergebnis lautete drei zu eins für einen Streik.

Mit grimmiger Entschlossenheit setzten sich die Werksarbeiter vorne zusammen, um von eins bis fünf abzuzählen, für jeden Tag der Woche einen »Streik-Dienst«. Man brauchte keine Schilder oder Streikposten, nur eine stumme Wache für den Fall, dass neue Arbeiter auftauchten. Onkel Frank und Lee verkündeten, sie würden am nächsten Morgen vor Ort sein, um es Riddum mitzuteilen, und die kommenden Tage über dort bleiben. Pastor Frasier sprach ein inbrünstiges Gebet für die Stadt, und wir gingen alle nach Hause, um abzuwarten.

KAPITEL 33

Am nächsten Morgen um acht Uhr war Onkel Frank wie gewöhnlich aus dem Haus, allerdings nur, um den »Einsen« im Sägewerk Gesellschaft zu leisten und Riddums Reaktion abzuwarten. Bis Mittag hörten wir kaum etwas, nur dass Riddum wütend geworden war, was sich jeder hatte denken können. Gegen drei Uhr Nachmittag ging meine letzte Arbeitsstunde bei Miss Alice zu Ende. Ich umarmte sie zum Abschied und tätschelte ihre Nähmaschine ein letztes Mal.

»Du warst meine Rettung«, erklärte sie und umklammerte meine Hand. »Wenn du dich irgendwann mal entschließen solltest zurückzukommen, dann lass es mich wissen. Mir wird das Geschäft bald zu viel, weißt du.«

Ihr Angebot kam weder überraschend noch war es irgendwie verlockend. Ich war drauf und dran fortzugehen. Ich konnte den Samstag kaum noch abwarten. Noch lief alles nach Plan, Streik hin oder her. Unterdessen war die Stimmung in der Stadt nur noch düster und gedrückt. Keine Menschenseele bummelte durch die Innenstadt. Die Leute saßen bereits auf ihren Ersparnissen wie Krösus. Und ich schwankte zwischen Beleidigtsein, dass Lee mir bei der Versammlung die kalte Schulter gezeigt hatte, und fast so etwas wie Erleichterung darüber. Vielleicht waren keine langen Abschiedszeremonien nötig. Ich befand mich auf meinem Weg und er sich eindeutig auf seinem und sie würden nie zusammenlaufen. Na schön; wenn er einen Streik anführen wollte, egal zu welchem Preis – dann sollte er doch. Aber ich hatte noch ein gutes Gespräch mit Onkel Frank gehabt, nachdem wir am Mittwochabend nach Hause gekommen waren. Eine entsetzte Tante Eva und ich hatten ihn bei seinem Leben schwören lassen, dass, falls Gewalt ausbrechen sollte, er sich davon fern halten würde.

Ich hatte vor, Connie nach der Arbeit einen letzten Besuch abzustatten. Auf meiner Fahrt zu den Hardings wappnete ich mich innerlich, obwohl ich wusste, dass Lee beim Sägewerk sein würde. Allein schon sein Haus zu sehen würde beklemmend sein. Ich fuhr die Maple Street hoch und betete, sein Lieferwagen möge nicht da sein. Wünschte, er wäre da.

Er war es nicht.

Connie und Miss Wilma hatten die gleiche zerfurchte Miene aufgesetzt. Connie sah elend aus, wie üblich. »Oh, ich muss dir was zeigen«, sagte sie und hievte sich trotz meines Einspruchs von der Couch. »Martha Plott kam heute Morgen rüber – diese goldige alte Dame – und hat mir eine supersüße Lampe geschenkt. Sie hat gesagt, es täte ihr Leid, dass sie bei meiner Babyparty krank war. Ich hab das Lämpchen auf den kleinen Tisch im Kinderzimmer gestellt.«

Martha Plott war eine der großzügigsten, warmherzigsten Frauen in Bradleyville. In den Augen der Methodistengemeinde hatten die Baptisten niemanden, der es mit ihr aufnehmen konnte. Sie war die Erste, die zum Vorbereiten der gemeinsamen Festessen erschien, und die Letzte, die nach dem Aufräumen ging. Sie schien ständig unterwegs zu sein, um Kranken Essen zu bringen oder für sie Besorgungen zu machen oder ihre Häuser zu putzen. Ihr Ehemann war jung verstorben und sie hatte oft erklärt, dass Christus sie dazu berufen habe, anderen zu helfen, statt sich selbst zu bemitleiden.

»Ja, sie ist goldig. Ich geh mir die Lampe anschauen; du bleibst hier.«

»Nein, nein.« Ihr Lächeln war fest. »Ich möchte dir alles noch ein letztes Mal zeigen.«

»Meine Güte, Connie«, ich lachte unbehaglich, »du tust ja

gerade so, als zöge ich auf einen anderen Planeten.« Ich nahm sie beim Arm.

»Das käme auf das Gleiche raus.«

Die Leichtigkeit in ihrer Stimme war schwer wie ein Hammer. Vielleicht bildete ich es mir auch nur ein, aber es schien so, als versuchte sie noch immer, mich umzustimmen. *Alle* schienen das zu versuchen. Warum sahen sie nicht ein, dass ich darüber stand? Immer gestanden hatte?

Wir schleppten uns durch ihr Schlafzimmer und durch die geöffnete Tür in das kleine Kinderzimmer. Dahinter führte ein Rundbogen ins Spielzimmer. Meine gelben Vorhänge über dem weißen Tüll blähten sich erwartungsvoll in einer sanften, schwülen Brise. Auf einem Tisch am Fenster stand Connies neues Lämpchen aus geschliffenem Glas mit einem milchig weißen Schirm, auf dem die Figuren schwebender Engel abgebildet waren, die über einem neugeborenen Kind wachten. Irgendetwas an dem Gesichtsausdruck des größten Engels rührte mich an, und dann erkannte ich, was es war. Er lächelte wie meine Mutter. »Oh«, japste ich, einen Kloß im Hals. »Sie ist *wunderschön*.«

»Mach sie an. Sieh, was passiert.«

Einen Moment lang konnte ich jenen Engel nur ehrfürchtig anstaunen. Er neigte sich über das Baby, hüllte es mit seinen gefiederten Flügeln ein und auf seinem Gesicht lag der Ausdruck himmlischer Liebe. Ohne meinen Blick von der Lampe zu wenden, glitt ich zum Tisch hinüber und schaltete sie ein. Ich sog die Luft ein, als die Engel zum Leben erstrahlten. Mit bewunderndem Finger fuhr ich über die Flügel, nun goldgetönt, und rief aus: »Sie ist wirklich wunderschön.«

»Das hab ich auch gedacht.« Connie lehnte sich gegen die Wand und betrachtete sie verzückt. »Es gibt noch einen zweiten Schalter für ein gedämpftes Nachtlicht.«

Ich knipste die Hauptglühbirne aus und drückte auf den kleineren Knopf. Die Engel verglimmten zu einem allerzartesten Gelb. »Jetzt sehen sie fast durchsichtig aus«, flüsterte ich. »Wie Engel, die nur das Baby sehen kann.« Wie zustimmend flatterten die Vorhänge und strichen gegen den Schirm.

Wir ließen das kleine Licht an, das geschliffene Glas schillerte in zarten Regenbogenfarben. Als ich mich schließlich widerstrebend losriss, blickte ich mich mit einem zufriedenen Seufzen im Zimmer um. »Ich bin stolz, sagen zu können, dass ich mitgeholfen habe, Connie. Es sieht alles so hübsch aus.«

»Ich weiß. Danke.« Sie wollte noch mehr sagen, wandte sich aber ab, als ihr Tränen in die Augen stiegen. Ich ließ sie in Ruhe und ging zu dem Kinderbettchen, um die Babydecke zu befühlen, die ich genäht hatte.

»Puh«, rief Connie nach einem ausgedehnten Augenblick und zwang sich zu einem Lächeln. »Ich werde wahrscheinlich einfach müde. Sollte mich wohl besser wieder hinlegen.«

Ich nahm ihren Arm und warf über die Schulter einen letzten Blick auf jenes zauberhafte Engellämpchen.

Bis ich Connie wieder gebettet hatte, war ich von Miss Wilma bereits in Kenntnis gesetzt worden: »Du hast immer noch Zeit, deinen Entschluss zu ändern.« Ich wollte nichts mehr davon hören. Ich suchte nach einer Möglichkeit, meinen Besuch kurz zu halten, fand aber keine. Also füllte ich Eisteegläser und plauderte, erklärte geduldig, wie meine Wohnung und die Arbeitsstelle, auf die ich mich seit Jahren gefreut hatte, auf mich warteten. Und hatte ich schon erwähnt, dass ich ehrenamtlich im Hope Center arbeiten würde, genau wie meine Mutter? Und wie sehr mir die Stadt gefehlt habe? Ich saß in einem Armsessel, die Beine gekreuzt, die Finger um mein kaltes Glas gelegt, der Ton freundlich. Lächelnd. Ich sagte mir, es sei falsch, sich zu ärgern; dass sie mich nicht nur für sich selbst haben wollten, sondern für Lee. Als es endlich Zeit zum Aufbrechen war, umarmte ich sie beide, und Connie brach in Tränen aus.

»Oh, Connie, bitte wein doch nicht«, bettelte ich, während sich meine eigenen Augen füllten. »Ich sehe dich doch zum Erntedankfest wieder.«

»Das ist noch so lange hin«, schluchzte sie an meiner Schulter. »Das Baby wird bis dahin schon so groß sein; du wirst es nie in diesen niedlichen Strampelanzügen für Neugeborene zu Gesicht kriegen. Und außerdem«, sie rückte von mir ab, versuchte, ihren zitternden Mund unter Kontrolle zu bringen, »ich weine ja gar nicht wegen mir; ich weine wegen Lee, weil er einfach nicht weiß, was er tun soll, wenn du weg bist. Er sagt das zwar nicht, aber ich weiß das.«

Ich glaubte, mein Herz würde entzweibrechen, sowohl wegen Lee als auch wegen seiner Schwester.

Beide hatten eigene schwere Probleme, und trotzdem dachte jeder an den anderen. »Er wird schon darüber hinwegkommen, Connie; alles wird gut«, säuselte ich. Es war so eine abgedroschene, lahme Antwort.

Ich musste da schleunigst raus.

»Ich bete noch für dich, bevor du gehst, in Ordnung.« Das war keine Frage. Miss Wilma legte mir ihre große Hand auf die Schulter und hob den Kopf zum Himmel. »Connie, leg ihr auch die Hände auf.« Schwer atmend packte Connie sanft meinen Oberarm. Sie schlossen die Augen. Ich sah auf meine Füße.

»Lieber Herr Jesus«, betete sie, »wach über diesem Kind. Ich weiß, sie ist dein, Herr; du hast sie gerufen, dein Eigen zu sein, selbst wenn sie das noch nicht weiß. Und du kennst all die Anfechtungen, durch die sie noch gehen muss. Bitte sei ein schützendes Schild um sie. Verherrliche dich durch diese Anfechtungen, lieber Jesus. Bring sie zum Heil. Und bring sie bewahrt zu uns zurück.«

»Und danke, Jesus«, warf Connie ein, »dass du Jessie in unser Leben gestellt hat. Dass sie so eine wunderbare Freundin war und für die vielen Talente, die du ihr gegeben hast. Amen.«

»Amen.« Miss Wilma tat ihr Bestes, um zu lächeln, als ich aufschaute. »Und dass du mir ja auf dich Acht gibst, hörst du.« Sie drückte meine Hand und keuchte, als sie und Connie mich zur Tür geleiteten.

»Entschuldigt, ich laufe zu schnell«, sagte ich und wartete, dass sie wieder zu Atem kam. »Ihr müsst mich nicht den ganzen Weg bis auf die Veranda hinaus begleiten.«

»Nun«, schnaufte sie und warf mir einen vielsagenden Blick zu. »Das Durchschreiten der Tür ist schnell gemacht. Es ist das Hinkommen zur Schwelle, das mühsam ist.«

Ich starrte zurück, runzelte die Stirn und lächelte dann kurz. Es sollten Tage vergehen, bis ich verstand, was sie meinte.

Ich versprach wieder, dass ich zum Erntedankfest kommen würde, und nahm Connie das Versprechen ab, mich anzurufen, falls ihre Wehen in den nächsten vierundzwanzig Stunden einsetzten. Sie standen unbeholfen auf ihrer kleinen weißen Veranda, hüftlahm und kreuzlahm, und winkten, als ich davonfuhr.

»Noch einen Tag«, seufzte ich laut und tupfte mir das Gesicht ab, als ich aus der Maple Street bog. Eins stand fest: Nach dem Reifencheck morgen Vormittag würde ich mich bei niemanden in Bradleyville mehr blicken lassen. Einschließlich Lees. Vor *allem* nicht bei Lee. Tante Eva Lebewohl zu sagen würde schon genug auf die Tränendrüse drücken. Weitere gefühlsbeladene Abschiede brauchte ich wirklich nicht.

Kapitel 34

Im Dämmerlicht tauchten wie von Zauberhand die ersten Glühwürmchen auf.

»Ich hab das erste; ich hab Glück!«, krähte das kleine Mädchen, als sie einen durchlöcherten Deckel über eines der Einmachgläser ihrer Mutter stülpte. Der Leuchtkäfer brummte gegen sein glattes Glasgefängnis, unter seinen schwarzen Flügeln blitzte es gelb.

»Ich hab schon drei!«, gab die Freundin zurück.

Vergnügt rannten sie barfuß durch das kühlende Gras und passten auf, sich nicht die Zehen zu stoßen, als sie den Glühwürmchen über den Bürgersteig nachjagten. Die gefüllten Gläser stellten sie auf den Boden, dass sie gegen den Zement schaurig-schön glühten. Sie strichen sich das lange Haar aus der verschwitzten Stirn, plumpsten auf die unterste Stufe der Eingangsveranda und betrachteten stolz ihren Fang.

»Willste ein Eis?«

»'türlich.«

Während das erste kleine Mädchen in ihrem Haus verschwand, kratzte sich das zweite die Wange, hörte aber auf, um an ihrer nach Käfer riechenden Hand zu schnuppern. Als sie den Kopf zurücklegte, erspähte sie den ersten Stern und wünschte sich was.

»Mit Orangengeschmack«, verkündete ihre Gastgeberin, als die Fliegenschutztür zuschlug. Sie saßen nebeneinander, schälten die Spitze von ihrem Eis ab und schoben mit den Holzstäbchen von unten nach.

»Ich hab mir bei dem Stern da was gewünscht.« Sie zeigte mit dem klebrigen Kinn darauf.

»Und was?«

»Darf man nicht sagen.«

»Doch, aber nur seiner besten Freundin.«

»Ach so. Also, ich hab mir gewünscht, dass der Streik morgen zu Ende ist, damit Papa wieder zur Arbeit kann.«

Ihre Freundin leckte sich die Lippen. »Such dir besser was anderes; das wünscht sich die ganze Stadt.«

»Ich könnte auch den Wunsch von Mama nehmen. Sie hat gesagt, sie wünscht sich, dass Blair Riddum tot umfällt.«

»Vielleicht tut er das ja.« Die Stimme des kleinen Mädchens senkte sich vertraulich. »Ich hab gehört, wie mein Papa gesagt hat, dass Mr. Riddum heute Morgen furchtbar wütend war. Der ist abgezischt und ist den ganzen Tag nicht wiedergekommen. Der ist böse, weißt du, und Mama sagt, Gott schlägt die Gottlosen.«

Sie schwieg einen Augenblick, ließ sich die Orangenkühle auf der Zunge zergehen. »Dann wünsche ich mir, dass er heute Nacht schlägt.«

Kapitel 35

Ich spürte es schon vor dem Aufwachen.

Normalerweise tauche ich hellwach aus dem Schlaf auf wie ein Kind, das unter Wasser die Luft angehalten hat. Aber in jener Nacht waren die Wasser meines Schlafs trübe und zäh und ich kämpfte mich windend zur Oberfläche hoch. In jenen allerletzten Schlafsekunden kann einem das träge Hirn erstaunlich viel vorgaukeln. Vage Ängste verschwimmen zu einem Aquarell des Schreckens, um dann zu höhnen, dass man doch nur träume. Im letzten entsetzlichen Augenblick sah ich das blutende Gesicht meiner Mutter, das mich anflehte, sie nicht zu verlassen.

Ich durchstieß die Schlafoberfläche, zitternd, konnte aber die Augen nicht öffnen. Gefahr brachte meine Nerven zum Glühen.

Alles war still.

Meine Lider sprangen auf. Blasses Mondlicht drang durch die schrägen Jalousieschlitze und ergoss sich über den kleinen Messingwecker auf meinem Nachttisch. Viertel nach zwei. Ich holte tief Luft, mein Herzschlag verlangsamte sich. Mein Blick glitt wieder zum Fenster hinaus. Schwach schimmerten die Sterne hinter einem milchigen Schleier. Wie lange hatte ich so gestarrt, bis mir auffiel, dass sich der Nebel verdichtete? Ich runzelte die Stirn, hob blinzelnd den Kopf aus dem Kissen. Irgendwo tief in mir drin begann es mit Hochspannung zu summen, eine dunkle Ahnung von etwas unbekanntem Bösen zog sich um meine Brust zusammen. Die Bewölkung verdunkelte sich zusehends. Gefror. Die Sterne erloschen; die schwächsten zuerst, dann der Mond. Es wurde schwarz in meinem Zimmer.

Ich konnte mich nicht bewegen, konnte nur auf das Stakkato meines abgehackten Atems lauschen. Plötzlich ein schrilles Gellen aus dem Wohnzimmer, das Klingeln des Telefons durchschnitt die stille Nacht. Sein Echo hallte durch den Flur, meine Zimmerwände, meinen Schädel. Es klingelte wieder.

Mit einem Ruck war ich in Bewegung, warf die leichten Decken zurück und tastete auf dem Teppich nach meinem Morgenmantel. Ich knipste die Lampe neben meinem Bett an, die Pupillen zogen sich beleidigt zusammen, die Füße hasteten über den Boden. Als ich meine Tür öffnete, sah ich Onkel Frank ebenfalls die Schlafzimmertür aufreißen, noch mit seiner Hose kämpfend. Unsere Blicke trafen sich kurz, spiegelten die Furcht des anderen. Ich folgte ihm lautlos hinunter in den Flur und blieb neben ihm stehen, als er mit einem knurrenden »Frank Bellingham« den Hörer abhob. Eine krankmachende Ahnung überzog sein Gesicht. Seine Schultern sackten zusammen.

Im nächsten Moment war er eine Karikatur zielgerichteter Bewegung, knallte den Hörer hin und hob ihn sofort wieder hoch. Mir war bereits klar, was vor sich ging, ich fürchtete mich aber zu hören, wo. Mit wirbelnden Fingern wählte er die Nummer des freiwilligen Feuerwehrmanns, dem er Bescheid geben sollte.

»Bei Lee Harding«, bellte er. »Maple Street.«

In mir drehte sich alles. »Oh, *Gott.*«

Bilder von Connie und Miss Wilma und Lee, in der Falle, ratterten durch meinen Kopf. »Ich komme mit dir!«, schrie ich Onkel Frank zu, als er an mir vorbeiraste, um sich Schuhe und Strümpfe anzuziehen. Ich rannte in mein Zimmer, riss Hose und Hemd aus dem Schrank, die Finger flatterten über den Knöpfen.

»Wo denn, wo denn?«, schrillte Tante Eva, aus dem Zimmer stürzend. In der Ferne heulte eine Sirene auf, dann noch eine.

»Bei den Hardings, und ich muss hin!«, schrie ich und versuchte, an ihr vorbeizuschießen. Entsetzt packte sie mich bei den Schultern.

»Nein, Jessie! Du kannst kein Feuer bekämpfen.«

»Ich muss Connie und Miss Wilma helfen. Sie können sich nicht schnell genug bewegen.«

»Du kommst zu spät! Lee hat sie bestimmt schon rausgeholt.«

»Tante Eva«, ich schob sie fort, »ich muss gehen!«

»Lass sie, Eva«, befahl mein Onkel und schob sich in seinen zweiten Schuh.

Ich schlüpfte an ihr vorbei und donnerte durch die Hintertür ins Freie. Onkel Frank ließ den Motor des Buicks aufheulen und quietschte schon auf die Straße, kaum dass ich mit halbem Po saß und nach dem Armaturenbrett griff. Stoppschilder beachteten wir nicht, blickten immer wieder von der Straße zum Himmel, der nun schwarz war von kräuselndem Rauch. Sobald wir in die Maple Street schlitterten, sahen wir vier Blöcke weiter die orangegelbe Feuersbrunst. Das Haus brannte wie eine Fackel.

»Allmächtiger«, keuchte Onkel Frank, »wir kommen zu spät.«

Es herrschte Chaos. Nachbarn rannten barfuß und mit wehenden Rockschößen den Bürgersteig entlang. Die Autos der freiwilligen Feuerwehrmänner waren aufs Geratewohl zwei Blöcke weiter unten geparkt, die Feuerwehrwagen blockierten die Straße. Wir hielten jäh so nah wie möglich an und sprangen aus dem Auto.

Der Lärm war furchterregend. Das Feuer ein berstendes Getöse über den Schreien der Männer und den peitschenden

Wassersäulen. Zwei Schläuche in den Händen baumstarker Männer spritzten vor und zurück, hoch und runter, kaum mehr als ein Spucken gegen die Flammen. Andere Schläuche zielten auf die Dächer links und rechts von Hardings Haus. Einige der Helfer waren sichtlich erschöpft und Onkel Frank eilte zu Hilfe.

»Bleib zurück, Jessie, du kannst nichts tun!«, brüllte er, als mir ein Windstoß scheußliche Hitze ins Gesicht trieb.

Ich starrte vollkommen fassungslos auf das prasselnde Haus. »Sind sie draußen? Sind sie draußen?«, flehte ich jeden an, der es hören konnte. Schreckerfüllte, fragende Blicke begegneten meinem. Durch die aufsteigenden Tränen wandte ich mich wieder um, sah das Feuer stärker werden, verwischen. Eine ganze Wand zerfiel zu schwarzer Asche, die schaurig durch die Nacht wirbelte. Beim Anblick dieses Zusammenbruchs ergriff mich Panik, ebenso völlig und einhüllend wie in dem Augenblick des Zusammenpralls meiner Mutter. Die Flammen, die Hitze, die Menge, sie erdrückten mich mit erstickenden Armen und meine Knie wurden zu Pudding. Meine eigene Schwäche machte mich wütend. Ich *musste* nachsehen, ob sie noch am Leben waren.

Ich wankte von der Straße, setzte über den Gehweg und hinein in das weiche Gras eines Nachbargartens in dem aberwitzigen Plan, durch schattige Hinterhöfe zu tauchen. Doch als die widerliche Hitze in der plötzlichen Dunkelheit wegfiel, plumpste ich wie ein Stein zu Boden, vor Furcht erstarrt. Ich konnte es nicht ertragen, sie tot zu sehen, ich *konnte* es nicht. Erinnerungen, wie ich zum Wagen meiner Mutter stolpere, hilflos gegen eingedrückte Türen hämmere, angesichts des Blutbads innen schreie, jagten scharfkantig durch mein Hirn. Noch einmal würde ich so etwas nicht *überleben*. Tränen sprangen mir aus den Augen. Ich kugelte mich zusammen und zog die Knie an die Brust. Nach einer Weile regte sich wieder der Abscheu vor mir selbst in meinen Adern und ich überwand mich zähneknirschend aufzustehen.

Ein Heulen aus weiter Ferne. Ich registrierte es langsam. Noch eine Feuerwehr, dachte ich und hob lauschend den Kopf. Dann bewegte sich etwas im Hinterhof des Nachbarhauses. Die schemenhafte Gestalt eines Mannes. Ich erstarrte – starrte – meine Nackenhaare sträubten sich. Beim Klagen der Sirenen drehte der Mann sich um, schummrige Verandabeleuchtung fiel auf seine Züge. Später sollte ich bezweifeln, was ich gesehen hatte. Hatte er wirklich selbstgefällig ausgesehen? War sein Haar wirklich gelblichgrau gewesen, struppig über den Ohren gestutzt? Waren seine Nase zu lang für das Gesicht, seine geöffneten Lippen dünn, die Wangen eingefallen gewesen? Im Bruchteil einer Sekunde war er fort, mit gesenktem Kopf in der Dunkelheit verschwunden.

Die Sirenen wurden lauter und ich hielt noch einmal die Luft an. Bradleyville hatte nur zwei Feuerwehrwagen. Und der Klang war anders.

Krankenwagen.

In mir sprang ein Motor an. Ich stemmte mich vom Boden hoch und rannte durch schattige Hinterhöfe. Als ein Lattenzaun vor mir auftauchte, schwenkte ich zurück in Richtung Straße und sprintete gerade noch rechtzeitig vom Bürgersteig los, um zu sehen, wie ein Notarztwagen vom Albertsviller Memorial langsam an den Feuerwehrwagen vorbeifuhr. Sein Heulen erstarb wie das eines verendenden Tieres. Ohne auf die sengende Hitze zu achten, rannte ich die Straße hinauf, vorbei an wie vom Donner gerührten Zuschauern und den wie besessen kämpfenden Feuerwehrhelfern. Aus den Augenwinkeln sah ich Onkel Frank, dessen schweißüberströmtes Gesicht im Feuerschein glänzte, wie er die Füße fest auf den

Boden stemmte und zusammen mit zwei anderen Männern einen Wasserschlauch packte. Ich hörte Thomas Befehle brüllen. Die hintere Tür des Krankenwagens flog auf, eine Bahre wurde herausgeschoben und schnell zu einem Nachbarsrasen getragen. Auf diesem Rasen lag eine junge Frau sehr still, ihr Bauch wölbte sich gegen ein dünnes, blaues Nachthemd. Lee kniete ohne Hemd neben ihr.

»*Connie!*«

Auf meinen Schrei hin fuhr Lees Kopf nach oben. Sein Gesicht war rußüberzogen, das dichte, schwarze Haar von Schweiß und Schmutz verfilzt. Eine riesige Quetschung färbte eine Schulter lila. Er richtete sich auf, als ich ihn erreichte, umfing mich mit den Armen. Einen Augenblick lang hielten wir uns zitternd umschlungen. Dann löste er sich. Ich brachte kein Wort heraus.

»Sie hat eine Menge Rauch eingeatmet, aber keine Verbrennungen.«

Ich schluckte. »Und Miss Wilma?«

»Sie haben sie nach dort drüben gebracht.« Er deutete auf die Veranda nebenan. »Sie wollte Connie auf keinen Fall verlassen, aber sie wäre vor einer Minute fast zusammengebrochen.«

Das Gesicht ihrer Mutter spiegelte den Feuerschein wie eine Apfelsine im Teigmantel. Sie war vornüber in Ohnmacht gefallen, als wollte sie die Entfernung zwischen sich und ihrer Tochter auslöschen. Frauen standen um sie herum und hielten sie fest bei den Schultern. »Sie kommt durch, sie kommt durch«, hörte ich sie mit Bestimmtheit sagen. »Überlass das denen nur.«

»Gott, hilf ihr«, betete ich. Ich lehnte mich gegen Lee, wünschte alles weit weg. Dann knieten wir zu Connies Füßen, sahen hilflos zu, wie die Ärzte ihr Sauerstoff zuführten und die

Lebenszeichen kontrollierten. Ich zupfte ihr das Nachthemd vorsichtig über die Knie. Fand ihre Hand und drückte sie. »Ich bin's, Connie.«

Sie drückte schwach zurück.

»Was ist mit dem Baby?«, fragte Lee mit belegter Stimme.

Die Ärzte unterbrachen ihre Arbeit nicht. »Wir haben getan, was wir können, Sir«, erwiderte einer schließlich. »Sie ist stabil genug, dass wir sie mitnehmen können.«

»Was ist mit dem Baby?«

»Wir haben den Herzschlag.«

»Aber ist es o. k.?«

»Es lebt, Sir.«

Schnell wie der Blitz packte Lee den verdutzten Doktor beim Hemd und ließ nicht locker. »Aber ist es *o. k.?«*

Ich griff mit beiden Händen nach seinem Arm. »Lee, es ist alles in Ordnung, dem Baby gehts gut, beruhige dich.« Er wirbelte wütend zu mir herum. »Komm schon, Lee.« Sanft löste ich seine Finger von dem Stoff. »Bitte.« Er starrte mich durchdringend an, sein Atem ging schnell, bis der Ärger von seinem Gesicht glitt wie Eis von einer Fensterscheibe. Er ließ das Hemd los und rutschte auf dem Hintern ein Stück zurück. »Ich komme mit«, teilte er dem Arzt mit.

»Der Platz ist knapp –«

»Ich komme *mit*!«

»Ich möchte auch mitgehen«, protestierte ich.

»Nein. Bleib bei Mama.« Er ertappte sich bei seiner Schroffheit, legte die Hände an meine Wangen. »Sie wird dich brauchen. Sieh zu, dass es ihr gut geht, dann bring sie ins Krankenhaus.«

Ich nickte. Es schnürte mir die Kehle zu.

Er küsste mich kurz und hart.

Connies Bahre verschwand im Krankenwagen. Lee kletterte hinterher. Die Doppeltüren schlugen zu. Ich richtete mich auf, als der Motor dröhnte, die Rücklichter dämonisch rot aufflammten, die Sirene sich zum Heulen steigerte. Während das Fahrzeug die Straße hinaufjaulte, wandte ich mich ab, um mich um Miss Wilma zu kümmern. In diesem Moment zerriss ein lautes Krachen meine Ohren und ich wirbelte herum, um zu sehen, wie der hintere Teil des Harding'schen Hauses in den Flammen zerbarst.

Einzig der gemauerte rote Schornstein blieb stehen.

Kapitel 36

Der orange-braune Stuhl, auf dem ich vor mich hindöste, brauchte einen neuen Bezug. Nach vier Stunden schmerzte mein Hinterteil beträchtlich. Ich lehnte den Kopf gegen die Wand und versuchte die brennenden Augen auf die Tür von Zimmer Nummer 347 zu heften, das gerade noch zu sehen war, bevor der Flur einen Knick vorbei am Schwesternzimmer machte. Miss Wilma saß auf einem kleinen Sofa zu meiner Linken und starrte blind auf einen weißen Fussel auf dem Fußboden. In Abständen kamen geflüsterte Gebete aus ihrem verkniffenen Mund. Hin und wieder trat sie mit einem Fuß nach dem Fussel, schlecht beschuht in den Latschen einer Nachbarin. Sie trug ein gleichfalls geborgtes gelbes Hauskleid, das unverschämt strahlte in der Düsternis, die sich wie eine Regenwolke über uns zusammengezogen hatte. Ihr Haar war zu einem zottigen, tiefen Pferdeschwanz zurückgebunden, eine vereinzelte Strähne hing ihr in das bleiche Gesicht. Lee saß rechts neben mir. Das grüne Hemd, das ich ihm gebracht hatte, war eine Nummer zu klein und spannte über seinem Brustkorb und an den Armen. Glücklicherweise hatte er noch in seine eigenen Schuhe schlüpfen können, bevor er Miss Wilma und Connie halb tragend aus dem brennenden, rauchverqualmten Haus gebracht hatte. Er hatte seit über zwei Stunden kein Wort mehr mit mir geredet. Ich versuchte mir weiszumachen, sein Kopf sei so voll, dass Worte ihn nicht leeren konnten. Aber ich wusste, seine Wut auf mich war zurückgekehrt.

Lee war am längsten von uns da. Nachdem der Krankenwagen in die Nacht hinausgeheult war, hatte ich fast eine

Stunde gebraucht, um Miss Wilma zu beruhigen, Ersatzkleidung für ihr Nachthemd aufzutreiben und mein Auto und die Handtasche zu holen. Ich hatte versucht, sie bei Elsa Brock ins Bett zu bringen, die nur ein paar Häuser weiter wohnte. Doktor Richardson hatte mir geholfen, hatte sie angefleht, doch ein Beruhigungsmittel zu nehmen, aber davon hatte sie nichts wissen wollen. Als wir das Krankenhaus erreichten, sah sie erschöpft aus und hatte sich kaum bewegt, seit sie auf das Sofa gesunken war.

Ich schaute auf die Uhr. Das letzte Mal hatten wir von Doktor Brights, dem langjährigen Hausarzt Wilma Hardings, gegen sechs Uhr morgens gehört. Connie habe fast geschlafen, mit Sauerstoff stabilisiert, teilte er uns mit, als eine Wehe sie weckte. Sie sei ein bis zwei Zentimeter geöffnet. »Sie kann ihr Baby genauso gut hier bei uns bekommen«, beruhigte er auf unsere erschreckten Gesichter hin. »Sie ist kräftig genug, das durchzustehen, und der Herzschlag des Fötus ist immer noch ganz normal. Aber lasst sie eine Zeit lang in Ruhe; sie kann zwischen den Kontraktionen dösen.«

Die Zeiger der Uhr tickten an Viertel nach neun vorbei. Ich fragte mich, ob die Stadt nach dem Feuer wieder ins Bett gegangen war. Ob Tante Eva wie immer in der Post saß, Onkel Frank bei den Streikenden im Sägewerk war. Der Supermarkt musste geöffnet haben und Tulls und der Eisenwarenladen und Woolworth. Das Leben ging weiter. Meins jedoch würde für ein paar Tage zum Stillstand kommen. Es gab keine Möglichkeit, morgen früh wegzufahren, nicht unter diesen Umständen. Ich musste Miss Wilma und Connie zumindest helfen, irgendwo unterzukommen. Und Connie würde mit einem Neugeborenen zurückkommen und kein Kinderbettchen, keine Babysachen, keine Decken vorfinden. Ich malte mir ihr schönes Spiel- und Kinderzimmer aus und hätte heulen können. Die Vorstellung, dass dies alles in Schutt und Asche lag – vor allem die Lampe mit den goldgeflügelten Engeln – ließ mich leer und ausgesaugt zurück. Und dann saß da Lee wie ein Stein neben mir, zog seinen Arm weg, wenn ich ihn zufällig berührte, rieb sich die Hände, wenn ich nach seiner Hand griff. Seufzend legte ich einen Finger zwischen die Brauen und kratzte mich.

Um Viertel vor zehn erschien der Doktor schließlich wieder. Seine gummibesohlten Füße quietschten leise durch den Flur. Doktor Brights Schädel war zur Hälfte kahl und glänzend, schwarz umrandete Brillengläser vergrößerten freundliche Augen. Seine Hände steckten in den Taschen seines weißen Kittels. Als Lee aufsprang, überragte er den Doktor, der mit einem beruhigenden Lächeln den Kopf zurücklegte. »Sie ist definitiv im ersten Stadium der Wehen«, sagte er. »Wir werden sie auf die Entbindungsstation verlegen und Doktor Richardson Bescheid geben. Er wird das übernehmen. Ich werde von Zeit zu Zeit ein Auge auf sie werfen, aber sie ist bei ihm in guten Händen und sollte mich wirklich nicht mehr brauchen.«

»Wissen Sie etwas Neues über das Baby?« Miss Wilmas Stimme war ein einziges Zittern.

»Leider nein. Wir werden erst nach der Geburt wissen, ob es bleibende Schäden hat, aber wir gehen nicht davon aus. Wilma«, er trat auf sie zu und nahm ihre Hand. »Ich weiß, Sie haben eine Menge durchgemacht und keinen Schlaf bekommen. Da dies das erste Baby ist, werden die Wehen wahrscheinlich den ganzen Tag andauern. Ich schlage deshalb vor, dass Sie sich bei einer Nachbarin etwas ausruhen. Wenn die Presswehen näher kommen, werden wir anrufen und dann bringt Sie jemand hierher.«

»Nein.«

»Aber, Wilma –«

»Ich habe ›Nein‹ gesagt!«, erklärte sie und straffte sich. »Da drinnen liegt mein kleines Mädchen. Und ich werde sie *nicht* verlassen!«

»Mama, der Doktor hat vielleicht Recht.«

»Pscht, Lee! Doktor Bright, helfen Sie mir hoch.« Sie ruckte nach vorn und streckte den Arm aus. Er griff ihn und zog, stützte sie, als sie nach ihrem Stock langte. Die Falten ihres Kleids umspielten ihre Knie wie welke Gänseblümchenblätter. »So.« Sie richtete sich auf, so hoch sie konnte, und sah jeden von uns eindringlich an. »Ich will euch mal was sagen. Ich bin kein frisch geschlüpftes Küken mehr und ich habe im Leben schon so manches durchgemacht, sogar Schlimmeres als das gestern Nacht. Jetzt wartet eine Aufgabe auf mich, und die überlasst ihr mal hübsch mir. Meine Mutter hat mir beigestanden, als ich meine Kinder bekam, so wie es ihre Mutter für sie getan hat. Es gibt einfach ein paar Dinge, die ein Doktor nicht kann.« Sie holte tief Luft. »Ich gehe jetzt zu Connie, Doktor, und wenn Sie sie verlegen, dann folge ich ihr. Jessie, ich hoffe, du bleibst da. Connie liebt dich und ich könnte deine Hilfe gebrauchen. Lee, für dich gibt es hier nicht viel zu tun. Du könntest zurück in die Stadt gehen und versuchen, eine Bleibe für uns zu finden, außerdem ein paar Sachen für das *Baby* sammeln. Die Kirchen werden helfen. Und sieh zu, dass Will Abrams mit der Versicherung was in Gang setzt. Wenn das getan ist, kannst du wiederkommen und nach deiner Schwester sehen. Und, Sohn«, sie machte ein paar Schritte und baute sich mit eindringlichem Blick vor ihm auf, »hab Geduld. Lass dein Temperament nicht mit dir durchgehen. Vielleicht finden wir die Ursache für das Feuer heraus, vielleicht nicht. Mach dir keine Vorwürfe. Den Grund zu kennen ändert nicht viel; das Haus ist so oder so abgebrannt.«

Nach diesen Worten bat Miss Wilma den Doktor zur Seite

und überquerte den Teppich des Warteraums; ihr Stock klackerte metallisch, als er auf die Fliesen traf. »Jessie«, fügte sie halb umgewandt hinzu, »ich wäre gerne zuerst ein paar Minuten mit Connie allein, wenn du nichts dagegen hast. Du und Lee seht sowieso aus, als hättet ihr ein paar Dinge zu regeln.«

Als sie sich langsam den Flur hinunterbewegte – eine Frau auf Mission –, nickte Doktor Brights uns gutmütig zu. »Tja, ich schätze, das wars. Dann werde ich mal Doktor Richardson holen gehen.«

Lee ließ sich zurück auf seinen Stuhl sinken und verbarg das Gesicht müde in den Händen.

* * *

Das Telefon schrillte ungeduldig an der Küchenwand, schrillte und schrillte, bis er aus einem unruhigen Schlaf hochfuhr und sich aus dem Bett rollte, um seinem Befehl zu folgen. »Hallo.« Er schluckte schwer, als der Anrufer seinen Namen nannte. »Ja.«

»Es ist fast zehn«, sagte die Stimme, »sag bloß, ich hab dich aus dem Bett geschmissen.«

»Was denn sonst; schließlich konnte ich erst kurz vor Morgengrauen wieder schlafen gehen. Ich hab so lange diesen Schlauch da gehalten, meine Arme fühlen sich an, als seien sie völlig im Eimer.« Er blinzelte aus verschwollenen Augen. »Gibts was Neues?«

»Die Hardings sind immer noch im Krankenhaus. Ich hab gehört, dass Connie ihr Kind kriegt.«

»O nein. Ein Unglück kommt selten allein.«

»Genau. Und noch was. Es sind schon ein paar von der Kripo aus Albertsville da und schnüffeln in den Trümmern. Haben alles abgesperrt. Bill Scutch und Thomas sind bei ihnen.

Bill hat die um Unterstützung gebeten, um herauszufinden, was den Brand verursacht hat. Oder wer.«

Die beiden letzten Worte klingelten in seinem Kopf. »Was sagst du da?«

»Na ja, findest du nicht, dass der Zeitpunkt ein klein bisschen verdächtig ist?«

»Denkst du an Riddum?«

»Jau.«

»Nein. Riddum mag rücksichtslos sein, aber er ist kein Idiot.«

»Nicht in seinen Augen, vielleicht.«

»Warum sollte er so etwas tun?«

»Um uns zu warnen. Ein Schlag gegen einen Anführer. Und weil er glaubt, ungeschoren davonzukommen, so wie er glaubte, mit seiner Gier durchzukommen.«

Er zog einen Stuhl unter dem Tisch hervor und sank darauf. »Du solltest vorsichtig sein. Wir müssten uns sicher sein.«

»Ich weiß. Die Weisung ist raus, auf die Kripo zu warten. Bledger ist natürlich schon ganz heiß darauf, vorzupreschen.«

»Gott helfe uns.« Er stützte das Kinn in die Hand. »Was machen wir jetzt?«

Der Anrufer blies die Luft aus. »Geschlafen wird jedenfalls nicht, das ist sicher.«

* * *

Lee und ich saßen im Wartezimmer und inspizierten die Wände. »Gehst du nach Hause, wie deine Mutter meinte?«, fragte ich schließlich.

Er hatte die Arme verschränkt. »Ich habe kein Zuhause.«

»Du weißt schon, was ich gemeint habe.«

»Warum? Willst du mich loswerden?«

»Lee, bitte.«

»Ich weiß nicht, ob ich nach Hause gehe, Jessie. Ich weiß *überhaupt* nicht, was ich tun werde. Es gibt so viel zu tun. Ich weiß nicht, wo ich anfangen soll. Außerdem bist du ja die, die ›nach Hause‹ geht. Müsstest du um diese Zeit nicht längst beim Packen sein?«

Ich riss mich zusammen. Es war sein Recht, verärgert zu sein. »Ich werde noch ein paar Tage hier bleiben. Zum Glück fange ich nicht vor dem Fünfzehnten an zu arbeiten, das geht also klar.«

Er legte den Kopf zurück, um an die Decke zu starren. »Wegen mir brauchst du nicht zu bleiben.«

Ein glühender Kloß stieg mir die Kehle hoch, aber ich schluckte ihn hinunter. »Na schön, dann bleibe ich eben für Connie und deine Mutter.«

Keine Antwort.

»Du brauchst dir nicht den Kopf zerbrechen, wo du die beiden unterbringen kannst. Elsa Brock hat schon ihre zwei Schlafzimmer angeboten und sagt, sie kann in das größere ein Kinderbettchen stellen. Und Bill Hensley, ein Stückchen weiter die Straße hinauf, hat gesagt, du könntest das alte Zimmer von seiner Tochter haben, die doch geheiratet hat. So würdet ihr nicht weit entfernt voneinander sein. Und ich kann bei der Kirche anrufen; bis Connie nach Hause kommt, haben die Damen dort alles zusammengesammelt, was sie braucht.« Ich dachte an die Babykleidung, die wir so liebevoll zusammengelegt und in die Schubladen einsortiert hatten. Die gelben Wände mit der dazu passenden Decke. Tränen brannten in meinen Augen. »Es sah alles so hübsch aus, Lee. Du hattest das mit den Räumen so super hingekriegt.«

Als er endlich sprach, war seine Stimme ausdruckslos. Tot. »Es ist meine Schuld. Das Feuer.«

Ich starrte ihm ins Gesicht, unfähig, etwas zu erwidern. Wie gut ihn doch seine Mutter kannte.

»Es ist in diesen Zimmern ausgebrochen. Darum hat Connie mehr Rauch eingeatmet als Mutti oder ich. Ich hab hin und her überlegt, während ich hier saß. Was habe ich falsch gemacht; welche Drähte falsch verkabelt. Irgendwo muss es einen Kurzen gegeben haben, aber ich kann mir beim besten Willen nicht vorstellen, wo. Aber ich weiß, dass ich meine Schwester beinahe umgebracht hätte. Und ihr Baby.«

»Nein, Lee. Das glaube ich nicht.«

»Es stimmt.« Er nickte langsam, hoch und runter, hoch und runter, die Augen auf den Teppich geheftet. »Ich muss es wissen. Ich war dort.«

Ich suchte verzweifelt nach überzeugenden Worten. Und dann stürzte Eiseskälte in freiem Fall durch meinen Körper. Ich wandte mich zu ihm um, kalkweiß im Gesicht. »Welches Zimmer?«

Er zuckte die Achseln. »Keine Ahnung. Ich denke, das Kinderzimmer, nicht das Spielzimmer. Das Erste, was ich hörte, waren Connies Schreie, dass es dort brennen würde.«

»Oh, nein.« Mein Blick wanderte über den Fußboden. »Du warst das nicht, Lee«, krächzte ich. »Das waren meine Vorhänge. Ich hab gesehen, wie sie gegen die Lampe wehten. Ich habs *gesehen!* Ich hätte mir das *denken* können!«

Die Erkenntnis zog mich auf die Füße, trieb mich zum anderen Ende des Warteraums und wieder zurück. Ich stand schwer atmend vor ihm, wollte irgendetwas zerschlagen, wollte, dass er mich schlug. Nichts außer diesem leeren, schwarzen Loch, das sein Gesicht war. Ich sah, wie Schatten darüber trieben, geblasen von neuen Blickwinkeln, neuen Wirklichkeiten. Und dann brach es zusammen, als seine Augen meine fanden. »Ach, Jessie«, er stand auf, um müde Arme um mich zu legen, »du warst das nicht. Selbst wenn es dort ausgebrochen ist, es ist nicht deine Schuld.«

Ich verkrallte mich in sein Hemd und lehnte mich an ihn, ließ meiner Müdigkeit und Furcht freien Lauf in heißen Tränen, die den grünen Baumwollstoff durchnässten. Er streichelte mir den Rücken, murmelte tröstende Worte. Dann erschütterte ein tonloser Schluchzer seine Brust. Augenblicklich kam ich mir selbstsüchtig vor. Er war derjenige, der Trost brauchte. Ich ließ sein Hemd los und schlang die Arme um seinen Hals. »Nicht, nicht, Lee, es ist okay, es ist alles in Ordnung.«

Wir umklammerten einander, bis wir uns ausgeheult hatten. Als ich zurücktrat, waren seine Wangen hohl und unter den Augen lagen Ringe. Er sah aus wie aus dem Krieg. Ich sah vermutlich ebenso toll aus. »Meine Güte«, murmelte ich, »was werden die Schwestern denken.«

Er brachte ein schiefes Lächeln zustande. »Die sind an so was gewöhnt.«

Ich erspähte eine Schachtel mit Tüchern auf dem Couchtisch und holte sie. Wir setzten uns, putzten uns die Gesichter ab und atmeten hörbar ein.

»Eigentlich kannst du genauso gut fortgehen«, meinte er schließlich und rieb sich die Nase. »Wenn wir nämlich vorgehabt hätten zu heiraten, hätten wir es sowieso aufschieben müssen. Ich hätte erst mal Muttis Haus wieder aufbauen müssen, bevor ich uns eines hätte bauen können. Und in der Zwischenzeit wärst du mich vielleicht leid geworden und mit Hank Jenkins durchgebrannt.«

»Hank Jenkins ist über sechzig.«

»Na und? Immerhin hat er ein Haus.«

Ich dachte an meine sauer verdienten Ersparnisse, die in der Bradleyviller Bank auf der hohen Kante lagen. Wie gut Lee dieses Geld im Moment gebrauchen könnte. Er könnte sich zumindestens einen Bulldozer mieten und den Schutt vom Grundstück seiner Mutter schaffen. Vielleicht würde man davon auch genug Holz kaufen können, um sofort mit dem Wiederaufbau zu beginnen, ohne auf das Geld von der Versicherung warten zu müssen. Und dann dachte ich an meine eigenen Bedürfnisse. Was war mit den Möbeln, die ich mieten musste? Dazu Teller, Töpfe und Lebensmittel? Was war mit den neuen Reifen für mein Auto? Was, wenn ich beschlösse, mir eine neue Nähmaschine auf Kredit zu kaufen und eine Anzahlung machen müsste? Es würde einen Monat dauern, bis ich das erste Geld von meiner neuen Stelle sah. Dann schwankte ich wieder, dachte an das Geld von Miss Alice, mit dem ich nicht gerechnet hatte. Das wenigstens könnte ich Lee leihen. Aber das war doch nur ein Tropfen auf den heißen Stein angesichts dessen, was er brauchte.

Warum diese erbärmliche Selbstsucht, wenn eine Familie, die mir so nahe stand, eine solche Tragödie durchlebte? Ich könnte Connie *wenigstens* ein paar neue Babysachen kaufen. Warum sollte ich von den Damen aus der Kirche erwarten, etwas zu opfern, wenn ich selbst nicht dazu bereit war? Wer war ich, dass ich Wildfremden durch Sozial- und Ehrenarbeit helfen wollte, wenn ich nicht mal den Hardings helfen konnte? Ich verabscheute und wunderte mich über mich selbst. Meine Dienstbereitschaft, die eigentliche Berufung durch meinen Traum, schien nicht auszureichen, um in jenem Moment an meine Großzügigkeit zu appellieren. Ich schalt mich selbst, bis mir mein Trumpf einfiel. Das Geld, das ich mir jahrelang zusammengespart hatte, ermöglichte es mir, meine Pläne in die Tat umzusetzen, jene Pläne, zu denen mich mein Traum gerufen hatte.

Das war die Begründung, die ich gebraucht hatte. Selbstverständlich konnte ich Lee mein Geld nicht leihen, ausgeschlossen. Meine Finger krampften sich zusammen, zerknüllten das Tuch. Ich wollte ja, ehrlich, aber es ging einfach nicht.

Plötzlich hielt ich es in diesem Wartezimmer nicht länger aus.

»Ich geh mal auf die Toilette«, sagte ich und stand auf. Ohne ihn anzusehen.

»Alles okay bei dir?«

»Ja, ja. Ich muss ... mir nur mal das Gesicht waschen und etwas zu trinken besorgen. Außerdem muss ich noch ein paar Anrufe erledigen.« Ich eilte den Gang hinunter auf der Suche nach einem Telefon.

Kapitel 37

»Tach zusammen.« Es war heiß und schwül, gedrückte Stimmung hing in der Luft. Seine Stimme war leise, als er und seine Frau sich still zu den grimmig blickenden Zuschauern gesellten. Einige nickten grüßend zurück. Er guckte eine Weile zu, die Hand auf die Schulter seiner Frau gelegt. Kaum zu glauben, dass hier vor vierundzwanzig Stunden ein hübsches Haus gestanden hatte statt dieser verkohlten Trümmer. »Gibts was Neues?«, fragte er den Mann, der ihm am nächsten stand.

»Nein. Sie wollen nichts sagen.«

»Sie müssen aber schon was rausgefunden haben«, warf seine Frau ein.

»Sie haben einen wachsenden Haufen an Beweisstücken«, deutete der Nachbar mit dem Kinn. »Aber wie ich schon sagte, sie beantworten keine Fragen. Sagen nur immer wieder, sie wollen auf Nummer sicher gehen.«

»Ich wette, Thomas verbietet denen den Mund. Was wissen diese Kommissare aus Albertsville schon. Aber Thomas, schaut nur, wie er uns aus den Augenwinkeln beobachtet. War er den ganzen Vormittag über hier?«

»Ja. Und Jake auch, aber der durfte nicht hinter die Absperrung. Und es waren ständig Leute hier. Sie kommen und gehen; trotzdem, es werden immer mehr. Seht ihr Al Bledger und seine Spießgesellen dort drüben? Der Mann ist ein Pulverfass kurz vorm Explodieren.«

»Wann werden wir etwas herausfinden?«

»Sie meinen, es könnte den ganzen Tag lang dauern. Vielleicht nicht vor Montag. So lange warten wir vielleicht nicht.

Du hast Recht, was Thomas angeht. Seine Gegenwart beruhigt die erhitzten Gemüter.«

Mit Argusaugen beobachteten sie einen Kommissar, der im Ruß stocherte und dann prüfend einen Gegenstand hochhob. Nach einer Weile legte er ihn auf den Haufen Beweisstücke in einer Ecke des abgesperrten Bereichs.

»Ich war heute Morgen im Sägewerk«, erzählte der Neuankömmling. »Frank ist dort mit den ›Zweiern‹. Die sehen aus wie eine Schar Flüchtlinge. Riddum hat sich den ganzen Tag nicht blicken lassen.«

»Der hat sich vielleicht in seinem schicken Haus vergraben. Entweder das oder er ist aus der Stadt verduftet.«

Der Motor eines Lieferwagens kam rumpelnd hinter ihnen zum Stillstand, die Kabinentür knallte. Sie drehten wie auf Kommando den Kopf.

»Oho.«

»Ich dachte, er wollte den ganzen Tag im Krankenhaus bleiben.«

Lee hatte die Hände in die Hüften gestemmt. Mit finsterem Gesichtsausdruck musterte er bei Tageslicht die Verwüstung, die einst sein Zuhause gewesen war. Thomas winkte schweigend und stieg vorsichtig über das hüfthohe Absperrband, um ihn zu begrüßen.

* * *

»Aahhhhh!«, schrie Connie, als die Kontraktion ihren Höhepunkt erreichte. Ihr Gesicht war rot, ihre Stirn nass vor Schweiß und dem feuchten Lappen, mit dem ich sie benetzt hatte. Ihr langes schwarzes Haar floss wie Seetang über die weißen Kissen. Beide Hände umklammerten das Bett, der Kopf flog hin und her.

Miss Wilma saß dicht bei ihr auf einem Stuhl und tätschelte den festgeschnallten Arm ihrer Tochter. »Nicht mehr lange, Schätzchen. Du machst das sehr gut.«

Als die Wehe schließlich abebbte, wurde Connie schlaff wie ein Lappen und weinte leise. Ich wischte ihr die Tränen ab und legte ihr ein Eisplättchen an die zitternden Lippen. Sie saugte es begierig ein.

Sie war zu müde, um die Augen zu öffnen. Ich war zu betäubt, um meine zu schließen. Ich war jenseits der Schlafgrenze, jenseits der Probleme von Bradleyville oder den Verheißungen von Cincinnati, jenseits solcher Details wie Umzugswagen und Autoreifen reparieren und Babysachen sammeln. Das Einzige, was im Augenblick zählte, das Einzige, was seit vier Stunden zählte, war, dieses Baby auf die Welt zu bekommen.

Das Leben endete nicht einfach, das wusste ich. Es konnte schnell oder langsam verlöschen, im Aufprall von Metall oder durch schleichenden Krebs. Aber ich hatte nicht gewusst, wie zähneknirschend schreiend schwierig sein Anfang war. Ich hatte von den »Schmerzen der Geburt« gehört – jenen fabelhaften *Rites de passage* für Frauen. Hatte sogar Mutti einmal danach gefragt. Doch was immer ihre Antwort gewesen sein mag, sie konnte nicht ausreichend gewesen sein. Sie konnte nicht annähernd die Qualen beschrieben haben, die ich Connie an jenem Tag erleiden sah. Ich kam mir so hilflos und belanglos vor. Unfähig, ihre Pein auch nur für den Bruchteil einer Sekunde zu lindern. Selbst die Tabletten, die man ihr gegeben hatte, schienen nicht anzuschlagen. Hin und wieder erhaschte ich Miss Wilmas Blick und legte eine stumme Frage hinein. Aber sie gab keine Erklärungen ab, streichelte und beschwichtigte ihre Tochter nur und sprach ihr tröstlich zu.

Fieberhaft wünschte ich mir meine eigene Mutter tröstend

herbei. Wenn sie mir vom Himmel aus zusah, kannte sie dann meine Gedanken? War sie enttäuscht über meine Selbstsüchtigkeit mit dem Geld? Ich hielt Connies Hand und dachte daran, wie meine Mutter meine gehalten hatte; wenn ich Connies gerötetes Gesicht abtupfte, dachte ich an die Male, als meine Mutter mich gepflegt hatte, wenn ich Fieber hatte. Vor vierundzwanzig Jahren hatte sie eine Geburt für mich durchgemacht. Als ich Connies Marter mit ihrem eigenen Baby sah, begriff ich zum ersten Mal die Tiefen der Liebe meiner Mutter. Ich begriff, warum sie zu mir zurückgekehrt war, sogar nach dem Tod, um meine Bestürzung durch einen Traum zu lindern. Die Erkenntnis wusch mich rein wie Wasser, das aus dem Hahn sprudelt.

Connie bewegte sich, stemmte die Füße in die Laken. Die Tür ging auf und Doktor Richardson erschien: ein Mann, verjüngt durch Mittagessen und frische Luft. »Na, wie gehts unserem Mädchen?«

Connies Nacken streckte sich, ihr Kopf fuhr zurück. Die Finger krampften sich Halt suchend um das Bettgestell, als sie zu stöhnen begann. Ich sah auf die Uhr.

»Vier Minuten seit der letzten.«

* * *

Vier Uhr, und von Lee immer noch keine Spur. Connies Wehen kamen fast regelmäßig. »Wo *steckt* er bloß?«, verlangte ich durch zusammengebissene Zähne.

»Ich weiß es nicht, aber ich habe schon dafür gebetet«, gab Miss Wilma zurück. »Ich hoffe, dass er einfach irgendwas regeln muss, aber ich habe das unbestimmte Gefühl, dass etwas nicht stimmt.« Sie schloss erschöpft die Augen. »Und wenn schon, was könnte er hier schon nützen?«

Mir fiel auch nichts ein, was er tun könnte. Er war viel zu spät dran, um Connie noch zu sehen. Doktor Richardson untersuchte sie jetzt regelmäßig und zwei Schwestern hatten sich eingefunden. Trotzdem, ich war wütend. Der Schmerz, der *Kummer.* Und wir wussten noch nicht einmal, ob das Baby gesund war. Connie *brauchte* ihren Bruder, und wenn nur, um zu hören, dass er im Wartezimmer saß. Ich war wütend auf ihn und wütend auf Bart, dass er sie geschwängert hatte. Ich hätte sie beide *erwürgen* können. Ja, erwürgen, kochte ich, und dachte dann daran, wie Mutti gescholten hätte. Zum ersten Mal in meinem Leben dachte ich, ein bisschen Gewalt geschähe ihnen recht.

Die Wehe erreichte den Höhepunkt, und Connie wimmerte wie ein schwaches Kätzchen. Doktor Richardson zog das Laken zurück. »Sie sollte jetzt bald so weit sein.« Eine Schwester nickte zustimmend.

»Ich bin gleich zurück«, flüsterte ich Miss Wilma hastig zu. »Ich versuche herauszufinden, was Lee macht.«

Ich schlurfte den Flur hinunter, rieb mir die brennenden Augen. Vor Stunden – war das erst heute Morgen gewesen? – hatte ich in der Cafeteria mit Scheinen bezahlt, um Kleingeld zu bekommen, und es war noch etwas übrig. In einem lichten Moment hatte ich Ed Tam angerufen, um ihm zu sagen, ich würde ihm mein Auto am Montag vorbeibringen, hatte meinem Hausverwalter telefonisch mitgeteilt, dass ich *noch* ein paar Tage später kommen würde, und für Dienstagvormittag die Möbelpacker bestellt. Auf Onkel Frank konnte ich nicht länger zählen. Wer wusste, was im Sägewerk alles geschehen würde?

Wieder einmal in der Telefonkabine, fischte ich Münzen aus meinem Portemonnaie und stapelte sie mit einem *Pling* auf der Ablage. Die Post bot sich als Erste an. Tante Eva war vermutlich im Minutentakt über die Vorgänge in Bradleyville informiert; sie hatte die Schwestern mit ihren Anrufen über Connies Befinden schon fast verrückt gemacht. Sie hob schnell ab, der Klang meiner Stimme verschlug ihr den Atem. »Nein, es ist noch nicht da«, schnitt ich ab, »aber jetzt jeden Moment. Wo ist Lee? Er wird gebraucht.«

»Ähm«, sie zögerte, »ich weiß nicht.«

»Ist er vielleicht bei Onkel Frank?«

»Dein Onkel ist im Sägewerk. Da tut sich nichts.«

Es lag an ihrer Betonung des Wörtchens »da«. Ich klopfte ungeduldig auf das Telefon. Meine Tante hatte sich vergangenen Mittwochabend dafür entschuldigt, »so aus der Fassung geraten zu sein«, und seitdem war ich auf Zehenspitzen um sie herumgeschlichen. Doch in jenem Moment war ich einfach zu fertig. »Tante Eva, verheimlichst du mir irgendetwas?«

»Schätzchen, du hast den Kopf voll genug.«

»*Was* ist *los!*«

»Nichts wirklich, Kind. Es ist nur so, dass eine Menge Leute vom Sägewerk bei der Brandstelle sind und darauf warten zu hören, was die Inspektoren sagen.«

»Was für *Inspektoren*?«

»Von der Feuerpolizei, aus Albertsville.«

Schlafentzug und Trauma hatten ihren Tribut gefordert. Vergeblich versuchte ich, mir einen Reim aus ihren Anspielungen zu machen.

»Sie glauben, er war das!«, platzte sie heraus. »Sie glauben, Blair Riddum hat das Feuer gelegt!«

Mir fiel ein Stein aufs Herz. »*Wer* glaubt das?«

»Fast die ganze Stadt.«

»O bitte, Gott, nein.« Solches Gerede, ob wahr oder nicht, würde sich sogar noch schneller ausbreiten als das Feuer bei Hardings. Eine Gänsehaut überlief meine Arme. »Das ist lächerlich; das glaube ich keine Sekunde.«

»Ich weiß nicht. Ich weiß *nur*, dass ich gebetet und gebetet habe. Genau wie andere aus unserer Gemeinde.« Die Furcht ließ ihre Stimme beben. »Ich kriege langsam Angst, Jessie.«

»Hab keine Angst, Tante Eva; bete weiter. Jesus wird schon alles gut werden lassen.« Ich blinzelte. Was für seltsame Worte aus meinem Mund. »Und was geht jetzt gerade ab?«, fügte ich hastig hinzu, da ich mich unbehaglich fühlte.

Ihr Zögern für den Bruchteil einer Sekunde verriet ihre eigene Überraschung über meine Aussage. »Alle warten ab, was die Inspektoren sagen. Thomas ist übrigens bei ihnen.«

Thomas. Wenn irgendjemand tobende Wogen glätten konnte, dann er. Thomas konnte sogar Lee beschwichtigen. Besonders mit Onkel Franks Hilfe.

»Ist Lee dort?«

»Das ist das Letzte, was ich gehört habe.«

»Tante Eva, hör mir zu. Ich muss zurück zu Connie. Und jetzt kommt dein Part: Schick jemanden, um *sofort* Onkel Frank zu holen. Sag ihnen, sie sollen Onkel Frank dazu bringen, Lee zu finden und ihn dazu zu bewegen, augenblicklich ins Krankenhaus zu kommen. Wenn er an der Brandstelle bleibt, regt er sich doch nur auf. Außerdem wird er *hier* gebraucht. Bei seiner *Familie*. Alles klar?«

»Ich werds versuchen«, seufzte sie. »Ich weiß, er sollte dort sein. Aber Lee ist furchtbar wütend –«

»Tante Eva! *Tu's* einfach!«

Ich knallte den Hörer hin, ehe sie noch protestieren konnte.

* * *

Das Baby kam um viertel nach fünf. Stundenlang hatten wir gewartet und gewartet; nun summte der Raum vor Geschäftigkeit. Ich arbeitete so hart, dass mein Körper zu zittern anfing. Ich hatte nicht einmal mehr Zeit, wütend auf Lee zu sein. Miss Wilma war auf den Beinen und hielt Connies Hand. Ich war in Connies Rücken und mühte mich mit aller Kraft, sie in einer halbsitzenden Position zu halten, während sie das Baby hinausdrückte. Ihre Knöchel traten weiß hervor, als sie nun aufrecht die Bettgriffe umklammerte. »Es kommt, es kommt!«, ermutigte Doktor Richardson. »Mei, wenn du nur diese Haarpracht sehen könntest!«

Connies letzter Schrei war ein tiefkehliger Urschrei: Den Mund weit aufgerissen, die speichel-fleckigen Zähne gebleckt. *So habe ich auch einmal klagend geschrieen, Mutti*, dachte ich. *Als ich dich sterben sah.* Es war so heiß im Zimmer, dass ich kaum atmen konnte. Der Schrei barst wie splitterndes Glas und ging dann in ein rasselndes Keuchen über.

»Es ist ein Mädchen!«

Connie schnappte nach Luft und fiel dann totenschwer in meine Arme. Ich bettete sie in die Kissen. »Du hast es geschafft; du hast es geschafft!«, schrie ich und sah ungläubig zu, wie Doktor Richardson das stumme Baby auf den Kopf drehte und ihm einen Klaps versetzte. »*Oh, schau nur*, Connie, schau sie dir an.« Und dann dehnte sich eine der längsten Sekunden, die ich je erlebt habe, als wir alle auf den Schrei des Babys warteten. Als es aufstieß, verzog sich alle Schwermut schmollend, und ich lachte, bis die Freude meine Kehle lähmte und mir die Tränen aus den Augen schossen. Der Doktor untersuchte es sorgfältig, ging mit Stethoskop und tastenden Händen auf Nummer sicher. Connie schluchzte, als er ihr kleines Mädchen für gesund erklärte. Eine Schwester wusch das Baby und wickelte es in eine gelbe Decke. Mit einer großzügigen Geste hielt sie es ihr hin.

»Möchtest du deine Tochter halten?«

Das war der Moment, in dem Miss Wilma in Tränen ausbrach.

Kapitel 38

Erst einige Stunden später fuhr ich Miss Wilma zurück nach Bradleyville. Wir hatten abwechselnd das Baby im Arm gehalten – Katherine May genannt – und sie gar nicht wieder hergeben wollen. Ehrfürchtig hatten wir zugesehen, wie sie das Saugen lernte, als Connie sie unbeholfen an die Brust legte. Wir hatten Connie gewaschen, ihr ein frisches Nachthemd angezogen und Kissen untergelegt. Schließlich schlief sie aus schierer Erschöpfung ein. Eine tüchtige Schwester zog flink das Baby weg und meinte, wir sollten uns auf den Heimweg machen – die Mama brauche Ruhe.

Das taten wir. Miss Wilma konnte kaum ihren Stock halten und meine Muskeln fühlten sich an wie verwelkte Blätter. Trotzdem graute mir davor, zurück in die Stadt zu kehren. Ich hatte Tante Eva zu Hause angerufen, um die Geburt bekannt zu geben, und Onkel Frank war am Apparat gewesen. Er hatte gesagt, er würde wieder zur Brandstelle gehen und Lee Bescheid sagen. »Warum ist er nicht gekommen? Hast du mit ihm gesprochen?«, fragte ich.

»Ja. Und er hat gesagt, er würde zurückfahren. Aber er war wie angewurzelt und starrte auf diese Fremden, die in dem herumstocherten, was einst sein Zuhause war. Er stand so bewegungslos da, dass ich dachte, er wäre im Stehen ohnmächtig geworden.«

»Das ist mir egal; er hätte kommen müssen.« Meine Stimme bebte vor Unwillen.

»Jessie, sei nachsichtig mit ihm. Er hat eine Menge durchgemacht.«

»*Wir* haben eine Menge durchgemacht! Du hast ja keine *Ahnung!*«

»Ich weiß. Und jetzt bist du zum Umfallen müde; jeder ist müde. Warum kommst du nicht einfach heim und legst dich schlafen?«

»Ich muss Miss Wilma erst noch bei Miss Elsa unterbringen. Hat schon jemand Babysachen bei ihr abgegeben?«

»Laut Tante Eva ist das Zimmer schon fast voll. Du kannst das alles morgen durchsortieren.«

Ja, das würde ich tun. Und vielleicht würde ich auch Lee morgen begegnen. Vielleicht auch nicht. Was machte das schon; in drei Tagen würde ich eh fort sein. Fort, nur fort. Ich konnte es kaum *abwarten*. Vor allem nach den heutigen Ereignissen war mein Herz schon auf und davon, fortgeeilt auf den Schwingen meines Schutzengels. Ich durfte einfach nicht zulassen, dass sich irgendetwas meinen Plänen in den Weg stellte. Auch kein Ärger, der sich in Bradleyville zusammenbraute. Außerdem war ich mit weniger als zwei Stunden Schlaf in den vergangenen sechsunddreißig Stunden schlichtweg viel zu gerädert, dass mich das noch kümmern sollte. Selbst wenn Lee darin verwickelt war. Er hatte bereits sein wahres Gesicht gezeigt, schimpfte ich innerlich und machte mir mehr Gedanken über eine mögliche Vergeltung als über seine arme Schwester. Onkel Frank hatte versprochen, sich aus jedem Ärger heraus zu halten; darauf kam es an.

Ich heftete bleierne Augen auf die Straße. Miss Wilmas Kopf baumelte dösend hin und her. Dann und wann weckte sie ihr eigenes Schnarchen. Ich wollte sie schleunigst einquartieren und dann nichts wie ins Bett. Ich hätte mir am liebsten die Decke über den Kopf gezogen und bis Dienstagmorgen geschlafen.

Miss Elsa, Gott segne sie, hatte für ihren Gast schon alles vorbereitet. Ein Blick genügte, und sie zog Miss Wilma ins Haus und winkte mir zu: »Ab nach Hause mir dir, und husch,

husch ins Körbchen.« Miss Wilma brachte noch ein Lächeln und ein mit den Lippen geformtes »Danke« zuwege. Ich kroch zurück ins Auto und stierte die Straße hinauf auf Lees roten Lieferwagen. Ich konnte ihn mit Thomas reden sehen, ungeduldig gestikulierend. Er trug immer noch dieses alberne grüne Hemd. Wenn er mich gesehen hatte, so ließ er es sich nicht anmerken. Ich wendete. Erinnerungen drangen wie Schatten in meinen Schädel. Ich fragte mich, ob ich ihn so zum letzten Mal gesehen haben sollte: Gegen einen düsteren Himmel gekleistert, Ruß zu seinen Füßen.

Dumpf malte ich mir gerade aus, was er wohl zu Thomas gesagt haben mochte, als mein rechter Vorderreifen platzte. Das Geräusch machte sich erst allmählich bemerkbar, das Auto zog zum Bordstein. »*Mist!*« Ich hätte froh sein sollen, dass dies nicht außerhalb der Stadt passiert war, aber ich konnte mit der Stirn nur noch gefrustet auf das Lenkrad schlagen. *Verdammtes Sägewerk! Verdammtes Feuer! Verdammte Reifen und Müdigkeit und Krankenhäuser und Männer – vor allem Lee!* Dann fuhr ich zähneknirschend langsam zurück auf die Main Street, die Felge ächzte protestierend. Sobald ich in Ed Tams Tankstelle einbog, händigte ich ihm mit einem, wie ich hoffte, Lächeln die Schlüssel aus. Immerhin versprach er, bis morgen Nachmittag fertig zu sein. Ganz im nachbarschaftlichen Geiste Bradleyvilles schloss er seine Tankstelle sogar vorübergehend, um mich nach Hause zu fahren, und hinterließ ein gekritzeltes Pappschild, das gegen die staubige Tür baumelte.

Endlich zu Hause, schaffte ich es noch, mich eine Weile mit meiner Tante und meinem Onkel zu unterhalten, aber die Erinnerungen an unser Gespräch sind vage. Ich weiß noch, dass beide schon jenseits der Schlafgrenze waren, solche Sorgen machten sie sich über die Brandursache. Und ich erinnere mich an Tante Evas Stöhnen, dass die Inspektoren mit einer Auswahl an Fundstücken gegangen seien, unter anderem mit einem verdächtig aussehenden Fliegenschutzgitter. Sie wollten es in der Polizeiwache von Albertsville eingehender untersuchen und meinten, Bill Scutch irgendwann morgen eine Antwort geben zu können.

»Schön«, erwiderte ich ausdruckslos. Vor Erschöpfung war mir alles egal. »Ich gehe ins Bett.«

Kapitel 39

Es dunkelte, als er die Stufen zu seinem bescheidenen Haus hochstieg, die unruhigen Hände in den Jeanstaschen geballt. Fernsehgeräusche waberten durch die Luft, in der immer noch der beißende Rauchgeruch lag. Hin und wieder kam ein Windstoß auf und der dicke Dunst hob sich von Eichenblättern, Lattenzäunen und einem Kinderfahrrad im Hof. Seine Jungs saßen im Schneidersitz gebannt vor dem Fernseher und aßen Popkorn. Völlig unbekümmert.

»Warum seid ihr Kinder noch auf?«

»Heute ist Freitag, Papa«, gab der Älteste ungnädig zurück.

»Werd nicht frech. Wo ist deine Mutter?«

»Am Telefon!«, rief seine Frau aus dem Schlafzimmer. »Komm rein!«

Es musste an seinen Nerven liegen. Jetzt klang sie patzig. Sie reichte ihm das Telefon, Falten zerfurchten ihre Stirn. »Bill Hensley ist dran.«

Er war doch erst vor zehn Minuten gegangen. Seufzend nahm er den Hörer. »Ja, bitte?«

»Lee ist ziemlich sauer auf mich geworden, nachdem du weg bist.«

»Und nun?«

»Ich dachte, Shirley hätte ihn überreden können, ein wenig zu schlafen. Aber er ist aus der Dusche gekommen und sah aus wie ein Mann, der von den Toten auferstanden ist. Das Gesicht zerschlagen und müde, weißt du, aber Feuer und Flamme. Und er hat verkündet: ›Ich habe meine Nichte noch nicht gesehen, ich fahre sofort hin!‹ Ich hab gesagt: ›Lee, das Krankenhaus ist jetzt für Besucher geschlossen und Connie schläft

wahrscheinlich sowieso; lass es doch bis morgen dabei beruhen.‹ Er hat Nein gesagt, er würde sofort gehen, und wenn er schon mal in Albertsville sei, werde er an die Tür der Polizeiwache hämmern und Antworten verlangen. Ich sag dir, der Kerl dreht durch.«

»Das Einzige, was ihn verrückt macht, ist das Warten auf eine Antwort. Ich kenne sie schon; genau wie du.«

»Wir können keine Mutmaßungen anstellen.«

»Wer mutmaßt denn hier? Das Gitter ist zerschnitten worden. Jemand hat es aufgeschlitzt und ein Streichholz durchgeschoben, um die Vorhänge anzuzünden. Denkst du etwa, das war der Nachbarshund?«

Der Anrufer schnaubte verächtlich. »Nun, du stehst mit deiner Meinung nicht allein da. Jedenfalls, Lee ist schon weg. Er hat mir aufgetragen, die Dinge hier am Laufen zu halten, deshalb gebe ich das weiter. Wenn sich etwas aus dem Ganzen ergibt, will er es selbst anführen.«

Seine Frau hörte ängstlich zu, saugte die Oberlippe in die Zähne. Er drehte sich weg und senkte die Stimme. »Das ist sein gutes Recht. Und einzig wegen ihm schlagen einige von uns Riddum nicht schon jetzt die Tür ein, einschließlich Bledger und seiner Bande. Aber sobald ich Bescheid kriege, bin ich abmarschbereit; ich sage, wir regeln das. Es hat sich seit zwei Monaten angekündigt, und irgendwann ist das Maß voll.«

Kapitel 40

Eine der Lektionen, die ich in jenem Sommer 1968 lernte, war, dass es in jedem von uns eine Grenze gibt, die überschritten werden kann – eine Schranke, die das, was wir sind, von den Ungeheuern trennt, zu denen wir werden können. Das Erschreckende dabei ist, wie schnell sie überschritten werden kann, wenn wir nicht Gottes Führung suchen. Es mag Jahre dauern, bevor du mit der Fußspitze gegen jene Grenzlinie stößt oder sie auch nur von ferne siehst. Manche Menschen gelangen nie dorthin. Vielleicht haben sie es einfach leichter im Leben. Doch sobald du einmal dagegen getippt hast und jene genau richtige Mischung von Umständen wie ein Güterzug die Gleise hinabrollt, wird man allzu leicht hinüber gestoßen. Ehe du dich versiehst, betrachtest du die Welt aus der Rückenlage. Die Wirklichkeit spielt verrückt, ein wirbelnder Tornado saugt das Land auf. Und inmitten von Schmerz und Zorn findet dein Verstand für alles, was du tust, eine Erklärung, selbst für die gemeinsten Entscheidungen. Alle anderen sind im Unrecht oder blind, schreit es in dir; nur deine Handlungen sind gerechtfertigt.

Das ist mir jetzt klar, aber damals konnte ich es nicht verstehen. Noch konnte ich verstehen, dass jemand, der so getrieben ist, nur dann den Sprung zurück machen wird, wenn das ermüdende Wirbeln in seinem Kopf schließlich von selbst langsamer wird. Und deshalb, als es Lee passierte, machte ich einen Fehler nach dem anderen – ich schmeichelte; ich heulte; ich schrie – als ob ich ihn erreichen könnte.

Es war irgendwann nach Mitternacht, als er an unsere Tür bollerte.

Einen Augenblick, dusselig und orientierungslos, dachte

ich, die Zeit habe uns einen bösen Streich gespielt und sich zurückgestellt, um das Feuer von letzter Nacht wiederzubeleben. Ich erstarrte im Bett, hörte das Anspringen meines Herzschlags, das Einsaugen meines Atems. Automatisch drehte sich mein Kopf zum Fenster, aber ich sah nur den mondhellen Himmel. Ich lauschte angestrengt auf einen Laut, nicht sicher, was mich geweckt hatte. Dann hörte ich das Bollern. Nicht mit den Knöcheln, sondern mit Fäusten. Ich war aus dem Bett, ehe ich wusste, wie mir geschah, warf mir einen Morgenrock über und schaltete beim Öffnen der Haustür die Verandabeleuchtung an. Lee hätte mich beinahe umgerannt, als er hereinstürzte.

»Was ist?«, schrie ich, in Angst um Connie und das Baby.

»Ich muss zu Frank.«

Er stierte mit glasigem Blick durch mich hindurch. Ein Geruch von Schweiß und Zorn dampfte von seinen Schultern. Sein Atem ging stoßweise; der Mund starr. Das kastanienbraune T-Shirt, das er sich geliehen hatte, zeigte feuchte Ringe unter den Achseln.

»Was ist passiert?«, bellte mein Onkel hinter mir.

Lee schob mich zur Seite. »Frank.« Seine Stimme klang belegt, unnatürlich. »Die Männer tun sich zusammen. Ich brauche dich dort.«

»Was soll das heißen?« Das war Tante Eva, die mit aufgelösten Haaren und verquollenen Augen soeben ihren Morgenrock zuknöpfte.

»Wir werden uns vorm Sägewerk versammeln, sobald ich ein paar Leute anrufe. Wir fahren raus zu Riddum.«

»Wozu?«, fragte ich dümmlich. Tante Eva fuhr zurück, die Hand vor den Mund gepresst. Onkel Frank legte Lee eine Hand auf den Arm. »Setz dich einen Augenblick. Erzähl mir, was vor sich geht.«

»Nein! Ich setz mich nicht. Will bloß Bescheid sagen. Und ich möchte, dass du mitkommst, Frank. Du gehörst dazu.«

»Nein, tut er nicht«, heulte Tante Eva. »Er gehört nirgendwo zu!«

»Ruhig, Eva«, befahl Onkel Frank. »Lee! Bitte, halt eine Minute inne und *erzähl* mir.«

Lee strich sich mit der Hand über die Augen. »Ich bin zur Polizeiwache in Albertsville gegangen. Hatte gehört, dass sie sich morgen dieses Gitter da ansehen wollten. Aber sie haben behauptet, das Beweisstück sei gar nicht dort; hätte beinahe eine Schlägerei mit dem Polizisten gegeben. Und Thomas und Bill Scutch waren heute Abend auch keine Hilfe. Haben nur immer wieder gepredigt: ›Du musst die Untersuchungen abwarten, du musst die Untersuchungen abwarten.‹ Aber ich werde nicht länger warten. Und die Hilfe von Albertsville kann mir gestohlen bleiben. Ich konnte es diesem Polizisten so richtig ansehen, dieser selbstgefällige Blick, der sagte, es sei an der Zeit, dass Bradleyville von seinem hohen Ross herunterkommt.«

»Aber Thomas hat Recht, Lee«, unterbrach Frank. »Du hast keine Gewissheit.«

»Doch, das habe ich!« Lees Augen funkelten, als er das Gesicht zum Himmel hob. »Gott ist mein Zeuge! Stundenlang habe ich mir im Krankenhaus das Hirn zermartert, was ich wohl falsch gemacht habe. Und die ganze Zeit über saß Riddum behaglich in seinem Haus. Es hätte *dieses* Haus sein können, Frank, wenn du ihm genauso lautstark Paroli geboten hättest wie ich. Wie wäre dir dann zumute?«

»Das glaube ich nicht«, murmelte ich. »Ich glaub einfach nicht, dass er das tun würde.«

Lee ignorierte mich. »Wie ich zurück in die Stadt komme, sehe ich, dass oben, am Ende von Riddums schicker Zufahrt, noch Licht brennt. Wäre beinahe ausgestiegen. Ich konnte eh kaum fahren; mir zitterten die Hände vor Wut. Ich musste unaufhörlich denken, dass er beinahe das Baby meiner kleinen Schwester *ermordet* hätte. Aber ich krieg im Alleingang nicht das hin, was wir alle gemeinsam schaffen. Ich gehe jetzt wieder zu den Bills und starte die Telefonkette. Die Männer werden kommen, sie sind bereit; sie waren schon bereit, als ich ging.«

»Und dann, Lee, was dann?« Ich packte seinen Hemdsärmel. »Werdet ihr sein Haus niederbrennen? Ihn herauszerren und zusammenschlagen? Das hilft bestimmt.«

Er riss sich los. »Halt dich da raus, Jessie. Wir wissen ja alle, dass du die andere Wange hinhalten würdest, anstatt deine eigene Familie zu beschützen.«

»Nicht doch, Lee – «

»Vergiss es, Onkel Frank«, schäumte ich. Diesen Streit konnte man nicht gewinnen. »Sieh mal.« Ich schob mich in Lees Blickfeld. »Ihr wollt eine Dummheit machen, also nur zu. Du und deine schönen Freunde. Aber lasst meinen Onkel aus dem Spiel. Du hast mir *versprochen*, ihn nicht in Ärger hineinzuziehen! Oder hast du das vergessen?«

»Bitte, Frank, geh nicht«, flehte Tante Eva.

»Halt den *Mund*, Jessie!«, spie Lee. »Das verstehst du nicht. Du hast in deinem ganzen Leben nicht einen Tag für etwas kämpfen müssen, hattest nie geliebte Menschen, die Schutz brauchten. Vergiss doch das *Kämpfen*, du kannst ja nicht mal mit stinknormaler Wut umgehen. Du hast solche Angst davor, dass du sie nicht mal in dir *selbst* bemerkst!«

Kälte durchschoss mich, Schnee auf Eis. »Wie kannst du es *wagen*.« Meine Stimme zitterte. »Wie kannst du es wagen, zu sagen, ich hätte niemals für etwas kämpfen müssen! Deine Mutter ist wenigstens *lebend* rausgekommen!«

Lees Gesicht wurde beinahe weich, dann straffte er sich wieder. »Es geht hier nicht um uns beide, Jessie.«

»Wartet! Stopp!« Onkel Frank griff meine Ellbogen und zerrte mich zurück. »Lee, das kannst du nicht machen. Denk eine Minute nach. Was wird aus deiner Familie, wenn du im Gefängnis landest?«

»Ich lande nicht im Gefängnis; wer sollte uns verhaften? Glaubst du etwa, Bill Scutch wird die halbe Stadt einlochen?«

»Bill muss das Gesetz hochhalten. Er wird tun, was er tun muss.«

»Ach, vergiss es!« Lee wandte sich angewidert ab. »Bleib hier, Frank, geh wieder ins Bett. Es werden zwar deine Männer da draußen sein, aber mach dir um uns keine Sorgen.«

»Lee, warte doch noch einen Tag«, meinte Tante Eva überraschend ruhig. »Unternimm nichts, solange du wütend bist; das bringt nur Ärger. Du weißt selbst, das ist keine Lösung. Warte ab, bis wir morgen Genaueres wissen. Und wenn Riddum schuldig ist, lass *ihn* ins Gefängnis wandern. Und jetzt komm rein; bete mit uns. Wir werden Gott um Frieden bitten.«

Im hintersten Winkel meines Hirns regte sich eine Erinnerung. Vielleicht war es die Erwähnung vom Unfall meiner Mutter vor dem Hintergrund des Feuers. Vielleicht war es ein ähnliches Zucken meiner Gesichtsmuskeln, als ich Tante Eva anstarrte. Oder der kräftezehrende Gefühlsausbruch. Vielleicht sogar Lees klotzige Haltung. Was es auch war, plötzlich war ich wieder am Feuerschauplatz und stolperte über einen Nachbarshof in der Dunkelheit. Ich hob den Kopf und sah im Halbschatten einen Mann. Einen Mann mit kurzem, grau-gelbem Haar, großer Nase und einem schmalen, selbstgefälligen Mund unter eingesunkenen Wangen.

»Wie sieht er aus?«, platzte ich heraus.

Lee blinzelte verwirrt. »Was?«

»Wie sieht er aus?« Vor Angst krampften sich meine Finger zusammen. Ich verbarg sie in meinen Taschen.

»Wer?« Onkel Frank glaubte, ich sei verrückt geworden.

»Riddum!«

In Lees Augen glomm ein Licht auf, kalt und verhängnisvoll. »Warum?«

Ich kam zur Besinnung. Richtete mich auf. »Ach, schon gut.«

»*Warum?*«

»Schon gut!«

»Grau-blondes Haar«, ratterte Lee los, ohne den Blick von mir zu nehmen. »Nicht sonderlich groß, fies aussehender Mund, fette Nase. Ein eingefallenes Gesicht. Also, warum fragst du?«

»Einfach nur so.« Alle schauten mich an. Ich konnte die Panik in meiner Antwort hören.

»Hast du etwas gesehen?« Lee fixierte mich von oben. »Beim Feuer?«

Durch meinen Morgenrock krallten sich meine Finger in beide Beine. »Ich ... Nein.«

Er legte seine schwere Hand wie einen Schraubstock auf meine Schulter. »*Was* hast du gesehen?«

»*Gar nichts*, Lee. Lass mich los!«

Er ließ nicht locker.

»Jessie.« Onkel Franks Ton war sanft. Ich sah ihn mit weit aufgerissenen Augen an. »*Hast* du irgendetwas bei dem Feuer gesehen?«

Er setzte die Wörter so weit auseinander, als spräche er zu einem verängstigten Kind. Ich schluckte, sah, wie sich sein Gesicht vor Schreck zerknitterte, als er die Wahrheit erkannte.

»Sie hat überhaupt nichts gesehen; sie hat überhaupt nichts gesehen!«, kreischte Tante Eva grotesk.

»Das kannst du nicht tun.« Ich sah Lee verzweifelt an. »Das ist nicht richtig, egal, was passiert ist.« Meine Stimme wurde lauter. »Das kannst du nicht *tun!«*

Onkel Franks Schultern sackten ein. Er stierte blicklos die Wand an, fuhr sich mit zitternden Fingern durchs Haar.

Lee hatte die Lippen zusammengepresst. »Also, das wärs dann. Kommst du?«

Er nickte benommen. »Ich zieh mir was an.«

»Nein, Frank!« Tante Eva hängte sich an seinen Arm. »Du hast es mir versprochen, du hast es *versprochen!* Henry ging fort und kam nie zurück!«

»Ich muss, Eva.« Er versuchte, ihre Hand wegzuhebeln. »Ich gehe doch nicht um zu kämpfen, bewahre. *Jemand* muss dort sein um zu beten.«

»*Bitte*, Onkel Frank.« Ich schwenkte zu Lee. »Da siehst du, was du angerichtet hast! Du, der du mir vorgeschwafelt hast, ›dein Leben *Jesus* zu geben‹!« Meine Worte waren ein einziger Hohn. »Meinst du etwa, er würde wollen, dass du *so etwas* tust?«

Lee sah aus, als hätte ich ihn wachgeohrfeigt. Dann verschleierten sich seine Augen wieder wutentschlossen.

Tante Eva redete den ganzen Flur hinunter bis in ihr Zimmer flehentlich auf ihren Mann ein. »Geh nicht, Frank; sie werden dich hineinziehen, da kommst du gar nicht gegen an. Wir werden hier beten! Meinst du, Gott kann uns von hier nicht genauso hören? Bitte, Frank, *bitte!«* Als er wieder auftauchte, das Hemd halb zugeknöpft und hinten aus der Hose hängend, rang sie die Hände und Tränen liefen ihr die Wangen hinunter. Er zog sie an sich und umarmte sie zärtlich.

»Ich liebe dich, Eva. Mir wird nichts passieren. *Denk an Je-*

remia 29,11 – Denn ich weiß wohl, was ich für Gedanken über euch habe, spricht der Herr: Gedanken des Friedens und nicht des Leides, dass ich euch gebe das Ende, des ihr wartet.«

Ich hatte mich zum Sofa zurückgezogen und war zusammengesunken, das Gesicht in den Händen vergraben. Als mein Onkel auf die Veranda hinaustrat, stand ich mit wackeligen Beinen auf und krallte mich an der Sofalehne fest; der abgewetzte Stoff fühlte sich glatt an. »Onkel Frank.« Meine Stimme klang erstickt. »Wenn Jesus wirklich der Herr ist, dann wird er dich bewahren – weil ich das von ihm erbitte. Und Lee ...« Schon sein Name war Gift. Er wandte mir ein versteinertes Gesicht zu. »Wenn meinem Onkel was passiert, werde ich dir nie verzeihen. *Nie.*«

Er starrte mich an, ein Ritter einen Narren. Die Tür schlug hinter ihm zu.

Kapitel 41

Ich wanderte im Wohnzimmer auf und ab, nachdem sie fort waren. Auf und ab, auf und ab, meine Beine wollten nicht stillstehen. Tante Eva lag auf dem Sofa und weinte und betete in einer Penetranz und Lautstärke, dass mir die Ohren klingelten. »Beruhige dich!«, verlangte ich schließlich. »Man versteht ja seine eigenen Gedanken nicht mehr!«

»Das verstehst du nicht, das verstehst du nicht«, schluchzte sie in ihre Hände wie ein gekränktes kleines Mädchen, »und jetzt schreist du mich auch noch an.«

»Herr...*gott,* noch mal!« Ich hieb mit der Faust gegen die Wand. »Könntet ihr bitte aufhören, mir zu erzählen, was ich alles nicht verstehe! Hat denn alle Welt vergessen, was ich verloren habe!«

Und weiter ging's, auf und ab, meine Wut wuchs. Ich bekam den Ärger nicht unter die Füße, versuchte es auch gar nicht erst. Ich konnte nicht einmal sagen, wo er anfing und wo endete. Natürlich war ich sauer auf Lee, schäumte über seinen Verrat. Und auf Onkel Frank, dass er den Märtyrer spielte. Und auf Blair Riddum und die Stadt und das Sägewerk, dass es überhaupt gebaut worden war. Ich war stocksauer auf Gott, dass er das alles zuließ. Und ich war sauer auf meine Mutter, die mir zwar beigebracht hatte, Gewalt zu meiden, aber nicht, was man tat, wenn man hoffnungslos darin verstrickt war. Sie mochte sich still und sanftmütig darein geschickt haben, *ich* konnte das garantiert nicht. Ich bat sie um Kraft, spürte aber nicht den leisesten Trost.

Ich war auch wütend auf mich selbst. Dass ich meinen Mund so groß aufgerissen hatte. Und dass ich immer noch in dieser Stadt war. *Warum* hatte ich Bradleyville nicht am Ersten verlassen? Was hätte es schon gemacht, wenn Onkel Frank den Möbelwagen zwei Tage später nachgebracht hätte; ich hätte in meinem neuen Schlafzimmer auf dem Fußboden schlafen können. Und wenn er gar nicht hätte kommen können? Dann hätte ich eben Möbelpacker angeheuert, wie ich es jetzt eh getan hatte. Ich hätte jetzt schon dort sein können. Könnte just in diesem Moment mein Schlafzimmer streichen, Möbel mieten oder das Center besuchen.

»Herr Jesus, erst habe ich Henry verloren«, stammelte Tante Eva, an deren feuchten Fingern Haarsträhnen klebten, »dann meine Schwester, dann Jessie ans College. Nun Jessie wieder, für immer, und vielleicht Frank. *Bitte*, pass auf Frank auf!«

Ich ging aufseufzend zu ihr. Kniete mich hin. »Es tut mir Leid, Tante Eva, es tut mir Leid. Komm schon.« Sanft zog ich ihr die Hände vom Gesicht. »Ich wollte dich nicht anschreien.«

Sie schniefte laut, das Kinn zitterte. Ihr Gesicht war gerötet, knitterig und alt. »Hilf mir beten, Jessie; was können wir sonst tun? Nur Christus hat die Macht, die Dinge jetzt noch ins Lot zu bringen.«

Ich schüttelte den Kopf. »Ich glaube nicht, dass hier *irgendwer* noch irgendwas ins Lot bringen kann. Lee ist durchgedreht.« Ich setzte mich auf meine vier Buchstaben und starrte auf den abgetretenen Teppich. Er und seine schönen Freunde verdienten, was sie kriegten. Außer Onkel Frank. »Ich könnte wenigstens Bill Scutch anrufen. Ich weiß zwar nicht, was er ausrichten kann ... aber er sollte wissen, was läuft.«

Tante Eva kannte seine Privatnummer. Sie hatte wahrscheinlich die ganze Stadt gespeichert, dachte ich, als sie die

Nummer unter Schniefen aufsagte. Ich erwartete ein schlaftrunkenes »Hallo«, aber die Frau des Polizisten hob ab, wachsam und alarmiert.

»Hier ist Jessie Callum. Entschuldigung, dass ich so spät noch anrufe, aber ich muss Bill sprechen.«

»Oh.« Ihre Stimme gab vor Erleichterung nach, spannte sich dann aber wieder. »Er ist nicht da. Was gibts?«

»Lee ist vor vielleicht zehn Minuten von hier weggegangen. Er trommelt die Männer zusammen, um Riddum auf die Pelle zu rücken. Onkel Frank ist bei ihm. Nur zum Beten, hat er gesagt.« Ich konnte nicht zulassen, dass sie meinen Onkel mit diesen Männern in eine Schublade steckte.

»Bill weiß Bescheid«, flüsterte sie.

Meine Finger verdrillten und entdrillten die Telefonschnur. »Wie das? Und wo ist er? Ich *muss* ihm etwas sagen.«

»Er war den ganzen Abend bei Thomas. Sie haben sich das Zeug von der Brandstelle angeschaut. Vor ein paar Stunden kam dann von der Albertsviller Polizeiwache die Nachricht, dass Lee dort gewesen sei. Na, da konnten sie sich denken, dass es über Nacht nicht ruhig bleiben würde. Und nun sind sie schon auf dem Weg zu den Riddums; Bill hat gerade angerufen. Er und Thomas haben eine Menge Autos Richtung Sägewerk fahren sehen und eines von ihnen gestoppt.«

Nicht auch noch Thomas in Gefahr! »Aber wenn sie die Männer aufhalten wollen, warum fahren sie dann zu den Riddums? Warum nicht gleich zum Sägewerk?«

»Ich *weiß* es nicht.« Sie klang verängstigt und abwehrend und aufgebracht über mein Nachhaken. Ich ließ locker und meinte – so unglaubhaft wie nur was – sie solle sich keine Sorgen machen. Es würde sich schon alles einrenken. Bill und Thomas seien beliebt und geachtet und niemand würde ihnen etwas zuleide tun. Sie schien gar nicht zuzuhören.

»Ich hab zu Bill gesagt: ›Wenn sie das Haus von diesem Mann niederbrennen wollen, lass sie doch.‹ Er hat nur gemeint: ›Und wie stände ich dann als Gesetzeshüter da?‹ Aber wehe, wenn sie ihm etwas antun.« Ihre Stimme klang schrill, übersteuert. »Wer ihn für dieses Wirrwarr büßen lässt, dem gnade Gott, denn dann kriegt er es mit mir zu tun. Ich schieß die übern Haufen, das schwöre ich.«

Ich legte auf. Mir drehte sich der Magen um. Ich sah die Stadt zusammenfallen wie Dominosteine: Ein Übel stieß das nächste an. Während ich so dastand, von der Ungeheuerlichkeit des Ganzen überwältigt, spielten sich zweifellos ähnliche Szenen quer durch die Stadt ab: das plötzliche Anknipsen von Lampen in der Dunkelheit, die riesenhaften Schatten von Frauen, die ihre sich hastig ankleidenden Ehemänner beknieen. Und der Zorn mit jeder Haustür, die entschlossen ins Schloss fällt, die Vergeltungsdrohungen, falls der eigene Mann zu Schaden käme.

Zu vieles davon wäre meine Schuld. Auch wenn ich das Feuer bei den Hardings vielleicht nicht verursacht oder den Streik unterstützt hatte, so hatte ich trotzdem zur falschen Zeit den Mund aufgemacht.

Tante Eva beobachtete mich immer noch, ihr tränenverschmiertes Gesicht war forschend. »Und jetzt?«, fragte sie zittrig.

Ich stieß die Luft aus und bohrte zwei Finger in die Stirn. Es war schwer, einen klaren Gedanken zu fassen, aber eines war klar: Ich musste Thomas und Bill sagen, dass die Männer wussten, dass ich Riddum beim Feuer gesehen hatte. Nein – *glaubten* – nicht wussten. Vielleicht stimmte es nicht einmal; vielleicht war es gar nicht Riddum gewesen. Es war Jacke wie Hose. Sie glaubten es, und dieser Glaube, gekoppelt mit ihrem Monate alten Groll, würde sie taub und blind gegenüber jedem machen, der ihnen im Weg stand. Thomas dachte womöglich, er sei wieder in der Stadtversammlung, und erwartete, dass vernünftige Argumente in vernünftigen Köpfen Gehör fänden, um Himmels willen. Das hier würde eher einem Schlachtfeld in Korea gleichen.

Und da traf mich die Folgenschwere meines Fehlers mit voller Wucht. Wie ich so im Morgenrock und barfuß mit vor Schlafmangel schweren Augenlidern dastand, sah ich – in haarsträubender Folge – meinen alten Freund Thomas vor mir, wie er appelliert, bedroht wird, sich weigert, aus dem Weg zu gehen, niedergeschlagen wird. Auf der Vernunftebene konnte ich mir nicht vorstellen, dass Lee oder irgendein anderer so etwas tun würde, aber die Vernunft war geflohen, Rachsucht feierte ihre Stunde. *Bitte Jesus,* flüsterte ich, *bewahre sie alle.*

»Weißt du die Nummer von den Riddums?«

Tante Eva machte große Augen. »Weshalb willst du sie anrufen?«

»Weißt du sie?«, ich klang wie Onkel Frank, jedes Wort präzise.

Natürlich wusste sie sie. Einen flüchtigen Augenblick fragte ich mich, ob sie früher öfter mit Mrs. Riddum geplaudert hatte. Ich wählte die Nummer, hörte meinen Herzschlag und betete, dass Bill oder Thomas abnehmen würden. Was sollte ich schon zu Blair Riddum sagen?

Das Telefon läutete zehnmal, bevor ich auflegte. Ich versuchte es noch einmal. Ließ es fünfzehnmal klingeln.

»Sie gehen nicht ran.« Niedergeschlagen latschte ich zum nächsten Sessel und sank hinein. Der Stein auf meinem Herzen drückte mich in die Polster. Meine Knie waren seltsam kalt und ich schlug den Morgenrock über sie, gedankenverloren über den Stoff streichend. Ein Teil von mir konnte nicht glauben, dass dies geschah; ich wollte zurück ins Bett, mir die Decke über den Kopf ziehen und in der Abgeschiedenheit dieses Hauses leugnen, was sich eine Meile vor der Stadt abspielte. Ich wollte auch meinen Ärger leugnen, mich von meinem Schutzengel in den Schlaf wiegen lassen. Ich saß da und hätte es beinahe geglaubt; konnte die Furcht beinahe verebben spüren. Aber die Gesichter in meinem Kopf ließen mir keine Ruhe: Onkel Franks entsetzter Ausdruck bei der ungeheuerlichen Erkenntnis von Riddums Tat, Lee, der mit stieren Augen auf Rache sann. Eine Kraft, die stärker war als ich, zog mich auf die Füße. »Ich muss dorthin.« Ich schaute Tante Eva nicht an. »Ich muss Thomas sagen, dass ich denke, Riddum beim Feuer gesehen zu haben – und dass die Männer das wissen.«

»Du bist wohl nicht bei Trost!« Tante Eva saß kerzengerade da, die Tränen waren versiegt.

Wahrscheinlich.

»Was glaubst du denn, kann ein kleines Ding wie du ausrichten?«

Ich durchquerte bereits das Zimmer. »Ich werde ihm das lediglich sagen. Dann mache ich mich aus dem Staub.«

»Und was, wenn du diesen Männern in die Quere kommst? Die können jeden Moment losfahren.«

»Werd ich schon nicht.« Ich warf einen Blick auf die Uhr. Plötzlich hatte ich es sehr eilig. »Ich flitz los.«

»Jessie, nicht!«, rief sie, aber ich war schon in meinem Zimmer, schlüpfte aus dem Morgenrock, zog kurze Hosen und ein T-Shirt an, schlüpfte barfuß in die Turnschuhe. Ich schnappte meine Handtasche und grub mit einer Hand nach den Autoschlüsseln. Ich fühlte das Portemonnaie, eine Bürste, einen Stift und ganz unten einige eingewickelte Bonbons. Meine Finger wühlten, bis ich den Inhalt schließlich verärgert auf dem Bett ausschüttete. Keine Autoschlüssel. Langsam dämmerte es mir. Mein Auto war nicht da.

»Tante Eva!« Ich eilte im Laufschritt ins Wohnzimmer, nur um ihre Antwort aus dem Schlafzimmer zu hören. Sie erschien und knöpfte gerade noch ein Hauskleid zu. »Ich komme mit dir«, erklärte sie.

Ich schüttelte ungeduldig den Kopf. »Hat Onkel Frank dein Auto genommen? Oder ist er mit Lee gefahren?«

Sie blinzelte mich an.

»Mein Auto ist bei Ed«, schnappte ich und schwenkte ab. Ich flitzte durch die Küche, stieß die Hintertür auf und sprang von der Veranda in Richtung Auffahrt. In Sekundenschnelle hatte ich den kleinen Hof überquert und sah die Antwort im hellen Mondlicht – Leere! Ich rannte trotzdem los, hörte den Kies unter meinen Sohlen knirschen und blickte die gesamte Auffahrt Richtung Straße hinunter. Dann rannte ich, um vor dem Haus zu gucken, obwohl Onkel Frank dort nie parkte. Meine Beine erlahmten im Vorgarten und ich lehnte mich gegen einen großen Ahornbaum, schlug mit dem Kopf gegen seine Rinde. Ein Schluchzen rasselte in meiner Kehle, heiße Tränen brannten in meinen Augen. Dies war alles so *blöde*. Ich trat hilflos gegen eine nackte Baumwurzel, Erde rieselte auf meinen Schuh. Blöde, blöde, *blöde!*

»Jessie? Jessie!« Meine Tante hastete aus der vorderen Eingangstür. Sie nestelte an ihrem Kleid. Ihre Wangen wirkten bleich im Verandalicht. Ich stieß mich vom Baum ab.

»Tante Eva, mir passiert schon nichts.«

»Jessie, komm zurück ins Haus.«

Aber es gab kein Zurück mehr. Für den Bruchteil einer Sekunde dachte ich daran – stellte mir vor, aufzugeben und zu beten, dass alles gut werden würde – aber ich konnte nicht.

Weiter dachte ich nicht, machte mir keine Vorstellung von

der Dummheit, die ich im Begriff war zu tun, nicht einmal, als sich meine Beine in Bewegung setzten. »Jessie, wo willst du hin?«, schrie Tante Eva. »Alles o. k.!«, rief ich über die Schulter, als ich vom Bürgersteig auf die Straße sprang und mit angewinkelten Ellbogen an Tempo zulegte. Meine Tante schrie hysterisch hinter mir her.

Ich schaute nicht zurück.

Kapitel 42

Tante Evas Schreie wurden leiser hinter mir. Sobald ich rannte, übernahm mein Körper das Kommando. Das Adrenalin rauschte, wusch die Müdigkeit fort. Erst, als ich an der ersten Ecke in Richtung Main Street abbog, ging mir auf, was ich tat. Ich weiß noch, dass ich dachte, wie verrückt das war. Ein Glühfaden vernünftiger Überlegung glimmte auf: Es waren etwa zwei Meilen bis zu den Riddums. In meinem ganzen Leben war ich nie so weit gerannt. Und nur einmal war ich gerannt, was ich konnte. Selbst im Sportunterricht hatte ich nur eine oder zwei Runden um den Platz geschafft. Ich bezweifelte, dass ich durchhalten würde. Und selbst wenn, wer sagte mir, dass ich die Männer schlagen würde? Die Gedanken glühten, verblassten, verloschen. Eine Sekunde lang wurde in meinem Kopf alles weiß, ein grelles Licht blitzte auf und enthüllte leere Ecken.

Ich war schon aus der Puste. Verlor an Tempo, fiel in einen Rhythmus. Der helle Mond radierte die Sterne aus. Die Nach-Mitternachtluft war heiß und stickig. Ich sah keine Autos, hörte keine anderen Geräusche außer dem weichen *Flap-flap* meiner Füße und dem Pfeifen meines Atems. An der zweiten Ecke fühlte ich bereits den Schweiß auf meiner Stirn perlen. Eine unbestrumpfte Ferse begann zu scheuern. Die dritte Ecke war die Main Street. Dort angekommen, schwenkte ich nach rechts und nahm den geraden Weg durch die Stadt, der mich am Ortsschild von Bradleyville vorbei, über zwei lange Berge und um zahlreiche Kurven führen würde bis zum baumgesäumten Zufahrtsweg der Riddums.

Die Stille war unheimlich – wie ein schlafender Drache, der

bald erwachen würde. Bäume und Blumenbeete zogen stroboskopisch am Rande meines Blickfelds vorbei, abwechselnd in Licht oder Schatten gelblicher Straßenlaternen getaucht. Ich wunderte mich über die Stille, rätselte, ob sie bedeutete, dass die Männer sich noch sammelten oder längst fort waren. Auf ein entferntes Motorengeräusch hin hob ich lauschend den Kopf und sog die Luft ein. Ohne langsamer zu werden, blickte ich über die Schulter und sah ein Auto auf die Main Street biegen – Richtung Sägewerk. Die Luft entwich pfeifend aus meinen Lungen.

In der Ferne sah ich das Postamt. Die Holzbank davor glänzte golden und verlassen im Mondschein. Lange bevor ich dort vorbeikam, war ich außer Atem. Ich war erst eine halbe Meile von zu Hause entfernt, eine halbe Meile, die Tante Eva bei schönem Wetter oft zu Fuß zurücklegte. »Fahr dich heute nur selber zur Arbeit«, sagte sie dann zu Onkel Frank. »Ich laufe.« Irgendwann sauste die Post vorbei und ich heftete den Blick auf das nächste Ziel – die Ampel Ecke Minton Street, Main Street. Ich sah sie drei Häuserblocks entfernt blinken, methodisch von grün auf gelb auf rot schalten, Luft regeln.

Meine Lungen brannten. Dennoch dachte ich nicht daran stehen zu bleiben. Bilder – von früher und heute – drangen in meinen Kopf, Bilder, die ich nicht sehen wollte. Mit bewusster Anstrengung blockte ich sie ab, erzwang Gedanken an Cincinnati. In drei Tagen würde ich fort sein. Ich sehnte mich danach, träumte davon, wie ein verschmachtender Nomade von Wasser träumt. Siedend heiß fiel mir ein, dass ich aufgehört hatte, zu meinem Schutzengel zu beten; deshalb flüsterte ich zu ihr, bat sie um Kraft. Aber ich spürte keine Antwort und meine Beine schmerzten wie vorher. Dann drängten die Bilder wieder herein, stolperten übereinander. Ich sah mich selbst das einzige andere Mal in meinem Leben, als ich eine längere

Strecke gerannt war. Es war damals auch Sommer gewesen, und heiß, die Mittagssonne kannte kein Erbarmen. Und damals wie gerade rannte ich mit keinem anderen Ziel, als dorthin zu kommen, meine Beine pumpten, mein abgehackter Atem sang sein eigenes melodieloses Lied. Entsetzen hatte mich geritten. Das, und ein ähnliches Nicht-Glauben-Können, was mich erwartete.

Ich überquerte die Kreuzung Minton Street, Main Street, während sich vor meinem inneren Auge noch einmal jener Tag vor acht Jahren abspulte. In diesem Moment in dieser stillen und seltsamen Nacht beschworen meine Müdigkeit und mein stolperndes Rennen – fast wie im Traum – die Erinnerungen gestochen scharf. Jedes *Plopp* meiner Füße auf dem Pflaster, jeder abgerissene Atemzug brachte sie mit betäubender Vollständigkeit zurück. Ich hatte damals wie jetzt gewusst, dass mein Rennen sinnlos war, dass ich ein unbedeutendes Rädchen in einem großen Getriebe war, das aus den Fugen geraten war.

Das Bradleyviller Ortsschild stürmte links an mir vorbei. Der Bürgersteig hörte auf und ich hielt mich an den Straßenrand, während ich mich an den langen Anstieg des ersten Berges machte.

Ich hatte auch damals einen langen Berg erklommen, hatte Häuser und Bürgersteige und das mir bekannte Leben zurückgelassen. Die Viewridge war steil und kurvig gewesen und meine Knie waren zu Gummi zerflossen, während die Sonne mit heißen Fingern hinunterlangte und mir die Kehle zudrückte. Viel weiter oberhalb, auf einer anderen Ebene, sandten Glassplitter und verbeultes Metall ein grell blendendes Licht aus. Fremde waren dort, tauchten aus dem Nichts auf, Autos hielten, Türen knallten, Rufe, Schreie nach einem Arzt, einem Krankenwagen. Als ich mich dem Schauplatz näherte, schrie eine fremde, kratzige Stimme: »*Mutti! Muuuutti!*« Ich stürzte atemlos und schluchzend zu ihrem Auto, fremde Arme griffen nach mir, hielten mich zurück. »Nicht doch, Kleine, nicht, das darfst du nicht.« »Nein, NEIN!« Ich kämpfte, zerrte, zappelte, wusste, dass meine Mutter tot war, *glaubte nicht*, dass sie tot war. Konnte denn keiner helfen, konnte denn keiner etwas *tun!* Ich tobte wie besessen, bis ich mich aus ihren Griffen befreit hatte und zum Auto stürzte, das zertrümmert und zerbeult und grauenhaft still war. Die eingedrückte Tür schepperte und dröhnte unter meinen ohnmächtigen Schlägen, gab ihren kostbaren Inhalt aber nicht frei. Sie zogen mich wieder fort, überwältigten mich, bis der Abschleppwagen kam, zusammen mit der Feuerwehr und der Polizei und dem Krankenwagen. Misstönender Sirenenchor. Mein Körper wurde von Schluchzen geschüttelt, bis meine Lungen zu versagen drohten, meine Tränen für immer versiegten. Ich konnte es nicht glauben; ich *wollte* nicht glauben, was geschah. Tagelang glaubte ich es nicht, konnte die bittere Wirklichkeit nicht fassen, nicht einmal nach der amtlichen Mitteilung des grimmig blickenden Polizisten, den Beileidsbekundungen der Nachbarn, der Beerdigung, dem Umzug nach Bradleyville. Ich wollte es nicht glauben, denn sonst hätte ich zugeben müssen, dass meine Mutter mich *im Stich gelassen* hatte, fröhlich die tödliche Entscheidung getroffen hatte, davonzufahren und mich zurückzulassen. Allein.

Warum hast du das getan, Mutti?, keuchte ich, als ich mich der Spitze des ersten Berges hinter Bradleyville näherte. Warum musstest du unbedingt zum Hope Center fahren an jenem Tag? Ich habe dir doch *gesagt*, du sollst zu Hause bleiben. *Warum* bist du nicht geblieben und hast dich ausgeruht? Sieh nur, was dein Entschluss, anderen zu helfen, mich *gekostet* hat!

Ich trabte bergab. Meine Schritte knallten roboterhaft hart auf das Pflaster. Irgendwann auf dem Weg hatte ich zu weinen angefangen. Die Symmetrie der Bewegung jetzt und vor acht Jahren hatte mich ins Damals zurückversetzt. Ich hätte nicht sagen können, für welche Krise diese Tränen waren. Meine Wangen waren nass, meine Nase lief. Vage nahm ich das Geräusch abgerissener Schluchzer wahr, wie schlechter Radioempfang, der mal leiser, mal lauter wird. Meinen Körper nahm ich kaum noch wahr.

Ich hätte es nicht geschafft. Ich wäre zusammengebrochen, denn das anstrengende Weinen raubte mir das letzte Bisschen meiner Reserven. Der zweite Berg ragte gewaltig und unbezwingbar vor mir auf. Meine Beine wurden langsamer. Da zerteilte ein Lichtspalt die Straße vor mir und flutete abwärts, als hinter mir ein Auto über den Kamm kam. Ich wirbelte herum, erwartete eine ganze Kolonne, erspähte aber nur ein einzelnes Fahrzeug, das unbändig auf mich zugerast kam. Angst prickelte auf meiner Kopfhaut. Ich sprang im vollen Scheinwerferlicht ins Gebüsch und erstarrte. Es kam auf meine Höhe. Ein großes Auto. Plötzlich bremste es und hielt an. Eine beleibte Gestalt beugte sich vor und kurbelte das Fenster herunter.

»Jessie Callum? Was um *Himmels* willen tust du hier?«

Erleichterung gluckste in meiner Kehle. »Mr. Lewellyn! Was ... wo wollen Sie hin?«

Er glotzte mich an. »Zu den Riddums; und *du*?«

»Oh«, brachte ich heraus und fing schon wieder an zu weinen, das röchelnde Luftschnappen ließ diese bizarre Nacht noch seltsamer wirken. »Darf ich mitfahren?«

Er entriegelte die Tür und stieß sie auf. Ich plumpste ächzend hinein und hielt mir die Seiten. Das Auto drängte vorwärts.

»Bist du die ganze Strecke hierher gerannt?«

»Ja, mein Auto ist in der Werkstatt.«

»Wegen *was*?«

»Reifenpanne.«

Er sah mich an wie ein Vater sein schwachsinniges Kind. »Jessie. *Warum* bist du hier draußen?«

Ich sog die Luft ein, während ich mir eine Antwort zurechtlegte. Wie viel sollte man ihm erzählen? Er war nicht Thomas; würde es nie sein. »Die Männer sind auf dem Weg dorthin. Das wissen Sie bestimmt.«

Er nickte ungeduldig.

»Thomas und Bill Scutch sind schon dort. Ich muss ihnen etwas sagen.«

»Muss ja wichtig sein.«

»Ist es.«

Offensichtlich ging er davon aus, dass ich es ihm auch erzählen würde. Er fuhr weiter in unbekümmertem Schweigen, das ich nicht brechen wollte, bis die Neigung seiner Schultern seine Enttäuschung verriet. »Gut, dass ich vorbeigekommen bin«, meinte er schließlich. »Du hättest das wohl nicht gepackt.«

»Nein, Mr. Lewellyn«, versicherte ich ihm. »Sie haben mich gerettet, keine Frage.«

Er bremste hart, ich kippte nach vorn, und bog mit quietschenden Reifen in Riddums Zufahrtsweg. In der Ferne sah ich Licht im Haus.

»Ich konnte nicht schlafen«, plapperte er über das Lenkrad gekrümmt. »Sah einen Haufen Autos vorbeifahren und wusste, da ist was im Busch. Hab Bill angerufen, um zu fragen, was ich tun könnte, um zu helfen, und bekam seine Frau an die Strippe. Sie sagte, sie wären bereits hier draußen.«

»Wie können sie das *tun*, Mr. Lewellyn?«, fragte ich. »Wie *können* sie nur?«

Er schüttelte den Kopf, verschluckte die Silben. »Wenn das hier überstanden ist, Jessie, werden wir es eines Tages vielleicht verstehen. Fürs Erste merk dir eins: Gott kann die schlimmsten Zeiten unseres Lebens dazu benutzen, um uns das Meiste beizubringen, wenn wir nur zuhören.«

Der Sinn seiner Worte ging in meiner Verblüffung unter. Obwohl er jeden Sonntag in der Kirche saß, hatte ich Jake Lewellyn nie viel über Gott reden hören. Ich putzte mir das Gesicht am Ärmel ab.

»Ach, du heiliger Bimbam! Schau dir das an.«

Ich hob den Kopf, den Arm noch in der Luft. Die langgestreckte Veranda der Riddums mit ihren weißen Säulen war in Scheinwerferlicht getaucht. Fünf, nein sechs Albertsviller Polizeiautos waren kreuz und quer vor dem Haus und links davon geparkt. Der Wagen von Bill Scutch stand weiter seitlich.

»Woher wussten sie das?«, keuchte ich.

»Bill muss sie zur Verstärkung gerufen haben«, murmelte er und zog den Schlüssel aus dem Zündschloss. »Es muss schon schlimm kommen, bevor er so was tut.«

Er versuchte, sich zu beeilen, doch Alter und Umfang bremsten ihn. Selbst in meiner Müdigkeit war ich schon auf der Veranda, bevor er noch aus dem Auto geklettert war. »Thomas!«, rief ich und hämmerte an die Tür. »Thomas!«

Blair Riddums massive Eichentür schwang auf und Thomas erschien auf der Schwelle, die Stirn vor Anspannung und Verblüffung gerunzelt. »Um Gottes willen, Jessie! Du hast hier nichts zu suchen! Jake? Was fällt euch denn ein?«

»Ich bin hier, um dir zu helfen, alter Knabe«, polterte Mr. Lewellyn und stieg mit Todesverachtung die Verandastufen hinauf.

Ich stolperte durch die Tür und mir kamen wieder die Tränen. »Ich muss dir etwas sagen, ich will dir bloß was sagen!«

»Schon gut, schon gut.« Thomas fasste mich unter einem zitternden Ellbogen und stützte mich, Bill Scutch eilte an meine andere Seite. Mr. Lewellyn trat hocherhobenen Hauptes ein und sah sich um, als mustere er seine Truppe. Verschwommene Gesichter uniformierter Polizisten mit Schlagstöcken und Gewehren, die an ihren Gürteln befestigt waren, starrten erst ihn, dann mich an. Es mussten mindestens ein Dutzend gewesen sein, kampfbereit. Ihr Anblick erfüllte mich mit Schrecken. Mein Mund klappte auf, die Kehle schnürte sich zusammen. »Ich ... ich muss mit dir allein sprechen.«

Thomas zerrte mich nahezu durch den gefliesten Flur und auf samtigen blauen Teppich. »Setz dich«, ordnete er an und schob mich in einen Armsessel. Dann wandte er sich zur Seite. »Lass uns für einen Augenblick allein.«

Ich sah verwirrt hoch, wunderte mich, zu wem er sprach. Das Zucken einer Bewegung am anderen Ende des Raumes erregte meine Aufmerksamkeit und mein Blick glitt zu ihrem Urheber. Der Mann zögerte, verängstigt wie ein vom Scheinwerferlicht erfasster Hirsch, seine Augen bohrten sich in meine. Er war etwa fünfundfünfzig, mittelgroß, hatte blondes Haar mit einem Stich ins Graue, auf seinen eingefallenen Wangen lagen Schatten, die Lippen waren dünn.

Mir stockte der Atem.

Im Nu drehte er sich um und war fort.

Ich sah Thomas an, die Augen weit aufgerissen. »War das Blair Riddum?«

Er nickte.

Ich hätte ebenso gut ein Gespenst sehen können. Ich hätte Satan persönlich sehen können, solches Grauen flößte mir diese Gestalt ein. »Ich hab ihn *gesehen*, Thomas. In der Feuernacht. Er hatte sich im Hinterhof des Nachbarn versteckt. Es ist wirklich wahr; Riddum war es. Und die Männer wissen Bescheid.«

Das Gesicht von Thomas verdüsterte sich. Die Angst darin

erschreckte mich. Ich hätte nie gedacht, dass er sich vor irgendetwas fürchten würde. »Woher wissen sie das?«

Der Kloß in meinem Hals ließ sich nicht hinunterschlucken. »Ich wollte es Lee nicht sagen. Ich *habe* es ihm nicht gesagt. Aber er hat es mir angesehen. Er war schon so wütend genug. Und dann hat er Onkel Frank mitgenommen!«

»Thomas!« Bill Scutch bog im Laufschritt um die Ecke, griff nach den Türpfosten. Mr. Lewellyn war ihm so gut er konnte auf den Fersen. »Sie kommen.«

»Bleib hier«, deutete Thomas auf mich. Er eilte auf ein Doppelfenster zu, das nach vorne ging, und zog einen schweren Vorhang zur Seite. Ich folgte ihm dicht, spähte über seine Schulter. Im Mondlicht konnte ich lediglich eine Autokolonne erkennen, die langsam, ohne Licht, den Zufahrtsweg hinaufkroch. Ihre Langsamkeit war das Furchterregende. Kein aufbrausender Zorn, der schnell verraucht ist, sondern die unaufhaltsame, schweigende Entschlossenheit geforderter Rache.

»Gott steh uns bei«, murmelte Mr. Lewellyn.

Thomas ließ den Vorhang los und legte mir inständig die Hände auf die Schultern. »Jessie, vergiss, was du in jener Nacht gesehen hast, und hör mir zu. Du bist dir überhaupt nicht sicher, wen du gesehen hast, nicht wahr? Es war dunkel, richtig? Und du hast jemanden gesehen. Aber du kannst nicht sicher sagen, wen. Also hör auf mich, wenn ich dir sage, dass es nicht Riddum war. Er und seine Frau waren bei ihrer Tante. Die alte Dame ist krank und Esther Riddum ist immer noch dort. Verstehst du, Jessie? Hörst du?«

Ich suchte sein Gesicht. Draußen knallte die erste Autotür. Seine Finger verstärkten ihren Griff.

»Hörst du?«

Meine Lippen zitterten. »Ich höre.«

»Gut.« Er straffte sich. »So. Was machen wir jetzt mit dir.« Ich sah, wie sich die Rädchen in seinem Kopf drehten. »Bates«, polterte er, und auf der Stelle erschien ein Albertsviller Polizist. »Lass einen deiner Männer diese junge Dame zur Hintertür hinausbringen; hier drinnen ist man vielleicht nicht mehr lange sicher. Sag ihm, er soll den Weg nehmen, der rechts vom Hof führt, und ihm bis nach vorne folgen, von wo aus er beobachten kann, ob er gebraucht wird. Aber solange man ihn nicht braucht, soll er bei ihr bleiben, außer Sichtweite. Verstanden?«

»Thomas, ich brauche keine – «

»Still, Jessie«, schnappte er. »Bleib bei deinem Schutzmann und halt dich aus allem raus; ich habe schon genug Sorgen. Geh jetzt.«

»Tu, was er sagt«, meinte Mr. Lewellyn, sein schwammiges Gesicht zeigte Flecken.

Bates winkte einem jungen, stämmigen Beamten mit einer hohen Stirn unter dem Bürstenschnitt und einem Nacken, so dick wie mein Oberschenkel. Durch und durch dienstlich packte er mit festem Griff meinen Arm und zog mich zur Tür. »Keine Zeit zu verlieren.« Sein Gesicht war grimmig, wachsam, die Augen glitten vom Fenster zu mir.

»Der Rest«, hörte ich Thomas befehligen, »bleibt bis zur letzten Minute unsichtbar hier drin, wie wir besprochen haben. Wenn jene Männer da das Weiße in euren Augen sehen, werden sie wild wie ein Hornissenschwarm.«

»Es sind zu viele«, wandte Bates ein. »Wir können euch nicht alleine rausgehen lassen.«

Ich stemmte die Beine in den Boden, strebte von meiner Eskorte fort. »Thomas, geh nicht selbst da raus! Du kannst sie nicht aufhalten!«

Er warf uns einen zornigen Blick zu. »Schaff sie hier *raus!*«

Er wirbelte wieder zu Bates herum, als wäre sein alter Freund nicht da. »Du kennst diese Männer nicht so wie ich! Ich sage dir, wenn ihr jetzt schon rausgeht, habt ihr garantiert eine Schlägerei am Hals.«

»Das stimmt«, echote Jake Lewellyn.

Mein Polizist griff wieder nach mir, verärgert, dass man ihn angeschrieen hatte. »*Gehen wir.*«

Ich strebte fort. »Nein.«

»Und ich sage dir, ich habe meine Pflicht zu tun!«, schoss Bates zurück.

Die beiden Männer starrten einander an.

Feste Hände packten meine beiden Arme. »Wir gehen, und zwar *auf der Stelle.*«

»Thomas!«, schrie ich, während ich halbwegs zur Tür geschleift wurde. »Bitte! Du kannst dir nicht vorstellen, wie wütend Lee ist. Und sag ihnen, sie sollen Onkel Frank nichts antun; er ist nicht zum Kämpfen hier!«

Aber ich vernahm keine Antwort, denn ich befand mich bereits draußen, fegte im Mondlicht über den Rasen, getrieben von einem Mann, der Gehorsam gewöhnt war. Über das Dach des Hauses und um seine Ecken hörte ich Motoren ausgehen, weitere Autotüren schlagen und Murmeln von Männerstimmen. Wir erreichten die hinterste Ecke des großen umzäunten Geländes und wandten uns nach rechts, folgten dem baumgesäumten weißen Holzzaun mit gesenkten Köpfen die Flanke entlang. Als wir auf einer Höhe mit der Veranda waren, bot sich mir ein Anblick, der mir das Blut in den Adern gefrieren ließ. Die Männer sammelten sich, Lee vorneweg. Viele schwenkten Latten und einige auch grob gebastelte Fackeln, die nur darauf warteten, angesteckt zu werden. Al Bledger trug einen Benzinkanister, sein Gesicht war starr. Der Schatten der Verandalaternen fiel auf ihn.

»Der Herr steh uns bei«, flüsterte der Polizist. Ich versuchte abzubremsen, aber er zog mich weiter zu einer großen Eiche, etwa fünfzehn Meter von den Männern entfernt, von der ein Ast vorschriftswidrig zur Erde zeigte. Wir sanken hinter ihrem dicken Stamm japsend auf die Knie.

»Wie heißt du?« Er schnallte seinen Schlagstock vom Gürtel und legte ihn auf die Erde.

»Jessie. Und du?«

»Lester.«

Der Rasen war kühl unter meinen Beinen. Meine Zunge fühlte sich dick und geschwollen an. Ich hatte nichts zu trinken und meine Kehle lechzte nach Wasser. Ich schauderte, eine Gänsehaut tänzelte mir die Arme hinunter.

»Ist dir kalt?«

Ich atmete tief ein und schüttelte den Kopf. »Bin nur ... müde. Und hab Angst.«

In Wahrheit glaubte ich zu ersticken. Die Luft war immer noch heiß, die Feuchtigkeit klebte an mir. Das Szenario vor mir hatte etwas Unwirkliches, wie ein böser Traum. Irgendetwas stimmte daran nicht. Dies waren die Männer, denen ich in Tante Evas Wohnzimmer Kuchen serviert hatte. Denen ich in der Kirche gegenübersaß. Für deren Frauen ich bei Miss Alice ein Kleid geändert oder eine Taille ausgelassen hatte. Ich hatte diese Männer auf der Straße gegrüßt, bei der Parade zum 4. Juli neben ihnen gestanden. Und dort war mein Onkel, abseits der Raufbolde, und betete. Und Lee – auf der obersten von Riddums drei Verandastufen, die Hände in die Hüften gestemmt, dem Haus herausfordernd den Rücken zugekehrt, als ob nichts und niemand darin ihm etwas anhaben könnte. Er starrte mit verkniffenem Mund auf die Polizeiwagen und rief seinen Freunden die Zufahrt hinunter zu: »Na macht schon!« Mit geraden Schultern stand er breitbeinig da, der Mund Granit. Das war nicht der Mann, den ich kannte. Nicht der, der mich so zärtlich geküsst hatte, der mich angefleht hatte, in Bradleyville zu bleiben und ihn zu heiraten. Der Mann, der sich Gedanken darüber gemacht hatte, sein Leben Christus zu übergeben.

Ich schauderte wieder, erstaunt über den Irrsinn der Wut.

Kapitel 43

Die Männer waren fast vollständig, schlugen sich mit den Latten in die tatendurstigen Handflächen, lauerten, ihre Stimmen ein tiefes Grollen. Ihr Zorn pulsierte bis zu mir über den Rasen, eine Bombe kurz vorm Explodieren. Plötzlich, wie auf Kommando, fingen sie an zu johlen.

»Komm raus, Riddum!«

»Du glaubst wohl, du kannst dich hinter der Polizei verstecken?«

»Komm raus, bevor wir dich ausräuchern!«, kreischte Al Bledger und schwenkte seinen Benzinkanister.

Ich kauerte mich hinter dem Baum zusammen und grub die Fingernägel in meine Knie. Lester war sprungbereit, murmelte: »Ruhig bleiben, cool bleiben ...« Über dem Chaos hing unausgesprochen, aber greifbar eine gewisse Ordnung. Lee war der unangefochtene Anführer, seine persönlichen Verluste katapultierten ihn auf den Thron. Das Unrecht, das ihm widerfahren war, überstieg das aller anderen zusammengenommen.

Jetzt drehte er sich weg von den Männern zur Tür. »Riddum!«, röhrte er heiser über das Getöse. »Hier sind ein paar Männer, die mit dir reden wollen!«

Onkel Frank hatte die Hände jetzt krampfhaft gefaltet, die Knöchel gegen den Mund gepresst, den Kopf gebeugt.

Höhnisches Gejohle stieg von der Menge auf, der Aufruhr schwoll an. Als die Tür aufging, spannte sich Lee und spreizte die Finger. Die Bewegung hinter ihm stockte überrascht, als ob niemand damit gerechnet hätte, dass es so einfach sein würde. Als Thomas und Jake Lewellyn auf die Veranda traten und die Tür hinter sich zuklinkten, erstarrten die Latten, der Lärm erstarb. Einen Augenblick lang rührte sich niemand, die unerwartete Gegenüberstellung ließ die Luft prickeln. Lee trat von der Stufe zurück auf den Bürgersteig. Die beiden alten Männer standen fest und aufrecht da. Thomas trug eine Papiertüte in einer Hand.

Vor meinen Augen tanzten Sterne. Ich wagte kaum zu atmen.

Lee fasste sich. »Thomas, Jake, weg von der Veranda, bevor ihr noch was abkriegt. Hier gehts nicht um euch.«

»Es geht um mich, na schön«, erklärte Thomas lautstark. »Es geht um das Sägewerk, das mein Vater aufgebaut hat. Und ihr alle seid Teil der Stadt, die er gegründet hat. Er kann euch nicht mehr Rede und Antwort stehen. Deshalb bin ich hier.«

»Und ich bin genauso alt wie er!«, rief Jake Lewellyn kurzatmig. »Bin Teil dieser Stadt seit dem Tag ihrer Gründung. Mich kriegt ihr hier auch nicht weg.«

Eine Welle schmutzigen Gelächters schwappte durch die Männer, die Knüppel tanzten wieder. »Hier gehts nicht um die Achtung vor euch oder der Stadt!«, konterte Lee und trat wieder auf die Treppe. »Wenn es sein muss, schnapp ich mir euch, einen nach dem andern, und trag euch eigenhändig weg. Und was euren versteckten Hinterhalt da drinnen angeht, so sind wir viel mehr als die. Bill Scutch!«, er warf den Kopf zurück und brüllte zum obersten Fester des Hauses hinauf. »Du und der Rest da drin, macht besser, dass ihr rauskommt!«

»Willst du auch sein Blut an deinen Händen kleben haben, Lee?«, forderte Thomas ihn heraus.

»Ich werde kein unschuldiges Blut an den Händen kleben haben!« Lee hieb die Faust in die Luft. »Wir wollen *einen* Mann, einen einzigen. Den Mann, der beinahe meine *Familie* umgebracht hätte!«

»Blair Riddum hat dein Haus nicht angesteckt!«

Die Reaktion kam prompt. Männer spien ihren Ekel hinaus, Waffen hoben sich. Von meinem Platz aus konnte ich sehen, wie Jakes Lewellyns Beine zu zittern begannen. Er senkte den Kopf, um zu husten. Thomas wedelte mit der Tasche in seiner Hand, brüllte vergeblich, bis seine Stimme durch den Lärm drang. »Ich sage die Wahrheit, Lee!«

»Er ist gesehen worden, Thomas!«, kreischte Lee.

»Warum nehmt ihr ihn in Schutz?«, raste Al Bledger. Andere stimmten in seine Verachtung ein.

»Hört mich *an*! Hört mich wenigstens an!«

Lester, in Hockstellung, nahm das Gewehr aus seiner Halterung.

»Was *tust* du da?«, stieß ich erschreckt hervor. »Kein Mensch da vorne hat ein Gewehr.«

Er schnaubte leise. »Siehst du die Horde da? Weißt du, wie viele wir sind? Du solltest dir Sorgen um *mich* machen.«

»Du kannst doch nicht auf Männer anlegen, die kein Gewehr haben. Hat man euch das beigebracht?«

»Wir sind hier nicht im Klassenzimmer, Jessie; das hier ist das wirkliche Leben. Wir sind in der Unterzahl.«

Es schnürte mir die Kehle zu. »Bitte schieß nicht.«

»Wir werden ihnen eine Chance geben. Wenn sie ihre Waffen niederlegen, geschieht keinem was.«

»Aber verstehst du denn nicht; er wird nicht aufhören. Der eine da auf der Treppe.«

Meine Augen füllten sich mit Tränen.

»Woher weißt du das?«

Er beugte sich vor und betrachtete forschend mein Gesicht. Ich dachte an Miss Wilma, erschöpft und mittellos. An Connie und ihr vaterloses Baby. Mein Mund geriet aus der Form, blitzschnell verdeckte ihn eine Hand. »Er hat allen Grund dazu. Was, wenn *deine* Familie fast getötet worden wäre?«

Lesters Gesicht verhärtete sich. Er wandte sich wieder den Männern zu. »Du kannst das Gesetz nicht selbst in die Hand nehmen.«

»Was hast du für Beweise, Thomas!«, verlangte Lee. »Wir wissen, dass das Gitter zerschnitten wurde! Wir wissen, dass er die Vorhänge angesteckt hat.«

Ich blickte von Lesters Gewehr zu Lee und schnappte nach Luft, als Onkel Frank sich durch den Mob an seine Seite schob. Tante Eva hatte Recht gehabt; er konnte sich unmöglich raushalten. »Das ist mein Onkel!«, keuchte ich. »Er ist nicht zum Kämpfen hier; er will die Männer beruhigen. Du *darfst* ihm nichts antun.«

»Ruhe, alle miteinander!«, befahl mein Onkel und wedelte mit den Armen. »Wir werden zuhören. Gebt Thomas eine Minute.«

»Du bist nicht unser Manager hier draußen«, tönte einer von Al Bledgers Spießgesellen.

Lee hielt die Hände breit gefächert über seinen Kopf, als segnete er seine Freunde. Der Groll ging in ein leises Zischen über.

Thomas nutzte die Sekunde, seine Stimme schallte durch die stickige Nachtluft. »Blair Riddum war in der Feuernacht gar nicht hier! Er und seine Frau haben ihre kranke Tante im Nachbarbezirk besucht.«

»Glaubt ihr das?«, rief Zach Bulder.

»Esther ist immer noch bei ihrer Tante. Und was das Feuer angeht, wenn ihr schon jemandem die Schuld dafür in die Schuhe schieben wollt, dann beschuldigt Martha Plott.«

»Martha *Plott!«* Höhnische Echos schnitten durch die Nacht. Al Bledger bahnte sich, vor Abscheu triefend, durch die Menge nach hinten und gab seinen Freunden Handzeichen.

»Jawohl, die liebe, alte Martha Plott!«, bellte Jake Lewellyn. »Wollt ihr etwa *ihr* Haus niederbrennen?«

Mit einem Wink schnitt Thomas Mr. Lewellyn das Wort ab und hob die Papiertüte über seinen Kopf. »Lee! Du hast zugesehen, wie wir dieses Stück geschliffenen Glases unter den Trümmern deines Hauses hervorgezogen haben.« Er öffnete die Tüte und zog eine große, gezackte Scherbe hervor, die er zwischen zwei Fingern hoch in die Luft hielt. »Du hast mir erzählt, es stamme von einer Lampe, die Martha deiner Schwester am Tage des Feuers geschenkt hat. Sie stand direkt am Fenster, erinnerst du dich, neben den Vorhängen. Bill und ich und die Brandspezialisten haben das Stück Schutzgitter den ganzen Abend lang untersucht. Es ist nicht sauber mit einem Messer aufgeschnitten worden. Die Lampe hat zuerst die Vorhänge in Brand gesteckt, dann ist das Glas explodiert und ein Splitterstück hat das Gitter aufgeschlitzt! Da.« Er zog ein dreißig Zentimeter langes Stück halb zerschmolzenen Gitters aus der Tüte. »Sieh selbst!«

»Wir glauben kein Stück davon!«, schrie jemand vom Rand heiser vor Hass. In einer einzigen fließenden Bewegung duckte er sich und holte mit der Latte wie mit einem Prügel aus. »Kein *Stück!«* Mit beidhändiger Kraft schmetterte er das Holz in das Fenster eines Polizeiwagens.

Das krachende Splittern von Glas fuhr den Männern in die Glieder, zerschlug den letzten Rest von Logik. Sie drehten durch, und danach ging alles sehr schnell. Ihr Johlen übertönte Thomas' Flehen. Andere Knüppel erhoben sich und richteten sich in ihrer Wut gegen die Albertsviller Polizeiautos. Schnell waren sie umringt, Fenster und Türen eingeschlagen. Das abseits geparkte Auto von Bill Scutch blieb vorerst noch verschont. Onkel Frank trat ein paar Schritte von Lee weg und hob die Hände laut betend über den Kopf. »Herr Jesus, sende deinen Geist, der Ruhe schafft!«, erhob sich seine Stimme über den Lärm. »Im Namen Jesu, beruhige die Hände dieser

Männer!« Lee schien zwischen beiden Lagern hin und her gerissen zu sein. Mal wirbelte er eine Holzlatte, dann wieder sprang er auf die Veranda, um Gitter und Glasscherbe zu begutachten. Selbst in seiner Wut, das wusste ich, wollte er glauben. In einer herzzerreißenden Geste presste er die Handballen gegen den Schädel, als wollte er die Blase seiner Verwirrung zerplatzen.

In mir zerbrach etwas. Wut braute sich gallenbitter in meinem Magen zusammen. Es war nicht länger Wut auf Lee, sondern auf den Wahnsinn, zu dem sein fehlgeleiteter Eifer geführt hatte. In diesem Augenblick wusste ich tief in mir drin, dass jemand zu Schaden kommen würde und dass dieser jemand ein Teil von Bradleyville, ein Teil meines Herzens sein würde. Und was noch erschreckender war, ein Teil von mir verstand das wahnwitzige Wüten der Männer plötzlich. Denn Wut, so tief wie ihre, so gärend wie meine, verlangte eine Zielscheibe, und fand sie keine, schuf sie eine.

»Bleib hier«, befahl Lester und sprang auf die Füße, als seine Kollegen aus Riddums Haustür strömten und dabei Thomas und Mr. Lewellyn zur Seite spülten. Lee streckte die Arme aus, rief ihnen zu, aufzuhören.

»Nein!« Ohne nachzudenken, fuhr ich hoch, packte den Polizisten beim Hemd und zog ihn zurück. Er stieß einen überraschten Fluch aus und schüttelte mich ab. »Du darfst nicht auf sie schießen«, flehte ich, »sie haben keine Gewehre!«

»Bleib *zurück*«, flüsterte er drohend und hielt mir einen Finger vor die Nase, »oder ich schwör dir, ich fessle dich mit Handschellen an diesen Baum da.«

Ich griff noch einmal nach ihm, aber er sprintete fort, das Gewehr in die Luft gerichtet, setzte über den weißen Lattenzaun und feuerte harmlos in die Nacht. Schüsse erklangen in schneller Folge, als weitere Polizisten in die Luft zielten, den

Tumult im weiten Bogen umstellten, breitbeinig, beide Hände an den Gewehren. Der Radau der rasenden Männer hielt plötzlich inne, zerschmolz zu Erstaunen. Angewinkelte Arme erstarrten, zerbeulte Autos hörten auf zu schaukeln. Die Gewehrläufe senkten sich und zeigten auf die Menge.

»Runter mit den Latten!«, befahl Bates. »Legt sie nieder!«

Jake Lewellyn lehnte schwer atmend an einer Verandasäule. Onkel Frank rief ihm irgendetwas zu, wurde aber mit einer Handbewegung abgetan. Thomas ergriff Lee beim Handgelenk und schüttelte es, während er einen Wortschwall losließ, dann drehte er sich abrupt um und verschwand im Haus.

Ein Latte nach der anderen entfiel den steifen, widerstrebenden Händen. Das wutentbrannte schwere Heben und Senken all jener Brustkörper schien mir den Sauerstoff aus den Lungen zu saugen. Wieder tanzten Sternchen durch mein Blickfeld, ich schüttelte blinzelnd den Kopf. Die Nacht wurde seltsam still, das Blut sauste in meinen Ohren.

Kommissar Bates richtete sein Gewehr auf die letzten Widerspenstigen: »Legt ... sie ... *nieder.* Die Fackeln auch. Auch du da mit dem Kanister. Und jetzt zurücktreten.«

»Wartet!« Thomas trat wieder auf die Veranda, die Hände erhoben, die Handflächen nach außen gedreht. »Bates! Nehmt eure Gewehre weg; lasst mich mit ihnen reden!«

Die Polizisten waren aus Stein. »Du willst reden, nur zu!«, erlaubte Bates barsch, den Blick auf Al Bledger geheftet. »Aber die Gewehre bleiben, wo sie sind.«

Thomas sperrte den Mund auf, er rang nach Luft. »Gebt mir eine Chance.« Seine Hände zitterten, als hielten sie Sprengstoff. »Jetzt ist auf der Stelle Schluss mit dem Zirkus! Riddum hat das Feuer *nicht* gelegt. Denkt doch einmal *nach.* Schaut euch doch mal um, in Gottes Namen, schaut, was hier passiert!

Ihr, die ihr jeden Sonntag in der Kirche sitzt, seid ihr alle miteinander ein Haufen *Mörder*? Hört mich an; ich soll euch von Riddum etwas ausrichten. Etwas, was dieser ganzen Geschichte ein Ende macht, ein für alle Mal. Er wird nicht länger im Sägewerk arbeiten. Er mag es zwar besitzen, aber er wird sich fern halten. Frank wird die Dinge von nun an regeln.« Er sah Lee durchdringend an, als wollte er ihn abschätzen. Ihre Blicke trafen sich. »Und Lee wird stellvertretender Manager. Dazu bekommt jeder ab Montag fünf Prozent Lohnerhöhung!«

Wenn du auf einer gottverlassenen Straße dahinjagst, fest entschlossen, die Zähne zusammengebissen, dann kann keine noch so willkommene Nachricht dich sofort zum Einlenken bringen, selbst wenn es genau das ist, was du hören wolltest. Geschwindigkeit und Adrenalin brauchen ihre Zeit. Die Sekunden tickten, während Thomas' Worte über schweißjuckende Köpfe und klotzige Schultern purzelten. Onkel Frank und Lee waren nicht weniger überrumpelt als alle anderen.

In diesem Moment dachte Thomas offensichtlich, er habe sie. Dachte, dass nun alle, bis zum letzten Mann, zur Einsicht gelangt seien, dass jedes Unrecht beglichen, jeder Forderung Genüge getan sei. Schließlich war er vom Militär gewöhnt, dass alle Soldaten einem Befehlshaber folgten.

»Wo steckt er?«, rief jemand. »Wir wollen das von Riddum selber hören!«

Die übrigen nahmen den Ruf auf und die Finger der Polizisten spannten sich am Abzug. »In Ordnung!«, erwiderte Thomas. »Er wird rauskommen. Und dann gehen wir alle nach Hause.«

Vorsichtig, langsam, als trete er auf Eierschalen, wich er zurück und zog die schwere Eichentür auf, die Augen auf die

Menge gerichtet. Ein zitternder, eingeschüchterter Blair Riddum erschien auf der Türschwelle in Begleitung eines grimmig und wachsam dreinblickenden Bill Scutch. Sie traten auf die Veranda. Bills Hand lag auf seinem Oberarm, als schütze er einen verhassten Gefangenen davor, gelyncht zu werden. Riddum schluckte und im trüben Lampenlicht konnte ich seinen Adamsapfel tanzen sehen. Sein Anblick, verschreckt wie ein Kaninchen, hüllte mich – und sicherlich jeden Mann aus der Menge – in hämische Genugtuung.

Sein Kinnladen rasselte herunter. »Es stimmt!«, bibberte er. »Ab Montag.«

Thomas legte ihm die Hand auf den anderen Ellbogen. »Bates!«, rief er, »Riddum wird für den Schaden an euren Autos aufkommen. Also keine Verhaftungen heute Nacht.«

Das Angebot erwischte Bates auf dem linken Fuß. Ich war auch nicht sicher, ob Blair Riddum das erwartet hatte. Flüchtig stellte ich mir die Zwickmühle des Polizisten vor: unkäufliche Gerechtigkeit gegen eine Übermacht wütender Männer, die unvermeidlichen Erklärungen, warum man auf unbewaffnete Aufrührer geschossen habe. Sein Blick wanderte unentschlossen zu Thomas.

Mach das!, wollte ich schreien, *bevor jemand zu Schaden kommt!* Neue Wut brachte mein Herz auf Hochtouren. Wie *konnte* so ein hergelaufener Polizist – der keinen Schimmer von Bradleyvilles sommerlanger Misere hatte – es wagen, von diesen Männern Wiedergutmachung einzuklagen. Ich sprang schwankend auf die Füße, schüttelte in Gedanken eine Antwort aus dem Mann.

Onkel Frank erhaschte Lees Blick und bat schweigend um Zustimmung. Lee straffte sich sichtlich und drückte den Ärger hinunter. Er nickte meinem Onkel kurz zu. Gemeinsam wandten sie sich zu Riddum. In drei zielstrebigen Schritten waren sie bei ihm. Mit einem dankbaren Blick zum Himmel streckte Onkel Frank ihm einen Arm entgegen. Riddum zögerte, dann ergriff er die Hand und drückte sie kurz und hart. Mein Onkel trat zurück. Lee schob sich vor, starrte auf seinen Widersacher hinunter, seine Augen wurden schmale Schlitze. Sein riesiger, muskulöser Arm erhob sich langsam und hing in der Luft. Einen Augenblick lang dachte ich, Blair Riddum würde nicht einschlagen. Dann spannten sich seine Lippen und er legte seine Finger in Lees Hand. Lee packte sie fest, riss Riddum beinahe nach vorne und drückte zu. Riddum verbiss sich das Winseln. »Sie haben Ihre Meinung geändert«, presste Lee hervor, Sand in der Kehle, »das nächste Mal wird es keine Warnung geben.« Riddum gab keine Antwort. Wie etwas Verpestetes ließ Lee dessen Hand fallen und wandte sich ab. Er und Onkel Frank stellten sich wieder neben die Stufen.

»Geht jetzt alle nach Hause zu euren Familien«, rief er der Menge zu. Ich wusste, er dachte an seine eigene Mutter und Schwester. »Wir haben bekommen, was wir wollten.«

Niemand rührte sich. Jake Lewellyn hustete laut.

»Nun macht schon!«, bellte Bates. »Es ist vorbei.«

Ohne Vorwarnung riss Riddum sich von Thomas und Bill los. »Es ist nicht alles vorbei!«, brüllte er. »Er kann sagen, was er *will*, ich werde für keinen der Schäden an den Autos aufkommen!«

Thomas packte ihn bei der Schulter und zerrte ihn zurück.

Was als Nächstes geschah, hat sich nur in verwackelten Umrissen in mein Hirn gebrannt, als habe jemand mit zittriger Hand den Brennstab geführt. Ich erinnere mich an Al Bledger am Rand der Menge. Er schnappt sich eine Latte, schwenkt sie hoch über seinen Kopf. Heult etwas Abstruses: »Dann zahl *dafür!*« Kommissar Bates wendet sich ihm wie in Zeitlupe wieder zu, zielt, stößt eine Warnung aus. Al Bledgers Arm spannt sich und schleudert das Holzstück wie ein Geschoss in Riddums Richtung. Thomas zankt erbost mit Riddum, Bill zieht sie zur Seite. Jake Lewellyn glotzt das durch die Luft wirbelnde Holzstück an, dreht sich um und sieht Thomas direkt in die Wurflinie treten. »Haaalt!«, kommt es heiser aus Mr. Lewellyns Kehle, während er sich von der Säule wegdrückt und die pummeligen Arme hebt.

Jemand schrie: »Nein!« und der Schrei kam aus meinem Mund. Meine Beine rannten, die Arme rissen mich vorwärts auf Al Bledger zu, flammender Ärger und Erschöpfung dörrten die Luft ringsum aus, heizten meinen wackeligen Beinen ein. Bates wirbelte zu mir herum, abgelenkt, weitere Köpfe drehten sich überrascht. Lees Augen weiteten sich vor Erstaunen. Mein tränenverschleierter Blick folgte dem Geschoss, während ich rannte und wusste, ich kam zu spät, aber wollte, konnte den Ausbruch meines Zorns nicht eindämmen.

Jake Lewellyn brüllte Thomas zu: »*Ffffooort*!«

Die Zeit dehnte sich, während ich über den in Schatten getauchten Rasen flog und in Gedanken die Folgen von Al Bledgers Affekthandlung heraufbeschwor. Ich sah Thomas getroffen, Gewehre daraufhin kopflos losfeuern, Lee fallen, Onkel Frank fallen. Die letzte Sekunde schaltete auf Vollgas, als sich Jake Lewellyn dem Holz in den Weg wuchtete, es ihn seitlich am Kopf traf, gegen die Hauswand abgelenkt wurde und mit einem grässlichen *Krawumm* zersplitterte. Der alte Mann stürzte wie ein Stein zu Boden.

»Nein!«, schrie ich wieder, hielt geradewegs auf Al Bledger zu und raste mit einer so unerwarteten Wucht in ihn hinein, dass es ihn umwarf, seine Zähne klappern ließ. Als Folge seiner *Dummheit*, angesichts des unvorstellbaren Preises eines unschuldigen Unbeteiligten und der Furcht des Augenblicks, schäumte ich zu einem wirbelnden, wütenden Derwisch auf.

Hätte ich ein Messer gehabt, ich hätte es benutzt. Ein Gewehr, ich hätte abgedrückt. Wie es kam, ging ich mit bloßen Händen auf ihn los, schlug mit Fäusten und trat mit aller Kraft. Die Welt wurde rot, dann blütenweiß, während ich kämpfte und mit solch einer Besessenheit auf ihn eindrang, dass er meiner nicht Herr wurde. Ich brüllte ihn an mit einer Stimme, die nicht mir gehörte. Ich schlug ihn dafür, dass er den armen, alten Jake Lewellyn verletzt hatte, der keiner Fliege etwas zuleide tat. Ich schlug ihn für seinen hässlichen Jähzorn, der Bradleyvilles Sommer so aufgeheizt hatte. Ich schlug ihn für alle Gefahren, in denen Lee geschwebt hatte und mein Onkel und Thomas. Dann schlug ich weiter auf ihn ein. Für meinen seitenstechenden Lauf durch düstere Straßen. Für die herzzerreißende Schönheit einer Engellampe, die nun nichts als Asche war. Für Miss Wilmas zerfurchtes Gesicht und Connies qualvolle Wehen. Ich schlug ihn dafür, dass er mich diese Extratage in Bradleyville festgehalten hatte, für die Selbstsucht, die sich in mir breit gemacht hatte, für die Küsse von Lee, die ich nie wieder bekommen würde. Und für meine verlorenen Teenagerjahre, das Ertrinken in Trauer. Für die rot geschlagene Wange meiner armen Mutter. Und am härtesten von allem schlug ich ihn für die Verzweiflung, die sie an jenem Tag von mir fortgetrieben hatte. Dem Tag, an dem sie starb und mich mutterseelen*allein* ließ.

Und als ich nicht mehr schlagen konnte und Rufe mich umgaben und Hände nach mir griffen, um mich wegzuziehen, da schwankte, schluchzte, zappelte ich halbherzig, vergebens, bis die Abscheu die Welt verdunkelte. Als ich zusammenbrach, schlangen sich vertraute, starke Arme um mich und ließen mich sanft zu Boden gleiten. Von weit, weit weg wiegte mich Lees Stimme in schwarze Nacht.

Kapitel 44

»Ja hallo, Nachbar, schon so früh auf den Beinen?«

Die Sonne musste erst noch über die fernen Bergspitzen lugen, der blaugraue Morgen war erfüllt von Vogelgezwitscher. Der junge Mann grinste und lehnte sich über ihren gemeinsamen Zaun. »Ich wollte wohl nur den neuen Tag erwachen sehen.«

Er grunzte. »Ja, ja. Wird ein klarer Tag heute. Und heiß.«

Der Werksarbeiter folgte mit dem Daumennagel einer Maserung im Holzzaun. »Hast du etwas schlafen können?«

»Ja, schließlich schon. Und du?«

»Nun, ich war ja nicht dort, weißt du.«

Der ältere Mann kratzte sich eine juckende Stelle am Rücken. »Du solltest Gott dafür dankbar sein.«

»Bin ich.« Er blickte über den Hof auf ein offenes Feld hinaus. Die Berge dahinter waren blauviolett. »Ich hätte da mal 'ne Frage.« Seine Worte kamen zögernd. »Du bist ja sozusagen einer der Alteingesessenen –«

»Gott sei Dank.«

»Nein. Was ich meine, ist ... ich habe mich gerade gefragt, nur so, weißt du. Aber meinst du, es stimmt, was Thomas gesagt hat? Wie das Feuer ausgebrochen ist?«

Er runzelte das Kinn, betrachtete sinnend einen Rosenstrauch, der sich auf seiner Seite den Zaun hinaufrankte.

»Ich meine, Thomas ist ein Mann von Format. Der würde doch nicht lügen, oder?«

Er unterdrückte ein Lächeln. Der alte Mann würde lügen wie gedruckt, wenn es sein müsste, dachte er. »Nun. Ich will dir mal was sagen. Es gibt Dinge im Leben, an die rührt man besser nicht. Hauptsache, wir haben gekriegt, was wir wollten.

Und dass wir nach allem, was geschehen ist, wieder nach Hause in unsere eigenen Betten konnten.«

»Aber es wäre doch unerhört, wenn man nach so einer Brandstiftung ungeschoren davonkäme.«

»Riddum ist ganz und gar nicht ›ungeschoren‹ davongekommen. Er hat verloren. Wir haben gewonnen. Das war das Letzte, was er wollte. Also zerbrich dir nicht länger den Kopf darüber. Thomas hat gesagt, er hat das Feuer nicht gelegt, und damit basta.«

»Hm.«

»Ich gehe dann mal wieder rein. Patsy überraschen und ihr vorm Gottesdienst das Frühstück machen. Sie war in letzter Zeit nicht so glücklich mit mir.« Auf der Terrasse blieb er noch einmal stehen und drehte sich um. »Du hast gehört, dass der Gottesdienst in der Turnhalle stattfindet, oder? Von den Baptisten und Methodisten zusammen.«

»Ja, ja. Ich werde hingehen.«

»Wir auch. Ich hatte mich eigentlich schon dagegen entschieden. Glaube nämlich nicht, dass ich es nach allem noch verdient habe, vor Gott zu treten. Aber Patsy ist auf die Palme gegangen, meint, es sei höchste Zeit, dass ich mein Seelenleben in Ordnung bringe.«

Der junge Mann wusste nicht, was er darauf sagen sollte.

»Na ja, was solls. Heute Nachmittag geh ich jedenfalls fischen am Fluss. Willste mit?«

»Nein, danke. Meine Mutter und meine Schwester gehen Connie und ihr Baby im Krankenhaus besuchen. Ich hab gedacht ... ich komm mit ihnen.«

»Oho. Irgendeine Frauengeschichte, was?«

»Na ja, sie ist ein netter Mensch, weißt du, richtig süß. Und hübsch dazu. Und nach allem, was sie durchgemacht hat und so ...« Er zuckte verlegen die Achseln.

»So – so.« Der ältere Mann hob wissend das Kinn. »Dann mal viel Vergnügen. Wirklich viel Vergnügen. Und grüß sie von mir.«

Er trat in seine Küche und schloss leise die Tür. Sein Blick schweifte zu der gelben Uhr an der Wand, die die Form einer Sonne hatte. Noch genügend Zeit bis zum Gottesdienst, um alles hübsch ordentlich zu machen. Leise zog er eine schwere Bratpfanne hervor. Holte aus dem Kühlschrank Eier und Schinken. Aus dem Schrank eine Rührschüssel. So, so, dachte er und zog eine Gabel aus einer Schublade. Da war dieser junge Spund von nebenan also an Connie interessiert. Unbeholfen schlug er das erste Ei in die Schüssel. Und sie mit einem ganz kleinen Baby. Er schlug das zweite Ei hinein und fischte dann in dem gelb-weißen Schlabber nach Schalenstückchen.

Das würde Patsy interessieren.

Kapitel 45

Das Trillern der Vögel vor meinem Fenster weckte mich. Hohe Wolken segelten an einem zugeknöpften Himmel. Ich starrte blicklos an die Decke, versuchte, meine fünf Sinne zusammenzubekommen, mein Körper träge und zerschlagen. Es war Morgen, also hatte ich nur wenige Stunden geschlafen. Trotzdem hatte ich das dumpfe Gefühl, dass viel Zeit vergangen war. Meine Kehle war ausgedörrt, mein Magen rumorte und meine Blase schmerzte zum Zerplatzen.

Szenen begannen mir durch den Kopf zu wirbeln, während ich ins Badezimmer torkelte. Als ich es schließlich bis in die Küche geschafft hatte und über einer dampfenden Tasse Tee zusammengefallen war, war mir schlecht. Wie in einem unscharfen Film sah ich alles wieder vor mir: aus einer tiefen Ohnmacht erwachen wie aus einem Albtraum, Lees tröstende Arme kopflos wegstoßen, mit Onkel Frank zu seinem Auto stolpern, auf der rasenden Rückfahrt zittern. Jake Lewellyn hatte auf dem Boden gelegen, mit einer blutenden Kopfwunde, aber bei Bewusstsein. Irgendjemand hatte ihm ein verschwitztes Hemd auf die Wunde gepresst. Der Polizist namens Bates bestand darauf, dass es zu lange dauern würde, einen Krankenwagen zu rufen; er würde den alten Mann selbst ins Krankenhaus bringen.

Am meisten erinnerte ich mich an die Scham. Und jetzt fühlte ich sie erneut, sie wehte mit der Morgenbrise herein, die Singvögel posaunten sie hinaus. Wie *konnte* ich nur, nach allem, was mich meine Mutter gelehrt hatte? Nachdem ich die Männer für deren Gewalttätigkeit verurteilt hatte. Und als hätte es nicht gereicht, dass ich alles, wofür ich stand, in Grund

und Boden stampfte, hatte ich es auch noch vor aller Augen getan. Schreiend und heulend hatte ich einen Mann angegriffen, den ich kaum kannte. Ohne Sinn und Verstand, ohne Zurückhaltung oder Selbstbeherrschung. Der Tag hatte eben erst begonnen, doch mit Sicherheit wusste es bereits die ganze Stadt. Ich war *bloßgestellt*. Konnte niemanden mehr ins Gesicht sehen.

Ich atmete tief ein, versuchte, die Fassung wiederzugewinnen. Schlürfte am Tee und verbrannte mir die Lippen. Stellte die Tasse zu hastig ab und verschüttete heiße Flüssigkeit auf den Tisch. Griff nach einem Tuch, um sie aufzuwischen, und verbrannte mir das Handgelenk am heißen Dampf. Ich schlurfte zu einem Schrank, holte mir zwei Aspirin, schluckte sie trocken und sank zurück auf meinen Stuhl, die Ellbogen auf dem Tisch, den Kopf in den Händen. Der Klang von Schritten ließ mich innerlich aufstöhnen.

»Dachte ich mir doch, dass ich was gehört habe.«

Ich schaute zur Seite auf Onkel Franks Füße in braunen Pantoffeln.

»Du hast ganz schön lange geschlafen.« Seine Stimme war schwer vor Sorge. »Ich habe deiner Tante gesagt, sie hätte es vielleicht bei einer Schlaftablette belassen sollen, aber sie meinte, du müsstest dich erst mal gründlich ausschlafen.«

»Es ist erst sieben Uhr.« Meine ersten Worte waren rostig.

»Sonntagmorgen.«

Es dauerte eine Weile, bis der Groschen gefallen war. Ich hob den Kopf. »Sonntag? Habe ich den ganzen Samstag lang geschlafen?«

»Du sagst es.« Er tat sich löslichen Kaffee in eine Tasse und goss ihn mit heißem Wasser aus dem Teekessel auf. Ich schaute ihm belämmert zu. Er zog sich einen Stuhl heran, setzte sich mir gegenüber und rührte versonnen um.

Sonntag. Es war Sonntag. Ich kniff die Augen zusammen. »Mr. Lewellyn.«

»Dem gehts gut. Er kommt heute nach Hause.«

Erleichterung überspülte mich. »Was ist passiert?«

»Er hat eine Platzwunde seitlich am Kopf. Zum Glück wurde er nur gestreift; wenn ihn das Teil voll erwischt hätte, wäre er tot gewesen. Er hatte eine leichte Gehirnerschütterung und musste genäht werden, deshalb wollten sie ihn noch ein Weilchen beobachten. Ich habe gestern Abend mit ihm gesprochen und er fieberte schon darauf, nach Hause zu kommen.«

Ich brachte andeutungsweise ein Lächeln zuwege. »Unkraut vergeht nicht.«

»Stimmt.« Er schlürfte seinen Kaffee. »Übrigens, es mag vielleicht nicht deine Absicht gewesen sein, aber du hast Al Bledger vermutlich das Leben gerettet. Wenn du nicht dazwischen gekommen wärst, dann hätte dieser Polizist ihn wohl erschossen.«

Ich musste dringend meinen Tee noch einmal probieren. Ja, jetzt konnte man ihn trinken. »Wie geht es Miss Wilma?«, fragte ich schließlich. »Und Connie und der kleinen Katherine May?« Ich brachte es nicht über mich, nach Lee zu fragen.

»Sie sind wohlauf. Deine Tante und noch ein paar andere Damen aus der Gemeinde sind gestern zu Elsa Brock gegangen und haben die ganzen geliehenen Babysachen durchsortiert. Das Zimmer ist fix und fertig für Connie; es liegen sogar schon Windeln bereit, sagt Eva. Connie wird das Baby morgen Vormittag nach Hause bringen.«

»Danke, Herr«, murmelte ich, ungeheuer dankbar, dass mir diese Aufgabe erspart geblieben war.

Onkel Frank räusperte sich kurz und trank noch einen Schluck Kaffee. »Kommst du mit uns zur Kirche?«

Kirche. Wie konnten sie nur alle wieder in die Kirche rennen, als sei nichts geschehen? Die ganzen Männer, die ich Freitagnacht in mörderischer Wut gesehen hatte, wollten heute wieder fromme Lieder singen? Bei dem Gedanken wurde mir ganz schlecht. Außerdem behagte mir die Vorstellung überhaupt nicht, durch den Mittelgang zu schreiten, aller Augen abschätzend auf mich gerichtet, und Anlass für Getuschel zu bieten. Nein, ich wollte jetzt niemanden sehen. Ich wollte nicht Miss Wilma begegnen, die es im Unterschied zu mir geschafft hatte, in ihren Verlusten ihre Würde zu bewahren. Und mein Herz krampfte sich zusammen beim Gedanken daran, Lee wiederzusehen. Mir war in seiner Nähe nicht mehr zu trauen. Einmal hatte ich die Beherrschung verloren; wer wollte sagen, dass es mir nicht wieder passieren würde, auf ganz andere Art? Wer wollte sagen, dass ich mich ihm nicht wie ein bebender Volltrottel an den Hals werfen würde, einzig von dem Verlangen beseelt, die Welt in seiner Umarmung auszusperren?

»Ich bin zu müde.«

Er schnaubte – er hatte mich durchschaut. »Der Gottesdienst findet heute in der Turnhalle statt, für alle zusammen. Es ist ein besonderer Tag, Jessie, und du solltest dabei sein. Der Herr hat unsere Stadt im Schlimmsten bewahrt. Und wir alle müssen ihm dafür danken.«

»Ich überleg's mir«, lautete meine knappe Antwort.

Wir nippten schweigend an unseren Tassen und ließen die Blicke durch die Küche wandern.

»Ich habe dein Auto für dich abgeholt«, wechselte er das Thema.

»Im *Ernst*?«

»Ja. Ed hat gestern Nachmittag angerufen. Ich bin rüber und habe es geholt.«

»Oh, tausend Dank! Danke!« Meine Gedanken beschleunigten sich. »Hast du bezahlt? Ich geb dir das Geld zurück.«

»Sicher«, er zuckte die Schultern.

Gedankenverloren klopfte ich mit dem Finger auf die Tasse, erwog die sich plötzlich auftuenden Möglichkeiten. »Onkel Frank«, sagte ich und richtete mich auf, »ich denke, ich fahre heute noch. Ich brauche nur ein paar Kleinigkeiten ins Auto zu schmeißen. Ich könnte losfahren, wenn ihr zum Gottesdienst geht.«

»Oh.« Sein Blick war eine Mischung aus Überraschung und Kränkung. »Aber der Umzugswagen kommt doch erst Dienstag.«

»Bis dahin schlafe ich auf dem Fußboden; das macht nichts. Ich nehme mein Bettzeug mit und ein paar Klamotten. Meinst du, Tante Eva kann Martha Plott oder sonst wen dazu bewegen, am Dienstag hierher zu kommen und die Möbelpacker hereinzulassen?«

»Bestimmt.« Er sah mich forschend an. »Und du bist dir ganz sicher, dass du das willst?«

»Ganz sicher.«

»Willst du dich denn von niemandem mehr verabschieden?«

Ich sah nicht vom Tisch auf. »Ich ... kann nicht. Ehrlich. Ich muss einfach weg.«

»Connie hat immer wieder nach dir gefragt.«

»Vielleicht halte ich ja kurz an, wenn ich durch Albertsville komme, und schaue bei ihr vorbei.«

Bedächtig schob er seine Tasse zur Seite. »Wird mächtig einsam werden ohne dich. Ich weiß ja, du warst zum Studieren fort und so, aber deine Sachen waren immer noch hier; wir wussten, du würdest in den Ferien nach Hause kommen.«

»Ich werde immer noch zu den Feiertagen nach Hause kommen.«

»Sicher. Aber trotzdem, es wird anders sein. Letztendlich sind wir nur noch zu zweit.«

»Onkel Frank«, sagte ich und griff nach seiner Hand, »ich mach das ja nicht, um euch beide zu verlassen, das weißt du doch. Ich mach das, um ... mein eigenes Leben zu beginnen.«

»Ich weiß. Ich weiß, dass du das glaubst. Aber, ehrlich gesagt, Jessie, glaube ich, dass du dein Leben hinter dir lässt. Weil du einen Kurs einschlägst, der Christus absichtlich außen vor lässt.«

Meine Hand rutschte fort. »Ich bin schon seit Jahren auf demselben Kurs, Onkel Frank; du weißt, wie lange ich das schon geplant habe.«

»Ja, ich weiß. Und all die Jahre habe ich gebetet, dass Gott dir die Wahrheit zeigt. Ich denke, er hat sie dir jetzt gezeigt, so, wie er sie dieser Stadt gezeigt hat. Die Botschaft steht uns klar vor Augen, wenn wir sie nur sehen wollen.«

»Und was soll das, bitte schön, sein?«, ich konnte mir den Sarkasmus nicht verkneifen.

Er sah mich traurig an. »Komm mit uns zum Gottesdienst, Jessie. Das ist nicht zu viel verlangt. Die Leute fragen nach dir. Sie wollen wissen, dass es dir gut geht. Und dann fahr heute Nachmittag, wenn es sein muss.«

»Oh, das glaube ich gern, dass sie mich sehen wollen«, gab ich bitter zurück. »Schauen Sie sich dieses Mannweib an, meine Damen und Herren! Die Frau, deren Zorn unsere Männer das Fürchten lehrt!«

»Oh, Jessie.« Er schloss kurz die Augen. »Glaubst du etwa, dass irgendjemand, der dabei war, auf *dich* zeigt, *dich* verurteilt? Du hast gestern den ganzen Tag geschlafen; du kannst dir nicht vorstellen, welche Gewissensbisse die Stadt plagen. Deshalb haben die beiden Pfarrer doch auch die Gottesdienste heute zusammengelegt. Eine Menge Leute müssen mal ernsthaft in sich gehen, und damit meine ich nicht nur die Männer, die Freitagnacht dabei waren. Viele ihrer Frauen sind für den Aufruhr gewesen, andere haben getratscht und dadurch alles nur noch schlimmer gemacht, anstatt sich Gott zuzuwenden. Sogar deine Tante fühlt sich schuldig wegen ihres mangelnden Glaubens in jener Nacht. Lass dich also nicht von deiner Scham abhalten. Sie ist eines der liebsten Werkzeuge Satans. Komm mit uns.«

Warum schnitten mir seine Worte so tief ins Herz? Wahrscheinlich weil mein Onkel mich so selten um etwas bat, sagte ich mir, und ich im Begriff war, Nein zu sagen. »Ach, ich weiß nicht. Ich muss packen.«

Er warf einen prüfenden Blick auf die Uhr. »Du hast noch zwei Stunden bis zum Gottesdienst. Das ist jede Menge Zeit. Komm mit uns, iss anschließend noch was zu Mittag und dann verabschieden wir dich.«

Ich studierte meinen abkühlenden Tee. »Ich kann nicht, Onkel Frank. Tut mir Leid, ehrlich. Aber ich will *niemanden* mehr sehen.«

»Lass doch mal die Leute aus dem Spiel, Jessie. Wenn du gehst, dann doch, um Gott zu begegnen. Es spielt keine Rolle, was die anderen denken. Aber ich kann dir gleich sagen, sie denken nur das Beste von dir. Sie staunen über deinen Mut und dass du die ganze Strecke da hinausgerannt bist, um das Schlimmste zu verhindern.«

Mein Kopf fuhr ruckartig nach oben. »Denken sie etwa, dass ich *deshalb* dorthin gerannt bin?«

Er nickte.

Zum ersten Mal an jenem Morgen hielt ich inne, um die Einzelheiten unter die Lupe zu nehmen: Thomas, das Stück zerschnittenen Gitters, die Glaslampe. Blair Riddums Gesicht. Das Gesicht, das ich in der Feuernacht sah. Thomas, die Hände flehentlich auf meine Schultern gelegt – *Jessie, vergiss, was du gesehen hast, und hör mir zu.* Die eigene Blamage verblasste, als mich schlagartig die Erkenntnis traf wie ein Puzzleteil, das sich ins Bild fügt.

»Glauben die Männer etwa immer noch –«, ich brach unvermittelt ab, wählte meine Worte mit Bedacht. »Glauben alle, was Thomas ihnen erzählt hat? Wie das Feuer ausgebrochen ist?«

Onkel Frank hielt meinem Blick stand. »Ja.«

»Lee? Sogar Al Bledger? Sie glauben immer noch ...« Die Frage erstarb.

»Ich werde dir etwas sagen, Jessie.« Er senkte die Stimme. »Und du verstehst, dass das unter uns bleibt. Du wirst darüber mit keiner Menschenseele reden können, außer mit Thomas. Dazu zählt auch deine Tante, die jetzt in dem Glauben ist, dass alles, was du bei dem Brand gesehen zu haben meinst, nichts als Einbildung war. Verstehst du?«

»In Ordnung.« Meine Muskeln wollten sich nicht entspannen.

Onkel Frank stützte die Unterarme auf den Tisch. »Ich kann nur sagen, dass Gott in der Hitze des Gefechts eingegriffen hat. Die Männer hörten lange genug auf, um die Erklärung von Thomas zu hören, *und sie beschlossen, ihr Glauben zu schenken.* Und jetzt, mit einer Lohnerhöhung und einer neuen Leitung in Aussicht, besteht kein Grund, sie nicht auch weiterhin zu glauben.«

»Richtig.« Mein Gesicht erhellte sich einen Moment lang, als ich mich erinnerte. »Ich habe ja den neuen Manager vor mir.«

»Das hast du.«

Doch ebenso schnell war der Ausdruck wieder verschwunden. Mit gerunzelter Stirn dachte ich wieder an Thomas, an seine List. »Aber er hat gelogen.«

Onkel Frank senkte den Kopf.

»Was heißt das jetzt? *Wollte* Gott, dass er lügt? Hört sich für mich gar nicht danach an, als ob Gott eingegriffen hätte. Klingt eher nach Thomas Bradley.«

»Nein, Jessie. Was Thomas zu tun beschloss, überlasse ich ihm und Gott. Aber eines weiß ich. Gott kann alles für seine Zwecke gebrauchen, sogar eine Lüge. Und genau das hat er vorgestern Nacht getan. Ich hatte keinen Zweifel, als Lee vor unserer Tür stand, dass ich mit ihm gehen und über dieser Zusammenrottung von Männern im Gebet wachen sollte. Als wir bei den Riddums ankamen, kann ich dir gar nicht sagen, welche Angst ich hatte. So mitten im Getümmel konnte ich den Geist der Zerstörung geradezu *fühlen*. Aber ich habe immerzu laut im Namen Jesu gebetet. Und ich hatte das Gefühl, nicht allein zu sein. Dass es in der Stadt noch andere gab, die beteten.«

Wie *schrecklich* für Onkel Frank. Ich konnte mir nur eine schwache Vorstellung davon machen, welche Ängste er ausgestanden haben musste, während er inmitten dieser Raserei betete. Ich hatte ja selbst schon genug geschlottert, dabei war ich von einem Polizisten beschützt worden und hatte alles aus sicherer Entfernung beobachtet. Doch mein Onkel hatte so gefasst gewirkt, während ich den Boden unter den Füßen verloren hatte. Unerklärlicherweise kam mir plötzlich in den Sinn, was Pastor Frasier vor vielen Jahren gesagt hatte: *Durch die Feuertaufe tragen diese Dinge allein nicht durch ...*

Ich spielte mit dem Henkel meiner Tasse. Der Tee war mittlerweile zu kalt zum Trinken. »Nun, das ist ... schön. Sehr schön. Ich bin froh, dass sich alles geregelt hat.«

Onkel Frank spürte, dass ich mich aus dem Gespräch

zurückzog, und lehnte sich zurück. Ein Seufzer entfuhr ihm. »Wirst du jetzt mit zum Gottesdienst kommen?«

»Ich überleg's mir, o. k.? Es ist ja noch genug Zeit. Erst mal geh ich meine Sachen packen.«

»Na schön.« Mit einem traurigen Lächeln stieß er seinen Stuhl zurück. »Deine Tante müsste bald aufstehen. Sie wird ein bisschen was an Geschirr und Töpfen zusammenpacken wollen, die sie dir mitgeben wollte.« Bedächtig schob er den Stuhl zurück unter den Tisch und wandte sich ab. Ich sah, wie er die Schultern hängen ließ, als er in seinen Pantoffeln aus der Küche schlurfte.

* * *

Um zwanzig vor elf war ich abfahrbereit. Mein Bettzeug, ein paar Klamotten und Toilettenartikel waren im Auto verstaut. Ich hatte den Wohnungsverwalter angerufen und mich für den Spätnachmittag angekündigt. Der Mann musste mich für verrückt halten, so oft hatte ich meine Pläne geändert.

Alle Müdigkeit war verflogen, ich wollte so schnell wie möglich fort, als hinge mein Leben davon ab. Und in gewisser Weise tat es das auch. So viel erwartete mich – die Erfüllung meiner Pläne. Und jenes hauchzarte, zweifelnde Stimmchen, das nach dem Gespräch mit Onkel Frank geblieben war, beunruhigte mich. Der Gottesdienst begann um elf; meine Tante und mein Onkel würden in fünf Minuten gehen. Ich hatte ihnen gesagt, dass ich nicht mitkommen würde. Onkel Frank hatte gelassen reagiert – »Ich bete einfach weiter, dass deine Reifen dich dorthin bringen.« Tante Eva war in Tränen ausgebrochen. Im Augenblick war sie in der Küche beschäftigt, packte ein paar letzte Kleinigkeiten zusammen und schniefte. »Herr, steh mir bei, was für ein Sommer«, murmelte sie. »Die einen ticken aus, die anderen gehen fort. Noch nicht mal zum Gottesdienst kann sie.« Nicht gerade zimperlich knallte sie eine Pfanne in den Karton. Jeden Moment konnte sie erneut zu schluchzen anfangen.

In Anbetracht der Gemütsverfassung meiner Tante schien es mir ratsam, dass sie davonführen, nicht ich. Um viertel vor elf begleitete ich sie nach draußen zum Auto, Tante Eva zerknüllte theatralisch ein Taschentuch.

»Pass auf dich auf, hörst du?« Onkel Frank drückte mich fest. »Ruf uns an, sobald du heute Abend angekommen bist. Und, Jessie«, er schob mich ein Stück fort, hielt mich bei den Schultern, »ich weiß, du wirst viel um die Ohren haben mit deiner bezahlten und ehrenamtlichen Arbeit. Aber wenn du mal Zeit hast, dann hol die Bibel vor, die ich dir geschenkt habe, und lies ein bisschen. Wir können darüber dann am Erntedankfest reden, o. k.?«

Meine Kehle verengte sich, ich nickte. Plötzlich schien es bis zum Erntedankfest sehr lange hin zu sein. »Das mach ich, versprochen.«

Tante Eva klammerte sich an mich, das Taschentuch vor die Nase gepresst. Dann stiegen sie in ihren Buick und fuhren langsam rückwärts aus der Einfahrt. Meine Tante winkte fieberhaft. Kurz bevor sie auf die Straße stießen, lehnte sich Onkel Frank aus dem Fenster. »Der Gottesdienst beginnt in fünfzehn Minuten!«

Das zauberte ein schwaches Lächeln auf mein Gesicht. Sie würden niemals aufgeben.

Ich sah sie die Straße hinunterfahren, Tante Eva drehte sich auf ihrem Sitz um, immer noch winkend. Erst als ihr Auto aus der Sicht verschwand, stieß ich einen Seufzer der Erleichterung aus. Ich hatte die Nase voll von Verabschiedungen.

Ich ging wieder in mein Zimmer, um meine Schlüssel und

die Handtasche zu holen. Das Haus war so still. Ich stand in dem Zimmer, das acht Jahre lang meins gewesen war, blickte rundum die kahlen Wände an und versuchte mir vorzustellen, wie es wohl aussehen würde, wenn meine Möbel weg wären. Ich fragte mich, womit sie es füllen würden. Mir fiel ein, dass Tante Eva mindestens ein Einzelbett auftreiben musste, damit ich etwas hätte, wenn ich zu Besuch kam. »Bis in zwei Tagen«, flüsterte ich und ließ einen Finger über die Kopfleiste des alten Bettes meiner Mutter gleiten. »In unserem neuen Zuhause.«

Nach Hause.

Ich tat es wirklich. Ich ging wirklich heute zurück nach Cincinnati. Bilder vom Hope Center schossen mir durch den Kopf, und der Schmerz um meine Mutter versetzte mir einen Stich. Ich fragte mich, ob ich mich ihr dort näher fühlen würde – wenn ich Brenda Todd sähe, die Turnhalle, in der die Trauerfeier stattgefunden hatte, die Küche, in der ich so oft an ihrer Seite gekocht hatte. Ohne Vorwarnung stiegen mir die Tränen in die Augen und ich sank auf das Bett. *Puh*. Ich hatte momentan ziemlich nahe am Wasser gebaut. Einige Augenblicke saß ich mit geschlossenen Augen da und malte mir zum tausendsten Male meine frisch gestrichene, fertig eingerichtete Wohnung aus. Mein Schreibtisch und die Arbeit, Ordner anlegen, Familien besuchen, ihnen in Krisenzeiten beistehen. Kindern im Center vorlesen. Eine stille Erregung erfasste mich, während die Bilder an mir vorbeizogen. Cincinnati lockte verheißungsvoll, Bradleyville dagegen mit all seinen Problemen verblasste allmählich.

Ich stand vom Bett auf, lächelte mir zu, die Schlüssel baumelten in meiner Hand. Es war Zeit zu gehen. Als ich nach meiner Tasche griff, klingelte die Türglocke. Meine Hand stockte in der Luft. *Ach, du liebes bisschen!*, dachte ich, *was nun?*

»Jessie?« Lees Stimme drang durch die Fliegenschutztür. »Ich weiß, dass du noch da bist.«

Ich holte ein Mal tief Luft. Zögerlich plumpsten die Autoschlüssel auf das Bett. Während ich mich innerlich wappnete, ging ich den Flur entlang, bog um die Ecke und sah ihn eintreten: Im Sonntagsstaat mit grauem Anzug und Krawatte, den Mantel hatte er bei der Hitze ausgezogen. Ich blieb stehen, las mein Herz vom Fußboden auf und hob fragend die Hände.

»Deine Tante hat angerufen.«

Wie hätte es anders sein können.

Er bemühte sich zu lächeln. »Du siehst toll aus.«

Ich sah an mir herunter. Kurze Jeans und T-Shirt. Schuldbewusst schlug ich die Augen nieder. »Tut mir Leid. Ich hätte dich selber anrufen sollen.«

Er überbrückte die Distanz zwischen uns und hob mein Kinn mit warmen Fingern. »Jessie, mach das nicht. Das darfst du nicht tun.«

Noch viel mehr an Gesprächen dieser Art würde ich nicht verkraften. »Doch, ich mach's.«

»Was willst du? Mich auf den Knien sehen? Ich hatte mir vorgenommen, nicht zu betteln, aber ich weiß, mir rennt die Zeit davon. Und deshalb: Bitte, bleib Jessie. Du liebst diese Stadt; diese Stadt liebt dich. Deine Familie ist hier. Und vor allem, ich bin hier.«

»Meine Wohnung ist in Cincinnati, und meine Arbeit und das Center.« Meine Stimme wurde fester. »Dort ist mein Platz; das ist *mein* Plan für *mein* Leben, weißt du noch?«

»Ja, ich weiß. Aber genau da liegt das Problem. Es ist *dein* Plan.«

Ich schüttelte verständnislos den Kopf.

»Jessie, hör mir zu«, bat er. »Gib mir fünf Minuten. Es ist

so viel passiert seit Freitagnacht; so viel hat sich verändert.« Geistesabwesend strich er mir eine Haarsträhne aus dem Gesicht. »Am Samstag im Krankenhaus hielt ich Connies kleines Mädchen im Arm. Mama war auch da. Und plötzlich ist es mir wie Schuppen von den Augen gefallen. Ich hätte jetzt im Gefängnis sein können und niemals dieses Baby halten dürfen. Hier, in meinen Händen, hielt ich *Leben*, unschuldiges neues Leben, in denselben Händen, die in der Nacht zuvor bereit waren, einen Mann zu *töten.* Irgendetwas überkam mich, sodass ich schon dachte, ich würde direkt da im Krankenhauszimmer zusammenbrechen. Sobald wir in Mamas Zimmer bei Miss Elsa waren, fiel ich auf die Knie. Es brach einfach aus mir heraus, der Schmerz, die Wut, die *Angst* vor dem, was beinahe aus mir geworden wäre. Und was jederzeit wieder aus mir werden könnte. Mama hat mir ein Gebet vorgesprochen, und ich habe schließlich getan, worüber ich schon lange nachgedacht hatte. Ich habe mein Leben Christus übergeben. Jessie, du kannst dir nicht vorstellen, welchen Frieden mir das gebracht hat. Ich fühle mich ... anders. Ich *bin* anders.«

Irgendwie war er das. Eine Sanftheit, eine Ruhe ging von ihm aus, die ich nie zuvor gespürt hatte. »Das ist ... schön, Lee. Ich freue mich mit dir. Wirklich.« Ich schluckte. »Aber das ändert nicht das Geringste für *mich.* Du hast dein Leben hier, und vielleicht wird es von nun an etwas friedlicher verlaufen. Aber mein Leben ... spielt sich woanders ab.«

»Nein, Jessie, das tut es nicht. Ich glaube das nicht, weil ich weiß, dass du Nein zu Christus sagst und stattdessen einen Weg einschlägst, den dir ... irgendein *Traum* ins Ohr geflüstert hat.«

Meine Muskeln spannten sich. »Das war nicht ›irgendein Traum‹.« Ich stieß seine Arme fort und trat zurück. »Und ich habe wirklich die Nase voll von Leuten, die meinen, mir sagen zu müssen, was ich zu tun habe. Also hör auf damit. Du und alle anderen. Das Ganze ist lächerlich! Ich habe mein Studium abgeschlossen und fange an zu arbeiten. Das ist das Normalste von der Welt. Man wird erwachsen und zieht fort. Warum geht das nicht in euren Kopf rein? Warum seid ihr so *stur*?«

Er lachte beinahe. »*Ich*, und stur? Du bist einer der stursten Menschen, der mir je begegnet ist! Du denkst, deine Tante Eva sei verbohrt und engstirnig, oder meine Mutter oder Al Bledger oder selbst Blair Riddum. Schau *dich* doch mal an! Oh, sicher, du machst weniger Wind darum. Aber du bist wie eine Bulldogge, so wie du dich festbeißt.« Er breitete die Hände aus. »Ist dir denn nichts von allem, was passiert ist, zu Herzen gegangen, Jessie? Kannst du dein wahres *Ich* nicht sehen, nachdem du dermaßen auf Al Bledger losgegangen bist?«

Ich errötete. »Ich weiß nicht, wovon du sprichst. Das war wohl kaum mein ›wahres Ich‹, und das weißt du genau. Als ob du das Recht hättest, mit Fingern auf mich zu zeigen. Wenn du nichts Intelligenteres vorzubringen hast, Lee Harding, dann ist es wohl an der Zeit, dass du zur Kirche gehst und mich in Ruhe lässt.«

Er zuckte zusammen, als ich ihm diese spitzen Worte ins Gesicht schleuderte. Ich erwartete, dass seine Stirn sich finster zusammenziehen, ein Wutausbruch folgen würde, doch nichts davon geschah. Einen Augenblick sahen wir schweigend aneinander vorbei, atmeten schwer in der heißen Augustluft. Dann verzog er traurig das Gesicht. Er streckte einen Finger aus und streichelte meine Wange. »Es war nicht so gemeint, Jessie, wie es sich angehört hat. Ich habe mich nur gefragt, ob du vielleicht Sachen in dir gesehen hast – alte Verletzungen und Schwächen – von denen du gar nicht wusstest, dass sie überhaupt da sind. Denn ich habe solche Dinge auf jeden Fall in mir entdeckt.«

Ich konnte nicht antworten.

»Jessie, bitte. Ich liebe dich. Ich möchte, dass du hier bleibst. Und ich möchte ... dass du findest, was ich gefunden habe.«

Seine Zärtlichkeit drang durch meinen Ärger. Ich hatte einen Kloß im Hals. »Ich liebe dich auch.«

»Warum musst du dann gehen?«

»Ich habe dir doch *gesagt*, warum. Der Plan steht seit Jahren fest; das weißt du. Der Plan, nach Hause zurückzukehren.«

»Dein Zuhause ist hier.«

Meine Augen füllten sich mit Tränen. »Nein, ist es *nicht*. Nur, weil alle Wellt das *will*, ist es das noch lange nicht. Warum nur glauben alle zu wissen, was das Beste für mich ist, was ich mit meinem Leben anfangen soll?«

»Verzeih mir«, sagte Lee verletzt, »dass ich glaubte, es sei das Beste für dich, bei dem Menschen zu sein, der dich liebt. Der für dich sorgen möchte. Der bereit ist, vor Gott zu geloben, mit seinem ganzen *Leben* für dich da zu sein.«

Die Tränen flossen. Er legte die Arme um mich, das Kinn auf meinen Kopf. Ich konnte nicht sprechen. Ich weinte um ihn, schrie zu meiner Schutzengelmutter, flehte sie an, mir zu *helfen*. Noch vor zehn Minuten war ich froh gewesen fortzugehen; nun ging schon wieder die Welt unter. Warum musste es so hart sein? Wenn ich doch das Richtige tat, wo blieb dann die Kraft von ihr, um mir da durchzuhelfen? Wo blieb die Kraft von Gott? Der ganze Himmel musste mir den Rücken gekehrt haben. Doch selbst in Lees Armen sagte ich mir, dass das nicht sein könne, dass mein Schmerz um ihn wieder vergehen würde, sobald ich unterwegs war, auf mein neues Leben zusteuerte. Gott prüfte mich nur, das war alles. Er wollte sichergehen, dass ich folgte, koste es, was es wolle. Ich stellte mir meine Mutter auf den Zuschauerrängen vor, wie sie für mich betete, dass ich dies begriff. Ihre Flügel glänzten, während sie auf meine Antwort wartete.

»Ich muss jetzt gehen«, sagte ich sanft und machte mich los. »Und du auch. Der Gottesdienst fängt an.«

»Komm mit mir. Danach kannst du fahren.«

Langsam wurde es mir zu bunt. Was zum *Teufel* war an diesem Gottesdienst denn so wichtig? Mir kam es vor, als sei das nur ein letzter Trick, um mich zum Bleiben zu bewegen, als ob das Hören von noch einer Predigt mein Leben verändern würde. Ein Teil von mir hatte nicht übel Lust, mit Lee mitzugehen und anschließend, wie geplant, hocherhobenen Hauptes aus Bradleyville davonzubrausen, nur um den Leuten zu beweisen, dass ich meinen eigenen Kopf hatte.

»Nein, Lee, ich kann nicht.« Meine Stimme war fest. »Ich habe eine sechsstündige Fahrt vor mir, und ich muss sehen, dass ich loskomme.«

Zutiefst enttäuscht schloss er die Augen. Schließlich nickte er, lenkte ein, aber es lastete bleischwer auf seinen Schultern. Als er Schwung sammelte, um zu gehen, blieb eine Abschiedsbemerkung über die Schulter nicht aus. »Ich werde dich nicht aufgeben. Du wirst dich noch mal mit mir befassen müssen, Erntedank.«

Pläne hin oder her, in jenem Moment wünschte ich sehnlichst, dass das wahr wäre.

Kapitel 46

Wie ich dann doch im Gottesdienst landete, geschah so unmerklich, dass der genaue Hergang selbst im Nachhinein schwer zu beschreiben ist. Ich weiß noch, wie ich unsere Straße hinunterfuhr, rechts in die Main Street bog, immer Richtung R 622. Dieselbe düstere, hoffnungslose Straße, die ich zwei Nächte zuvor entlanggerannt war. Wieder waren die Straßen leergefegt. Ich kam über die erste Ampel und ließ das Postamt rechts liegen. Dann hörte ich das Singen durch meine geöffneten Fenster, obwohl ich noch zwei Blocks entfernt war. Ohne nachzudenken ging ich vom Gas, um zu lauschen. »Oh, Gnade Gottes wunderbar«. Das war eines meiner Lieblingslieder gewesen, seit ich nach Bradleyville gekommen war. Irgendetwas an dieser Melodie an diesem besonders schwülen Augustmorgen rührte mich an. Ehe ich mich versah, war ich links abgebogen.

Ich rollte an der Turnhalle vorbei und fragte mich, was ich hier tat. Der Parkplatz war voll. Autos säumten beide Straßenränder.

Einen Block weiter weg fand ich eine Lücke.

Das Lied war zu Ende, als ich durch die offenen Doppeltüren schlüpfte. In der Halle gab es nur noch Stehplätze, und ich bemühte mich nach Kräften, in den Knäueln von Menschen zu verschwinden, die ganz hinten standen. Ich nickte Mr. Tull und den Clangerlees unbehaglich zu. Pastor Frasier sagte ein weiteres Lied an. »Oh, Gott, dir sei Ehre«. Als der Gesang anschwoll, schien sich eine unirdische, fröhliche Ruhe von der Decke herabzusenken. Mein Blick wanderte nach oben über die Balken, als ich ihre Quelle suchte. Welch ein atmosphärischer Unterschied zur letzten Stadtversammlung – war das erst vier Tage her?

Ich entdeckte Lee und Miss Wilma ziemlich weit vorne neben meiner Tante und meinem Onkel. Sie mussten Lee einen Platz freigehalten haben. Flüchtig überlegte ich, ob sie auch für mich einen reserviert hatten. Am unteren Ende der Reihe standen die Matthews. Die kleine Celia hatte ihren blonden Kopf über ihr Brüderchen gebeugt. Thomas' Hand lag auf ihrer Schulter.

Als das Lied zu Ende war, setzte man sich wieder unter allgemeinem Stühlescharren und Kleiderrascheln. Aller Augen waren gespannt auf das Podium gerichtet, als Pastor Frasier und Evan Burle, der Baptistenpastor, Martha Plott baten, hochzukommen und zu sprechen. Erstauntes Getuschel ging durch die Menge. Niemand schien mit dieser Einladung gerechnet zu haben. Miss Marthas Großnichte half der alten Frau die Stufen hinauf, wobei sie beide Hände fest unter deren Arm legte. Sobald sie auf dem Podium stand, ließ sich Miss Martha von Evan Burle auf das Rednerpult helfen. Pastor Frasier musste das Mikrofon für die zarte, weißhaarige Dame ganz nach unten senken. Verlegen stützte Miss Martha eine blass geäderte Hand auf das hölzerne Pult, ihre Finger umklammerten ein Taschentuch.

»Ich tue mich schwer, vor solch einer großen Versammlung zu sprechen«, begann sie und fuhr beim Hall ihrer eigenen Stimme zurück. »Aber ich habe euch allen etwas Erstaunliches zu erzählen. Zunächst jedoch möchte ich für uns beten.«

In meinem ganzen Leben hatte ich noch nie so ein Gebet gehört, wie Martha Plott an jenem Tag sprach. Mit ihrer gealterten, zittrigen Stimme bat sie um das Erbarmen Jehovas – des ewig gnädigen Gottes der umherziehenden Israeliten aus dem Alten Testament. Sie betete, dass der sanfte Wind Gottes wie das stille Sausen, das an dem Propheten Elia vorüberzog, die Halle erfüllen möge. Sie bat im Namen Jesu, dass die Mächte der Finsternis zurückgehalten und der Heilige Geist auf die Versammlung ausgegossen würde. Sie betete, dass alle, die jenes feine Stimmchen, das sie zur Wahrheit rief, tief in sich hörten, antworten mögen. Und sie bat den großen Arzt, Jake Lewellyn anzurühren, der nicht anwesend sein konnte.

Etwa auf der Hälfte ihres Gebetes öffnete ich die Augen und beobachtete sie ehrfürchtig. Ich hatte Miss Martha seit meinem Kommen nach Bradleyville gekannt; sie war eine Frau, die von der ganzen Stadt geachtet wurde. Aber die Kraft, die an jenem Tag von ihrer gebeugten Gestalt ausging, war so greifbar, dass sie den Raum zu füllen schien.

»Amen.« Nach beendetem Gebet lächelte sie in die Versammlung. »Danke, dass ihr heute hierher gekommen seid. Ich weiß, ihr seid, genau wie ich, heute hier, um Gottes Wort zu hören und das eigene Herz zu prüfen, nachdem wir diese Tragödie überstanden haben. Nun fragt ihr euch vermutlich, was so ein kleines Ding wie ich hier oben zu suchen hat. Nun, ich könnte sagen, es sei mein gutes Recht. Mir ist zu Ohren gekommen, dass mein Name gefallen ist vor Riddums Haustür Freitagnacht.« Verhaltenes Gelächter ging durch den Saal. »Aber darum stehe ich jetzt nicht hier. Ich stehe hier, weil ich euch von einem Nachmittag bei mir zu Hause vor über sieben Jahren erzählen möchte. An jenem Nachmittag hat Gott mir eine Vision gegeben. Dergleichen ist mir weder vorher noch nachher je wieder passiert. Um ein Haar hätte ich gar nicht darauf geachtet, weil ich dachte, ich würde langsam wunderlich. Aber Gott in seiner Gnade sandte diese Vision *dreimal*, nur um dafür zu sorgen, dass er meine Aufmerksamkeit hatte. Und dann legte er mir auch noch aufs Herz, wem ich davon erzählen sollte. Also rief ich Pastor

Frasier und seine Frau Esther an und Virginia Crofts, meine liebe Freundin aus der Baptistengemeinde. Und wir vier beten seitdem über dieser Vision und haben keine Woche ausgelassen.«

Es war mucksmäuschenstill unter den Zuhörern trotz der vielen Kinder in der Halle. Ich war von ihrer Geschichte ebenso hingerissen wie der Rest. Wer hätte den lebensverändernden Einfluss einer Vision besser nachvollziehen können als ich? Ich dachte an meine Mutter, die mir im Traum erschienen war, an die strahlende Hoffnung, die sie mir geschenkt hatte. O ja, dies hier konnte ich nachvollziehen.

»Und Folgendes habe ich in der Vision gesehen, dreimal, so wahr mir Gott helfe. Ich sah den Himmel, schwarz wie die Nacht, ausgespannt über einem Mob rasender Männer. Sie johlten und schwenkten Knüppel. Einer von ihnen hatte eine Fackel, als wollte er etwas in Brand stecken. Und da waren auch noch andere Männer, die schussbereite Gewehre auf sie richteten. Und ein Haus mit weißen Säulen. Direkt vor diesem Haus lag ein Mann auf der Erde, der aussah wie tot.«

Die Leute sperrten Mund und Nase auf. Meine Nerven begannen zu summen. Ich glaube nicht, dass einer von uns Zuhörern zu atmen wagte.

»Und da war noch etwas.« Miss Martha nickte, als die Erinnerung kam. »In dieser ganzen Vision war lediglich ein Gesicht klar erkennbar. Und ich sehe dich hier heute Morgen, liebes Kind. Verzeih mir, dass ich vor diesen guten Leuten laut deinen Namen nenne. Ich will dich damit nicht beschämen. Aber der Herr möchte das von mir, damit jeder hier seine Macht und Herrlichkeit erkennt.«

Lee, dachte ich. Sie hat gesehen, wie Lee die Männer anführte.

»Geradewegs in diese tobenden Männer hinein sah ich eine

kleine Gestalt mit aller Kraft rennen. Und das war unsere liebe kleine Jessie Callum.«

Meine Knie hätten beinahe nachgegeben. Überraschtes Raunen ging durch die Halle, Köpfe drehten sich, versuchten, einen Blick auf mich zu erhaschen. Lee und Miss Wilma und meine Tante und mein Onkel verrenkten sich fast die Hälse, in ihrer fanatischen Suche lag die unverhohlene Freude über meine unverhoffte Anwesenheit. Tante Eva entdeckte mich als erste und zeigte mit dem Finger auf mich. Ich begegnete Lees Blick. Mein Herz hämmerte. Ich wäre zur Tür hinausgeflüchtet, wären meine Füße nicht wie angewurzelt gewesen.

»Hört mir zu, liebe Leute.« Miss Martha wartete, bis wieder Ruhe eingekehrt war. »Gott in seiner Gnade sandte diese Vision, damit ich und die drei anderen, die er speziell für seine Zwecke berief, über sieben Jahre lang beten konnten. Wir haben für jeden Menschen in dieser Vision gebetet – für all diese Menschen ohne Gesichter, von denen wir wussten, dass sie aus Bradleyville kamen. Gott beschloss, weder Zeitpunkt noch Umstand noch Ort dieser schweren Prüfung zu offenbaren. Wir hatten nicht die leiseste Vorstellung von konkreten Einzelheiten, bis die Probleme im Sägewerk auftraten und Gott mir sagte, dass die Zeit nahe sei. Vorgestern Nacht, als sich viele von euch Männern zusammentaten, bekam Pastor Frasier Wind davon und wir vier krochen aus den Federn, um zu beten. Wir trafen uns in meinem Wohnzimmer und flehten im Namen Jesu um Bewahrung und Erbarmen für unsere Männer. Wir beteten, dass der auf dem Boden Liegende, wer immer es sei, verschont bliebe. Und wir beteten, dass Gott uns als Stadt durch diese Tragödie alles zeigen würde, was er uns zeigen musste. Obwohl wir es zu jenem Zeitpunkt nicht wussten, legte Gott es Frank Bellingham aufs Herz, sich mitten ins Getümmel zu begeben und zu beten. Und ich weiß, dass auch von euch Frauen einige gebetet haben. Gott hat unsere Gebete erhört. Er hat uns heute wohlbehalten hier zusammengebracht und Jake Lewellyn ist auf dem Wege der Besserung. Morgen geht jeder wieder seiner Arbeit nach. *Mit* einer Lohnerhöhung. Manchmal ist Gottes Segen geradezu überschwänglich. Ich hege keinen Zweifel, dass die Zerstörung von vorgestern Nacht ohne Gottes Vorhersage und ohne sieben Jahre des Gebets einen furchtbaren Anblick geboten hätte. Gott hat die Mächte des Bösen zurückgehalten, ihr Lieben, aus einem einzigen Grund – *um uns unmissverständlich zu zeigen, dass er der Herr ist.* Diese Stadt ist schon seit geraumer Zeit auf dem falschen Weg gewesen. Dunkel und furchterregend war er noch dazu. Ich weiß das, weil ich früher selbst auf einem solchen Weg war. Aber der Herr hat für jeden von uns einen richtigen Weg. Er wird diesen Weg vor euch ebnen, euch in Herrlichkeiten führen, die ihr euch niemals hättet träumen lassen, und eines Tages in den Himmel selbst. Vor etwa sechzig Jahren hat er mich auf meinen Weg gebracht. Und ich glaube fest, dass er jeden Tag auf diesem Weg vor mir hergeht und ihn segnet.«

Miss Martha sprach noch ungefähr zehn Minuten weiter und rief die Leute auf, ihr Leben »hundertprozentig« Christus zu übergeben. »Glaubt doch nicht, in der Kirche zu sitzen oder gut zu sein, sei alles, was ihr tun müsstest«, flehte sie. »Das machen wir nun schon seit Jahren, und seht doch, wohin es uns gebracht hat. Ihr und ich, wir werden niemals gut genug sein, um ohne die Erlösung Christi in den Himmel zu kommen.«

Niemals gut genug. Zum ersten Mal jagten mir jene Worte, in diesem Zusammenhang gesprochen und aus dem Mund einer Frau wie Martha Plott, keine Schauer über den Rücken. Das wunderte mich.

Als Miss Martha geendet hatte, hörte man hier und da aus den Reihen der Gottesdienstteilnehmer verhaltenes Weinen. Niemand schaute mehr auf mich; die Leute gingen in sich. In der Luft jener aufgeheizten Turnhalle lag eine gelassene Erwartung, wie ich sie nie zuvor erlebt hatte. Das weckte eine vage, unbestimmte Angst in mir, als ob mir etwas Kostbares genommen werden sollte. Ich musste weg davon, raus aus dem Gebäude. Ich war schon auf dem Weg zum Ausgang, als mein Blick auf eine vertraute Gestalt fiel, die die Stufen hochkletterte. *Thomas*. Ich hielt inne, fürchtete mich beinahe vor dem, was er sagen würde. Er würde doch wohl nicht vor aller Welt zugeben, dass er gelogen hatte.

Er nickte den beiden Predigern zu, die ihre Plätze wieder einnahmen, nachdem sie Miss Martha an der Treppe den Händen ihrer Großnichte übergeben hatten, und passte das Mikrofon an. »Ganz kurz, Leute«, sagte er fast entschuldigend. »Es war nicht vorgesehen, dass ich hier oben stehe. Aber ich möchte euch einfach sagen, dass ich allem zustimme, was Martha gesagt hat. Ihre Geschichte zu hören, hat mich beschämt. Denn während sie den Herrn um sein Eingreifen bat, bin ich durch die Gegend gerannt und habe versucht, die Dinge selbst zu regeln.«

Nein, Thomas, dachte ich und hielt den Atem an.

»Ihr kennt mich ja. Ihr wisst, dass ich ein stolzer Mann bin. Hatte mein ganzes Leben lang mit Stolz zu kämpfen, und habe ihn vermutlich immer noch nicht unter die Füße gekriegt. Mein Vater hat Jesus immer an die erste Stelle gesetzt, nicht sein eigenes Ich, also müsste ich es eigentlich besser wissen. Aber über die Jahre habe ich scheinbar die Entscheidung vergessen, die ich als Junge getroffen habe – Jesus mein Leben führen zu lassen. Nicht, dass ich nicht mehr an den Herrn geglaubt hätte – bewahre. Es ist nur so, dass ich auf diesem Weg, wie Martha gesagt hat, selbst am Steuer saß. Gott war irgendwo auf dem Rücksitz. Nun, durch Gottes Gnade haben wir Freitagnacht überstanden. Und nicht etwa wegen irgendwelcher Großartigkeiten meinerseits, sondern weil Gott mich vom Fahrersitz gestoßen und in den Kofferraum gesteckt hat.«

Er holte tief Luft. Ich hörte wie gebannt zu. Seine demütigen Worte taten mir in der Seele weh.

»Ich bin hier, um euch zu sagen, dass ich einen neuen Weg einschlagen werde. Gott soll von jetzt an am Steuer sitzen. Und ich werde versuchen, mit meiner hohen Meinung von mir hinterm Berg zu halten. O. k.? Das ist alles, was ich zu sagen habe.«

Ich hatte Thomas noch nie so lammfromm erlebt. Er trat vom Mikrofon zurück, dann überlegte er es sich noch einmal anders und machte wieder einen Schritt nach vorn. »Eins noch. Dass mir keiner vergisst, dass mein bester Freund Jake mir das Leben gerettet hat. Nun trägt er seine eigenen Kriegsnarben, sodass wir schätzungsweise fürs Erste quitt sind.« Er grinste plötzlich und war wieder ganz der Alte. »Aber glaubt ja nicht, die Fehde sei vorbei. Irgendwer muss dieser Stadt ja was zu lachen geben.«

Das löste ein Kichern aus, während er das Podium verließ. Pastor Burle stand auf und kündigte an, dass wir ein Lied singen würden. Wer sein Leben ganz und öffentlich Christus übergeben wolle, der könne nach vorne vor das Podium zum Beten kommen. Kaum waren die ersten Worte gesungen, begannen die Menschen nach vorne zu strömen. Lee war unter den ersten, die aufstanden. Meine Gefühle überschlugen sich. Einen winzigen Moment lang wünschte ich, mit ihm zu gehen. Dann bekam ich bei diesem Gedanken Gewissensbisse, als hätte ich meine eigene Bestimmung verraten. Vor über sieben

Jahren, ungefähr zur selben Zeit, als Martha Plott ihre Vision hatte, hatte ich von meiner Mutter geträumt. Nun zeitigten die Auswirkungen von beiden Früchte.

Gesenkten Kopfes schlüpfte ich zur Tür hinaus. Grelles Sonnenlicht prallte gegen meine Stirn und ich beschattete meine Augen, während ich in zunehmendem Tempo die Stufen hinuntereilte. Ich war nicht weiter als bis zum Bürgersteig gekommen, als ich meinen Namen rufen hörte. Ich kam mit einer schlitternden Vollbremsung zum Stehen, schloss ergeben die Augen und seufzte entnervt.

»Was ist, Thomas«, sagte ich beinahe anklagend, während ich mich umwandte. »Ich muss los und habe keine Zeit für noch jemanden, der kommt und versucht, mich umzustimmen.«

»Nun, dann werde ich das gar nicht erst versuchen.« Er trat näher und stand jetzt so, dass eine knorrige Eiche die Sonne verdeckte. »Ich sah dich gehen und wollte Auf Wiedersehen sagen, das ist alles.«

Das Gewissen plagte mich. Ich nickte und starrte auf meine Füße.

»Ich werde dich vermissen. Und Celia auch, das weiß ich.«

Wie oft musste ich diese Worte noch hören? Ich wollte nur noch weg. Nur aus Respekt vor Thomas ließ ich jetzt noch einen kurzen Abschied über mich ergehen. »Ich hatte da drinnen einen Augenblick lang Angst«, hörte ich mich sagen, »dass du ihnen die Wahrheit erzählen würdest.«

Er lächelte reumütig. »Das könnte ich jetzt nicht. Ich kann Gott um Vergebung bitten, aber nicht sie. Das habe ich nun von meinen Versuchen, die Dinge selbst zu regeln.«

»Wie hast du dir das alles bloß einfach so ausdenken können?«

»Nun, ich habe mir ja nicht alles ausgedacht. Diese Lampe

ist explodiert, nachdem das Feuer gelegt war, und es sind auch tatsächlich Stücke durch das Fliegenschutzgitter geflogen.«

»Aber, Thomas, wie bist du damit durchgekommen? Die von der Feuerpolizei kennen doch bestimmt die Wahrheit.«

»Nur sie. Und Bill Scutch. Und nachdem alles vorbei war, hat dein Onkel es sich denken können. Aber als die Männer in jener Nacht anfingen, sich zusammenzutun, habe ich Bill gebeten, ihnen diese Geschichte auftischen zu dürfen. Zu dem Zeitpunkt schien es, als könnte das die Gemüter vielleicht beruhigen. Der schwierigste Teil war hinterher, die Kommissare zu überzeugen, die Geschichte auf sich beruhen zu lassen. Denn das bedeutete, Riddum laufen zu lassen. Wenn ich nicht beide Männer persönlich gekannt hätte, hätten sie sich nie darauf eingelassen. Und sie würden wahrscheinlich auch ihren Job verlieren, wenn die Wahrheit raus käme. Also haben wir zwei schätzungsweise noch ein kleines Geheimnis, das wir mit ins Grab nehmen müssen.«

Ich musste wider Willen lächeln. Einen Moment lang schwiegen wir.

»Hast du gehört, was ich drinnen gesagt habe, Jessie?«

Jetzt kam die Predigt. Ich wappnete mich. »Hm.«

»Ich hoffe, du wirst mit dem Herzen hören. Eine Menge Leute da drinnen kommen gerade mit Gott ins Reine wegen dem Ganzen. Ihnen wurden die Augen geöffnet, so wie mir.« Seine Stimme war sanft. »Und wie dir hoffentlich auch.«

Ich weiß nicht, warum es ausgerechnet in diesem Moment passierte. Nach Jahren der Predigten in Bradleyville, nach all den Gesprächen mit meiner Tante und meinem Onkel und Lee. Doch aus unerfindlichen Gründen, gerade da, als ich Thomas auf dem aufgeheizten Bürgersteig gegenüberstand und der getragene Refrain eines Liedes aus der Turnhalle drang, schlug die Botschaft, die er mir eintrichtern wollte, voll bei mir ein. Die Worte trafen mich, sickerten in jeden Hohlraum. Und plötzlich sah ich alles in einer Klarheit vor mir, als sei in meinem Kopf ein Licht angegangen. Ich verschloss die Augen vor dem besseren Weg, den Gott mir zu zeigen versuchte. Ich wählte halsstarrig meinen eigenen Pfad – den Pfad meiner Mutter, weil ich mir nicht eingestehen konnte, dass ihr selbst etwas gefehlt hatte. Das ging mir blitzartig auf und es ängstigte mich zu Tode, weil ich mir nicht vorstellen konnte, diese Warnung zu beachten. Ich konnte einfach nicht von dem Kurs abweichen, den mir mein Traum gewiesen hatte.

Ich schob die Gedanken beiseite. Um die Fassung wiederzugewinnen, versuchte ich durch Details vom Sägewerk abzulenken.

»Wenn die Männer erst mal wieder arbeiten, könnte Riddum doch alles wieder rückgängig machen, was du ihn zu sagen gezwungen hast in der Nacht.«

Thomas machte eine ungeduldige Handbewegung. »Darüber mach dir mal keine Sorgen. Der wird sich zusammenreißen, andernfalls weiß er, dass wir ein paar verlegte Tatsachen aus unserem Hut zaubern und mit einer ›neuen‹ Theorie aufwarten werden. Außerdem werde ich anfangen zu beten, dass er das Werk verkauft und fortzieht. Wenn ich nicht zu alt wäre, würde ich es selber zurückkaufen.«

Ich war skeptisch. »Nur dass er es nicht an den Männern auslässt. Ich möchte, dass Onkel Frank und Lee glücklich sind.«

»Deinem Onkel wird es prächtig gehen. Lee ... tja, Lee bricht es das Herz, dass du weggehst. Aber er wird sich schätzungsweise an den Gedanken gewöhnen, so wie wir anderen das ja auch müssen.«

»Das hat vor kurzem schon einer gesagt. Anscheinend glauben in Bradleyville alle, diese Stadt habe ein Monopol auf Gott.«

Er zuckte die Achseln. »Keine Ahnung. Ich weiß lediglich, dass er ein Monopol auf uns hat, und darauf kommt es an. Und ich glaube, er hat auch ein Monopol auf dich, Jessie. Ich werde jeden Tag beten, dass du seine Stimme laut und deutlich hörst – was auch immer er dir zu sagen hat. Was mich betrifft, liegt meine Aufgabe klar umrissen vor mir, und zwar direkt bei mir zu Hause.«

»Was meinst du damit?«

Er schaute mich einen Moment lang an, unschlüssig, wie viel er sagen sollte. »Die kleine Celia ist arm dran. Ich fürchte, sie muss mit Estelle Dinge ausbaden, die sich lange vor ihrer Geburt zugetragen haben. Diese Dinge sind meine Schuld, und ich werde vielleicht den Rest meines Lebens mit dem Versuch zubringen, sie wieder gutzumachen.«

Celia hatte immer so ernst gewirkt. Die Vorstellung, sie zu verletzen, war unerträglich. »Ich werde sie ganz besonders oft besuchen«, sagte ich lahm. »Erntedank, meine ich.«

Trauer huschte über Thomas' Gesicht. »Tu das.« Er warf einen Blick über die Schulter. »So. Dann lasse ich dich jetzt wohl besser gehen. Ich sollte sowieso wieder rein. Ich muss mit den Leuten zusammen beten.«

Ich versprach, anzurufen und ihm meine neue Telefonnummer zu geben. Er drückte mich fest, seine raue Wange kratzte. Und dann war ich auf meinem Weg die Straße hinunter, allein, während die Strophen eines weiteres Liedes hinter mir verklangen.

Kapitel 47

Es kommt nicht immer alles so, wie man denkt. Ich hatte mir früher einmal ausgemalt, dass Lee mir im strömenden Regen zum Abschied winken würde, aber die Wolken an jenem Tag waren hoch und weiß, und Lee so eifrig mit den Leuten aus der Stadt ins Gebet vertieft, dass er vermutlich gar nicht bemerkt hatte, wie ich die Halle verließ. Eifersucht packte mich, als ich mir ihn im Kreis von Freunden und Familie vorstellte, während ich alleine davonfuhr. Ich hatte mir auch vorgestellt, mit hochfliegenden Gefühlen aus der Stadt zu fahren, es kaum glauben zu können, dass der langersehnte Tag endlich gekommen war. Und bei allem das deutliche Empfinden, dass mein Schutzengel mich beschirmte, die unbezähmbare Freude, zu den Ufern aufzubrechen, die Gott mir durch sie gezeigt hatte. Stattdessen fühlte ich mich kein bisschen geborgen, nur einsam und verwundbar. Warum wurde ich das nagende Gefühl nicht los, dass ich Gott hinter mir ließ, als ich am Ortsschild von Bradleyville vorbeifuhr?

Ich fuhr an jenem Morgen mit offenen Fenstern zur Stadt hinaus, das Haar wehte mir ins Gesicht und ich fragte mich, wie weit ich fahren müsste, bis der Zug nach Bradleyville nachlassen und ich wieder tief in mir spüren würde, das Richtige zu tun. Die ersten dreieinhalb Stunden Fahrt würde es über gewundene Landstraßen Kentuckys gehen. Ich fuhr so schnell ich konnte, reckte den Hals aus dem Fenster, um die Möglichkeit abzupassen, gelegentliche Holztransporter zu überholen. Während meine Reifen rollten, Meilen zwischen meinem alten und neuen Leben abspulten, richtete ich meine Gedanken auf meine leere, mich erwartende Wohnung. Morgen würde ich blaue Farbe kaufen. Vielleicht das Zimmer sogar schon streichen. Wie sehr würde es alles vereinfachen, dass ich keine Möbel abdecken musste. Am Dienstagvormittag würde ich die Wohnzimmereinrichtung mieten sowie einen Küchentisch und Stühle. Es möglichst so einrichten, dass sie an dem Vormittag geliefert würden, wenn der Umzugswagen kam. Am Mittwoch würde ich zum Hope Center fahren, die neuen Mitarbeiter treffen, vielleicht für ein, zwei Stunden einspringen, wo gerade Not am Mann war. Am Donnerstag würde ich mir Zeit nehmen, in meinem Wohnkomplex ein paar Besuche zu machen, die neuen Nachbarn kennen zu lernen. Vielleicht schwimmen gehen. Vielleicht hatte ich bis Freitag schon ein paar Bekanntschaften geschlossen – ein Pärchen, das ich zum Essen einladen, eine Freundin, mit der ich ins Kino gehen könnte. Vielleicht hätte ich auch schon innerhalb von ein bis zwei Wochen eine erste Verabredung. Ich versuchte mir vorzustellen, wie er wohl aussehen würde, sah aber nur Lees Gesicht vor mir.

Der Abzweig zum Krankenhaus von Albertsville tauchte auf. Ich fuhr mit unverminderter Geschwindigkeit vorbei.

Eine Stunde von Bradleyville entfernt fühlte ich mich noch einsamer. Während die Minuten dahinkrochen, wurde aus der Niedergeschlagenheit Groll. *Wo bist du?* Ich betete zu meiner Schutzengelmutter. *Du bist verpflichtet, mir zu helfen! Ich tue doch, was du wolltest; warum kannst du nicht für mich da sein?*

Das ist nicht das, was ich möchte, antwortete etwas tief in mir.

Ich schüttelte den Kopf, um ihn frei zu kriegen, holte tief Luft und suchte nach etwas anderem zum Nachdenken. In allen Einzelheiten malte ich mir meine Arbeit aus. Wie ich am ersten Tag in meinem gelben Kleid hinginge. Wie ich in einer Besprechung mit Edna Slate säße, der Sozialarbeiterin, deren

Stelle ich übernehmen sollte; ich würde ihren Familien vorgestellt werden, ginge Akten mit ihr durch; träfe andere Leute aus dem Büro. Ich stellte mir die Gesichter der kleinen Kinder vor, denen ich begegnen würde, mein tiefes Mitgefühl mit ihnen, meinen innigsten Wunsch zu helfen. Ich würde dort glücklich sein; ich würde den ganzen Tag lang tun, was meine Mutter nur ehrenamtlich nach der Arbeit tun konnte. Und *zusätzlich* würde ich im Center helfen. Niemals würde ich die Verzweiflung zu spüren bekommen, die über das Gesicht meiner Mutter gehuscht war, als sie an jenem letzten Tag ihres Lebens davonfuhr.

Zwei Stunden hinter Bradleyville hielt ich in einer kleinen Stadt und kaufte mir eine Cola und einen Schokoriegel. Das Mädchen hinter dem Tresen erinnerte mich mit ihren Apfelbäckchen und den dunklen Haaren an Connie. Als ich das Wechselgeld entgegennahm, lächelte ich sie zögerlich an. Beim Hinausgehen spürte ich ihren Blick im Rücken und fragte mich, ob sie mich kannte.

Der Schokoriegel wurde immer kürzer, die Cola warm zwischen meinen Beinen auf dem Sitz. Die Straße wand und schlängelte sich, brachte mich fort von Bradleyville, meinem neuen Zuhause entgegen. Nach zweieinhalb Stunden sprach ich laut zu meinem Schutzengel: »Noch einmal dreißig Minuten und dann bin ich schon halb da.« Das Wissen brachte keinen Trost.

... um uns allen zu zeigen, dass er der Herr ist.

Unversehens schossen mir die Worte von Miss Martha durch den Kopf. Ich sah sie vor mir, wie sie klein und zierlich am Rednerpult stand und der Stadt von ihrer Vision erzählte. Und die war wirklich bemerkenswert. Erstaunlich. Und sie und die anderen hatten sieben Jahre darüber gebetet. Wie stark war ihr Glaube an diese Vision gewesen, dass sie so lange Zeit gebetet hatte. Ich verstand, wie beflügelnd solch überirdisches Wissen sein konnte, wenn ich Miss Marthas Vision mit meinem Traum verglich. Und doch, ihr Wissen hatte sich offenkundig immer mehr verstärkt, während meines ...

Das Wort *abnahm* kam mir in den Sinn, und ich drängte es mit Gewalt zurück.

An der Drei-Stunden-Marke war die Cola leer und das Schokoladenpapier lag längst zusammengeknüllt vor dem leeren Beifahrersitz auf dem Boden. Ich hatte es aufgegeben, aktiv bei meinem Schutzengel Trost zu suchen, und heuchelte jetzt Gleichgültigkeit. Trotzig erklärte ich Gott, es sei mir egal; wenn er sie von mir fern hielte, das würde mich nicht abschrecken.

Du kennst die Wahrheit.

Ich blinzelte. Woher kam dieses Zeug? Was war nur *los* mit mir? Mein Fuß drückte ein wenig fester aufs Gaspedal. Nach all der Planung, warum konnte ich heute nicht glücklich sein? Ich ging doch nicht auf Bankraub, zum Donnerwetter.

Ich hatte mir gedanklich jede Kleinigkeit meiner Wohnung, der Arbeit und des Centers ausgemalt. Unbeaufsichtigt begannen meine Gedanken ständig wieder zurück nach Bradleyville zu schweifen. Ich ertappte mich beim Grübeln über Thomas' Lüge, erstaunt, dass er damit durchgekommen war. Vielleicht hatte Onkel Frank Recht; vielleicht konnte Gott alles für seinen Zweck benutzen. Ohne dass Gott die Gebete von Miss Martha und dem Rest erhört hatte, konnte ich mir beim besten Willen nicht vorstellen, wie selbst ein Thomas Bradley die Überredungskunst hätte besitzen können, die uralte Unnachgiebigkeit des Gesetzesvollzugs zu beugen. Dann dachte ich an Jake Lewellyn und seine spontane Reaktion, sich für seinen alten Freund zu opfern. Sobald ich meine Gedanken einmal für diese beiden geöffnet hatte, strömten andere

Gesichter und Namen herein wie lärmende Schulkinder. Lees Züge vorneweg. Nach und nach, gegen meinen Willen, erinnerte ich mich an unsere gemeinsamen Abende, die Gespräche und Küsse. Unsere Kämpfe. Ich redete mir ein, ich könnte mir nicht vorstellen, mit ihm unter einem Dach zu leben. Wir kamen ja nicht einmal drei Wochen miteinander aus, und das nur zu Verabredungen.

Ich zählte die Monate bis Erntedank und fragte mich, ob Lees Haus bis dahin wieder aufgebaut sein würde. Wahrscheinlich. Die ganze Stadt würde mithelfen. Wäre ich geblieben, hätten wir zu der Zeit bereits beim Bau unseres eigenen sein können. Ich fragte mich, wie groß Katherine May sein würde, ob Connie bis dahin ihr Schwangerschaftsgewicht verloren hätte und die Hüfte von Miss Wilma besser geworden wäre. Ich haderte mit mir, dass ich nicht beim Krankenhaus angehalten hatte. Ich würde das irgendwie wieder gutmachen müssen. Eine neue Engellampe, das war's, ich würde ihr eine neue Engellampe kaufen. Ich fragte mich, wie es wohl im Sägewerk laufen würde an Erntedank, wenn Onkel Frank und Lee schon fast vier Monate am Ruder waren. Würde die Produktion steigend sein? Die Männer zufrieden? Ich dachte an Miss Alice und ihre Schneiderei, an Tulls Drugstore und den Supermarkt. Ich dachte an die kleine Celia und machte mir heftige Vorwürfe, dass ich mich auch von ihr nicht verabschiedet hatte.

Hör auf mich, flüsterte eine innere Stimme. *Wie viel muss ich dir noch zeigen?*

Bitte, Gott, bettelte ich, *lass mich in Ruhe.*

Drei Stunden und zwanzig Minuten seit Abfahrt. Bald würde ich auf die Fernstraße stoßen und die engen, gewundenen Straßen, die für das ländliche Kentucky standen, hinter mir lassen. Zweifellos würde die Bestätigung meines Schutzengels kommen, irgendwo entlang dieser riesigen Ausdehnung von Asphalt, die in die Zivilisation führte. Es machte nichts, dass ich mich mit jeder Minute elender fühlte. Es würde alles gut werden. Es musste.

Die Luft war heiß und stickig, mein Rücken klatschnass. Bei meinem Zwischenstopp an dem Lädchen hatte ich mein Haar mit einem Gummiband zurückgebunden, weil ich es leid war, dass es mir ständig ins Gesicht peitschte. Ich steuerte entschlossen das Auto und hielt den Blick auf die Straße gerichtet, während ich mir mit einem Taschentuch seitlich das Gesicht abtupfte. Ich wollte noch eine Cola. Ich wollte, dass die Fahrt vorbei war. Ich wollte Lee noch einmal sehen.

»All diese Gebote habe ich gehalten; was fehlt mir noch?«

Aus unerfindlichen Gründen kamen mir plötzlich die Worte des reichen jungen Mannes aus dem Matthäusevangelium in den Sinn. Ich sah Pastor Frasier auf der Kanzel stehen, erinnerte mich an meinen Ärger über seine Predigt. Das war so lange her. Wozu sollte es gut sein, jetzt daran zu denken?

»Nichts«, sagte ich laut. »Mir fehlt nichts.«

Ich drängte weiter. Die Angst brodelte, dann stieg sie in mir hoch. Verzweifelt betete ich wieder um meine Mutter. *Bitte, lass sie mir antworten, Gott, bitte. Ich weiß, du machst das, ich weiß es.*

Ich kam durch ein weiteres Städtchen. Zwei Ampeln, genau wie Bradleyville. Ein hübsches, blondes kleines Mädchen winkte mir vom Bürgersteig aus zu. Ich winkte zurück. Nach dem Ortsausgang blieb ich hinter einem Sattelschlepper hängen und es dauerte ein Weile, bis ich überholen konnte.

Bitte, Herr, ich flehe dich an.

Die Minuten tickten, die Reifen surrten.

Schließlich begann es hinter meiner sturen Fassade zu bröckeln. Irgendwie war mir klar, dass sie ohne Abstützung bald einstürzen würde, so wie ein regengetränkter, lange Zeit standhafter Berghang unter jenem letzten Zoll Wasser abrutscht.

Also kämpfte ich. Ich setzte mich kerzengerade hin, lehnte mich nicht an, umklammerte das Lenkrad. Die Schultern zurück, das Kinn vorgestreckt, als starrte ich auf einen alten Feind hinunter. Doch bald schon erlahmten die Rückenmuskeln, verkrampften die Finger. Ich spürte die ersten Kiesel rieseln, mit einem grässlichen Poltern landeten sie auf dem Grund meiner Seele.

Meine Augen schmerzten. Ich schluckte hart und fuhr.

Sie kullerten schneller, jene Kiesel, dann stießen sie gegen Feldsteine und ließen sie purzeln. Die Feldsteine schlugen gegen größere. Dann gegen schwere Felsbrocken. Die Brocken kamen in mir ins Rollen, krachten gegen Steinblöcke, bis schließlich der ganze ausgewaschene Hang zu rutschen begann. Das Gewicht des donnernd abrutschenden Gerölls zermalmte den weicheren Untergrund, bis die Grundfeste dessen, *wer ich war*, wankte, rutschte, und dann in einem gewaltigen Ruck hinabglitt.

Ein Beobachter hätte nichts davon bemerkt; er hätte lediglich eine junge Frau gesehen, die erhitzt und müde die Straßenkurven abschliff. Niemand hätte etwas von meiner Verzweiflung geahnt.

Weit und breit war kein anderes Auto in Sicht, als ich schließlich rüberzog. Meine Reifen knirschten auf dem Schotterstreifen einer Haltebucht, während ich langsam ausrollte. Ich stellte den Motor ab, selbst da noch bemüht, mir weiszumachen, es sei nicht wahr, und lehnte die Stirn gegen das Lenkrad. Aber ich wusste, es stimmte.

Kein »Schutzengel« konnte mir den Frieden geben, den ich suchte.

Die Erkenntnis traf mich wie ein Hammer auf Glas. Tante Eva hatte Recht. Mein Traum mit all seinem vergänglichen Trost hatte mich von Gott weg und nicht näher zu ihm gebracht. Irgendwo, irgendwie im Aufruhr der letzten drei Tage hatte ich den Glauben an meine Schutzengelmutter verloren, von der ich gedacht hatte, dass sie mir immer zur Seite stehen würde. Wie der Engel auf Connies Lampe, der das Lächeln meiner Mutter trug, war sie zu Asche zerfallen. Ohne sie, wollte ich jammern, könnte ich genauso gut das Baby auf dieser Lampe sein, das ebenfalls ins Nichts zersplittert war. Ich kniff die Augen zusammen, während ich meine Mutter ein letztes Mal vergeblich suchte, Gott bettelte und bat, sie mir zur Seite zu stellen. Und wenn nicht, schrie ich innerlich, dann lass mich sterben, lass mich bei ihr sein. Wir würden uns gemeinsam wieder aus der Asche zu Engeln erheben. Ich konnte nicht glauben, dass Gott mir sie und meinen Traum nehmen wollte. Das konnte Gott nicht von mir verlangen. So lange hatte ich mich an meine Überzeugungen geklammert, dass ich sie jetzt unmöglich aufgeben konnte.

»Gott«, schrie ich, »Das kann ich nicht! Was bleibt mir ohne sie?«

Ich bin alles, was du brauchst.

Ein Stöhnen entrang sich meinen Lippen. Ausgehöhlt starrte ich auf die Windungen der Straße vor mir. Minuten verstrichen, während ich sie mit starrem Blick taxierte, abschätzte, was sie verlangten und wohin sie letztlich führten. Während ich hinsah, veränderten sie ihre Gestalt, wirkten enger, bedrohlicher.

Vergeblich.

Die Zeit machte sich ganz flach, verschwand hinter einem fernen Horizont. Immer noch kämpfend, kauerte ich mich in meinem alten Ford zusammen, der in der Sonne einem

Backofen glich. Bald rollten die Tränen, hinterließen dampfende Spuren. Einspruch zwecklos, keine Macht der Welt konnte sie jetzt noch aufhalten. Ich weiß nicht, wie lange ich von Schluchzern geschüttelt wurde. Nur dass es eine Ewigkeit dauerte. Die Gewalt meiner Tränen brachte mich bald ebenso aus der Fassung wie die Gewalt meiner Schläge gegen Al Bledger, und eine verworrene Folge von aufsteigenden Bildern vergrößerte meinen Kummer noch. Ich weinte um meine Wohnung, deren kahle Wände so fertig bereit waren. Ich weinte um die Arbeitsstelle, die ich mir so hart verdient hatte. Um das Hope Center. Um die Kleider, die ich genäht, und die Kartons, die ich gepackt hatte. Um blaue Farbe. Um die Jahre, die ich planend und träumend verbracht hatte. Ich weinte um die Verzweiflung eines Lebens, das »nicht gut genug« war. Und schließlich, hilflos, weinte ich um meine Mutter – lange, lange weinte ich, bis die Tränen versiegten und meine Brust schmerzte und mein Kopf hämmerte.

Als ich nicht mehr konnte, hob ich langsam den Kopf. Ich konnte kaum aus meinen verquollenen Augen schauen. Ich war es leid zu kämpfen.

»Also gut, Jesus«, flüsterte ich, »hier bin ich. Ich bin dein. Vergib mir, dass ich so lange nicht gehört habe, dass meine Pläne Vorrang vor dir hatten. Ich verspreche, dir zu folgen.« In letzter Verzweiflung nahm ich noch einen Anlauf. »Aber, bitte, Herr, *bitte*, kannst du nicht deine Meinung ändern und mich jetzt weiterfahren lassen? Du kannst doch auch in Cincinnati bei mir sein, nicht *wahr?*«

Ich wartete auf den Frieden, der kommen und mir sagen würde, dass Gott einverstanden sei. Ich wartete und wartete, schließlich forderte ich ihn. »Warum, Gott, *warum?* Es sind *gute* Pläne; ich werde für andere da sein; was ist daran *falsch?*«

Denn ich weiß wohl, was ich für Gedanken über euch habe,

spricht der HERR: Gedanken des Friedens und nicht des Leides, dass ich euch gebe das Ende, des ihr wartet.

Onkel Franks Vers für Tante Eva. Die Entscheidung, die ich jetzt treffen musste, schien nicht weniger verhängnisvoll als jene Nacht. Ich bedeckte meine Augen mit beiden Händen. Lange Zeit saß ich unbeweglich da. Schließlich, endlich nahm ich die Finger fort und hob den Kopf.

»Oh, Herr«, meine Stimme war kaum hörbar, »ich werde so viel Hilfe brauchen.«

Meine Hand zitterte, als ich den Zündschlüssel umdrehte. Mein Atem war stockend und ich nahm mir die Zeit, tief durchzuatmen. Es war sonderbar: Plötzlich schien die Luft zum Leben zu erwachen, füllte meine Lungen, bot mir Kraft. Entschlossen streckte sich mein Rücken gerade, packten meine Hände das Lenkrad. Ich legte den Gang ein und rollte los.

Dann kehrte ich um – nach Hause.

Sollte Ihnen die Zeit bis zum Erscheinen der Fortsetzung von Jessies Geschichte zu lange werden, empfehlen wir Ihnen Brandilyn Collins' zweites Buch – einen Thriller der Extraklasse (erscheint Herbst 2002).

Er hätte es sich ja denken können, dass Harry Seltz dahinter steckte.

Der ganze Fall war ein windiges Geschäft, so weit es William S. Tanley, Esq. – für seine Freunde Bill – betraf. Um ein Haar hätte er ihn gar nicht angenommen. Ein angesehener Volljurist von der rechtswissenschaftlichen Fakultät in Palo Alto wie er konnte sich seine Mandanten aussuchen. Was sollte er mit so einem Kinkerlitzchen wie einer Festnahme wegen Freiheitsberaubung – außer dass sich der angebliche Rechtsbrecher als Gavil M. Harrison entpuppte, ein Vertreter aus Silicon Valley und möglicher Verdächtiger im Mordfall Trent Park. Anfangs hatte Tanley beschlossen, den Teil, dass Gavil ein Mordverdächtiger war, auszuklammern. Man befasste sich am Besten immer mit den vorliegenden Anklagen. Bis er gehört hatte, dass die Kaution seines Mandanten auf eine sagenhafte halbe Million festgelegt worden war und dass Harry Seltz den Fall übernommen hatte.

»Harry, hier ist William Tanley.« Verärgerung ließ die Stimme des Anwalts über das Telefon belegt klingen.

»Ach, Bill, wie geht's? Lange nichts mehr voneinander gehört.« Seltz' Ton war immer so elend freundlich.

Zwei Jahre und drei Monate, wenn du es genau wissen willst, dachte Tanley. Auf dem Höhepunkt ihres letzten gemeinsamen Prozesses. Seltz hatte die Geschworenen mit seinen Abschlussbemerkungen verhext und Tanleys Mandant war mit einer saftigen Strafe für Geiselnahme und versuchten Mordes belegt worden.

Seitdem hatte William Tanley etwas gegen Seltz. Und Seltz' schöntuerische Art, ihn »Bill« zu nennen, trug sicherlich nicht dazu bei, das gesträubte Gefieder zu glätten.

»Wir haben anscheinend ein kleines Problem hier, Harry.« Tanley ließ alle Artigkeiten beiseite.

Seltz stimmte zu, sicherlich, es gebe ein geringfügiges Problem in dem Gavil-Harrison-Fall, das dazu geführt habe, die Kaution ein bisschen höher als gewöhnlich anzusetzen.

»Eine halbe Million Dollar, und das nennst du ›ein bisschen höher als gewöhnlich‹?«

»Nun, wir haben da ein paar mildernde Umstände. Nichts, worüber ich im Augenblick reden könnte«, sagte Seltz trocken. »Das müsste sich morgen alles regeln.«

»Red nicht um den heißen Brei herum, Harry!«, schnappte Tanley. »Ich habe jetzt schon die Reporter an der Strippe, die mutmaßen, dass mein Mandant in Sachen Trent Park angeklagt wird. Wenn du etwas Handfestes gegen ihn hast, sagst du es mir besser gleich! Andernfalls möchte ich diesen Mord vor Gericht nicht einmal *erwähnt* haben!«

»Sicher, Bill, wir werden sehen, was passiert. Bis morgen.« Das Telefon klickte in Tanleys Ohr.

Er knallte den Hörer hin und ließ eine Serie von Kraftausdrücken los. Er würde Harold Seltz morgen vor Gericht sehen, also schön.

Er würde ihn *brutzeln* sehen. –

Vor zwei Tagen hatte Marian es in eines dieser kleinen, durchsichtigen Plastikdöschen getan, in denen man Kontaktlinsen aufbewahrt. Seitdem hatte sie es nicht übers Herz gebracht, es anzugucken.

Allen Mut zusammenraffend, öffnete sie die Tür ihres Medizinschränkchens und nahm das Döschen heraus. Es fühlte sich glatt an in ihrer Hand, fast schwerelos. Ihr Mund verzog sich, als sie seinen Inhalt inspizierte. Sie schloss die Schranktür und betrachtete ihr Spiegelbild. Sie sah fürchterlich aus. Rot unterlaufende Augen, aufgequollenes Gesicht, grauweiße Haut. Marian wandte sich von dem Anblick ab.

Was sollte sie mit diesem Ding machen? Ein Teil von ihr wollte es vergraben, es die Toilette hinunterspülen, es der Müllverwertung zukommen lassen. Vernichte das Beweisstück, diesen Schmutzfleck, und Gavil könnte frei ausgehen. Frei, um durch die Straßen zu wandern, zurück zur Arbeit zu gehen – falls sie ihn noch haben wollten. Frei, mit ihr zusammen zu sein. Übergib dieses Beweisstück der Polizei, und Gavil würde des Mordes angeklagt werden. Es würde zu einer Gerichtsverhandlung kommen. Gefängnis. Anwälte, Richter, Gerichtssäle. Marian wusste nicht, ob sie das überleben würde. Könnte sie leben mit dem Wissen, was sie Gavil angetan hatte?

Eine leise Stimme konterte, dass man ihr keinen Vorwurf machen könne, dass Gavil sich das selbst eingebrockt habe. Aber das war ein Gavil, den sie nicht kannte, ein Mann, so fern, so unergründlich, dass sie keinen Zusammenhang herstellen konnte. Manchmal wollte sie nach ihm greifen, ihn gleichsetzen mit dem Mann, den sie liebte. Doch die Kluft war bereits zu groß, vergrößert durch Lügen, Beweise und die Schulter eines Mannes, dessen Beruf es war, dafür zu sorgen, dass Gavil bestraft würde. Wie konnte sie sich zu Pat Turnbow hingezogen fühlen? Wie konnte sie Gavil derart betrügen?

Auf der anderen Seite, argumentierte sie, wie konnte sie sich nicht hingezogen fühlen? Sie war allein. Dank Gavil. Ihr Leben war ein Scherbenhaufen. Dank Gavil.

Sie wiegte das Döschen in der Hand, als wollte sie seinen Inhalt gegen ihre Unentschlossenheit abwägen. Dann ging ihr plötzlich auf, welch ungeheure Rolle ihr zukam …